PHOTO
AU BORI

DU MÊME AUTEUR

UN FUSIL DANS LA MAIN, UN POÈME DANS LA POCHE, Albin Michel, 1973 ; Le Serpent à plumes, 2003.

JAZZ ET VIN DE PALME, Hatier, 1980 ; Le Serpent à plumes, 1996.

LE FEU DES ORIGINES, Albin Michel, 1987 (grand prix littéraire d'Afrique noire, prix Charles-Oulmont de la Fondation de France) ; Babel n° 1543.

LES PETITS GARÇONS NAISSENT AUSSI DES ÉTOILES, Le Serpent à plumes, 1998 (prix RFI-Témoin du monde) ; Rocher, 2011.

JOHNNY CHIEN MÉCHANT, Le Serpent à plumes, 2002 ; Babel n° 1476.

PHOTO DE GROUPE AU BORD DU FLEUVE, Actes Sud, 2010 (élu meilleur roman français par la rédaction de *LIRE*, prix Ahmadou-Kourouma, prix Virilo du meilleur roman francophone, prix littéraire des Genêts) ; Babel n° 1139.

LA SONATE À BRIDGETOWER, Actes Sud, 2017 (prix Montesquieu, prix de l'Algue d'or) ; Babel n° 1600.

EMMANUEL DONGALA

PHOTO DE GROUPE AU BORD DU FLEUVE

roman

BABEL

Ain't I a woman ?

SOJOURNER TRUTH, 1851.

à ma mère

UN

Tu te réveilles le matin et tu sais d'avance que c'est un jour déjà levé qui se lève. Que cette journée qui commence sera la sœur jumelle de celle d'hier, d'avant-hier et d'avant-avant-hier. Tu veux traîner un peu plus au lit, voler quelques minutes supplémentaires à ce jour qui pointe afin de reposer un brin plus longtemps ton corps courbatu, particulièrement ce bras gauche encore endolori par les vibrations du lourd marteau avec lequel tu cognes quotidiennement la pierre dure. Mais il faut te lever, Dieu n'a pas fait cette nuit plus longue pour toi.

Tes trois enfants dorment encore, deux garçons et une fille. Les deux garçons partagent un matelas étalé sur un contreplaqué à même le sol, dans la pièce qui sert de salon. La fille dort avec toi. Tu l'as recueillie, il y a un peu plus d'un an, après le décès de sa mère, ta sœur cadette. Morte du sida. Injuste mort. C'est à peine si elle y avait cru, lorsqu'elle s'était aperçue que tous les symptômes de sa maladie pointaient vers le sida : le zona, l'amaigrissement, le début des diarrhées et la toux tuberculeuse.

Lorsqu'elle avait reçu les résultats des tests et qu'elle t'avait dit qu'ils indiquaient de façon irréfutable qu'elle était malade du sida, une soudaine peur panique t'avait saisie avant de se transformer en une virulente colère envers son mari, et pour cause !

Tamara ta sœur n'avait jamais eu de transfusion sanguine, et les rares fois que ses crises de paludisme ne passaient pas avec des comprimés de chloroquine et qu'il lui fallait des injections à base d'artémisinine ou de quinine, elle avait toujours utilisé des seringues à usage unique. Mieux encore, tu étais convaincue que cette petite sœur bien-aimée dont tu avais pris soin toute ta vie avait toujours été fidèle à son mari et probablement avait-il été le premier homme avec qui elle avait fait l'amour. Comment le savais-tu ? Instinct de grande sœur ! En conséquence, celui qui l'avait contaminée ne pouvait être que cet homme-là qui était devenu son mari. Ta colère contre lui redoublait chaque fois que tu le voyais s'asseoir auprès d'elle, affectueux, attentionné, lui essuyant de temps en temps le front avec son mouchoir, lui caressant les cheveux, lui parlant amoureusement. L'hypocrite ! En brisant ainsi une vie en plein essor, cet individu n'était rien de moins qu'un assassin car, en plus d'ôter la vie à une sœur et de priver un enfant de sa mère, il tuait aussi l'unique intellectuelle de la famille. Triste à dire, mais en Afrique il n'y a pas que le sida et la malaria qui tuent, le mariage aussi.

Incapable de contenir tes soupçons et ta colère, tu avais décidé d'affronter ta sœur pour lui révéler l'affreuse vérité sur cet homme qu'elle continuait à aimer. Assise au bord de son lit et lui tenant la main, tu avais eu du mal à maîtriser le flot de tes invectives tandis qu'elle te regardait sans bouger avec des yeux qui paraissaient énormes dans son visage émacié. Quand enfin tu avais cessé de parler, une esquisse de sourire s'était dessinée sur ses lèvres. D'une voix affaiblie par la maladie, elle t'avait dit :

— Méré, c'est peut-être moi qui l'ai contaminé, qui sait ? Nous n'avions pas fait de tests avant de nous marier. Aujourd'hui nous sommes séropositifs tous les deux et j'ai développé la maladie avant lui. Est-ce parce que mes défenses sont plus faibles que les siennes ou est-ce parce que j'ai été contaminée plus longtemps, c'est-à-dire bien avant lui ? Va savoir ! Cela ne sert donc à rien de l'accuser.

Elle avait alors fermé les yeux, fatiguée par l'effort. Tu étais perdue, et un moment ébranlée dans tes certitudes. Tu t'étais fait cependant vite une raison, la maladie avait certainement émoussé les facultés critiques de ta pauvre sœur. Tu continueras toujours à rendre cet homme responsable de sa maladie. Mais n'y pense plus, il faut préparer la journée qui commence.

Il n'est pas encore temps de réveiller la petite, tu dois d'abord accomplir les rites qui prépareront ton corps pour cette journée qui commence. Tout d'abord, le voyage aux latrines. Un trou entouré de quelques tôles pour protéger l'intimité de l'utilisateur du moment. L'odeur t'accueille, plus forte que celle du Crésyl avec lequel tu asperges souvent l'endroit. Quand on est femme, il faut s'accroupir. Tu le fais sans avoir peur qu'un cafard ne te frôle les fesses ou la cuisse, car tu sais que ces derniers, tout comme les moustiques, se terrent à la lumière du jour.

Tu as fini. Tu vas ensuite faire ta toilette à l'eau froide. L'eau chaude est bonne pour le soir ; elle relaxe ta carcasse endolorie et sale de sueur à la fin d'une dure journée de labeur, facilitant ainsi le sommeil. Le matin il faut de l'eau froide car elle requinque. Tu prends un seau et tu vas chercher l'eau dans le tonneau que tu as placé juste sous l'auvent pour recueillir l'eau de pluie. A la saison des pluies, c'est l'eau de toutes les tâches : se laver, laver la vaisselle, les vêtements.

Tu te sens mieux après la toilette. Il faut maintenant t'occuper des enfants. Tu réveilles les deux plus grands, deux garçons de douze et neuf ans. Tu leur dis d'aller se débarbouiller. De se brosser les dents avec l'eau de la bonbonne, pas avec celle du tonneau. C'est l'eau potable que tu achètes à vingt-cinq francs le seau chez ton voisin de quartier qui a de l'eau courante. Tu leur rappelles de ne pas en gâcher, d'en prendre juste assez pour emplir leur gobelet. Ils quittent le lit en bougonnant mais s'exécutent *presto* quand tu lèves la main en faisant semblant de les taper s'ils ne se magnent pas le popotin car aujourd'hui tu dois arriver plus tôt que d'habitude au chantier. Pour la petite, il faut de l'eau chaude. Tu es contente d'avoir acheté une gazinière qui marche avec des bouteilles de gaz butane. Finis les feux de bois et de charbon, leurs escarbilles et leur irritante fumée qui vous brûlent les yeux et vous empoisonnent les poumons. Tu mets l'eau à chauffer.

Maintenant, tu peux réveiller la petite. Elle s'appelle Lyra et elle a dix-huit mois. Tu la regardes un moment dormir de son sommeil innocent puis, dans un geste spontané d'affection, tu la prends et la serres dans tes bras. Tu l'as recueillie il y a treize mois, le jour même de la mort de ta sœur… Mais arrête d'y penser, tu as assez versé de larmes sur ta frangine… Tu vas tâter l'eau que tu as mise à chauffer sur la gazinière ; la température est juste ce qu'il faut pour laver la fille.

Il est temps de les nourrir, de bien leur caler l'estomac pour qu'ils puissent tenir jusqu'au soir. Tu envoies l'aîné acheter des beignets, une baguette de pain et quelques carreaux de sucre au détail pendant que tu prépares une bouillie de maïs. Quand tout est prêt, vous vous mettez à déjeuner. Ils mangent la bouillie avec les beignets. Tu prends toi-même un thé fort avec une tartine de pain beurré. Cela ne vaut pas une ration de bananes plantains bouillies et pilées ou du *foufou* chaud pour vous bétonner l'estomac pendant des heures contre la faim, mais au moins cela vous préserve de la sensation que provoque un ventre creux, celle de flotter au-dessus du sol.

Pendant que vous mangez, tu mets la radio en marche. Celle-ci joue un rôle central dans ta vie quotidienne. C'est ta sœur qui t'a inculqué cette manie d'écouter la radio le matin pendant ton petit-déjeuner quand, tout juste rentrée de Nouvelle-Zélande où elle avait fait une partie de ses études, elle habitait encore avec vous. Tourner le bouton de son poste était son premier geste quand elle se levait le matin. A force de la taquiner sur cette marotte, elle t'avait rétorqué un matin, énigmatique : "Tu seras surprise nue ou en petite culotte le jour de l'Apocalypse alors que moi je serai déjà habillée et prête à me sauver." En tout cas, même si écouter les nouvelles tous les matins ne changeait rien dans ta galère de tous les jours, au moins tu étais au courant de ce qui se passait dans le monde.

Vous avez tous fini de déjeuner. C'est le moment de laisser les deux garçons partir pour l'école ; heureusement pour toi celle-ci n'est pas loin, à peine à dix minutes de marche. Tu prodigues les conseils habituels, à l'aîné de veiller sur son petit frère, aux deux de faire attention avant de traverser la rue, encore à l'aîné de jeter un coup d'œil sur son cadet pendant la récréation et aux deux de ne pas traîner et de rentrer aussitôt les classes terminées. Cartable au dos, les voilà partis.

Tu prends la corbeille en osier et tu la remplis des provisions pour la journée de travail : de l'eau dans un bidon en plastique de deux litres, une main de quatre bananes, des cacahuètes grillées et des tranches de manioc bouilli. Tout est prêt.

"… Les albinos tanzaniens vivent dans la peur. Plusieurs ont été agressés ces dernières semaines. Leurs agresseurs les tuent et se servent de parties des corps des victimes telles que les cheveux, les bras, les jambes, les organes génitaux, voire du sang, pour préparer des potions qui, assurent-ils, rendront leurs clients riches et leur procureront une éternelle jeunesse. Les chercheurs d'or disent que verser du sang d'albinos sur une mine suffit à faire jaillir des pépites sans avoir à creuser la terre tandis que les pêcheurs soutiennent qu'appâter les eaux du fleuve ou du lac avec un bras ou une jambe découpé sur un corps d'albinos permet d'attraper de gros poissons le ventre gorgé d'or. Le président tanzanien a ordonné des mesures énergiques contre tous ceux qui seraient mêlés à ces meurtres.

DRAME AU NIGERIA : un supporter de Manchester United a tué quatre personnes en précipitant son minibus dans un groupe de partisans de Barcelone après la défaite du club anglais en finale de la Ligue des champions.

L'incident s'est produit dans la ville d'Ogbo mercredi soir après le succès 2-0 du Barça. "Le conducteur était passé à côté du groupe puis il a effectué un demi-tour et il a précipité son véhicule sur eux", a dit une porte-parole de la police. A travers toute l'Afrique, les amateurs de football suivent de très près les équipes européennes, qui recrutent certains des meilleurs joueurs du continent. Le mois dernier, un fan kenyan de l'équipe d'Arsenal s'est pendu après la défaite de son équipe en demi-finale de la Ligue des champions."

Tu arrêtes la radio. Et maintenant, en route pour le chantier.

Chantier est un bien grand mot d'ailleurs pour cette grande aire jonchée de grosses pierres et de rochers le long du fleuve. En cette saison c'est l'étiage, la meilleure période de l'année car on a moins de difficulté pour trouver la pierre. C'est l'époque où de gros blocs de grès jusque-là immergés se découvrent après le retrait des eaux, éparpillés sur le lit majeur du fleuve. Ces roches brisées en gros blocs puis concassées donnent le gravier utilisé dans tous les travaux qui ont besoin de pierres, du béton armé au simple gravillonnage des routes de terre.

En route, tu fais le crochet habituel par le domicile de tantine Turia pour y déposer Lyra. Tu as bien de la chance car tantine garde la petite toute la journée alors que certaines femmes du chantier sont contraintes de trimballer leurs gosses avec eux, comme Batatou avec ses deux jumeaux. Lyra est toujours heureuse de voir sa grand-tante. A peine cette dernière l'a-t-elle prise dans ses bras qu'elle t'interpelle à brûle-pourpoint :

— C'est vrai, Méré, que vous avez décidé de refuser de vendre le sac de gravier à dix mille francs ?

— Oui tantine, c'est la décision que nous avons toutes prise à l'unanimité, mais on ne sait jamais. Aujourd'hui est un jour capital, nous allons savoir si nous sommes assez fortes pour ne pas céder.

— Surtout ne te laisse pas entraîner dans des trucs politiques, ma fille. La politique ce n'est pas bon, elle a tué ton oncle.

— Ne t'inquiète pas, nous voulons tout simplement vendre notre marchandise à un prix raisonnable. Allez, faut que je me sauve !

DEUX

Tu enlèves le panier que tu portes sur ta tête et le tiens par les anses. Cela te permet de balancer plus amplement tes bras et de marcher ainsi plus vite. Tu as hâte d'arriver au chantier avant que les premiers véhicules d'acheteurs ne se présentent pour leur annoncer la décision que vous avez toutes prise hier à l'unanimité. Tu as été choisie comme porte-parole et, même si tu n'as accepté cette fonction que contrainte et forcée, il ne faut pas décevoir celles qui ont placé leur confiance en toi. Cependant, tu n'arrives pas à écarter de ton esprit les inquiétudes de tantine Turia ; tu te rassures toi-même en te disant qu'elle se trompe, que votre décision n'a rien à voir avec la politique, et que vous vous battez tout simplement pour votre pain quotidien. D'ailleurs, n'étaient-ce ces grands panneaux aux ronds-points qui affichaient le portrait du président de la République en veston-cravate, en tenue de sport en train de courir le marathon, en blouse d'infirmier en train d'administrer aux enfants des vaccins contre la polio, son épouse à ses côtés, avec une truelle à la main en train de poser la première pierre d'une école ou d'un hôpital, sur un tracteur en train de lancer la construction d'une route, sur un voilier en tenue de skipper, sans tous ces panneaux, tu n'aurais jamais su à quoi ressemblait sa bouille. Ta seule préoccupation était de savoir comment tu allais faire pour casser au plus vite la quantité de pierre nécessaire pour entrer en possession de cet argent dont tu avais un besoin si urgent. L'idée d'en revendiquer un nouveau prix n'avait pas été préméditée, elle s'était imposée toute seule, peu à peu, par effraction presque.

Dans un premier temps, quand tu avais appris par la radio que le gouvernement construisait un aéroport de classe internationale dans le Nord du pays, cela t'avait laissée indifférente comme beaucoup de nouvelles annoncées sur la radio nationale. En tout cas, si dix pour cent seulement de ce qu'elle annonçait régulièrement étaient réalisés, ce pays serait aujourd'hui un paradis sur terre, laissant loin derrière la Suisse, les Etats-Unis d'Amérique et le Japon. Depuis la mort de ta sœur, les seules nouvelles qui t'auraient à la rigueur intéressée étaient celles qui auraient annoncé la découverte d'un vaccin efficace contre le sida, ou qui t'auraient permis de faire bouillir ta marmite tous les jours.

La nouvelle concernant l'aéroport n'avait commencé à t'intéresser vraiment que le jour où tu avais appris que la construction de sa piste d'atterrissage et de ses bâtiments pharaoniques nécessitait une quantité colossale de pierre que l'usine de concassage ne pouvait couvrir, et qu'au vu de cette énorme demande, les entrepreneurs qui fournissaient aux chantiers de l'aéroport la pierre qu'ils vous achetaient en avaient doublé le prix de livraison auprès de leurs clients. Cette nouvelle t'avait d'abord réjouie pour une raison simple. L'endroit où l'on construisait l'aéroport se situait dans une zone semi-marécageuse où n'existait aucun affleurement rocheux ; cela voulait dire que toute la pierre viendrait de ta région, que les clients se bousculeraient devant ta marchandise, et qu'à peine un sac rempli, il serait acheté et chaque sac ainsi acheté te permettrait de quitter plus vite encore ce cauchemar de pierres.

Mais peu à peu, à force d'écouter les nouvelles à la radio, tu t'étais mise à te poser certaines questions. La radio t'apprenait tous les jours que le prix du pétrole montait, puis baissait et montait encore plus qu'il n'avait baissé. Quand il montait ainsi, beaucoup d'argent tombait dans les caisses de l'Etat, gros producteur de pétrole comme d'autres de diamants. Rien qu'en regardant le train de vie des hommes politiques et de leurs familles, tu savais que l'argent tombait sur le pays aussi généreusement que la pluie en saison humide, et ceci d'autant plus que ton ex-mari, incapable d'entretenir la voiture d'occasion que vous aviez achetée à deux, à peine capable de payer le loyer sans ton apport, avait acquis depuis votre séparation deux voitures dont une 4 x 4 japonaise pour sa petite nana qui ne cessait de te narguer au volant de la voiture chaque fois qu'elle te croisait allant à pied sous le soleil. En six mois, il avait réussi à se faire construire une villa dans laquelle il vivait actuellement avec cette chipie, en fait la deuxième depuis que tu l'avais quitté. C'est qu'entre-temps il était devenu député, élu après que la commission électorale eut éliminé son adversaire, le candidat de l'opposition qui était en ballottage favorable pour le deuxième tour, sous prétexte que ce dernier avait violé la loi électorale en distribuant des tracts deux heures après la clôture de la campagne ! D'où lui venait cette soudaine opulence, si ce n'était, un, qu'il était député du parti du président et, deux, que l'argent du pétrole pleuvait aussi dans sa poche ? Or, pour toi, ton pétrole c'était la pierre et tu n'étais pas une buse, tu savais que deux plus deux faisaient quatre : si l'argent pleuvait sur le pays, il n'y avait aucune raison que tu n'en collectes pas toi aussi quelques gouttes dans ton sac à main.

Ce raisonnement simple t'avait tellement satisfaite que le lendemain tu en avais parlé à une femme du chantier, juste pour bavarder, sans plus.

Ce qu'elle entendit lui plut. Elle en parla à son tour à une autre, celle-ci en parla à une autre encore et ainsi de suite. Puis voilà qu'il y a quatre ou cinq jours toutes les femmes du chantier s'étaient rassemblées de manière spontanée et avaient décidé de refuser désormais de vendre le sac de leur travail à dix mille francs CFA et d'en porter le prix à quinze mille. Elles t'avaient alors demandé unanimement d'être leur porte-parole, leur représentante auprès des acheteurs. Tu avais refusé. Et hier elles étaient revenues à la charge.

Tu leur avais demandé pourquoi toi, alors qu'il y avait parmi elles des femmes plus âgées, des femmes qui cassaient la pierre depuis plusieurs années et avaient plus d'expérience, alors que toi tu n'étais là que depuis quatre semaines et que tu n'avais pas l'intention d'y rester plus de huit, juste le temps de traverser la mauvaise passe financière dans laquelle tu te trouvais momentanément. L'une après l'autre, tu avais décliné leurs noms, montrant le respect que tu leur témoignais en utilisant les mots Mama ou Mâ devant le nom de celles qui étaient assez âgées pour être ta mère, et Yâ pour celles qui ne l'étaient que juste assez pour être une grande sœur : Mama Moyalo par exemple, qui pouvait bien vous représenter car non seulement elle pouvait clouer un gendarme sur place rien qu'avec son regard mais en plus, originaire de

Mossaka, elle vous maniait la langue lingala comme pas deux ; Mâ Bileko de Boko qui fut en son temps femme d'affaires, donc qui savait négocier ; et encore Yâ Moukiétou, la grande sœur du village de Mayalama, à l'autorité incontestée depuis qu'elle avait assommé d'une baffe un homme qu'elle soupçonnait de vouloir la peloter en douce dans un bus. Mais il y avait aussi de plus jeunes que toi : Batatou, la mère de triplés dont un était mort à la naissance ; Bilala, celle qui avait été chassée de son village par sa famille et avait failli être brûlée par ses propres enfants qui l'accusaient d'être sorcière ; Laurentine Paka de Hinda, la plus coquette d'entre vous et qui, cela continuait chaque fois à t'étonner, portait toujours un livre de la collection "Adoras" avec elle, ces romans à l'eau de rose publiés en Côte d'Ivoire ; Iyissou de Sibiti, la taciturne, celle qui pouvait rester assise à casser des pierres pendant des heures sans regarder personne ni émettre un son, car tout le monde savait qu'elle n'était plus très normale depuis que des soldats de la garde présidentielle avaient violemment arraché son fils d'entre ses bras, l'avaient jeté dans un camion bâché et qu'elle avait vu le camion disparaître à jamais avec son enfant, un beau gaillard de dix-huit ans ; sans compter Anne-Marie Ossolo la citadine, arrivée au chantier cinq jours après toi, pas timide pour un sou, très belle femme malgré la mauvaise cicatrice qui lui entaillait le côté droit de son visage… Non, toutes voulaient que ce fût toi car tu avais été longtemps à l'école, tu savais lire, tu savais écrire et tu parlais bien le français.

La plupart de ces femmes étaient analphabètes ou avaient été très peu à l'école. Tu étais pour elles un être un peu bizarroïde car ce n'était pas souvent qu'une fille qui avait été au lycée jusqu'à la terminale se retrouvait casseuse de cailloux au bord du fleuve. Elles ignoraient que ce pays regorgeait de diplômés sans emploi ; elles ne savaient pas par exemple que Léonie Abena, une ancienne collègue de lycée, bien que licenciée en psychologie, survivait en ce moment en vendant des noix de palme, des bananes et des cacahuètes grillées au grand marché de la ville ; ou encore qu'Olakouara, le fils de ton voisin de quartier, master en physique et au chômage depuis l'obtention de son diplôme, vendait de la farine de manioc et des cigarettes à l'unité le soir devant la parcelle de ses parents dans l'espoir de réunir la somme nécessaire pour acheter les faux papiers qui lui permettraient enfin de quitter le pays pour l'Europe ou l'Amérique. Non, elles ne le savaient pas. Tu avais tout tenté pour te défausser, pour refuser. Tu leur avais dit la vérité, qu'en fait, bien qu'arrivée en classe de terminale, tu n'avais jamais eu ton bac mais elles avaient pris cela pour de la modestie. Tu avais insisté, persisté, en disant qu'être allée à l'école ne signifiait pas qu'on était la plus compétente, qu'on avait nécessairement des qualités de leader et que l'on savait parler aux gens et négocier ; par contre tu étais prête à aider, à rédiger en français ce qu'il fallait rédiger. Rien n'y fit. Leur confiance en toi était totale, leur sincérité désarmante. Tu t'étais sentie obligée d'accepter. En acceptant, tu leur avais précisé que tu n'étais pas la chef, mais juste la porte-parole. Elles avaient applaudi et certaines t'avaient prise dans leurs bras pour t'étreindre très fort. Pour finir, elles avaient de nouveau confirmé à l'unanimité que le nouveau prix de vente du sac de gravier était bien de quinze mille francs.

Au moment où tu croyais que tout était bouclé, Mama Moyalo avait levé la main pour dire qu'elle n'était pas d'accord. En Afrique on marchandait toujours, disait-elle ; il faudrait commencer par afficher vingt mille francs pour éventuellement revenir au prix butoir de quinze mille. Si nous dévoilions d'emblée que nous voulions quinze mille francs, nous finirions à treize mille voire onze mille francs après négociations. Futée, cette grande dame de Mossaka ! Toi, tu n'y avais pas pensé. Evidemment tout le monde avait été d'accord et avait applaudi. Chacune avait enfin regagné sa place auprès de son gros bloc de pierre pour entamer sa pénible journée de travail.

Mais tout ceci c'était hier et aujourd'hui est un autre jour. Peut-être que la nuit avait porté conseil comme on dit et que ces femmes avaient changé d'idée. Tantine Turia n'aurait alors plus à s'inquiéter pour toi. C'est sur cette pensée rassurante que tu te mets à presser le pas.

TROIS

Tu as marché si vite que te voici la première à arriver au chantier aujourd'hui alors que d'habitude tu es parmi les dernières. Seule Iyissou se trouve déjà là, taciturne comme à son habitude ; son léger hochement de tête t'indique qu'elle a entendu et accepté ton bonjour. Les autres ne tardent cependant pas à arriver. Non, elles n'avaient pas changé d'idée puisque chacune te rappelle de ne pas oublier que tu as accepté d'être leur porte-parole. Une solidarité nouvelle semble être née entre vous ; tu le sens par la façon dont vous vous saluez, par ces petits sourires entendus qui signifient que chacune est consciente de l'importance de ce qui va se passer aujourd'hui, par tous ces gestes et ces non-dits qui parlent plus fort que les choses dites. Malgré tout, tu as quand même le sentiment qu'une atmosphère un tantinet anxieuse plane sur le chantier en contraste avec la posture enthousiaste un peu bravache d'hier. Mais il faut se mettre au travail. Chacune prend place devant son gros bloc de pierre et commence à cogner et à attendre.

*

Les premiers camions arrivent en milieu d'après-midi pour acheter les sacs déjà remplis. Avant, ils n'achetaient qu'au mètre cube et un mètre cube c'est dix sacs. Comme il fallait trois semaines et demie à quatre semaines pour casser un mètre cube de gravier, beaucoup d'entre vous passaient des jours voire des semaines sans toucher un sou parce qu'elles n'avaient pas les dix sacs remplis. Mais, depuis quinze jours, ces véhicules viennent presque quotidiennement et leurs mandants achètent au sac, n'ayant plus la patience d'attendre le mètre cube.

Il n'y a pas si longtemps, quand vous passiez plusieurs jours sans voir un seul camion, c'était la ruée quand l'un d'eux se pointait à l'horizon après ces jours de famine où aucun sou n'était tombé dans votre escarcelle, chacune pour soi, pour être la première auprès de l'acheteur qui accompagnait le chauffeur. Il descendait avec son sac en bandoulière bourré de billets. Hautain, il vous toisait pendant que vous piailliez autour de lui comme des poules pour tenter d'être la première à lui proposer votre marchandise. Il vous ignorait et, avec une démarche de cow-boy, il faisait le tour des sacs que vous aviez soigneusement alignés, donnant des coups de pied ici et là, renversant certains sous prétexte qu'ils n'étaient pas pleins, poussant des coups de gueule. Vous le regardiez faire sans broncher car un cri de protestation pouvait signifier un autre jour sans rien vendre.

Mais depuis la demande boulimique de la pierre causée par la construction du nouvel aéroport, c'était le monde à l'envers : ces acheteurs se querellaient pour un sac, chacun d'eux prétendant l'avoir réservé le premier. Deux en étaient même venus aux mains une fois. Cet incident vous avait fait saisir la férocité de la concurrence qu'ils se livraient devant l'appât du gain et vous avait fait comprendre l'importance qu'ils accordaient à vos sacs de pierres.

Aujourd'hui ils débarquent quatre à la fois, des camions à benne basculante. Ils s'arrêtent dans la poussière ocre de grès pulvérulent. Les acheteurs descendent et s'avancent vers les sacs. Contrairement à l'habitude, aucune de vous ne se précipite. Ils sont surpris un instant par votre manque d'empressement puis feignent de ne s'apercevoir de rien et commencent à faire leur cinéma de routine, aller vers les sacs, faisant semblant de les inspecter soigneusement même si vous savez que depuis une semaine ils n'étaient plus aussi regardants. Mais voilà, aujourd'hui vous n'êtes pas demandeuses. Bien au contraire.

Comme leur cinéma vous laisse toutes indifférentes, un premier perd patience et s'approche de tes sacs. Une semaine et demie de travail. Il les tâte du pied et, satisfait, il commence à ouvrir sa sacoche pour compter les billets. Holà, tu lui dis, pas si vite ! A partir d'aujourd'hui, le sac c'est vingt mille francs. Le gars croit que c'est une blague. Ecoute, bonne femme, ne me fais pas perdre mon temps. Il sort ses billets quand même et commence à compter. Je ne rigole pas, j'ai dit vingt mille francs, tu lui répètes. T'es folle ou quoi ? Qui t'achètera ton sac de cailloux à vingt mille francs ? Eh bien, tant pis pour toi, t'as qu'à bouffer tes cailloux si tu veux, conclut-il d'un air méprisant, et il se dirige vers une autre. "Le nouveau tarif, c'est vingt mille francs", tu entends une autre voix de femme s'élever à l'adresse d'un autre acheteur. Le même chiffre, toujours le même chiffre répété par autant de voix que de femmes. Enfin, ils comprennent que ce n'est pas de la rigolade et commencent à vous prendre au sérieux. Ils ne savent quoi faire sur le coup, puis s'éloignent pour se concerter.

Vous faites comme s'ils n'existaient pas et vous continuez à cogner le marteau contre les blocs de grès. Ils reviennent et vous narguent en tapotant leurs sacoches pleines de billets, parce qu'ils savent qu'ils ont l'argent et vous pas. Ils vous menacent et vous signifient qu'ils iront désormais chercher la pierre ailleurs et qu'ils ne reviendront plus jamais dans votre chantier tant que vous n'aurez pas ramené le prix du sac à dix mille francs car, "bonnes femmes, vous devez savoir qu'il n'y a pas que vous qui vendez la pierre, il y en a ailleurs aussi". Enfin ils repartent dans leurs camions, toujours avec leur démarche à la John Wayne, sûrs d'eux-mêmes et dominateurs, claquent violemment les portières et démarrent en trombe.

Après leur départ, toutes les femmes se lèvent et viennent t'entourer ; vous vous félicitez mutuellement et vous jurez de tenir jusqu'à ce qu'ils cèdent. Mais il faut reprendre le travail, chacune retourne vers son tas de pierres et se remet à concasser.

*

Pour obtenir les blocs de pierre à concasser, il faut faire éclater des blocs plus massifs encore. Tu ne sais pourquoi ce travail était presque exclusivement réservé aux hommes. Quand les femmes du chantier avaient repéré un bloc qui les intéressait, elles payaient un homme pour l'opération. Il brûlait des pneus en caoutchouc placés sous la masse rocheuse et, sous la chaleur, celle-ci se fendillait ; les pneus étaient une meilleure source de chaleur que le bois. L'homme introduisait ensuite une barre de fer dans la fissure et, à force de cogner sur la barre avec une énorme masse, la roche éclatait en plusieurs gros morceaux. Il ne vous restait plus qu'à les transporter à votre place.

Tu es donc à ta place, sous le soleil tropical. Pour éviter d'être totalement grillée, tu t'es construit un parasol de fortune, un pagne que tu as étalé sur des palmes entrecroisées soutenues par des piquets de bambou fichés au sol. Tu sélectionnes un bloc de bonne taille et tu commences à cogner au marteau. Parfois, la pierre n'absorbe pas le choc et le marteau rebondit, l'onde de choc se transformant en vibrations qui te parcourent le bras et la colonne vertébrale. Tu cognes et tu cognes. La grosse pierre de départ n'est maintenant qu'un amas de blocs épars de grosseur moyenne. Le plus pénible commence alors, et le plus dangereux aussi, transformer ces petits blocs en gravier, le produit final tant désiré. Il faut une attention soutenue, sinon, un moment d'inattention ou de fatigue, et bonjour les accidents. Les premiers jours avaient été très difficiles. Tu ne savais pas comment bien tenir le marteau, à quel angle frapper la pierre, si bien que le marteau rebondissait plus souvent qu'il n'écrasait la roche. Une fois il avait atterri sur ton index droit après le rebond ; la douleur avait été telle que tu avais hurlé. Rien n'était cassé heureusement, mais le doigt enflé t'avait fait souffrir pendant plusieurs jours, pire qu'un panaris, et tu avais été obligée d'utiliser à la place ton majeur. Mais c'était cela l'apprentissage du métier. Maintenant, après quatre semaines, tu avais l'habitude, tu savais placer tes doigts de telle sorte que tout coup qui les atteindrait serait déjà amorti. Ta seule peur était l'imprévisible, comme les éclats de pierre qui, selon leur direction, pouvaient atteindre le visage, au mieux blessant, au pire crevant un œil.

Tu es gauchère, tu tiens donc les blocs à concasser avec ta main droite et tu manipules le marteau avec la gauche. Tu continues à frapper sur la roche dure placée entre tes jambes. La température ambiante ne descend pas au-dessous de trente degrés. Tu transpires mais tu ne peux pas te mettre torse nu comme un homme parce que tu es une femme. Tu prends le bidon en plastique et verses un peu d'eau dans un gobelet ; tu en bois un peu pour te mouiller la gorge et tu t'asperges le visage avec le reste mais elle ne te rafraîchit pas beaucoup parce qu'elle est tiède. Tu ranges le gobelet et le bidon et tu lèves les yeux pour regarder au-delà de ton petit territoire. Comme dans un camp de bagnards, une quinzaine de femmes cognent la pierre comme toi, qui pour nourrir ses enfants et les envoyer à l'école, qui pour soigner une mère ou un mari malade, qui pour tout simplement survivre ou alors qui, comme toi, pour se procurer au plus vite une somme d'argent dont elle a un besoin urgent. Combien d'heures encore, combien de jours encore pour y arriver ?

En un moment de détresse passagère, ton esprit se met à vagabonder et tu te dis que si tu en es là aujourd'hui c'est peut-être ta faute. Tu aurais dû accepter ton sort, respecter les us de ta société et ne pas t'être révoltée de façon aussi spectaculaire. Tu serais aujourd'hui femme de député et c'est toi qui roulerais dans cette 4 x 4 japonaise plutôt que cette gamine qui ne cesse de te narguer chaque fois qu'elle te croise. Mais, après ce qui était arrivé à ta sœur, échaudée, tu ne pouvais pas te laisser assassiner bêtement par un mari.

Au troisième mois de la maladie de ta sœur, il était devenu de plus en plus impatient avec toi, ne cessant de te reprocher de l'avoir sacrifié, lui et votre mariage, pour cette dernière. Il est vrai que tu passais beaucoup de temps avec Tamara mais comment ne l'aurais-tu pas fait ? Que croyait-il ? Que tu allais abandonner ta sœur sous prétexte que le repas du mari ne serait pas prêt ni sa chemise repassée quand il rentrerait ? Ou encore que tu avais l'esprit à la bagatelle tous les soirs ? En l'espace de six mois, tu ne reconnaissais plus cet homme avec lequel tu avais vécu pendant douze années. Il avait commencé à passer beaucoup de temps devant le miroir avant de sortir et lui qui, comme toi, n'avait jamais accordé une attention excessive aux vêtements se mettait maintenant à acheter des fringues à la mode ; il s'était même permis d'acheter une paire de chaussures anglaises John Lobb, alors que tu puisais dans tes économies pour les soins de ta sœur. Tu ne comprenais pas non seulement pourquoi il agissait ainsi mais surtout où il trouvait soudain tout cet argent. Il s'était mis ensuite à rentrer tard la nuit et parfois à carrément découcher. Mais malgré tout cela tu ne t'en formalisais pas trop, tellement tu étais préoccupée par l'état de ta sœur et par ses souffrances que tu ressentais dans ton âme et ta chair comme si elles étaient tiennes.

Après la mort de Tamara, tu redevins la femme que tu étais avant : attentionnée envers lui, son repas chaud et prêt quand il rentrait, ses chemises repassées… bref, tout ce qu'une bonne épouse était censée être. Mais lui ne changea pas, il avait irrémédiablement pris le pli. Et ce soir-là, lorsque rentré à deux heures du matin, puant la bière, il t'avait demandé de faire l'amour, tu n'avais pu t'empêcher de penser à ta sœur. Tu ne savais pas en quelle compagnie le mec avait passé les deux nuits précédentes où il était rentré aussi tard qu'aujourd'hui et tu avais pris peur. Tu avais refusé de lui ouvrir tes jambes. Mais après qu'il eut insisté et commencé à élever la voix, alors, bonne épouse tout de même, tu lui avais demandé d'utiliser une capote s'il y tenait vraiment. Quoi, fit-il, surpris et indigné, et ceci jusqu'à quand ? Jusqu'au jour où un test attestera que tu es séronégatif, tu lui avais répliqué. Tu n'avais pas de raison précise pour le soupçonner de quelque infidélité que ce soit mais, traumatisée par l'expérience de ta frangine, tu n'avais plus le ressort psychologique nécessaire pour faire confiance à un homme qui rentrait à la maison à deux heures du mat'en puant l'alcool. Il s'était fâché en hurlant que tu étais sa femme, que tu devais lui obéir au lieu de te dérober à ton devoir conjugal par des excuses fantaisistes. Tu lui avais dit qu'il faudrait qu'il te respecte pour qu'à ton tour tu le respectes, que sa conduite était indigne et irresponsable pour un homme marié et père de deux enfants. Tu lui avais demandé ce que lui il aurait fait si c'était toi qui rentrais à des heures indues, la panse bourrée de bière. Il avait gueulé que c'était lui l'homme et que tu devrais savoir où était ta place. Trop facile. Tu avais regardé cet être censé être ton compagnon pour la vie, un homme pourtant instruit qui avait juré devant les autorités civiles et devant Dieu de t'être fidèle et qui maintenant invoquait l'excuse facile que tous nos hommes brandissaient pour s'autojustifier chaque fois qu'ils faillissaient à leurs engagements, la fameuse tradition : chrétien ou musulman mais fétichiste, officiellement peut-être monogame, mais polygame avec des femmes épousées traditionnellement, adepte de la démocratie mais une démocratie bémolisée par le qualificatif "à l'africaine". Toujours la fausse excuse de l'exception africaine. Du coup, il te donnait la nausée. La moue de dégoût sur ton visage l'avait enflammé et il avait voulu te prendre par la force. Tu lui avais balancé un grand coup de genou à l'endroit approprié et il s'était mis à aboyer de douleur. Se sentant humilié, pour la première fois de votre mariage il avait commencé à te frapper, d'abord avec ses poings puis avec ses pieds et toi, surprise par la soudaineté et la brutalité de l'assaut, tu avais trébuché et tu étais tombée. Tu n'arrivais pas à l'arrêter car il était plus fort que toi. Enfin tu avais réussi à t'échapper et à t'enfermer à double tour dans la chambre des enfants qui, ne comprenant rien à ce qui se passait, s'étaient mis à pleurer, tremblant de peur en entendant les coups furieux qui ébranlaient la porte de leur chambre.

Tu sortis tôt le matin. Tu ne pouvais pas aller à la police, tu ne pouvais pas aller à la justice parce que les maris avaient toujours raison ici, la loi de la tradition étant plus forte que celle de l'Etat. Il ne te restait plus que tes parents.

Tu débarquas dès potron-minet chez ta tante Turia, la sœur aînée de ta mère, qui se mit à crier et à geindre en découvrant tes yeux pochés, ta lèvre fendue. Elle apprêta de l'eau chaude, des compresses, des pommades. Tu te mis à lui expliquer ce qui s'était passé. Pas tout quand même, car comment dire à sa mère aînée que l'on avait exigé de son mari le port d'une capote anglaise ? Alors, tout en pressant les compresses sur tes ecchymoses, elle n'arrêtait pas de te faire la morale. S'il t'avait frappée, c'est que tu t'étais mal comportée, c'est que tu avais dû lui désobéir ; un mari, comme un chef, ça se respectait. Encore cette rengaine de la tradition. Et, chrétienne, elle ajouta que, selon les Ecritures, la femme devait être soumise à son mari. Mais elle avait oublié que dans ces mêmes Ecritures il était dit que l'on ne devait pas commettre l'adultère ; il semblerait que dans ce pays, exception oblige encore, ce principe des dix commandements ne s'applique qu'à la femme. A la fin de son sermon, elle proposa de te raccompagner chez lui ; elle était prête à demander pardon à ta place si tu n'avais pas le courage de le faire ou plutôt si tu étais trop orgueilleuse pour le faire. Tu compris qu'elle n'avait rien compris. Pas seulement parce qu'elle avait eu un mariage heureux et exemplaire avec un homme remarquable et adorable, hélas tué pendant les émeutes qui avaient suivi les dernières élections présidentielles, mais parce qu'elle était d'une autre génération, de la génération de la messe en latin où, les yeux fermés, vous vous agenouilliez avec foi devant le prêtre, ignorant que dans son baragouin il vous disait en réalité : "Fermez les yeux que je vous couillonne." Dieu merci, votre génération est celle des femmes aux yeux ouverts !

Ta tante continuait à parler mais sa voix n'était plus qu'un murmure qui ne franchissait plus les murs de tes pensées ; celles-ci étaient revenues sur ton mari. Sous les conseils de tes parents et de la société qui t'entourait, tu avais abandonné la complicité d'égaux qui vous avait liés au début de votre mariage pour devenir l'épouse exemplaire comme l'entendait la tradition. Tu ne voyais donc pas pourquoi il avait cru nécessaire d'aller chercher ailleurs. Tu étais encore jeune, à peine la trentaine entamée. Méréana tu t'appelles, ce qui veut dire que tu es belle : c'est ce que te disait ta maman en te tressant les cheveux quand tu étais encore toute petite. Pahua, c'était le nom de famille que tu avais abandonné pour prendre celui de cet être indigne. Et pourtant que n'avais-tu fait ? La nourriture avait toujours été prête quand il rentrait à la maison, car ne disait-on pas que le chemin le plus court vers le cœur d'un homme passait par son estomac ? Jamais il ne s'était plaint qu'un de tes mets fût trop salé, ni que le riz ne fût pas assez cuit ou que la bouillie de farine de manioc, le *foufou*, que tu malaxais dans une marmite bien calée avec tes pieds, ne fût pas assez ferme. Tu avais toujours lavé et repassé ses habits, fait la vaisselle, entretenu la maison comme il fallait. Et tu avais toujours suivi ses recommandations même quand cela te coûtait. Tu avais même sacrifié ton avenir en abandonnant tes études lorsque votre deuxième enfant était né pour lui permettre de continuer les siennes afin d'être à même de jouer plus tard son rôle traditionnel de chef de famille. Que pouvait-on demander de plus à une femme ? Ah, l'amour au lit ? Là aussi, il ne pouvait pas se plaindre. En plus tu lui avais donné deux gosses, deux beaux garçons. La plus belle femme du monde ne peut donner que ce qu'elle a, tu lui avais donné tout ce que tu avais. Mais voilà, cela ne l'avait pas empêché d'aller vagabonder ailleurs et l'on te dit d'accepter cela parce que tu étais femme ! Parce que tu étais dans sa maison, il ne voyait plus ton intelligence ni ta beauté, tu n'étais plus là que pour le service. Il oubliait cependant que d'autres hommes attirés par ton allure et ton charme papillonnaient autour de toi, et que si tu avais été irresponsable et volage comme lui…

*

La chaleur qui te brûle les jambes te fait soudain revenir à la réalité du chantier. Le soleil n'est plus au même endroit ; il a tourné avec les heures et ne tombe plus directement sur ton parasol de fortune. Il te faut donc reconstituer la zone d'ombre en redéployant le pagne et quelques palmes. Tu en profites pour aller vider ta vessie derrière les hautes herbes qui bordent le fleuve, à l'abri des regards. Tu donnes quelques coups de pied en l'air pour réactiver la circulation du sang dans tes jambes engourdies à force d'être immobiles et tu serres et ouvres plusieurs fois les poings pour assouplir tes doigts.

Au moment où tu reviens pour te remettre au travail, tu entends l'un des nourrissons de Batatou qui pleure. Tu fais savoir à la mère que tu as encore de l'eau dans ton bidon au cas où le bébé pleure de soif. Elle te dit que ce n'est pas de soif qu'elle pleure mais de faim. Elle sort de sa camisole un gros sein qu'elle enfourche dans la bouche de l'enfant qui se met à téter goulûment. *Tatou* signifie "trois" dans sa langue et, comme elle avait donné naissance à des triplés, elle s'était vu affubler de ce nom de Batatou, "celle qui en a trois", bien que le troisième fût mort-né. Tu repars à ta place et tu te remets à concasser un à un ces blocs de grès que vous refusez maintenant d'offrir pour moins de quinze mille francs. Tu en prends un, tu le tiens avec ta main droite tandis que la gauche soulève le marteau qui le cognera. Tu frappes et tu frappes. Au bout d'un moment, tu as l'impression que ton bras s'est détaché de ta pensée et de toi, et qu'il agit tout seul, mécaniquement. Comme un automate. De temps en temps, tu t'arrêtes tout de même pour souffler. Même un cheval s'arrête pour souffler.

Enfin il est temps de rentrer. Il ne faut pas quitter le chantier trop tard non seulement pour que la nuit ne te rencontre pas sur la route mais aussi pour ne pas laisser trop longtemps tout seuls tes enfants qui reviennent de l'école. En général tu travailles de huit heures du matin à quatre heures de l'après-midi, mais cela dépend de la forme du jour. Parfois tu tiens à peine six heures au lieu de tes huit habituelles tellement tu es crevée. C'est pourquoi tu as cette admiration secrète pour Yâ Mou-kiétou qui, tous les jours, accomplit sans faille neuf heures de travail soutenu. Pas étonnant qu'elle ait ces bras d'haltérophile.

Une dernière fois, vous vous passez les consignes pour le lendemain : proposer le sac à vingt mille francs avec pour but final d'arracher un prix minimum de quinze mille francs après négociations. De nouveau adoubée dans ton rôle de porte-parole, tu retournes à ta place et tu te mets à ranger tes affaires.

QUATRE

Ce matin, quand tu te lèves, tu sens que ce jour qui se lève avec toi est un jour qui ne s'est encore jamais levé, un jour différent. Tu n'as de cesse que tu ne te retrouves au chantier, anxieuse et excitée à la fois. Tu expédies au plus vite ta routine matinale et tu presses les enfants de terminer vite leur petit-déjeuner.

"Un jeune garçon coupable d'avoir écrit une lettre d'amour à une jeune fille d'une caste différente a été battu, paradé dans les rues de la ville le crâne rasé avant d'être jeté sous un train dans l'Etat du Bihar en Inde. Selon la police, Manish Kumar, quinze ans, avait été kidnappé par les membres d'une caste rivale alors qu'il se rendait à l'école. Un homme a été arrêté et un policier suspendu.

Le Vatican dénonce les effets dévastateurs de la pilule sur l'environnement. En effet, selon le président de la Fédération internationale des associations de médecins catholiques, Pedro José Maria Simon Castellvi, cette pollution environnementale causée par la pilule serait due aux tonnes d'hormones relâchées dans la nature à travers les urines des femmes qui la prennent.

L'auteur estime également que les scientifiques catholiques disposent de suffisamment de données pour affirmer qu'une cause non négligeable de l'infertilité masculine, marquée par une baisse constante du nombre de spermatozoïdes chez l'homme en Occident, est la pollution environnementale provoquée par la pilule.

La sortie du film *Une femme à Berlin* soulève des polémiques en Europe. Ce film brise un tabou en évoquant pour la première fois les viols massifs commis par les Russes en 1945. Les historiens évoquent cent mille viols commis à Berlin entre avril et septembre 1945, et en tout deux millions d'Allemandes de huit à quatre-vingts ans violées sur le front soviétique.

La polémique tourne autour de…"

Tu arrêtes la radio et, de nouveau anxieuse, tu te mets à repenser au chantier.

Etait-ce une bonne stratégie d'avoir refusé de vendre vos sacs hier ? Tu sens tout d'un coup que tu portes une responsabilité particulière pour avoir la première lancé l'idée. En faisant mentalement ton calcul, tu arrives à la conclusion que, si les entrepreneurs refusent d'acheter vos pierres pendant une semaine encore, vous serez toutes dans la merde car vous ne tiendrez pas aussi longtemps. Tu pourrais tenir cinq jours, six peut-être, mais Batatou avec ses deux jumeaux ne tiendrait pas plus de deux. Elle a en ce moment un sac rempli qu'elle aurait pu vendre hier si vous n'aviez pas pris cette décision de refus. Comme elle remplit à peine un sac et demi toutes les deux semaines, cela veut dire qu'elle n'a rien vendu depuis un bout de temps déjà et qu'elle n'a plus aucune réserve pour couvrir le minimum nécessaire pour ses enfants. Alors, quand arrivera le huitième jour, complètement dans la dèche, vous serez toutes prêtes à brader le sac peut-être même à moitié prix. Tu paniques à cette idée. Dès que tu as envoyé les deux enfants à l'école, tu te précipites chez ta tante pour déposer Lyra et files vers le chantier.

Curieusement, sans s'être concertées, toutes les femmes sont arrivées tôt ce matin. Elles se réunissent autour de toi, la porte-parole qu'elles ont choisie. Tu ne sais pas pourquoi, mais ta présence semble les réconforter. Comme pour se rassurer, elles réaffirment leur détermination à vendre le sac à quinze mille francs, pardon, au premier prix de vingt mille francs. Tu n'as pas eu le courage de leur faire part des doutes qui t'avaient effleurée le matin quand tu écoutais la radio et tu les regardes s'éparpiller à travers le chantier, chacune devant son gros bloc à casser ou devant son petit tas de pierres concassées la veille, gardant l'espoir de voir apparaître à tout moment les camions des entrepreneurs.

Mais l'heure a continué à tourner. Le soleil, après avoir atteint son zénith, a commencé à descendre de l'autre côté du ciel. Vous avez toutes redéployé vos pagnes ou cartons pour réaménager la zone d'ombre qui vous protège. Celles qui avaient soif ont bu l'eau qu'elles avaient apportée, celles qui avaient des bébés les ont fait téter ou manger puis toutes sont revenues à leurs pierres, faisant semblant d'ignorer que quelque chose manquait à la routine habituelle : les sons familiers des moteurs diesel, l'odeur âcre de leur fumée de gazole, la poussière ocre soulevée par les pneus, les cris des hommes aux sacoches bourrées de billets de banque. Dans une heure ou deux, vous aurez commencé à plier bagage pour rentrer à la maison, sans un sou dans votre escarcelle pour la deuxième journée consécutive.

Tu sens que tu ne peux plus te taire et continuer ainsi de décevoir tes amies dans un monde où il y a tant de mensonges qui, à leur tour, suscitent autant de faux espoirs. Tu n'en peux plus, il faut dire la vérité.

Tu te lèves et vas auprès de Mâ Bileko et tu appelles toutes les autres. Elles viennent se regrouper autour de toi, un point d'interrogation dans leur regard. Tu vas droit au but et leur dis que tu commence à avoir des doutes sur votre stratégie, que peut-être ces gens ne bluffaient pas et qu'ils iraient chercher la pierre ailleurs, que vous risqueriez de manquer d'argent si vous ne vendiez pas pendant ces trois ou quatre prochains jours, que vos enfants crèveraient de faim et enfin qu'il n'était pas trop tard pour faire marche arrière, ramener l'augmentation à douze mille francs par exemple plutôt qu'à quinze.

Pendant que tu parles tu as l'impression que beaucoup pensaient tout bas ce que tu viens de dire car, hélas, la dure réalité souvent brise les rêves.

Laurentine Paka a compris et essaie d'amortir le choc de la capitulation annoncée. Elle propose de donner un préavis de deux semaines, durée pendant laquelle vous continueriez à vendre au prix courant de dix mille francs tout en continuant de palabrer avec les acheteurs, plutôt que d'arrêter brusquement comme vous l'avez fait.

Cette méthode douce vous permettrait certainement d'arracher deux mille francs de plus, peut-être même trois. Se dédire n'est pas se parjurer. Si tout le monde est d'accord, continue-t-elle, la porte-parole que tu es pourrait contacter les camionneurs et leur expliquer qu'il ne s'agissait que d'un malentendu et qu'ils étaient de nouveau bienvenus sur le chantier.

Elle finit de parler et attend les réactions. D'accord, mais vous savez, dit Bileko, comme nous ne sommes que des femmes, ils risquent de ne pas nous prendre au sérieux ; malgré tout ce qu'ils racontent sur l'égalité des sexes, croyez-moi, dans ce pays on peut peut-être faire des choses sans les hommes, mais on ne peut rien faire contre eux. Je sais de quoi je parle. Il nous faut trouver un homme pour faire équipe avec notre porte-parole. Ou alors celles d'entre vous qui ont un mari pourraient lui demander de venir nous soutenir.

Tu regardes Bileko. Si, parmi vous, il y a une personne qui ne mérite pas d'être ici à faire ce travail de forçat, c'est bien elle. Elle a été riche en son temps et elle avait même des employés qui travaillaient pour elle.

Sans crier gare, la voix de Moukiétou s'élève, accompagnée de grands gestes de son bras droit dont les biceps ressemblent à ceux d'un culturiste, à force de manier la machette et la hache pour couper du bois de chauffe dans une vie antérieure, et maintenant à force de marteler des blocs de pierre. Moi, je ne veux pas d'hommes dans cette affaire, dit-elle avec passion, qui vous dit qu'ils ne vont pas nous trahir pour s'allier avec les commerçants pour quelques billets de banque ? D'ailleurs pourquoi les hommes de celles d'entre nous qui sont mariées ne sont-ils pas ici en train de casser la pierre avec nous ?

Voulez-vous que je vous dise ? Ils attendent tout simplement, assis sur leur cul, que vous leur apportiez de l'argent pour qu'ils aillent le dépenser avec leurs maîtresses. Je ne fais confiance à aucun homme. Ils ont beau avoir des bourses entre les jambes, ils ne sont pas si couillus que ça !

Yâ Moukiétou contribuait toujours de façon très pertinente aux discussions et aux prises de décision à condition de la laisser d'abord cracher sa haine des hommes en termes souvent très colorés. Elle terminait toujours par cette même dernière phrase à quelques variantes près, avec l'air de sous-entendre qu'elle parlait d'expérience. En tout cas, plus misandre qu'elle, tu meurs ! Personne ne savait si la légende qui l'auréolait était vraie, toujours est-il que les femmes du chantier racontaient qu'un jour où elle avait quitté plus tôt que prévu le marché où elle vendait son bois de chauffe, elle avait surpris son mari, allongé sur sa petite sœur de quinze ans qui se débattait furieusement, pantalon baissé et grognant comme un porc. Moukiétou ne cria pas, elle alla tout simplement dans la cuisine et saisit le pilon du grand mortier où elle avait pilé du piment la veille et, portée par la violence de sa colère, l'abattit sur l'homme. C'est à la suite de cet événement qu'elle avait migré en ville et s'était reconvertie en casseuse de pierres, loin de son village et de ses stères de bois. Certains disent que le coup avait fracassé le crâne de l'homme qui mourut sur-le-champ, d'autres disent qu'au contraire, calme et concentrée comme un animal de proie, elle n'avait pas frappé tout de suite mais avait interpellé l'homme qui s'était retourné et elle avait délibérément visé son bassin, en plein dans ses testicules réduits instantanément en bouillie. Allez savoir la vérité. Depuis, tout homme qu'elle soupçonnait de la regarder de façon un peu appuyée était en danger. Nous ne pouvons pas faire marche arrière, continue-t-elle, après avoir évacué son venin contre les hommes. Mais, bon sang de bon sang, ne savons-nous plus marchander ? Même les gosses savent le faire. On commence par un prix qu'on sait exorbitant, mais dans sa tête on a un deuxième prix sur lequel on peut se rabattre, peut-être même un troisième, mais en tout cas on sait à l'avance le prix au-dessous duquel on ne descendra pas. Nous, c'est quinze mille ! Pas question de vendre à dix mille. Nous leur avons dit hier vingt mille francs, c'est très bien. Eux, ils n'ont pas hésité à doubler leur prix auprès des chantiers de l'aéroport ! Le sucre, le lait, la farine, tout a augmenté mais nous vendons au même prix depuis au moins trois ans.

Un cri de bébé interrompt la plaidoirie de Moukiétou. C'est l'un des petits de Batatou qui s'est mis à pleurer. Tout le monde regarde la mère qui plonge la main sous sa camisole, sort un sein et essaie de le forcer dans la bouche de l'enfant. Vous savez toutes que cet enfant pleure de faim ; que la mère aussi n'a certainement pas mangé grand-chose depuis hier soir. Elle n'avait rien vendu hier, elle ne vendra rien aujourd'hui. Ce n'était que la force de l'amour maternel qui permettait de tenir à cette veuve dont le mari avait été tué par un soudard anonyme lors des pillages perpétrés pendant les émeutes qui avaient suivi les élections présidentielles, revenant jour après jour sur ce chantier où le travail ressemblait à celui d'un bagne. Tu devines déjà ce qu'elle va dire quand, la main droite tenant le sein ferme dans la bouche du bambin, elle a levé la main gauche pour demander la parole. Tu le sais en voyant le regard affamé de cet enfant car, entre sauver sa progéniture et ton idéal d'équité – une juste rémunération pour le fruit de votre travail –, le choix d'une mère est vite fait. Tu lui pardonnes à l'avance de t'accuser de les avoir embarquées dans une aventure irréfléchie ; de ne pas savoir, toi dont l'ex-mari était devenu politicien, que ces entrepreneurs se disant hommes d'affaires et leurs commanditaires avaient tous des parapluies politiques qui, pour certains, étaient offerts par le président de la République lui-même ou pour le moins par ses proches parents. L'exemple de ton mari, un incapable qui avait magouillé jusqu'à se faire élire député, aurait dû t'édifier. Oui, je te comprends, Batatou, vas-y, laisse exploser ta colère !

Tu es surprise. Elle n'est pas en colère, elle parle calmement, presque en s'excusant. Ne pensez pas que parce que je suis mère seule avec deux enfants en bas âge je suis plus en difficulté que vous. C'est vrai, je n'ai pas bien mangé hier soir, mais rassurez-vous, j'ai encore assez de bouillie pour les enfants, un peu de riz et du *foufou* pour tenir quelques jours. Je ne sais pas si nous allons gagner ou perdre, si nous avons fait une bêtise en tenant tête à ces hommes. Je ne sais pas. Je ne sais pas non plus ce qu'il faut faire, mais je vous dis ceci, j'accepte toutes les propositions que vous ferez. Si vous pensez qu'il faut continuer à refuser de vendre nos sacs à dix mille francs, je suis d'accord ; si vous pensez par contre qu'il faut abandonner l'idée, j'accepte aussi car j'ai confiance en vous. Quand les enfants commenceront à trop souffrir, quand vraiment je serai acculée et qu'il n'y aura plus un grain de riz ou un morceau de sucre à la maison, à ce moment-là je viendrai à vous pour vous dire : Mes sœurs, j'ai tenu autant que j'ai pu mais je n'en peux plus, pardonnez-moi, je ne peux plus continuer la lutte avec vous, j'abandonne. Je serai alors prête à vendre mon sac à moitié prix. Mais, pour le moment, je suis avec vous !

Vous êtes toutes surprises que ces paroles viennent de celle que vous considériez comme le maillon faible de votre résistance. Ces paroles prononcées pour te soutenir détruisent en mots simples et sincères ton argumentation, celle de céder sans résistance. Ces mots raidissent la détermination de toutes.

Anne-Marie Ossolo lève la main. Que va-t-elle dire, après ce plaidoyer émouvant ? Tu lui donnes la parole.

Je n'ai pas d'enfants, dit-elle, donc ma situation n'est peut-être pas aussi tragique que celle de Batatou, mais pour moi elle n'en est pas moins dramatique. J'ai deux mois de retard de loyer et le proprio menace de m'expulser si à la fin du mois, c'est-à-dire dans moins de dix jours, je ne lui donne pas une avance d'au moins un mois sur les deux que je lui dois déjà. Où irai-je alors si ce n'est dans la rue ? En plus… en plus – elle hésite un moment, elle qui pourtant d'habitude n'est pas timide pour un sou, puis se lance – je dois deux pagnes à un commerçant malien, un wax hollandais et un basin. Si à lui aussi je ne donne pas une avance à la fin de ce mois, il va se pointer à ma porte dès cocorico et c'est tout le quartier qui, ameuté, sera dehors pour me voir insultée, menacée, humiliée. Je préfère me suicider plutôt que de vivre une telle honte. Malgré tout cela je dis que je suis avec vous car j'ai vraiment besoin de cet argent et, tout comme Batatou, je suis prête à aller jusqu'au bout.

Tu ne sais pourquoi mais tu es fière d'elle. Une fille née ici dans la capitale du pays, qui y a grandi, y a été vaccinée et qui certainement connaissait tous les trucs et astuces pour y survivre. Hors de la ville, elle meurt. Mais que diable fait-elle ici à casser la pierre ?

En tout cas, si Laurentine Paka est la plus coquette, Ossolo est certainement la plus belle. La beauté d'une femme souvent repose sur des critères entendus, voire des clichés, mais, avec Anne-Marie Ossolo, c'était différent. Sa peau noire veloutée, le petit air provocateur que donnaient à son sourire ses lèvres bien charnues et légèrement retroussées, ses cheveux naturellement abondants qui se laissaient aisément coiffer soit en tresses longues sans besoin d'extensions avec des mèches artificielles, soit tout simplement tirés en arrière et noués par un élastique pour retomber derrière la nuque en queue de cheval, tout cela lui conférait une esthétique unique. Ses pommettes légèrement saillantes ajoutaient un air de mystère oriental à ses yeux en amande dont elle chargeait à volonté le regard d'une certaine langueur. C'était le genre de beauté insolite qui, si on est femme, vous pousse à prier le ciel que son chemin ne croise pas celui de l'homme sur lequel vous avez jeté votre dévolu, et qui, si on est homme, vous pousse à écarquiller les yeux et à vous pincer trois fois de suite pour être sûr que vous êtes bien éveillé. Mais d'où lui vient cette mauvaise cicatrice qui lui zèbre la tempe et la joue droite et gâche ainsi la symétrie autrement parfaite de son visage ? Et, encore une fois, que fait-elle ici à casser la pierre, cette fille qui, tu n'en doutes pas, peut obtenir facilement tout ce qu'elle veut autrement ? Mais le plus surprenant pour toi, c'est ce qu'elle vient de révéler. Un retard de loyer de deux mois ? Cela nous est tous arrivé. Mais deux pagnes de luxe en dette ? Cela faisait près de cent mille francs ! Elle devait avoir des moyens avant d'atterrir sur ce chantier car quel commerçant, surtout ouest-africain, céderait à crédit de la marchandise à une cliente qu'il savait insolvable ? Mais chacun a le secret de sa vie et, d'ailleurs, combien d'entre elles connaissent la tienne ? L'infortune, par hasard, vous a toutes amenées ici, cela suffit pour vous rendre solidaires.

Merci Batatou, merci Anne-Marie, tu dis en reprenant la parole. Nous sommes toutes d'accord maintenant, notre demande n'est pas exagérée. Oui, ne peut s'empêcher de lancer Bilala en t'interrompant, surtout quand on pense au prix du pétrole. C'est vrai, le prix du baril a encore augmenté, tu renchéris, pour montrer que tu écoutes la radio, donc que tu es bien informée. Mais Bilala rétorque qu'elle ne parle pas du baril de pétrole, d'ailleurs elle ne sait pas à quoi ça ressemble un baril de pétrole, elle parle du prix du litre de pétrole lampant qu'elle achète à la pompe pour sa lampe-tempête. Le sac de gravier, c'est notre pétrole, crie la jeune Mouanda, emportée, oubliant qu'elle avait soutenu tout à l'heure ta proposition, celle de faire machine arrière. Tout le monde éclate de rire et applaudit lorsque Mama Moyalo lance mi-sérieuse, mi-taquine, dans son lingala impeccable, que, si les prostituées venant de l'ex-Zaïre avaient augmenté le prix de la passe de trois cents à cinq cents francs, pourquoi n'augmenteriez-vous pas aussi le prix de votre travail ? Tu te mets à rire aussi avec une gaieté soudaine qui vous fait oublier un moment votre situation difficile. Pas pour longtemps car Mama Asselam vous ramène à la réalité en disant qu'il faut absolument donner à manger aux enfants de Batatou. Celle-ci proteste qu'elle ne veut pas l'aumône et que pour le moment elle peut encore nourrir ses enfants. Ce n'est pas l'aumône ni la charité, l'interrompt Mama Asselam, ces enfants sont sacrifiés pour que nous restions un front uni, nous avons donc un devoir envers eux. Batatou n'a pas le temps de répliquer que déjà Laurentine Paka fait circuler un gobelet en plastique qui se remplit rapidement de pièces de monnaie.

Pour montrer que votre révolte spontanée est maintenant un mouvement organisé, Laurentine ne remet pas le gobelet directement à Batatou mais te le tend. Tu es la porte-parole désignée et toutes pensent que désormais, pour s'accomplir, toute action devrait avoir ta sanction. Tu étales un mouchoir de tête par terre, tu y verses les pièces et tu te mets à les compter. Deux mille quinze francs en pièces de cinq, dix, vingt-cinq et cent. Incroyable. Peu d'entre vous dépensent mille francs par jour. Tu es heureuse. Vous êtes heureuses. Tu remets les pièces dans le gobelet et tu le tends à Batatou. Elle le prend et se met à pleurer. Il y a certainement bien longtemps que quelqu'un ne lui avait manifesté un tel acte de bonté. Certainement pas depuis l'assassinat de son mari. Yâ Moukiétou a les yeux mouillés et ta gorge se noue devant l'émotion de Yâ Moukiétou. Dans la vie que tu mènes ces jours-ci, tu entends beaucoup de pleurs autour de toi mais, hélas, pas, comme en ce moment, des pleurs de bonheur. L'instant est unique et tu le savoures sans fausse honte.

"Attendez, on va faire des photos-souvenirs", crie Laurentine Paka. Tu ne savais pas qu'elle avait un appareil photo. Elle tire de son sac son roman de la collection

"Adoras" qui ne la quitte jamais et, plutôt que de le poser par terre et de souiller le précieux objet, le tend à Ossolo avant de plonger encore sa main dans le sac pour sortir son téléphone portable soigneusement protégé par un étui en similicuir, un de ces appareils qui possèdent une caméra incorporée. Elle était la seule à en avoir un de pareil parmi vous. Elle prend plusieurs clichés puis se fait remplacer par Moyalo comme photographe afin de se trouver aussi dans l'une des photos. Tu demandes que l'on fasse une photo spéciale avec Batatou comme vedette. Tout le monde approuve et applaudit. Tu la places au centre du groupe et tu te mets debout à sa gauche en tenant dans tes bras l'un des enfants, tandis que Bileko se met à sa droite, portant l'autre. Après avoir sélectionné ensemble les meilleures en les faisant défiler sur l'écran de l'appareil numérique, Laurentine Paka efface le reste. Elle vous promet que son mari en fera des copies papier pour chacune d'entre vous. D'ailleurs, elle lui téléphone aussitôt.

"Puisque nous sommes organisées maintenant, je propose que, jusqu'à la fin de notre mouvement, nous partagions toutes notre nourriture." C'est Mama Moyalo qui parle. "Demain, que chacune apporte ce qu'elle peut, des fruits, de la viande, du poisson, tout ce que l'estomac peut accepter et nous mangerons ensemble. Que celles qui n'auront rien trouvé ne se gênent pas, elles peuvent apporter de l'eau à boire que nous partagerons toutes." Les "Oui", les "Très bonne idée", les "Je suis cent pour cent d'accord" fusent de partout. Tu trouves toi aussi que l'idée est très bonne.

Enfin chacune retourne à son tas de pierres invendu, range ses choses comme elle le fait d'habitude avant de

prendre le chemin de son gîte avec le vague pressenti-
ment que demain sera peut-être un jour différent, un jour
qui ne s'était jamais levé auparavant.

CINQ

Tu as donc fini ta journée de travail et tu prends le chemin du retour, marchant aussi vite que tu peux pour arriver avant que le soleil ne disparaisse. Au bout de dix minutes, au détour du sentier que tu prends d'habitude comme raccourci, apparaît devant toi une silhouette qui semble crapahuter sur quatre pattes, écrasée contre le flanc de la colline qu'elle tentait de gravir. Après un moment, tes yeux arrivent à distinguer une femme ployée sous un fagot ; la charge qu'elle porte doit peser un âne mort tellement la femme est pliée en deux, le torse n'étant pas loin d'un angle droit avec ses jambes. Sans aucun doute, cela ne peut être qu'une de tes camarades de chantier, et immédiatement tu la reconnais, car comment pourrais-tu ne pas la reconnaître ? A force d'être ensemble presque quotidiennement, tu les connais toutes, tu connais leur histoire individuelle. Même si aujourd'hui vous êtes logées à la même enseigne, chacune y a échoué en empruntant la route particulière de sa souffrance. Et chaque souffrance est unique. Personne ne peut vivre ni supporter celle d'une autre. Tu ne connais que trop bien celle de Mâ Bileko, car c'est bien elle là devant toi, qui s'essouffle à gravir cette côte. Si parmi vous quelqu'un n'aurait jamais dû se trouver à faire ce travail de forçat, c'est cette femme-là. Trente-deux années d'un mariage heureux et comblé !

Son mari avait été instituteur, puis inspecteur d'école ; cela lui avait permis de voyager à travers tout le pays. Mâ Bileko aussi avait beaucoup voyagé. Son premier voyage hors du pays fut d'accompagner à Paris son mari, délégué à une conférence sur l'éducation primaire dans les pays francophones. Elle en avait profité pour faire un tour en Hollande d'où elle avait rapporté des ballots de pagnes cirés wax, super wax et java hollandais. Cela lui avait permis de lancer son commerce avec la ferme détermination de devenir aussi opulente, dans tous les sens du terme, que les riches femmes yoroubas de l'Afrique de l'Ouest, les célèbres Mama Benz bien en chair qui roulaient en Mercedes Benz. Mais ce fut le voyage qu'elle effectua en Chine avec une délégation de femmes qui avait définitivement consacré sa percée. Ce voyage lui avait ouvert les yeux. Elle avait compris qu'elle continuerait à faire le petit commerce de pagnes toute sa vie comme des milliers d'autres femmes dans les marchés africains si elle ne tournait pas le dos à l'Europe, vieux tropisme des colonisés, pour regarder vers l'Asie. Profitant d'une escale de quarante-huit heures à Hong-Kong, elle avait acheté de l'électronique, des lecteurs de CD et de DVD, des jeux vidéo et d'autres gadgets, les uns utiles, les autres inutiles. Sa grande surprise avait été les téléphones mobiles qui s'étaient arrachés comme des petits pains, et pas seulement du fait des riches. Tout le monde en voulait, des cadres supérieurs aux petits tâcherons, des chauffeurs de taxi aux pêcheurs du fleuve. Les petits fonctionnaires économisaient sur la bière pour pouvoir s'en payer un. En plus, c'était devenu une affaire de mode et toute jeune fille se sentait dépréciée aux yeux de ses pairs si son petit ami ne lui en offrait pas un.

Au bout d'un an, elle était devenue une vraie femme d'affaires. Elle avait ouvert plusieurs magasins et, pour les approvisionner, elle voyageait plusieurs fois l'an en Asie, dans les Chungking Mansions de Hong-Kong ou les *trade centers* de Guangzhou en Chine continentale. Elle ne manquait jamais le Dubai Trade Festival où les prix des marchandises étaient réduits de moitié. Elle gagnait tellement d'argent qu'elle était devenue la pourvoyeuse du foyer, le salaire d'instituteur ridiculement bas de son mari ne servant plus que d'appoint, de l'argent de poche en quelque sorte. Elle avait une vingtaine d'employés, des gérants des magasins aux gardiens qui s'occupaient de sa nouvelle villa. Elle roulait en Mercedes et, comme toute personne aisée dans la société, elle avait pris de l'embonpoint et, par ricochet, son mari aussi. D'ailleurs on ne l'appelait plus que par le sobriquet respectueux de "Mama Kilo", une façon de reconnaître son opulence au propre comme au figuré. On la respectait parce qu'elle s'était enrichie honnêtement, par son travail et son intelligence des affaires, et non pas en s'appuyant sur des politiciens véreux qui volaient impunément dans les caisses de l'Etat, même si, bien entendu, elle avait son réseau de douaniers et de contrôleurs du fisc qu'elle arrosait de temps en temps afin qu'ils ferment les yeux sur beaucoup de choses.

La maladie de son mari révéla ce qu'elle avait de meilleur en elle. Elle arrêta tous ses voyages d'affaires à l'étranger pour veiller nuit et jour sur cet homme pour lequel son amour se renforçait un peu plus chaque jour qui passait. Convaincue qu'elle allait le perdre si elle ne l'évacuait pas à l'étranger, elle se mit à frapper aux portes des ambassades occidentales et, malgré les humiliations et les longues queues d'attente, elle réussit à obtenir un visa pour une évaluation sanitaire dans un des meilleurs hôpitaux des Etats-Unis, là où se faisaient soigner les princes arabes du Golfe. Hélas, après un mois de traitement les médecins lui annoncèrent l'affreuse nouvelle, la leucémie cancéreuse de son mari était incurable et il faudrait le ramener dans son pays pour qu'il y passe les trois ou quatre mois qu'il lui restait à vivre. Malgré cela, une fois de retour au pays, elle avait continué d'engouffrer des sommes énormes auprès des charlatans qui prétendaient avoir une cure miracle pour cette affection résistant à la médecine occidentale. N'était-on pas prêt à tout, face au désespoir ? Malgré tout cela, l'inévitable arriva.

A la mort de son mari, elle n'avait presque plus d'argent. Les énormes dépenses qu'elle avait effectuées sans compter pour sauver son compagnon de tant d'années, avec lequel elle avait élevé une fille et deux garçons, avaient raclé toutes ses économies. Son commerce était au bord de la faillite. Dans un marché aussi tendance et concurrentiel que l'électronique, une absence de plusieurs mois était suicidaire. Des concurrents vendant des portables de pacotille, des CD et DVD piratés occupèrent le vide qu'elle avait laissé. Mais cette débâcle financière et commerciale ne l'aurait certainement pas fait échouer sur cette berge du fleuve où elle était réduite à remplir des sacs de gravier pour survivre, ou sur cette colline qu'elle était obligée de gravir tous les soirs comme elle le faisait en ce moment même devant toi, le dos cassé sous la charge d'un fagot. Avec son intrépidité et son expérience, elle aurait sûrement rebondi si, comme des rapaces sur des dépouilles, la famille de son défunt mari ne s'était jetée sur tout ce qu'elle possédait.

Tu es plus jeune qu'elle, en fait tu as l'âge de son fils aîné ; avec tes grands pas fermes, tu as tôt fait de la rattraper.

— Qu'est-ce que tu marches vite !

— Ne te moque pas de moi, ma fille. Ces rhumatismes rendent mes mouvements de plus en plus difficiles, mais ça va.

— Où as-tu trouvé tout ce bois ?

— Je l'ai grappillé çà et là. Ce n'est pas du bon bois. Ce sont des baguettes sèches qui se consument très vite, elles ne brûlent pas assez longtemps pour cuire la nourriture. Un conseil, ne les utilise pas pour préparer des feuilles de manioc. L'avantage, par contre, c'est qu'elles ne donnent pas trop de fumée et sont efficaces pour allumer les braises de charbon.

— Il te faut une gazinière ; à ton âge, c'est trop pénible le feu de bois.

— J'en ai une mais c'est le gaz qui manque. Une bouteille de gaz butane, c'est le prix d'un sac de gravier.

— C'est pourquoi il nous faut absolument vendre le sac à quinze mille francs. Aujourd'hui, je suis très pressée, je ne pourrai pas marcher avec toi. On se retrouve demain, Mâ Bileko, et bon courage. J'espère que nous aurons plus de chance avec ces entrepreneurs.

— Oui, je le souhaite aussi. J'ai déjà un sac plein et un autre aux trois quarts rempli. Quinze mille francs, ça serait vraiment bien. Bon, à demain. Quand est-ce que tu amèneras encore la petite ? C'est Lyra qu'elle s'appelle, n'est-ce pas ?

— Oui. Elle va bien. Avec tout ce qui se passe, je ne sais pas quand je vais la prendre avec moi.

— En tout cas n'oublie pas de l'embrasser pour moi.

Tu lui fais un signe d'adieu avec la main et tu la dépasses. Tu marches vite car tu penses aux enfants qui sont allés à l'école et qui devraient être rentrés maintenant. Tu te presses aussi à cause du long détour que tu dois faire pour passer chez ta tante afin de récupérer Lyra. Tu as tôt fait de te retrouver au sommet de la colline et tu te retournes pour jeter un dernier coup d'œil derrière toi. De là-haut, la silhouette de Mâ Bileko est toute petite, une silhouette de femme âgée défiant la montagne, portant une charge plus large que son dos, ce dos qui autrefois avait porté, soutenu, réchauffé dans la joie des enfants, trois enfants, mais qui maintenant ne transporte plus que des fardeaux de bois. Mais il faut continuer ta route. Tu te retournes et tu continues ta marche sur la grande route bitumée, sans pour autant empêcher que l'histoire de la dégringolade sociale de Mâ Bileko ne te poursuive.

Cela avait commencé lors de la réunion tenue entre les deux familles quelques jours après que son homme fut enterré, afin de faire le point sur l'héritage du défunt comme le veut la tradition. C'est le moment que craignent toutes les femmes que tu connaissais, le moment où le masque hypocrite affiché par les membres de la famille du mari, celui de la douleur partagée et de la compassion, craque pour laisser la place à une cupidité obscène.

A côté, toutes les contraintes de la veuve éplorée imposées par la tradition avant la mise en terre de son mari ressemblent à une récréation : rester assise sur une natte, les pieds nus, les cheveux ébouriffés recouverts d'un pagne ; ne pas se déplacer seule, même pour aller aux toilettes, si ce n'est accompagnée de deux duègnes, celles-là mêmes par lesquelles toute parole venant d'un homme ou adressée à un homme doit passer. Non, cette fois-ci c'était la curée.

À peine la réunion avait-elle commencé que la grande sœur du mari défunt ouvrit les hostilités :

— Excusez-moi de prendre la parole avant vous, oncle et tous les autres aînés qui êtes ici, mais j'ai tellement mal que je dois parler. Je vais dire ce que je pense puisque nous sommes en famille. J'ai eu honte de la façon dont cette femme a traité la mémoire de mon frère lors de la collation offerte au retour du cimetière. Si je ne m'étais pas retenue, j'aurais hurlé devant tous les invités. Avec tout l'argent que lui a laissé mon frère, cette femme qui en a profité toute sa vie n'a rien trouvé de mieux que d'offrir de la bibine à nos invités ! Si encore il y en avait pour tout le monde ! Pas du tout, j'ai vu des gens se battre pour une bouteille de bière ! C'est vraiment une insulte. J'ai failli mourir de honte ! Que pense-t-elle faire avec cet argent ? S'acheter de nouvelles robes et des bijoux rutilants maintenant qu'elle s'est débarrassée de mon frère ? Ah Petelo mon frère cadet, ton cadavre est encore chaud et tu es déjà oublié, conclut-elle avec des trémolos dans la voix.

Mâ Bileko crut rêver. Elle savait que la réception après l'enterrement avait été digne. On avait servi des casiers de bonne bière locale et des dames-jeannes de vin de palme frais à tous ceux qui les avaient accompagnés au cimetière et, pour ceux qui ne buvaient pas d'alcool, on avait offert de la limonade et du jus de fruits. De toute façon, cette belle-sœur ne l'avait jamais aimée ; elle avait été jalouse d'elle dès le départ, faisant semblant de croire que Mâ Bileko avait épousé son frère par simple intérêt parce qu'à l'époque Bileko ne travaillait pas, elle n'avait même pas un petit métier, alors que lui était instituteur, donc fonctionnaire, donc riche. Jalouse aussi parce que, répudiée par son mari après six ans de mariage parce qu'elle ne lui avait pas donné d'enfants, elle n'avait jamais pu se remarier. Mais Bileko n'était pas dupe, elle savait que tout cela n'était qu'une mise en scène pour chercher à la dépouiller de tous ses biens. C'était ce qui se passait toujours quand on était femme et veuve.

L'oncle du mari, qui présidait la réunion, joua au patriarche sage, rabrouant sa nièce en disant que tout cela était passé et qu'il fallait plutôt s'occuper de l'avenir, surtout l'avenir des enfants. Combien d'argent son neveu avait-il laissé dans son compte ? Quand allait-on faire l'inventaire des magasins ? Et les costumes ? Les paires de chaussures ? Bileko ne pensait-elle pas que le moment était venu de partager entre ses belles-sœurs et belles-cousines une partie de tous ces pagnes et bijoux qu'elle possédait ? Quant à son petit-fils à lui oncle du mari, enfant de son fils aîné donc neveu du défunt, il ne demandait pas grand-chose, la Mercedes lui suffisait. Et il continua à raconter, à conter et à compter les objets de sa convoitise jusqu'à ce qu'il ne trouve plus rien à ajouter à son inventaire.

Ce fut le tour de la famille de l'épouse éplorée de répondre. L'aîné de la famille de Bileko prit la parole et se mit à protester mais mollement, car il connaissait la coutume et aurait agi de même si c'était lui qui s'était trouvé du côté du mari. Il demanda timidement que l'on ne prenne pas tout, rappelant qu'il fallait songer aux enfants qui avaient bien besoin d'une voiture pour les conduire au lycée, et surtout qu'on laisse la maison à la veuve, encore une fois, à cause des enfants. Il ne lui était jamais venu à l'esprit que les autres ne pouvaient pas prendre ces biens parce que Mâ Bileko en était aussi la propriétaire.

Ce que tous avaient oublié, c'est qu'en dépit de son éducation plus que sommaire, Mâ Bileko n'était plus une villageoise arriérée que l'on pouvait rouler dans la farine, mais une femme avertie. Ils avaient oublié qu'elle avait été une femme d'affaires qui avait voyagé à travers le monde, négocié des marchés avec des homologues européens, arabes et chinois. A peine le laïusseur familial s'était-il tu après ses contorsions verbales et ses périphrases alambiquées pour dire ce qu'il fallait dire sans vraiment dire ce qu'il fallait dire que Bileko s'était redressée dans son fauteuil. Le visage émacié, le corps fatigué par des nuits de veille et les privations du deuil mais le regard brûlant d'une farouche détermination, elle se mit à les apostropher avec une insolence inhabituelle pour une femme dans ces circonstances. Où vous cachiez-vous pendant la longue agonie de votre parent sur lequel vous versez maintenant des larmes de crocodile ? Aucun d'entre vous n'a contribué à ses frais médicaux, très peu l'ont visité quand il était hospitalisé et maintenant qu'il est mort vous vous pointez, exigeant que votre cher parent adoré soit enterré dans un cercueil de luxe et que l'on offre du champagne et du whisky écossais à tous ceux qui ont assisté aux obsèques. Mais où vous cachiez-vous donc avant sa mort ? Maintenant vous voulez la maison, la Mercedes, les pagnes, les bijoux, la télévision, les magasins, l'argent, mais vous oubliez une chose, c'est que tout cela m'appartient ! Et je connais l'intérêt de mes enfants, merci. Ne saviez-vous pas que votre parent avait un salaire d'instituteur ? que j'ai acquis tous ces biens par mon travail, mes voyages, mes privations ? Je vais vous dire une chose : je partageais tous mes biens avec mon mari mais, maintenant qu'il est mort, j'en suis la seule propriétaire. Vous n'aurez rien, vous m'entendez, rien ! *Nada !*

Si la famille du mari défunt était choquée, sa propre famille l'était plus encore et cherchait à cacher son embarras. Aucune femme n'avait jamais osé parler ainsi à sa belle-famille. Plus de doute, le monde était en train de s'effondrer, plus rien ne tenait, bientôt ce sont les poules qui se mettront à monter les coqs ! La stupeur du bel-oncle se transforma en colère. Tu es sans respect, je me demande comment mon neveu a pu garder pendant si longtemps une femme aussi insolente, fulmina-t-il. Tu es un serpent ! Non, une sorcière, hurla la belle-sœur, la mort de mon frère n'est pas une mort naturelle, c'est elle qui l'a bouffé pour que son commerce fleurisse. Je vous dis qu'elle a des pratiques démoniaques, allez fouiller sa chambre, je suis sûre que vous y trouverez des fétiches !

Joignant le geste à la parole, elle se précipita dans la maison. Comme des sauterelles, les autres sœurs et cousines du mari se levèrent pour la suivre malgré les protestations de la famille de Mâ Bileko qui s'égosillait inutilement avec des "Arrêtez, vous n'avez pas le droit, nous allons vous maudire si vous touchez à quoi que ce soit…" ! Elles ouvrirent et vidèrent des tiroirs, des armoires et des placards. Elles ressortirent avec des belles robes, des pagnes wax et superwax, des basins et des pagnes dentelles ; des bijoux en or, des bagues et des colliers sertis de brillants. Puis, théâtralement, un sourire de satisfaction aux lèvres, la belle-sœur sortit la dernière et posa triomphalement au centre du cercle formé par les deux familles adverses un Bouddha massif en bronze doré. C'était le fétiche suprême, plus fort que tout ce qu'on trouvait chez eux car celui-ci venait de l'Orient, pays des élixirs et des magiciens que l'on voyait dans les cassettes piratées des films indiens. Un murmure de stupéfaction teinté d'appréhension monta des deux côtés. Certains avaient peur de regarder la chose, *a fortiori* de la toucher, et pour cause. Peu avaient vu une statue du Bouddha, aucun ne pouvait s'imaginer que cela se vendait dans les rues de Bangkok ou de Séoul aussi couramment que les statuettes en bois dans les aéroports africains. Sa propre famille commençait à douter d'elle et ne savait plus trop comment la défendre tant la preuve de ses pratiques diaboliques était flagrante.

Mâ Bileko n'en pouvait plus de rage contenue. Elle se leva de son siège, jeta le pagne qui lui recouvrait la tête et hurla à tout le monde, ses parents compris, de quitter sa maison, sa parcelle. Qu'ils déguerpissent *illico presto* ! Sinon, elle porterait plainte pour violation de domicile, de vol et menaces. Une dernière chose : Petelo, mon mari, m'aimait ; nous nous aimions. Je ne porterai pas le deuil. Demain, je vais me faire tresser les cheveux, je mettrai mon plus beau pagne et mes plus beaux bijoux ; il me regardera de là où il est et il saura que je me suis faite belle pour lui. Le reste, je m'en moque ! Allez, basta, sortez !

A partir de là tout avait dégénéré. La parentèle du mari s'était mise à hurler que c'était à elle Bileko de quitter la maison de leur frère ou de leur neveu selon qui parlait, non, la maison appartenait aux enfants du défunt, ripostait la famille de Bileko, partie adverse, mais quels enfants, lança la belle-sœur, avec tous ces voyages et ces nuits passées dans des hôtels à l'étranger lors des soi-disant voyages pour s'approvisionner, rien ne dit que ce sont vraiment les enfants de mon frère. Ces mots blessèrent Bileko au plus profond d'elle-même et, de rage, elle lui répliqua que, quand on était stérile, on ne pouvait se permettre de parler comme si on savait comment on attrapait une grossesse. D'ailleurs ce n'était pas par hasard que la belle-sœur était stérile, c'était parce qu'elle était une sorcière ! Bouillonnante de colère, celle-ci se jeta sur Bileko mais fut retenue par une cousine de Bileko qui la repoussa violemment. Elle tomba par terre. Quand elle se releva, elle tourna le dos à Bileko et à ses parents, se plia en deux, souleva son pagne et montra son postérieur dévêtu, geste de malédiction. Pandémonium total dans une cacophonie où des injures s'entrecroisaient, et où les sœurs et cousines de la belle-sœur imprécatrice tentaient de franchir le barrage des mains et des bras qui les empêchaient d'aller boxer Bileko. Finalement, surpassée en nombre et dépassée par la tournure des événements, la famille de Mâ Bileko battit en retraite et Bileko fut introduite *manu militari* dans un taxi qui la conduisit chez ses parents.

Lorsqu'elle revint le lendemain accompagnée de sa tante et de deux de ses enfants, elle faillit pleurer. Ses effets personnels, du moins ce qu'on lui avait laissé, avaient été sortis de la maison et jetés en vrac sur la véranda. Toutes les serrures avaient été changées. Le garage était ouvert mais bien entendu la Mercedes avait disparu. De rage, elle prit une grosse pierre et se mit à taper sur la serrure de la porte principale pour la casser. Comme s'ils s'étaient cachés pour épier ses faits et gestes, deux hommes apparurent. Elle reconnut l'un d'eux, un neveu de son mari envers qui elle avait pourtant toujours été généreuse. Ils la bousculèrent, lui demandant de déguerpir. Elle se mit à les injurier à haute voix, ce qui attira une foule de badauds qui y allaient chacun de son commentaire tandis que les enfants essayaient de défendre leur mère à coups de pied. Finalement, Mâ Bileko, sa tante et ses enfants furent jetés hors de la maison, de la parcelle, dans la rue, humiliés et abandonnés à eux-mêmes.

*

Elle t'avait raconté cette histoire un après-midi où, pour des raisons dont tu ne te souvenais plus, vous étiez les dernières à quitter le chantier. Vous remontiez cette même colline, raccourci qui menait des bords du fleuve à la grande route goudronnée. Elle n'était pas aussi chargée qu'aujourd'hui, elle ne tenait alors que son panier de provisions, maintenant vide. Toi par contre, en plus de ton panier, tu portais Lyra, solidement attachée à califourchon sur ton dos. La journée avait été bonne car, après pratiquement une semaine d'absence, les camions étaient enfin passés et vous aviez chacune vos vingt mille francs bien dissimulés quelque part sous vos vêtements. Tout en marchant, vous parliez de votre routine habituelle faite de cailloux et de chaleur, de poussières et de sueur, mais aussi de ce que vous alliez faire le lendemain, car ce serait dimanche, votre unique jour de repos hebdomadaire. Au bout d'un moment tu t'étais arrêtée pour réajuster le pagne qui s'était un peu relâché autour de Lyra. Mâ Bileko, qui s'était aussi arrêtée pour t'attendre, proposa soudain : "Laisse-moi la porter jusqu'à la route si tu veux bien. Il y a tellement longtemps que mon dos n'a pas connu la douceur d'un corps d'enfant." Mais bien sûr, avais-tu répliqué, craignant seulement que Lyra ne se mît à se débattre et à pleurer car elle ne connaissait pas cette étrangère. Bien au contraire, elle souriait quand tu la transféras sur le dos de Bileko, comme si pour elle c'était un jeu. "Oh ma petite, laisse grand-mère te porter", dit Bileko une fois l'enfant en sécurité sur son dos, alors que vous repreniez votre lente ascension. Tu avais alors scruté son visage comme tu ne l'avais jamais fait auparavant. Des rides y traçaient leurs sillons enchevêtrés, mais les rides ne veulent rien dire quand la dureté de la vie fait vieillir prématurément. A quarante ans, on en paraissait cinquante et le beurre de karité que l'on passait tous les soirs sur le visage n'y changeait rien. N'empêche, tu avais le sentiment qu'elle était ta mère, ta mère qui aurait quitté son village, ses plantations de bananiers et ses champs de manioc, pour échouer sur cette plage de galets. Le passage de l'enfant d'un dos à l'autre avait subitement créé une intimité forte au-delà de la solidarité naturelle que le chantier avait forgée entre toutes les femmes. Votre conversation devint plus personnelle et ses cheminements vous menèrent dans vos plus douloureux territoires.

Tu lui appris ainsi que tu n'avais jamais passé ton bac à cause d'une grossesse inattendue et d'un mariage précoce. En retour, elle te révéla qu'elle avait une fille, un peu moins âgée que toi, qui avait été renvoyée de l'école à cause d'un abus sexuel de la part de son professeur. Sincèrement touchée, tu lui avais spontanément demandé le nom de sa fille : "Zizina", avait-elle répondu. "J'aimerais la rencontrer", avais-tu poursuivi. Elle n'avait rien dit un moment, puis : "Triste histoire. Elle a tant souffert ! Dieu merci, ça va maintenant. Depuis qu'elle a lu cette annonce dans le journal que l'ONU allait recruter une dizaine de femmes dans le pays pour faire partie d'un corps de police entièrement féminin destiné au Liberia, elle s'y croit déjà. Elle s'est inscrite à des cours du soir qu'elle paie elle-même grâce au métier qu'elle s'est inventé avec sa mobylette, fournisseuse ambulante de cartes de recharges téléphoniques pour portables et de piles pour toutes sortes de petits appareils électroniques." Quel genre d'appareils ? tu avais demandé. "Des calculatrices, des montres, des caméras numériques, des lecteurs MP3. Ça marche assez bien ; il y a des jours où c'est grâce à elle que nous mangeons." Tu ne sus ce qu'elle avait cru lire dans ton regard puisqu'elle s'était brusquement arrêtée et avait lâché : "Tu sais, j'ai été très riche une fois !"

Ce fut ainsi qu'elle s'était mise à te raconter son histoire, une histoire tellement incrustée dans sa mémoire qu'elle pouvait s'en remémorer les moindres détails. "Tu

ne peux pas comprendre la douleur, Méréana, quand j'ai
été poussée brutalement hors de ma maison, de ma parcelle, par ces deux hommes et que je me suis retrouvée
dans la rue avec ma tante et mes deux enfants qui criaient,
effrayés : «Maman, maman, pourquoi nous chassent-ils
de notre maison ?» Ils étaient traumatisés. Et cette foule
qui se régalait avec un malin plaisir de voir la grande
dame du quartier réduite à une gueuse cherchant désespérément un taxi pour échapper à la honte !" Après avoir
évoqué ces mots de honte et d'humiliation, elle s'était
tue. Toi aussi tu avais fait de même car tu savais que tes
paroles, quelles qu'elles fussent, seraient bien légères
face aux siennes.

Vous étiez arrivées au sommet de la colline, là où le
sentier croise la grande route automobile, là où vos chemins se séparaient. Le soleil, devenu gros et rouge sang,
ne chauffait plus, ce qui voulait dire que la nuit ne tarderait pas à tomber. Tu l'avais regardée dénouer en silence
le pagne autour de Lyra et t'aider à replacer l'enfant sur
ton dos. Celle-ci s'était mise à bouder et à résister, ne
voulant plus quitter le dos de sa nouvelle grand-mère.
Les caprices de l'enfant vous firent rire toutes les deux
et firent revenir la bonne humeur. Après tout la journée
avait été bonne. Après avoir bien calé la fillette sur ton
dos, et au moment de lui dire au revoir, tu n'avais pas
résisté à la question qui te turlupinait, pourquoi n'avait-
elle pas saisi la justice, car après tout ne vivions-nous pas
dans un pays de droit comme le claironnait la radio tous
les jours ? Elle avait soupiré. "Ne te fie pas aux lois qui
sont sur le papier. Ils les écrivent pour plaire à l'ONU et à
toutes ces organisations internationales qui leur donnent
de l'argent et les invitent à leurs conférences. La vraie

loi, celle que nous subissons tous les jours, est celle qui donne toujours l'avantage aux hommes. Si tu savais l'argent que j'ai dépensé en avocats et en procès ! Cela a engouffré le peu qui me restait encore après la mort de mon mari. Tous ces douaniers et contrôleurs d'impôts à qui j'ai filé des matabiches, tous ces soi-disant amis de mon mari à qui j'offrais des ristournes sur les iPod et autres gadgets électroniques, aucun d'eux ne me connaissait plus. C'est ainsi que j'ai été dépossédée de tout."

Ce fut sur ces mots que vous vous séparâtes ce jour-là alors que dans ta tête tu te demandais, en te référant à ce que toi aussi avais vécu, s'il y avait pire endroit pour une femme sur cette planète que ce continent qu'on appelle Afrique.

SIX

L'image de Mâ Bileko écrasée sous son fardeau de bois
s'estompe peu à peu pour laisser place à ta propre réalité immédiate : aller récupérer Lyra, l'enfant de ta sœur,
chez ta tante où elle a passé la journée, puis vite rentrer
chez toi pour retrouver avant la tombée de la nuit les
deux autres enfants qui doivent maintenant être rentrés
de l'école. Ton chantier est distant de cinq kilomètres, ce
qui en fin de compte n'est pas très loin. Ton autre chance
est que l'école se trouve dans le quartier que tu habites.
Cela t'avait pris moins d'une semaine pour apprendre
aux deux garçons à y aller et en revenir seuls, l'aîné de
douze ans tenant par la main son cadet de neuf ans. Ils
doivent avoir bien faim en ce moment.

Perchée sur tes épaules, la petite fille gazouille comme
un oiseau, heureuse de te revoir car tu es la seule mère
qu'elle ait vraiment jamais connue. Comme à son habitude tantine Turia l'a déjà lavée et fait manger, ce qui
te facilite beaucoup la tâche ; tout ce qui te reste à faire
est de la mettre au dodo dès que vous serez rentrées. Tu
t'amuses à lui poser ces questions bébêtes que les adultes
aiment poser aux enfants de cet âge, montre-moi ta main
droite, combien de doigts as-tu au pied, est-ce que les
poulets ont des jambes, qu'est-ce que tu as mangé chez

mémé Turia ? Elle ne peut pas prononcer le *r* de son nom et dit Lila, ce qui du reste est aussi un joli nom. Ce nom de Lyra avait été inventé par sa mère en combinant les deux dernières lettres de Kaly, le prénom de ce salaud de mari qu'elle avait aimé d'un amour aveugle, avec les deux dernières lettres de son propre prénom, Tamara. Comme cela t'arrive souvent, dès que la petite fille a commencé à répondre à tes questions, s'embrouillant dans le décompte de ses orteils, zézayant dans son langage et sa prononciation d'enfant, le souvenir de sa mère s'est aussitôt invité dans ton esprit et, une fois encore, tu te mets à repenser à l'avenir radieux que tu avais rêvé pour elle. Etait-ce inconsciemment pour compenser par procuration la tienne avortée que tu t'étais tant investie dans l'idée de sa réussite ?

Votre mère est paysanne, elle cultive les champs de manioc ainsi qu'une petite plantation de bananiers héritée de sa mère. Elle est chrétienne pratiquante de la Mission évangélique suédoise comme votre père, votre village étant un îlot protestant dans une région majoritairement catholique, un catholicisme mâtiné de croyances traditionnelles. Lui, il est pasteur – enfin, on l'appelle pasteur parce que c'est lui qui s'occupe des activités spirituelles du village, même s'il n'a jamais fait des études de théologie et n'a pratiquement jamais quitté son village. Les lunettes acrobatiquement posées sur le pont de son nez camus, il bénissait les mariages et les morts en lisant les paroles du Seigneur dans une vieille bible en langue kongo aux bordures rouges. Quand tu le voyais accompagner de son doigt chaque ligne qu'il lisait, tu ne savais s'il lisait vraiment ou répétait tout simplement ce qu'il avait appris par cœur car tu n'as jamais su s'il avait été à une quelconque école. Il est le type même du protestant des temps anciens, de ceux qui ne déviaient pas d'un iota de la morale inculquée par les missionnaires suédois qui avaient évangélisé votre village du temps de votre grand-père. Pour lui, boire de l'alcool est un péché, fumer aussi car l'odeur du tabac contamine et empoisonne le corps, temple du Seigneur ; admirer le dandinement des fesses de la femme du voisin ou tout simplement laisser traîner son regard un peu trop longtemps sur le corsage d'une femme équivaut à avoir commis l'adultère dans son cœur et vous place déjà dans les territoires contrôlés par le diable en personne. Pendant la saison sèche et après les feux de brousse, il troquait sa Bible et son sacerdoce pour une machette et une hache et accompagnait sa femme aux champs pour abattre les arbres, tailler des bosquets afin de dégager l'aire où votre mère monterait les buttes de terre sur lesquelles elle planterait ses boutures de manioc et entre lesquelles ta sœur et toi semiez les graines d'arachides ou de maïs. C'était de la bonne terre et la récolte souvent abondante n'avait rien à voir avec celle des terres du Sahel dont on vous avait parlé en classe de géographie.

A l'époque, votre école était située dans le village voisin, à six kilomètres par la grande route, mais vous connaissiez des raccourcis, ce qui faisait qu'en prenant ces pistes qui passaient par monts et par vaux, vous évitiez les nombreux méandres d'une route qui dans ses serpentements se retrouvait plusieurs fois parallèle à elle-même.

Il arrivait souvent que la pluie vous surprenne et que vous rentriez toutes trempées ; maman vous faisait alors une infusion de citronnelle avec du sucre ou du miel. Une fois, il avait tellement plu que les livres et cahiers que vous portiez dans vos cartables en toile étaient tout mouillés, des pages s'étaient décollées tandis que l'encre des cahiers avait déteint et les leçons que vous aviez écrites n'étaient plus que de grosses taches bleues. Vous aviez peur d'affronter les parents à cause de votre négligence même si ce n'était vraiment pas de votre faute. En tout cas papa ne serait pas content car les livres coûtaient cher. Vous n'aviez aucun moyen de cacher la catastrophe à votre père : inquiété par la violence de l'orage, il vous attendait sous la véranda. Il repéra tout de suite les objets mouillés que vous tentiez de dissimuler derrière votre dos. Miracle, ce ne fut pas ce que vous craigniez, engueulades et punition, bien au contraire. "Mes pauvres enfants, dit-il, c'est ma faute, j'aurais dû y penser plus tôt." Dans la semaine, il vous acheta des cartables en plastique et un imperméable pour chacune d'entre vous. Vous n'étiez pas pauvres grâce à vos champs et à la plantation de bananiers. Vous étiez des privilégiées car beaucoup d'élèves n'avaient ni cahiers ni livres mais seulement des ardoises et pour eux le maître était obligé de copier au tableau noir tout ce qu'il fallait lire à l'unisson à haute voix. Et, comme vous n'étiez pas pauvres, vous aviez tout pour réussir et vos parents vous poussaient sans cesse sur le chemin de l'école. Ils avaient investi un immense espoir en vous, surtout en toi, la fille aînée.

Le jour où l'on annonça les résultats du certificat d'études primaires, tu te trouvais aux champs avec ta mère et ce fut Tamara qui t'apporta la nouvelle, tout excitée. Sur le coup, ta mère avait lâché sa houe, elle t'avait entourée de ses bras, puis t'avait regardée avec un grand sourire, t'avait étreinte à nouveau, et enfin s'était mise à danser autour de toi en chantant. Finie la plantation pour toi, dit-elle, tu dois aller au lycée. Je vais demander à Turia de t'accueillir, tu iras vivre chez elle. Ton père souriait quand il te vit arriver du champ, une cuvette pleine d'épis de maïs sur la tête. Tu ne savais pas s'il était fier de toi ou de lui-même, mais en tout cas il était heureux. Quand grand-mère était encore en vie, elle ne manquait jamais d'invoquer les ancêtres pour tout ce qui vous arrivait, bon ou mauvais. Papa considérait que le grand échec de sa vie avait été de ne pas avoir réussi à convertir grand-mère, sa mère, au christianisme. Tu les entendais souvent discuter de théologie et même se disputer. Lui, il parlait de son dieu unique au fils unique, elle, de ses nombreux dieux et ancêtres car, raisonnait-elle, "plusieurs yeux voient mieux que deux yeux". Lui vivait dans la crainte de son dieu et ne pouvait l'engueuler quand il le lâchait, elle, ses dieux craignaient sa colère car, si l'un d'eux n'avait pas rempli la mission qu'elle lui avait assignée, elle le punissait en arrachant une jambe ou un bras à la statuette qui le matérialisait. Tu te souviens encore du jour où tu lui avais apporté dans un petit panier en osier les premières feuilles d'oseille de ton jardin ; c'était la première fois que tu plantais quelque chose et la première fois que tu faisais une récolte. Fière comme on peut l'être à cinq ans, tu lui avais triomphalement tendu le panier, et de son côté, fière comme peut l'être une grand-mère, elle t'avait prise dans ses bras et t'avait annoncé solennellement, comme un secret, que les ancêtres de votre clan t'avaient fait le don d'une main verte. Quand on lui avait expliqué que ton admission au certificat d'études primaires était d'une importance capitale pour ton avenir, elle avait assigné à un de ses dieux la tâche exclusive de veiller sur toi. Papa, lui, ne connaissait ni ne reconnaissait les ancêtres. Il adressait ses félicitations à toi, au Dieu tout-puissant et à Jésus-Christ en même temps. Tu seras la première intellectuelle de la famille, disait-il, la première à aller au lycée et à passer le bac, tu décrocheras des diplômes d'université que tu couronneras par un doctorat !

A douze ans, fille d'un pasteur autoproclamé et d'une paysanne perdue dans un village, tu n'avais jamais entendu parler de ces diplômes. Et, quand devant la famille assemblée tu plaças ta valise toute neuve dans l'autocar qui allait t'emmener dans la capitale, tu compris qu'une nouvelle étape de ta vie allait commencer à l'instant où le chauffeur allumerait le moteur, et que cette route de terre latéritique que le camion emprunterait bientôt, cette route qui zigzaguait devant toi, qui disparaissait un moment dans les bosquets pour réapparaître comme une petite bande étroite là-bas au sommet de la montagne avant de disparaître encore, était le chemin qui te conduirait à cette nouvelle vie que te souhaitaient tes parents, une vie différente de la leur. Les autres voyageurs avaient dû le pressentir car ils s'étaient empressés de se serrer un peu plus pour te faire une place plus confortable. Ta mère agitait le mouchoir qu'elle avait détaché de sa tête, ta sœur sa main, tandis que ton père, par de grands gestes, balayait l'air avec son livre saint. Tu n'avais pas pleuré.

Tes pensées vagabondes semblent avoir raccourci le chemin puisque au détour de la rue tu aperçois déjà ta maison alors qu'il te semble avoir à peine quitté celle de ta tante. Ton premier souci, vérifier si les enfants sont bien rentrés de l'école sains et saufs. Ta crainte quotidienne, c'est qu'il leur arrive quelque chose pendant que tu te trouves au chantier : c'est cette raison qui te pousse parfois à les trimballer avec toi les jours où ils n'ont pas classe.

Oui, ils sont bien là et ils t'accueillent avec des cris de joie. L'aîné vient prendre Lyra que tu as descendue de tes épaules. Celui de neuf ans s'est mis quant à lui à farfouiller dans ton sac de provisions car il sait que tu leur rapportes toujours quelques gâteries à ton retour le soir. Il ne trouve rien et se met à bouder. Evidemment tu ne lui dis pas que tu commences à manquer d'argent parce que tu n'as rien vendu depuis plusieurs jours ; tu le consoles en lui expliquant que tu n'as pas eu le temps de faire le petit crochet habituel dans la rue où les vendeuses de beignets, de cacahuètes grillées et de bananes tiennent leur marché. Demain peut-être. Il prend ces mots pour une promesse ferme alors que pour toi ce ne sont que ces petites menteries sans conséquence que raconte toute mère pour consoler son enfant.

Tu entres dans la maison déjà plongée dans l'obscurité. Tu appuies sur le commutateur et… les ampoules s'allument ! Qui a dit que les miracles n'existaient pas ? Ton quartier a du courant ce soir et tu es contente car la distribution de l'électricité dans la ville est comme la loterie, un jour vous l'avez, un autre jour vous ne l'avez pas. Et, quand vous l'avez, cela ne dure parfois que quelques heures. Ils appellent cela du "délestage". C'est pourquoi, en plus de tes réserves de bougies, tes lampes-tempête, toujours avec suffisamment de pétrole, sont prêtes à prendre le relais.

Comme tous les soirs, malgré leurs réticences, tu obliges les deux garçons à se laver avant de prendre le repas du soir afin de se débarrasser de la crasse accumulée toute la journée. Pendant ce temps, tu fais coucher Lyra qui somnole déjà. L'aîné finit ses devoirs assez vite car aujourd'hui il n'a que des devoirs de géométrie, le calcul de l'aire de quelques polygones simples, le triangle, le carré et le rectangle. Tu les laisses ensuite bavarder un peu avec toi avant de les envoyer dormir sur le matelas de mousse qu'ils partagent en leur disant de bien tirer leur moustiquaire. Enfin tu peux t'occuper de ton corps.

L'eau que tu as mise à chauffer est maintenant à la bonne température. Tu enlèves le seau de la gazinière et, avec une cuvette, tu te diriges vers la douche. Avec un savon parfumé, tu te savonnes énergiquement le corps, tout particulièrement les aisselles, les poils de ton pubis et toute la zone entre tes cuisses et tes fesses. La mousse abondante absorbe la sueur, les poussières et toutes les saletés de la journée. Tu te rinces ensuite à grande eau pour te débarrasser de cette mousse gorgée de souillures. Tu n'es plus sale. Alors, assise à croupetons au bord de la cuvette, tu asperges plusieurs fois d'eau chaude l'intérieur de tes cuisses ouvertes. Ce contact de l'eau chaude avec l'intimité de ton corps fait monter en toi un désir, un désir assez fort. Tu fermes les yeux. Ta respiration se transforme en une succession saccadée de brèves bouffées d'air inspirées et expirées. Tu te rends compte que cela fait bien longtemps que tu n'as pas fait l'amour, que le sexe dur d'un homme ne t'a pénétrée, plus d'un an au moins, depuis cette nuit fatidique où tu as demandé fermement à cet homme qui était ton mari de mettre une capote s'il voulait faire l'amour, cette capote non enfilée pour laquelle tu te retrouves aujourd'hui casseuse de pierres élevant toute seule trois enfants. Tu te doutais bien que la vie seule, sans quelqu'un à tes côtés, serait difficile mais tu ne soupçonnais pas que ça le serait à ce point.

A cause de la longue maladie de Tamara, tu avais cessé depuis longtemps de faire tes voyages de commerçante en Afrique de l'Ouest, un commerce qui marchait très bien car, contrairement au marché de pagnes où il y avait pléthore, tu étais l'une des rares spécialisées dans l'alimentation : les crevettes fumées de Lomé ou le poisson salé de Dakar rapportaient plus et plus vite que les superwax ou les pagnes en basin. En fait, tu avais déjà commencé à puiser dans tes économies bien avant de quitter ton mari parce que tu étais seule à t'occuper de ta sœur, l'apport de tes parents étant saisonnier car dépendant des récoltes. Toutes ses amies, même celles de son cercle intellectuel, l'avaient désertée lorsque le bruit s'était répandu qu'elle était malade du sida. Quand tu les rencontrais par hasard, elles t'abreuvaient de paroles sympathiques et compatissantes mais ne t'embrassaient plus et c'était à peine si elles te tendaient la main comme si tu avais contracté le pian ou la tuberculose. Et pourtant, en tant que femmes éduquées, elles auraient dû savoir que cette terrible maladie ne se transmettait pas par un baiser ou par une poignée de main. Ce n'était pas la peste tout de même ! Mais qu'attendre des gens d'un pays qui avaient honte de reconnaître l'existence de la maladie et camouflaient la réalité sous le terme "syndrome inventé pour décourager les amoureux"? Nelson Mandela n'avait pas eu honte de divulguer au monde que son fils en était mort, toi non plus en ce qui concernait ta sœur. La seule différence est que tu précisais toujours que le contaminateur était son mari.

Lorsque tu appris que ton pays avait été sélectionné pour un programme de trithérapie à bas prix financé par la fondation Bill et Melinda Gates, tu t'étais précipitée pour enregistrer ta sœur sur la liste des demandeurs. Cependant, à force d'être renvoyées de bureau en bureau, de prendre des rendez-vous chaque fois repoussés au lendemain et incapables de trouver la somme nécessaire pour graisser la patte à qui de droit, vous n'aviez jamais eu accès à ces médicaments.

Alors, quand manger était devenu pour elle un calvaire à cause de la douleur qui nouait sa gorge, quand sa peau n'avait plus pu supporter le contact des draps à cause des nombreuses lésions qui la recouvraient, et quand l'amaigrissement de son corps avait transformé son beau visage en deux gros yeux brillants enfoncés entre un front proéminent et des pommettes exagérément protubérantes sur lesquelles s'étirait une peau mince qui tentait d'en recouvrir les os, tu avais paniqué. Et dans ta peur de la voir mourir tu t'étais mise à tout essayer : des médicaments indiens et chinois aux origines douteuses vendus clandestinement sur le marché aux traitements traditionnels à base de simples, d'ail ou de piments sauvages ; des pasteurs et autres évangélistes offrant des prières avec bougies, encens et eaux sacrées aux guérisseurs qui te demandaient de sacrifier qui un coq, qui un mouton pour accompagner les grigris qu'ils te vendaient. Que ne ferait-on pas quand on n'a plus d'espoir ? Elle était morte malgré tout. Tu avais accompagné le corps au village où tes parents tenaient à l'enterrer. Tu avais pris Lyra avec toi, sa fille unique, orpheline à six mois. Dieu merci, sa mère ne lui avait pas transmis le virus durant sa grossesse.

Après le choc, il fallait continuer à vivre, ne serait-ce que pour élever les trois enfants. Heureusement que tu étais mariée, avais-tu pensé, ton mari t'aiderait à rebondir. Maintenant que tu n'avais plus ta sœur, il serait ton seul soutien, le pilier sur lequel tu pourrais t'appuyer, entourée de son amour et de tes enfants, comme ta tante avec son mari, comme ta mère avec ton père. Cruelle déception ! Il avait commencé par te reprocher de trop t'investir dans la maladie de Tamara et de le négliger, puis à franchement déconner sans attendre que tu sortes de la douleur d'avoir perdu ta sœur. Ou, plus vraisemblablement, son jeu durait depuis longtemps sans que tu t'en sois rendu compte, jusqu'à cette nuit fatidique où le voile était tombé de tes yeux et où tu avais eu peur. Peur injustifiée peut-être, mais peur tout de même de mourir comme Tamara. Alors tu avais exigé ce mince caoutchouc qui faisait la différence entre la vie et la mort. Tu ne l'avais pas cependant quitté tout de suite. Ta tante t'avait persuadée de regagner le foyer conjugal ce matin où, couverte d'ecchymoses, tu avais débarqué chez elle à la pointe du jour. On ne quittait pas un mari pour si peu. Ce que Dieu avait uni par les sacrements du mariage ne pouvait être défait par quelques horions. C'était ta tante, elle avait plus d'autorité sur toi que ta propre mère comme le voulait la tradition. En plus c'est elle qui t'avait élevée pendant toute ton adolescence. Elle t'avait ramenée au foyer conjugal comme si un tel foyer existait encore. De toute façon, ta mère n'aurait pas agi autrement. Ton hypocrite de mari, les yeux fuyants, exhibait tout le respect dû à une belle-mère et jurait ses bons dieux qu'il ne comprenait pas pourquoi tu avais fui la maison, qu'il était vraiment gêné qu'un petit problème qui pouvait être réglé entre mari et femme soit divulgué hors du toit conjugal. Ta tante l'approuvait, c'était exactement ce qu'elle voulait entendre, elle qui ne pouvait concevoir un mari autrement qu'à l'aune de son cher Malaki, un homme qui l'avait aimée et adorée toute sa vie. La fautive c'était toi, ce ne pouvait être l'homme. Satisfaite, elle s'en alla. Il n'avait pas osé lui dire que le fameux petit problème était que tu avais refusé qu'il te baisât sans capote.

Après ce premier incident, il avait joué au mari fidèle et respectueux pendant une semaine, puis il t'avait menacée d'aller chercher ailleurs si tu ne lui cédais pas. Plus tu résistais, plus il insistait. Il était visiblement excédé devant ton refus obstiné – pas de test, point de baise sans capote – jusqu'à ce soir où il péta les plombs de nouveau. Après tout tu m'appartiens, avait-il hurlé. Il continua en gueulant qu'il avait payé une dot pour t'épouser et que tes paysans de parents seraient incapables de le rembourser. Tu lui rétorquas aussitôt que tes parents n'étaient pas pauvres. Quant à la dot, elle ne valait même pas le produit de la récolte d'une moitié divisée par trois de la plantation de bananiers de ta mère. Ta réponse semblait avoir injecté une dose supplémentaire d'adrénaline dans son système nerveux car il s'enflamma, aboyant à tue-tête que tu n'avais pas de boulot, que tu n'avais aucun revenu, que la longue maladie de ta sœur t'avait ruinée, que sans lui tu serais dans la rue car tu ne saurais où aller. Tu sentais que bientôt il ne se contrôlerait plus et qu'il se mettrait à te frapper. La dernière fois tu t'étais laissé surprendre car c'était la première fois qu'il te frappait en douze ans de mariage, mais il était vrai aussi que c'était la première fois que tu lui refusais la chose. Cette fois-ci, tu ne te laisserais pas surprendre. Un coup d'œil autour du salon où vous vous disputiez te permit de repérer aussitôt ce qui pouvait te protéger. Tu te déplaças subitement pour te placer à côté de la table, près de la lampe-tempête. Les enfants, ne comprenant rien à vos éclats de voix, terrifiés, étaient allés se cacher dans leur chambre. Tu te crois plus sainte que le pape qui est contre la capote, lança-t-il, introduisant injustement la foi chrétienne de tes parents. Tu lui répliquas, cinglante, que bien que chrétienne tu n'étais pas catholique, par conséquent le pape n'était pas ton imam. "Tais-toi, une femme n'a pas le droit de me parler sur ce ton! – Eh bien, si tu veux que je me taise, tu la boucles toi aussi", tu lui répondis du tac au tac. Alors il bondit vers toi, mais tu étais préparée. La lampe-tempête l'atteignit en plein front. Le verre se brisa et plusieurs éclats lui labourèrent le visage. Il saignait. Heureusement pour lui – et pour toi – que la lampe n'était pas allumée car le pétrole qui avait dégouliné du réservoir aurait pris feu et l'aurait transformé en une torche vivante. "Je ne vois plus, tu m'as crevé les yeux !" Il hurlait comme un fou… Tu ne pouvais plus rester, il pouvait te tuer, il pouvait faire du mal à l'enfant de ta sœur. Pendant qu'il se débattait comme une poule étêtée, tu fourras rapidement un minimum d'habits et quelques objets de toilette dans un sac et tu demandas aux enfants effrayés et pleurants de te suivre.

Vous marchiez vite, vous couriez presque. Tu ne savais pas où tu allais passer la nuit. Tout en cheminant, tu pensas à aller chez ta tante mais tu y renonças ; tu n'avais pas envie d'écouter un autre sermon. Une de tes meilleures amies depuis le lycée, Fatoumata, habitait dans un autre quartier de la ville. Elle comprendrait immédiatement ton problème et t'hébergerait au moins pour la nuit. Tu arrêtas un taxi, vous vous y engouffrâtes. Tu te juras de ne remettre les pieds dans cette maison que pour récupérer tes affaires, après que ta tante et ta mère venue en catastrophe du village eurent échoué à te faire revenir sur ta décision. Tu te sentis littéralement renaître à la vie lorsque le test du sida que tu t'empressas de faire quelques semaines plus tard s'avéra négatif.

L'eau contre tes cuisses a perdu de sa chaleur et sa fraîcheur contre ta peau ramène tes pensées devant le seau et la cuvette. Tu te lèves et commences par essuyer les parties les plus intimes de ton corps avant d'essuyer tout le reste. Propre comme un sou neuf, tu te masses les omoplates, les biceps, le cou et les doigts afin d'en éliminer la fatigue et les courbatures puis tu passes sur tout le corps de l'huile d'amande parfumée de santal ; tu termines en massant ton visage avec du beurre de karité. Tu te sens plus relaxée. Tu es bien contente car il arrive parfois que tu te jettes au lit encore vêtue de ta tenue de chantier parce que trop exténuée pour puiser de l'eau, la mettre à chauffer pour te laver et te masser le corps.

La longue journée est terminée et la nuit réparatrice peut enfin commencer. Après un dernier coup d'œil sur les deux garçons pour t'assurer qu'ils sont bien à l'abri des piqûres de moustiques, tu te glisses sous ta mousti-quaire, à côté de Lyra. Il est temps de faire reposer ton corps.

SEPT

Ton esprit est déjà au chantier quand tu te réveilles. Tu n'écoutes que d'une oreille distraite Radio France Internationale en train de donner son bulletin d'informations africaines.

"Le président de la république du Congo a dépensé quatre cent mille dollars pour un séjour de cinq jours à l'hôtel Waldorf Astoria de New York. Les documents à notre disposition indiquent qu'il a loué une suite de quarante-quatre chambres pour loger les membres de sa famille et de la délégation qui l'accompagnait. Les employés de l'hôtel ont été interloqués de voir les hommes du président sortir des liasses de billets de cent dollars de leurs mallettes pour régler la facture dans laquelle figurent des bouteilles de champagne de marque Cristal à sept cent cinquante dollars l'unité.

Quatre journalistes sierra-léonaises, qui avaient couvert une campagne contre les mutilations sexuelles féminines, ont été obligées de se dévêtir et de marcher nues dans la rue par un groupe favorable à ces pratiques, ont indiqué lundi des témoins.

Les journalistes ont été prises à partie vendredi dans la ville de Kenema, dans l'Est de la Sierra Leone, par des membres du groupe Bondo, une organisation secrète traditionnelle qui pratique les mutilations sexuelles sur les femmes, perçues comme un rite d'initiation.

Ils ont déshabillé les journalistes et les ont forcées à marcher nues dans la ville, avant que la police et des organisations locales des droits de l'homme n'interviennent, selon des témoins interrogés par l'AFP.

Selon l'ONU, 94 % des femmes et filles de Sierra Leone entre quinze et quarante-neuf ans ont subi une excision."

Pour toi la seule question qui trottinait dans ta tête était : aujourd'hui sera-t-il un jour différent, c'est-à-dire le jour où ces acheteurs de pierres accepteront de discuter avec vous ?

Les deux grands expédiés à l'école, Lyra déposée chez ta tante, tu te presses. D'habitude, le soleil brille sans chauffer pendant les premières heures de la matinée, mais aujourd'hui il ne vous accorde aucune faveur car, dès huit heures, il tape comme s'il était déjà midi. Tu croyais être la première à arriver au chantier mais une fois encore Iyissou la taciturne t'a devancée. Tu donnerais un mètre cube de ta caillasse pour savoir ce qui se passe dans la tête d'une femme qui a vu son enfant littéralement arraché de ses bras avant d'être assassiné. Tu lui dis bonjour, elle te sourit de façon absente et continue à cogner sur sa pierre.

Les autres femmes arrivent une à une et bientôt elles sont toutes là. Elles se rassemblent tout naturellement autour de toi pour arrêter la stratégie du jour, en fait pour t'entendre reconfirmer ce que vous aviez déjà décidé depuis deux jours : vendre votre sac de pierres au prix non négociable de quinze mille francs en commençant par demander vingt mille francs, prix stratégique de marchandage. Ce cercle autour de toi est peut-être aussi une façon de vous rassurer les unes les autres.

Chacune rejoint alors son petit territoire et entame sa routine journalière.

*

Voilà les camions qui arrivent. Il est onze heures, l'attente n'a pas été longue. Le bruit de leurs moteurs diesel, les fumées de gazole, la poussière, les crissements des freins et des pneus, tout cela a failli vous faire sauter de joie. Vous êtes soulagées. Ils vous avaient dit qu'ils ne reviendraient pas tant que vous n'auriez pas ramené vos prix à dix mille francs, et pourtant ils sont là, ils sont revenus, ce qui montre qu'ils ne peuvent se passer de votre pierre. Mais il ne faut pas leur montrer votre soulagement, vous continuez donc à taper sur votre pierre comme si ces arrivants n'avaient aucune importance.

D'habitude, les acheteurs allaient directement inspecter les sacs avec l'arrogance de ceux qui ont l'argent, se complaisant dans la manière dont vous vous pressiez autour d'eux, telles des poules dans un poulailler s'égaillant autour de celui qui leur jette des graines à picorer ; ils savaient que vous étiez prêtes à subir toutes leurs vexations pour toucher ces fameux dix mille francs. Coups de gueule par-ci : Eh toi là, ton sac n'est même pas plein, tu me prends pour un idiot, ajoute quelques cailloux pour bien le remplir si tu veux que je l'achète ! Mais c'est quoi ça ? Tu appelles ça du gravier ? Mais vas-y donc pendant que tu y es, vends-moi carrément les gros blocs de grès que tu vois là-bas. Coups de pied dans le sac qu'ils renversaient pour montrer à la vendeuse que ses cailloux n'étaient pas cassés assez petit.

En général, les chargeurs qu'ils amenaient avec eux ne les suivaient qu'après l'achat des sacs. Aujourd'hui, curieusement, tous descendent de leurs camions, feignant d'ignorer les sacs de cailloux, et foncent vers vous : les chauffeurs, les acheteurs, les chargeurs. L'un d'eux, qu'ils ont choisi comme porte-parole ou comme chef, chaussant des lunettes noires pour se protéger de l'éclat du soleil ou plus probablement pour vous impressionner, casquette américaine sur le crâne, dandinant sur ses jambes, se met à vous haranguer avec superbe. Il vous menace, vous dit qu'ils sont revenus pour vous donner une dernière chance car il y a de la pierre ailleurs, et que, si jamais ils quittent ce chantier aujourd'hui sans rien acheter, ils ne reviendront plus jamais. Point final.

Vous daignez enfin relever la tête pour les regarder.

— Nous ne refusons pas de vendre – c'est toi qui réponds car tu es celle qui est chargée de porter la parole des autres –, comprenez-nous ! Vous vendiez à trente mille francs le sac que vous nous achetez à dix mille. Depuis que le président de la République a visité le chantier de cet aérodrome et que, furieux parce que les travaux avaient pris du retard, il a menacé de mettre tous les entrepreneurs en prison, vous en avez profité pour augmenter le prix du sac à cinquante mille francs ! Cinq fois le prix que vous nous l'achetez. Mais nous aussi nous voulons en profiter. Nous demandons vingt mille francs, il vous restera encore trente mille francs de bénéfice !

Tu ne te lèves pas quand tu lui réponds, tu restes assise sur ton siège, un gros roc ovale à la surface supérieure plane.

— Vingt mille francs c'est un premier prix, on peut toujours discuter, lance Laurentine Paka.

Un cri de désapprobation monte du chœur des femmes.

— Tais-toi, lui rétorque Itela, laisse notre porte-parole parler. Elle a dit vingt mille francs, c'est vingt mille francs !

— Elle n'est pas seulement notre porte-parole, elle est aussi notre présidente, corrige une autre. C'est vingt mille francs !

Plus hautain que jamais, l'homme reprend la parole, ignorant ce que vous venez de dire.

— Quand on est analphabètes comme vous l'êtes, on ne parle pas de ce qu'on ne connaît pas. Vous pensez que vos sacs vont aller à pied jusqu'au chantier de l'aéroport ? Et les camions, savez-vous qu'en plus de l'essence il faut vidanger un camion ? graisser les essieux, charger la batterie, mettre de l'air dans les pneus, vérifier les patins des freins, nettoyer les vis platinées et d'autres choses trop techniques pour que vous compreniez ? Savez-vous que tout cela coûte de l'argent, alors que vous, vous ne faites que vous asseoir sur vos culs et cogner, cogner ?

— N'empêche que vous venez nous supplier de vous vendre nos cailloux ! On ne vous les donnera pas pour moins de vingt mille francs.

Tu étais un peu remontée.

— Bien parlé, présidente, approuvent les femmes.

— Vous ignorez aussi qu'il y a un enjeu politique très important ? Vous ne savez pas que le président de la République tient à ce que ce chantier soit terminé avant la fête de l'Indépendance où il y aura des invités du monde entier ? Vous voulez faire honte à notre pays ? Vous voulez faire honte au président de la République ?

— Justement ! Si vous ne voulez pas que le président ait honte, sortez vingt mille francs par sac, vous aurez la pierre, le chantier sera fini à temps et le président sera content et il pourra faire la fiesta avec ses invités.

Soudain, un cri strident, comme hurlé par un être mi-fou, mi-sauvage, déchire l'air. Vos regards se tournent à temps pour saisir le bond d'Iyissou qui, comme une bête en furie, se lance sur l'un des chargeurs de camion. Le cri venait du tréfonds de son âme taciturne. Le chargeur de camion avait malencontreusement posé son pied sur un de ses sacs. Surpris, l'homme, catapulté loin du sac, mord la poussière tandis qu'au même moment Iyissou s'abat sur lui comme une panthère et se met à le frapper en émettant d'étranges cris brefs et rauques. Deux hommes, dont celui aux lunettes noires et à la casquette américaine, voyant le spectacle, se ruent au secours de leur camarade et se mettent à frapper Iyissou tout en tentant de le dégager. Ils n'auraient pas dû.

Le sang de Ya Moukiétou n'a fait qu'un tour et, saisissant l'homme aux lunettes au collet, elle le soulève littéralement de terre et lui abat en plein visage son poing de briseuse de cailloux. Ses lunettes de star se brisent en deux et, sonné, il s'écroule. Ils sont moins d'une dizaine, vous presque le double. Tout le chantier s'est transformé en champ de bataille. Ils donnent des coups de pied et de poing, mais vous avez vos armes, les cailloux. Des pierres grosses et petites que vous lancez, qui les frappent au visage, au crâne, à la nuque, au front et aux tempes.

Nombre d'entre eux se mettent à saigner. Et gare à ceux qui tombent car aussitôt deux ou trois femmes s'abattent sur eux avec des griffes d'oiseaux de proie, visant particulièrement l'endroit masculin qui fait le plus mal, les testicules. Ils geignent, supplient, implorent et certains finissent par pleurer. Alors c'est la débandade. Il faut voir ce spectacle d'une horde de femmes poursuivant un groupe d'hommes affolés, apeurés. Un chien vaincu fuit toujours la queue entre les jambes ; c'est exactement de la même manière que s'enfuient ces hommes. Ils se précipitent vers leurs camions sans demander leur reste et démarrent sur les chapeaux de roues. Deux camions se tamponnent en faisant marche arrière en même temps, tandis qu'un troisième rate son virage et manque de peu à tomber dans le fossé avant de se retrouver sur la route. Puis plus rien, la place est vide.

C'est la joie ! Une joie inattendue accompagnée d'explosions de rires. Itela, originaire du village de Makoua, saisit une casserole et commence à taper dessus comme un tam-tam. Vous vous mettez toutes à battre des mains, à danser et à iodler. Iyissou est la première dans le cercle. Non seulement elle danse et saute, mais elle ne cesse de parler, de raconter comment elle a terrassé l'homme, comment elle l'a frappé, mordu, lui a donné des coups de pied, tout en se tordant de rire. Vous êtes tout étonnées d'écouter ce déluge verbal sortant de cette bouche qui souvent ne prononçait pas un seul mot de la journée. Celles qui la connaissent bien expliquent que le cri sorti de son corps lorsqu'elle a frappé l'homme est le cri avalé le jour où elle bascula dans son monde taciturne, lorsqu'elle entendit le président de la République la traiter de menteuse, d'affabulatrice.

Ce cri qui avait obstrué sa gorge venait de la longue guerre civile qui ravagea le pays. Comme souvent dans ces cas-là les femmes en avaient payé le plus lourd tribut. Certaines, telles tantine Turia et Batatou, en étaient sorties veuves tandis que d'autres, volées et violées, avaient perdu tout ce qu'elles possédaient. Le cas d'Iyissou était l'un des plus tragiques. Elle avait réussi à faire sortir du pays son fils de dix-huit ans de peur qu'il ne fût enrôlé de force dans les milices rivales qui se combattaient. Il avait fini comme réfugié dans un camp du HCR dans un pays limitrophe. Lorsque finalement l'une des milices gagna la guerre et que son chef devint président de la République, ce dernier, dans un geste de magnanimité sincère ou tactique, avait demandé à tous les réfugiés de rentrer en assurant qu'il garantissait personnellement leur sécurité. Pendant que beaucoup hésitaient, Iyissou crut en la parole du président et pressa son fils de rentrer.

Elle vit l'enfant débarquer parmi les premiers réfugiés. Son grand gaillard de fils n'était plus qu'une longue carcasse émaciée, épuisée par les longues marches, la faim, les diarrhées, le paludisme. Elle ne l'avait pas revu depuis deux ans. Ce soir-là, elle se promettait de lui donner un bon bain chaud, et de le faire manger à satiété. Lorsqu'il sortit du débarcadère, elle le prit dans ses bras, le serra très fort en pleurant de joie. Mais sa joie fut de courte durée car deux soldats de la garde présidentielle qui triaient les passagers s'approchèrent d'eux. Ils demandèrent au garçon de montrer ses mains. Fils de paysan, il avait toujours aidé sa mère à dégager les bosquets à la machette pour les plantations, à utiliser la hache pour couper des troncs d'arbres pour faire du petit bois avec lequel ils faisaient du charbon : cela laissait inévitablement des stigmates sur les paumes des mains sous forme de callosités. "C'est la preuve que tu manipules les AK 47, cria méchamment un des soldats, tu es un milicien ennemi." Et hop, sans lui laisser le temps de s'expliquer, ils le jetèrent dans le fourgon qui l'emmena à sa mort puisque Iyissou ne l'avait plus jamais revu. Elle s'était jetée aux pieds des soldats, les avait suppliés, avait tenté d'expliquer que c'était un réfugié qui rentrait à la suite de l'appel du président de la République ; rien n'y fit, elle avait été brutalement repoussée par des coups de brodequins tandis que le camion avec son plein de victimes s'éloignait irrévocablement.

Depuis, elle attendait avec espoir un mot du père de la Nation. Peut-être son fils n'était-il qu'emprisonné et était-il toujours en vie ? Tant que ce n'était que le porte-parole du gouvernement, perroquet qui répétait à longueur de journée à la radio qu'aucun enfant n'avait été raflé au débarcadère du port fluvial de la ville par la garde présidentielle, elle ne s'en faisait pas parce que, comme beaucoup, elle avait une confiance absolue dans le président. Elle le vénérait en l'appelant "père de la Nation" et elle était sûre que, lorsque ce dernier apprendrait ce qui s'était passé ce jour-là au bord du fleuve, il punirait les responsables et porterait réconfort aux malheureux parents.

Jusqu'au jour où le père de la Nation parla. A la radio, à la télé. Une conférence de presse devant la presse internationale. Il martela qu'il n'y avait jamais eu de massacres au port fluvial de la ville, que toute cette histoire était une manipulation de politiciens en exil qui en faisaient un fonds de commerce afin de déstabiliser le pays et de prendre le pouvoir. Il affirma qu'il allait nommer un juge qui prouverait aux yeux du monde entier que toute cette histoire n'était qu'affabulations. A ces mots du "père de la Nation", Iyissou revit en un bref instant son enfant arraché avec des dizaines d'autres par les soldats de la garde présidentielle. En état de choc de voir que même le président, *son* président, pouvait mentir à ce point, elle s'était évanouie et au lieu de hurler, de laisser échapper le cri de sa douleur, elle l'avait avalé. Depuis, elle n'avait plus parlé.

Et maintenant la voici au milieu du cercle de danse, du cercle de joie, babillant, libérée par ce cri maudit expulsé de son corps, tandis que Moukiétou et Atareta rivalisent à qui fera tressauter plus vigoureusement ses fesses. Moyalo entame une danse de chez elle, en balançant son torse de manière chaloupée, et toi, pour ne pas être en reste, tu esquisses une rumba. Ah, comme la vie peut être belle !

Il faut arrêter la danse car c'est le moment de manger. Chacune avait apporté sa part du repas comme vous l'aviez décidé hier. Trop nombreuses pour manger toutes ensemble sur un seul pagne, vous en étalez deux pour faire une grande table conviviale. Tu es surprise par la quantité de nourriture et surtout par sa variété. Vous mangez à cœur joie tout en commentant l'événement. L'action la plus admirée est le coup de poing que Moukiétou a asséné sur le pif de l'homme aux lunettes. De façon spontanée et à l'unanimité, on proclame que tu n'es plus simple porte-parole du groupe, mais présidente. Présidente parce que, s'il fallait prendre une décision et que tout le monde n'était pas là, tu serais habilitée à la prendre, ta seule restriction étant de rester ferme et de ne pas aller au-dessous du prix plancher de quinze mille francs. Tu les remercies de leur confiance et leur dis que, maintenant que ces gens ont la preuve de votre farouche détermination, ils reviendront certainement demain avec de nouvelles tactiques de négociations car ils ont désespérément besoin de votre pierre. Vous devez donc toujours rester vigilantes.

Après avoir terminé votre repas, il vous faut vous concerter sur la stratégie du lendemain. "La pierre est notre pétrole", lance, à ta grande surprise, et joie, Batatou ; c'était ce que tu ne cessais de te dire depuis longtemps. Tout le monde reprend gaiement le slogan en applaudissant.

On ne sait par quel tour de passe-passe la belle Ossolo réussit à produire une bouteille de bière. Elle veut qu'on se la partage toutes mais trente-trois centilitres d'une boisson tiède pour une quinzaine de femmes, c'est impossible. La bonne idée vient de Mama Kody, du pays de la Sangha : l'offrir aux ancêtres pour les remercier de votre victoire, en lieu et place du vin de palme ; ce sera aussi efficace, assure-t-elle, les ancêtres comprendront. Applaudissements. Comme personne n'a de décapsuleur, Moukiétou prend la bouteille, coince le bouchon entre ses deux canines et très habilement le fait sauter. La bière tiède mousse comme du champagne. Elle tend la bouteille à Iyissou que tout le monde est content de voir si gaie ; celle-ci la saisit et, tout en restant à l'intérieur du grand cercle que vous avez formé, offre la boisson aux ancêtres en la répandant par terre en un mouvement circulaire inverse à la rotation de la terre, pendant que vous continuez à battre des mains, à taper sur des casseroles et des seaux, à ululer et à danser. Grand-mère, elle qui n'a jamais aimé la bière, doit bien se marrer de là où elle te regarde en ce moment, assise parmi ses pairs les ancêtres dont elle fait maintenant partie. Tu te promets de lui offrir le meilleur vin de palme que tu trouveras le jour où, pour célébrer votre lutte enfin victorieuse, vous vous réunirez encore pour danser en formant un nouveau cercle sacré.

Laurentine Paka, qui ne se fait jamais oublier pendant longtemps, agite ses mains en criant gaiement : "Les amies, il nous faut une photo-souvenir." Les photos qu'elle avait faites étaient magnifiques, en particulier la photo de groupe au centre de laquelle vous aviez placé Batatou et ses enfants. Son mari les avait fait imprimer et vous les avait distribuées le jour même avant votre départ du chantier. Tu espères que celles-ci, celles de la victoire, seront aussi belles. Vous arrêtez de danser et vous vous rangez dans la bonne humeur en rang d'oignon comme des écolières. Elle en fait une dizaine en se faisant remplacer de temps en temps pour être aussi dans quelques-unes.

Enfin le spectacle se termine. Défoulées et émotionnellement lessivées, vous décidez unanimement de crier pouce pour la journée, une journée bien courte mais tellement chargée ! Chacune se dirige alors vers son petit monticule de pierres afin de ranger ses affaires et de rentrer chez soi.

Vous ne vous attendiez pas du tout à ce que la riposte soit aussi rapide et brutale. Mis en déroute à onze heures, ces acheteurs de pierres sont revenus en force moins de deux heures plus tard, au moment même où vous vous apprêtiez à quitter le chantier. Seulement cette fois-ci ils ne sont pas venus seuls mais accompagnés d'un commando armé. Bien que surprise, tu n'es pas étonnée outre mesure puisque la plupart de ces camions appartenaient aux gros pontes du régime en place qui se cachaient derrière des parents anonymes pour faire des affaires souvent louches. Pour eux, mobiliser la police pour défendre leur bien privé est tout à fait normal.

Ce n'est pas une simple force de police qui débarque mais une police militarisée, pour tout dire une véritable milice armée venue, semble-t-il, pour affronter une bande de dangereux malfrats.

Ils sont une douzaine de policiers qui sautent immédiatement des cars grillagés avec casques, matraques, fusils et tout. Leur chef porte un pistolet à la ceinture. Il parade avec les insignes de son grade mais, ne connaissant rien aux grades de l'armée, tu décides de lui donner celui de colonel. Il avance, accompagné de trois ou quatre rescapés de la bataille du matin. L'un d'eux est l'homme aux lunettes noires mis KO par Moukiétou, une bande de gaze entourant sa tête comme un turban ; il n'y a pas à chercher, il est très en colère. D'autres portent des sparadraps collés ici et là, et tu en aperçois même un qui marche avec une béquille, faite d'un tronc de bambou. Ils vous fichent vraiment la pétoche.

Quelques femmes ramassent des cailloux qu'elles serrent dans leur poing, prêtes à les lancer, mais tu interviens immédiatement en leur demandant de les laisser tomber, car cette bande armée dite "forces de l'ordre" ne cherche qu'un prétexte pour vous massacrer impunément. Tu prends ton courage à deux mains, tu avances de quelques pas puis tu t'arrêtes pour les laisser venir vers toi. C'est à eux de venir vers toi car c'est ton territoire. Quand il voit les autres se ranger derrière toi, le chef des soldats, le colonel, qui jusque-là ne savait pas à qui s'adresser, comprend immédiatement que tu es la chef et, te pointant du doigt, laisse éclater sa colère : "Je devrais vous coffrer toutes, bande d'idiotes, pour coups et blessures volontaires sur des tiers. Agresser des commerçants qui ne veulent rien d'autre qu'acheter votre pierre, vous n'avez pas honte ?"

Il n'a même pas demandé à savoir votre version des faits et se met à vous insulter. D'ailleurs, quelle était la version des faits ? Tu n'en es plus aussi sûre. N'est-ce pas Iyissou qui la première a agressé ce pauvre homme ? Non, c'est plutôt l'homme aux lunettes noires qui a voulu étrangler Iyissou qui ne faisait que protéger son sac de gravier. Mais en fin de compte cela importe peu, la vérité est qu'une bande d'entrepreneurs véreux voulait s'accaparer de façon malhonnête votre gagne-pain et que vous vous êtes défendues. Mais à aucun moment le chef de ces militaires armés ne veut savoir ni comprendre. Tu lui parles de vendre vos sacs de cailloux à vingt mille francs, lui se lance dans un discours complètement déconnecté de vos besoins, de vos souffrances, de votre réalité. Il vous parle d'intérêt général, il vous hurle que cet aéroport international est une priorité nationale, qu'il doit être terminé avant la grande fête de l'Indépendance, que des invités du monde entier y compris le président de la République française vont y atterrir, que votre refus de vendre est un sabotage, un acte délibéré pour ternir l'image du pays et de son président à l'étranger, que ce ne seront certainement pas des tâcheronnes comme vous qui… Ya Moukiétou n'en peut plus et, oubliant que c'est toi la porte-parole attitrée, elle explose : "Si le président a tant besoin de ces sacs, qu'il nous les achète à vingt mille francs ! Ce sont nos sacs, c'est nous qui décidons. Ce n'est pas à lui de me dire la couleur du slip que je dois porter demain parce que c'est *mon* slip ! De la même façon, ces cailloux sont *nos* cailloux !" Gros éclats de rire du côté de tes troupes soudain ragaillardies avec des "Bravo, c'est ça ! Bien dit !" Cette fois le colonel se fâche vraiment. Il crie : "Outrage au chef de l'Etat" et ordonne à ses hommes d'avancer. Itela te demande ce que signifie "outrage au chef de l'Etat" et tu lui expliques que cela veut dire qu'on a insulté le président de la République. En entendant cette explication, Moukiétou se fâche encore plus et hurle à l'endroit du colonel : "Va dire à l'outragé président que je préférerais encore mille fois lui donner mes fesses gratuitement plutôt que de lui donner nos sacs pour dix mille francs !" C'était le mot de trop !

"Allez, on réquisitionne ces sacs. Vous viendrez vous faire payer au commissariat central de la police, ordonne le colonel, et à dix mille francs le sac !" Et les soldats et les chargeurs d'avancer. "Voleurs, hou hou hou, vous n'êtes pas des hommes, hou hou hou…", se mettent à hurler les femmes, impuissantes devant cette force armée qui avance. Dès que le colonel a entendu ces insultes et ces "hou hou hou" de mépris, il hurle : "Chargez !"

C'est la curée. Coups de bottes, de crosses sur des femmes désarmées. Vos cailloux se mettent à voler mais il n'y a pas match. Vous réussissez quand même à en malmener un et, pour dégager leur camarade en difficulté, ils se mettent à tirer. A balles réelles. C'est la débandade parmi vous. Tu fuis du côté du fleuve, d'autres fuient vers les gros blocs de grès pour s'offrir un rempart contre les balles, d'autres encore fuient vers les hautes herbes afin de s'y aplatir, s'y écraser hors de la vue de ces assassins. Mais celles qui n'arrivent pas à courir assez vite se font rattraper et tabasser. Enfin, au bout d'un moment, les voix humaines et le crépitement des armes se taisent complètement pour laisser la place au grondement lointain du fleuve qui se fracasse contre les rochers dans sa course vers l'océan et aux bruits mats des sacs de pierres pleins ou à moitié vides, que l'on balance en vrac dans les bennes des camions qui démarrent aussitôt toute la marchandise enlevée.

Le chantier n'est pas loin de la route nationale et les coups de feu, les cris et les pleurs attirent de nombreuses personnes qui, d'abord maintenues à l'écart par la présence policière, se précipitent dès que leurs fourgons ont quitté les lieux. Toutes laissent exploser leur indignation. Une à une, tes camarades de combat sortent de leur refuge, qui derrière des hautes herbes, qui derrière son gros bloc de grès. D'autres, incapables de se lever, gisent par terre et gémissent. Tu comptes celles qui sont blessées : Batatou atteinte d'une balle à la poitrine ; Iyissou, le bras gauche fracturé – heureusement pour elle, elle n'est pas gauchère comme toi ; Laurentine Paka, le front ouvert par un coup de crosse… D'autres manquent à l'appel : Moukiétou, Moyalo, Ossolo. Les soldats les ont embarquées !

Première chose à faire : évacuer les blessées. Le cas Batatou est le plus inquiétant. Il faut s'occuper d'elle en urgence car elle saigne abondamment. Une des personnes accourues à votre secours met généreusement sa voiture à votre disposition mais l'auto, avec ses petites roues, ne peut descendre jusqu'au chantier, la route étant trop abîmée par les ornières creusées par les gros pneus des camions qui l'empruntent pour chercher la pierre. Il faut donc transporter la blessée jusqu'au véhicule en grimpant la colline qui mène à la route carrossable. Avec deux bouts de bois et des palmes vous avez vite fait de fabriquer un brancard de fortune et, avec moult précautions, deux hommes la portent. Une deuxième voiture est disponible. On y emmène Iyissou en immobilisant son bras cassé, ainsi que Laurentine Paka dont le visage est en train d'enfler dangereusement autour de l'entaille qui barre son front.

Ce n'est qu'après l'évacuation des blessées toutes sur le même hôpital que tu te rends compte de la présence de Mâ Bileko à tes côtés, portant les deux enfants de Batatou. Tu prends soudainement conscience de ta lourde responsabilité en même temps qu'un fort sentiment de solidarité sourd de tout ton être. Elle propose de garder les deux enfants jusqu'à la sortie de leur mère de l'hôpital. Elle n'a même pas besoin d'acheter un biberon car elle en a déjà, assure-t-elle. "Merci Bileko, tu lui dis, c'est très généreux le geste que tu veux faire. Mais pas question de prendre les deux, notre solidarité doit être partagée ; je prends l'autre bébé, moi aussi j'ai un biberon."

Ceci étant réglé, la priorité est maintenant la libération de vos camarades Moukiétou, Moyalo et Ossolo. Vous décidez de vous retrouver toutes au commissariat central de la police dans une heure, le temps d'aller déposer chez vous vos objets personnels. Vous allez tout faire pour obtenir leur libération même si cela implique de vous faire coffrer toutes. Tu cales bien la petite dans ton dos avec un pagne – au fait, comment s'appelle-t-elle ? – et tu attaques la colline qui mène à la grande route, accompagnée de tes compagnes du chantier et de tous ces hommes et femmes qui, alertés par les cris et coups de feu, témoins de la brutalité des soldats, étaient venus vous témoigner leur solidarité.

HUIT

A peine as-tu déposé le bébé de Batatou à la maison sous la garde de ton fils aîné – à presque treize ans, on est assez grand pour cela – que tu cours chez ta tante récupérer Lyra avant d'aller acheter du lait en poudre car tu as maintenant une bouche de plus à nourrir ; cela signifie des dépenses supplémentaires mais où se trouve la sincérité d'une solidarité si cela n'implique aucun sacrifice ?

Juste le temps d'informer ta tante que vos sacs de pierres ont été confisqués par la police et que trois de vos camarades ont été arrêtées et te voilà sur le départ avec Lyra au dos. Elle ne saisit pas très bien le sens de ce briefing plus que sommaire et veut de plus amples explications ; tu lui réponds que tu es très pressée et que tu lui téléphoneras plus tard pour lui donner tous les détails.

Avant de revenir à la maison, tu t'es arrêtée pour acheter le lait en poudre. Lyra était encore nourrie au biberon lorsque tu l'as récupérée après la mort de sa mère. Après son sevrage, tu ne sais pourquoi tu avais gardé les deux biberons, bien protégés dans une boîte en plastique ; peut-être le destin savait-il qu'un autre bébé allait entrer dans ta vie. Tu tâtes les tétines, elles sont encore souples. Tu les jettes dans la casserole aux trois quarts remplie d'eau afin de les stériliser avec les deux bouteilles graduées. Grâce à la gazinière, l'eau ne tarde pas à bouillir. Tu laisses bouillir encore pendant trois ou quatre minutes avant de les sortir et de les laisser refroidir. Puis les gestes te reviennent spontanément : compter les cuillerées de lait en poudre, mesurer la quantité d'eau, mélanger, agiter vigoureusement pour en faire une solution homogène. Tu as pensé au départ que l'enfant allait rechigner au goût de ce lait industriel dont elle n'avait pas l'habitude mais pas du tout, elle s'est mise à téter goulûment. Peut-être est-ce parce qu'elle a très faim et que ventre affamé n'attend point un repas de gourmet. Tu la retournes sur tes genoux et tu lui tapotes légèrement le dos, elle fait un rot, non, deux. Elle s'endort presque immédiatement, repue. Depuis quand n'avait-elle mangé aussi bien ? Tu la places dans le lit qu'elle devra occuper avec Lyra et tu la bordes soigneusement. Avant de partir, tu appelles les deux grands et leur donnes les dernières consignes.

*

Quand tu débouches sur la grande avenue bitumée qui mène à la prison, il y a déjà près d'une cinquantaine de personnes qui s'y dirigent aussi. Un surprenant élan de solidarité. Beaucoup d'hommes parmi vous, dont Danny, le mari de Laurentine Paka. En fait, comme tout homme qui vit avec une femme se voit qualifié de "mari", personne ne savait vraiment s'ils étaient mariés légalement ou traditionnellement, s'ils étaient fiancés ou tout simplement amants. Laurentine elle-même rendait la situation plus confuse encore car elle l'appelait tantôt son mari, tantôt son ami, tantôt son fiancé. Mais cela importait peu, l'essentiel c'est qu'il aimait Laurentine et qu'ils étaient toujours ensemble. Alors, pour simplifier, tu as décidé de l'appeler du terme flou de "mari". La blessure de sa compagne l'avait scandalisé et enragé. Il paraissait encore plus en colère que vous, ne cessant de répéter que ce n'était pas comme cela que l'on devait traiter des citoyens, surtout des femmes. Sans que personne le lui demande, il se met à régler la circulation devant vous, détournant les véhicules, engueulant les conducteurs qui n'obtempèrent pas assez vite. D'autres hommes vous applaudissent et vous encouragent, peut-être parce que vous osez faire ce qu'on ne fait jamais dans ce pays, défier les autorités.

Arrivée devant la prison du commissariat, cette prison notoire pour ces cachots où l'on torture encore, la foule éclate spontanément en chansons ponctuées de "Libérez Moyalo, libérez Moukiétou, libérez Ossolo – trois battements rapides des mains –, libérez nos camarades !" Le bruit est d'autant plus impressionnant que vous êtes sincèrement en colère, très en colère. Non seulement ils vous ont volé votre marchandise, ils vous ont battues, mais en plus ils vous jettent en prison. Votre détermination est d'autant plus grande que maintenant vous ne vous sentez plus seules, entourées de cette foule d'hommes et de femmes

Dans ce pays, le crépuscule ne dure qu'un instant, la nuit tombe très vite. Vous ne savez pas depuis combien de temps se poursuit ce raffut devant la prison, toujours est-il qu'à la fin un colonel de police sort. Pas celui qui vous avait tabassées au chantier avec ses hommes mais un autre que vous ne connaissez pas. Il vous demande de rentrer calmement chez vous car selon lui on ne règle pas les affaires d'Etat la nuit. Ainsi, donc, votre affaire était devenue une affaire d'Etat, pas moins !

Tes compagnes te poussent en avant. En tant que porte-parole, tu prends la parole et lui réponds fermement que vous ne quitterez pas cet endroit sans vos trois camarades. Il se fâche en entendant cela et hurle que ce n'est pas à vous de lui dicter ce qu'il doit faire et que si dans cinq minutes vous n'avez pas dégagé, il vous fera vider à coups de matraques. Femmes, hommes, tous se mettent à le huer. Il sent qu'il ne maîtrise plus la situation et il bat précipitamment en retraite en portant son talkie-walkie à la bouche, probablement pour informer sa hiérarchie et demander des consignes. Vous redoublez alors vos cris et vos chants, cette fois accompagnés de sifflets et de lazzis.

Au bout d'une heure, à votre grande surprise et votre grande joie, c'est le maire de la ville lui-même qui arrive, accompagné de… ton ex-mari ! Pourquoi est-il là, mystère et boule de gomme. Tu es désarçonnée un moment par sa présence. Certes vous n'avez pas encore divorcé officiellement, mais la cérémonie traditionnelle de séparation a été exécutée devant sa famille et la tienne : le cercle de chaux blanche tracé autour de ta personne et les marques de kaolin dessinées sur ton visage t'avaient rendu ta pureté et avaient fait de toi une femme libre de tout engagement envers cet homme. Mais tu ne t'attardes pas sur la présence de ce bouffon et ton attention revient sur le maire.

Quand les hommes politiques ne se cachent plus derrière les forces de l'ordre et se placent en première ligne, cela veut dire que la situation est sérieuse. Dans ces cas-là, il faut être sur le qui-vive car ils ont alors la langue si mielleuse que, si vous n'y prenez garde, ils peuvent vous revendre votre propre slip sans que vous vous en rendiez compte. Le maire se met donc à parler. Il regrette qu'il y ait eu des coups et des blessures, mais il faut comprendre ces militaires car, c'est bien connu, il est dans leur nature même de ne pas faire dans la dentelle. Comme vos chantiers se trouvent dans sa juridiction et qu'il ne s'agit pas ici d'une affaire criminelle, il est dans ses prérogatives de prendre des décisions politiques. Et, pour bien montrer qu'il vous respecte et qu'il prend l'affaire au sérieux, il a tenu à se faire accompagner par le député Tito Rangi qui a spontanément offert ses services. Ce dernier a de très bonnes suggestions à vous faire et il ne parlera pas en l'air car il est aussi conseiller de la femme du président de la République. "Quand vous l'aurez écouté, conclut-il, vous rentrerez tranquilles chez vous car malheureusement – plutôt heureusement – nous sommes dans un Etat de droit et, dans un Etat de droit, il y a des heures légales pour libérer les gens. Compte tenu de cela, vos camarades ne seront libérées que demain."

Tout le monde se met à crier sur lui dès qu'il a terminé sa tirade. Non, non et non, nous ne partirons pas sans nos camarades.

Au lieu de se taire, ton imbécile d'ex-mari lève la main. Tu sais qu'il ne peut pas ne pas se donner en spectacle dès le moment où il voit ton ombre. Cela a toujours été ainsi depuis votre séparation. Aucun doute maintenant, tu sais pourquoi il est là. Il avait appris que tu étais la chef de ce groupe de femmes ou du moins leur porte-parole, et cela avait aussitôt provoqué des bouffées d'adrénaline chez lui, comme un chien excité. Le maire n'avait-il pas dit que c'était Tito qui lui avait offert ses services ? Pourquoi ? Tout juste pour te narguer !

Après votre séparation, sentant que malgré ses magouilles avec ses amis magistrats tu étais sur le point de réussir à lui faire payer des allocations pour nourrir vos deux enfants qu'il avait complètement abandonnés, il s'était inscrit au parti politique du président pour se mettre à l'abri ; grâce à cela, il avait réussi à se faire "élire" député. Il s'était présenté dans votre circonscription mais, personnage falot, il avait été largement battu au premier tour, terminant troisième derrière un candidat de l'opposition et un indépendant. Mais ne voilàt-il pas que la commission électorale indépendante dont les membres avaient tous été nommés par le président de la République, non contente de disqualifier le candidat de l'opposition arrivé en tête sous prétexte que celuici avait diffusé des tracts incitant au "tribalisme" et au "divisionnisme" deux heures après la fin de la campagne officielle, l'avait aussi déclaré vainqueur au deuxième tour avec le triple des voix qu'il avait obtenues au premier. La ficelle avait été tellement grosse qu'il ne cessait chaque fois d'ajouter "démocratiquement élu" à son titre de député, comme s'il en doutait lui-même.

Il lève donc la main et se met à parler. Il a l'air en bonne santé et, tu dois avouer, vêtu avec une certaine élégance. Tandis que tout le monde est en boubou ou en bras de chemise, il est en costard. Un veston bleu nuit, une chemise violette agrémentée d'une cravate fuchsia. Une chaînette en or orne son poignet. Sûr qu'il ne galère pas comme toi. Efforce-toi d'oublier ta rancœur et de l'écouter, tu te dis, peut-être sauvera-t-il la situation.

Après tout, pourquoi pas ? "Ecoutez, je suis ici en tant que député car, comme vous le savez certainement, j'ai été démocratiquement élu par vous, le peuple. Cela veut dire que je suis votre représentant face à l'administration. Mais je suis aussi conseiller auprès de Mme la présidente, donc j'ai une certaine autorité. Dès demain, je vais convoquer une réunion au cours de laquelle vous aurez l'occasion de faire état de tous vos griefs, et s'il faut renégocier les prix de vos sacs nous en discuterons. Croyez-moi, je suis de votre côté. Cependant, ne vous laissez pas manipuler. Vous ne le savez peut-être pas mais les yeux du monde entier sont en train de nous regarder en ce moment. Ce n'est pas parce que votre chef ou porte-parole cause bien qu'il faut la suivre aveuglément. Méfiez-vous des beaux parleurs. Vous avez ma parole et celle du maire, cela devrait vous suffire. Rentrez tranquillement chez vous maintenant, vos maris et vos enfants vous attendent."

Bon père, bon mari, n'est-ce pas ? Voilà, il n'avait pas pu s'empêcher de t'envoyer une pique. Tu réponds :

— Nous voulons bien attendre demain pour discuter du juste prix de nos sacs de pierres. Par contre, nous exigeons la libération immédiate – nous disons bien immédiate – de nos camarades. Sans cela nous ne partirons pas.

Bravos de la part de tes camarades et de la foule.

— Qui es-tu pour exiger quoi que ce soit ? réplique de façon cinglante l'ex. Ne sois pas irrespectueuse envers les autorités. Si tu continues, tu rejoindras les trois autres en prison.

— Emprisonnez-nous toutes, se mettent à crier les femmes.

Une voix d'homme, forte, s'élève du milieu de la foule.

— On vous connaît. Nous n'avons pas confiance dans vos promesses. Qu'est-ce qui dit que vous n'êtes pas en train de mentir à ces femmes ?

Alors là, le sieur Tito Rangi, ton ex-bien-aimé, pète les plombs. Il se met à hurler. Attention les postillons !

— Qui traitez-vous de menteur ? Moi ? Vous traitez de menteur un député ? un conseiller de la femme du président de la République ? Vous savez ce qu'on appelle "atteinte à l'autorité de l'Etat" ? Vous pensez peut-être que votre chef ici est un parangon de probité ? Je vous ai dit que je la connais bien, c'était ma femme. Elle a quitté son foyer sur un coup de tête. Je vous livre cette information personnelle pour vous dire de faire très attention aux gens qui agissent sur des coups de tête. Ecoutez plutôt ce que votre député vous dit.

— Elle t'a quitté parce que tu découchais tout le temps, coureur de jupons !

Tu ne sais pas qui est la femme qui a crié. La foule a éclaté de rire. Mais toi tu n'écoutes plus, tu es en train de bouillir intérieurement, tu as envie de lui tordre le cou. Au lieu de parler de vos sacs de cailloux, de vos revendications, de vos blessées, de vos prisonnières, non, il cherche avant tout à t'humilier parce qu'il n'a jamais digéré que ce soit toi, la femme, qui ait pris l'initiative de le quitter. Une humiliation pour lui car, d'habitude, c'est l'homme qui se vante d'avoir chassé sa femme.

— Attention, vous parlez à un député démocratiquement élu par le peuple, un conseiller à la présidence de la République, entends-tu à travers les ondes de ta colère.

— Tu n'as pas été élu, tu as été nommé ! Tricheur…

Encore des rires. Les quolibets de la foule te sauvent car ces quelques instants de diversion te permettent de maîtriser ta rogne, ce qui est important. Celle-ci a laissé place à une lucidité froide, un désir cruel de faire mal. Les arguments ne comptent plus maintenant et tu sais que ce ne sera pas ici que se négociera le prix de vos sacs de gravier. Ce député n'est venu là que pour t'humilier publiquement, c'est à lui qu'il faut répondre, qu'il faut rendre la monnaie de la pièce. Et si tu veux humilier un homme, en particulier un macho de son genre, mets en doute sa virilité en public. Alors tu te redresses et tu pointes ton doigt vers lui et, d'une voix que tu veux cinglante et ironique, tu lances :

— Dis-moi, Tito-mon-mari-chéri-qui-me-connais-si-bien, depuis que tu te fais entretenir par ta nouvelle conquête, tu as oublié que tu avais des enfants. Est-ce que tu sais que les vrais hommes sont fiers d'élever leurs enfants ? Est-ce que la femme du président est au courant que son conseiller est un père indigne ? Pourquoi ne règles-tu pas d'abord ce problème avant de t'attaquer à un qui te dépasse ?

C'est le délire ! Il ne s'attendait pas à cet uppercut en plein plexus, ou plutôt à ce coup au-dessous de la ceinture. Les mots qu'il veut vomir n'arrivent pas à sortir de sa gorge, ils se sont coincés au fond de son gosier et il se met à balbutier. La bronca de la foule se transforme en air des lampions avec "Libérez Moyalo, libérez Ossolo, libérez Moukiétou – battements des mains –, libérez nos camarades !"

Complètement débordés et déboussolés, le maire et son député démocratiquement élu battent en retraite. C'est une victoire pour vous parce que vous leur avez tenu tête, mais une victoire toute petite parce que vos camarades sont toujours enfermées. Il n'y a pas d'autre solution que de faire un sit-in dans la cour de ce commissariat de police. Vous alternez les chansons populaires avec celles que l'on chante lors des veillées mortuaires ; vous improvisez sur ces chansons en créant de nouveaux refrains se référant à votre lutte. Cependant, une petite inquiétude ne cesse de trottiner dans ta tête, pourquoi, contrairement à leurs réflexes, les autorités n'ont-elle pas encore envoyé les soldats pour vous rosser et disperser à coups de crosses et de matraques ? Ce n'est pas normal, quelque chose ne va pas.

Dans cette atmosphère bon enfant, le bruit d'un véhicule vous interrompt brutalement. Une voiture de police. Vous paniquez et tu te dis que cette fois-ci ça y est, voici venu le moment de l'affrontement inévitable avec les forces dites de l'ordre. Vous vous levez tous. De la voiture descend le colonel de police responsable de la prison, celui-là même qui avait menacé tout à l'heure de vous dégager à coups de matraques. Vous le regardez en silence lorsqu'il entre dans son bureau et les spéculations se mettent à aller bon train parmi vous.

Soudain, sans crier gare, la porte de la prison ouvre ses deux grandes ailes de métal et vos trois camarades apparaissent. Pendant quelques nanosecondes vous restez bouche bée comme si vous aviez tous la berlue, puis c'est un tonnerre d'applaudissements. Il est une heure trente du matin. Vous n'y croyez pas. Le colonel avait certainement dû recevoir un coup de fil de la présidence car dans ce pays tout remontait jusqu'au président de la République. La première à sortir est Moukiétou, un large sourire aux lèvres malgré son visage meurtri par les coups. Ossolo qui la suit boitille mais vous ne savez pas si c'est sérieux, tandis que la dernière à apparaître, Moyalo, se lance aussitôt dans un beau discours en lingala malgré son œil poché, vous remerciant toutes d'être là et vous exhortant à ne laisser à aucun prix ces voleurs prendre vos sac de pierres à dix mille francs.

En tant que porte-parole, tu prononces les derniers mots : ne pas s'arrêter à cette première victoire, le combat doit continuer. Demain, vous organiserez une grande marche sur ce même commissariat et vous allez y camper jusqu'à ce qu'ils vous restituent vos sacs volés. Ces paroles sont accueillies par un tonnerre d'applaudissements.

*

Les prisonnières avaient été jetées ensemble dans une même cellule. Pour une fois, aucune n'avait été torturée, mais aucune non plus n'avait reçu de soins. La priorité du moment était de les emmener à l'hôpital et de leur donner quelque chose à manger. Tout le monde avait coopéré et tout s'était passé vite et bien.

Ton portable se met à sonner. Tu farfouilles dans ton sac pour sortir l'appareil. Tu regardes l'heure, il est presque deux heures du matin. Tu te demandes qui peut bien t'appeler à une heure aussi tardive. C'est Atareta, celle qui est chargée de suivre l'état des blessées hospitalisées. Sa voix est désespérée. Elle t'informe que, depuis leur arrivée à l'hôpital en début d'après-midi, la fracture d'Iyissou n'a pas été traitée ; l'hôpital n'a ni plâtre, ni seringues, ni coton, ni alcool, il faut tout acheter soi-même. Où trouver l'argent ? Laurentine Paka, elle, avait de la chance car Danny, son mari, avait pu payer son ordonnance ; elle avait d'ailleurs fait don à Iyissou du reste de son alcool. Quant à Batatou, elle était toujours en réanimation.

Tu arrêtes la foule en train de se disperser et tu leur cries ces informations en sollicitant une cotisation. Un calcul rapide vous indique qu'il faut collecter immédiatement trente mille francs, le prix de trois sacs de cailloux. Vous êtes assez nombreux, il suffit que chacun donne deux cents francs pour que le compte soit bon. Tu en donnes cinq cents. Des mains entrent dans les poches et ressortent, d'autres dénouent des coins de pagne, d'autres encore plongent dans des sacs à main avant de ressortir, qui avec une pièce, qui avec un billet. Le compte final est de trente-cinq mille francs, plus qu'il n'en faut. Le fils de Moukiétou demande de ne pas acheter du coton car il en a chez lui et il offre également trois seringues jetables à usage unique. Tu appelles aussitôt Atareta pour lui demander de ne pas quitter les lieux et d'attendre le frère d'Ossolo qui, accompagné du fils de Moukiétou, est déjà en route vers l'hôpital pour apporter le nécessaire.

Voilà, tu es contente, tu as fait ce que tu avais à faire. C'était étonnant tout de même de savoir que toutes ces femmes que tu ne connaissais que comme casseuses de cailloux trempées de sueur sous le chaud soleil équatorial avaient une autre vie, une vie de famille. Ainsi tu découvres qu'Ossolo a un grand frère chauffeur de taxi, que Moukiétou a un enfant de vingt-cinq ans infirmier, et qu'Iyissou, oui, Iyissou si longtemps muette et retirée de l'univers autour d'elle, a un oncle chef de service au rectorat de l'université.

Maintenant que la tension est retombée, un coup de barre te submerge en même temps que tu sens un creux à l'estomac ; en effet tu n'as pratiquement rien mangé de la journée. Manger, prendre une douche puis aller au lit, tu ne penses plus qu'à cela. Les enfants avaient-ils pu dormir sans ta présence ? Ton fils aîné avait-il bien bordé la moustiquaire après avoir fait coucher Lyra et la petite de Batatou comme tu le lui avais indiqué ? A cette pensée, une inquiétude soudaine se met à te tarauder : peut-être que le bébé s'était réveillé et, ne trouvant pas sa mère, n'avait cessé de pleurer depuis ton départ ?

L'un des manifestants te dit qu'il a encore une place dans sa voiture et aimerait te déposer chez toi. Il a déjà pris trois autres femmes pour les ramener à domicile. Etonnant comment la bonté et la solidarité pouvaient se manifester spontanément chez des gens inconnus lorsque les circonstances s'y prêtaient. Peut-être qu'après tout, le monde n'était pas si méchant que ça. Tu le remercies. Les autres se poussent pour te faire de la place sur le siège conçu pour trois personnes, opération ardue car l'une des femmes est, comme on dit, plutôt bien en chair. Malgré tout, tu réussis à te caser.

Vous discutez gaiement des événements de la journée tout en roulant et, à les entendre raconter et broder, une dimension épique commence à faire son chemin dans le récit. Si tu n'avais pas été présente lors de l'attaque du chantier par la police, tu aurais pu penser, telle qu'elles la narraient, qu'il s'était agi d'une bataille héroïque de femmes à la poitrine et aux mains nues assaillant des chars lourds de fabrication soviétique. Bien que tu t'en amuses un peu *in petto*, tu es réconfortée de voir la joie et la fierté qui rayonnent des visages de ces femmes, ces femmes qui ne travaillent pas avec vous au chantier et qui probablement n'ont jamais cassé la pierre. Elles s'inquiètent tout autant que toi de l'état de santé de celles qui sont hospitalisées. Finalement la voiture s'arrête devant ta parcelle. Tu sors et les autres, décompressées, se réarrangent plus confortablement sur le siège. Au revoir et à demain.

Tu entres dans la maison. A ton heureuse surprise, les enfants dorment paisiblement et ils ont même pris le soin d'allumer la lampe-tempête pour servir de veilleuse. Tu te sens bêtement fière d'eux. Le bébé de Batatou dort dans ton lit avec Lyra, bien protégé sous la moustiquaire. Tes consignes ont été suivies.

Avant de faire quoi que ce soit, tu t'affales lourdement dans un fauteuil et une fatigue extrême te saisit. Tu te dis qu'il faudrait que tu te lèves pour te faire quelque chose à manger, mais ton corps refuse de bouger. Alors certaines images de la journée se remettent à défiler dans ton esprit. Puis surgit l'image de ton ex, avec ses propos déplacés voire injurieux. Pourquoi avait-il tant voulu t'humilier en public ? Peut-être t'aimait-il toujours malgré ce masque ostentatoire de macho bafoué qu'il affectait ? Cet homme se rendait-il compte que c'était à cause de lui que tu avais sacrifié ta vie et que tu n'avais pas réalisé cet avenir que tes parents avaient rêvé pour toi ? A douze ans, quand tu avais pris place dans cet autocar qui allait t'emmener de ton village à la capitale et au lycée, tu ne pouvais t'imaginer que la grande route qui s'ouvrait devant toi et que l'autobus avalait à grande vitesse allait s'engouffrer dans un tunnel d'où tu ressortirais, à dix-sept ans, complètement abîmée.

*

C'était le bal de fin d'année, un bal pour tous ceux qui avaient réussi à leur examen de passage en classe terminale. Faut-il vraiment rappeler que pendant ces six dernières années tu n'avais jamais redoublé une seule classe de la sixième à la terminale et que tu avais toujours été parmi les dix premiers de la classe et plus souvent encore la première ? Ce n'était pas pour autant que tu ne t'amusais point. Tu étais une fan de votre équipe féminine de basket et tu allais toujours la soutenir lorsqu'elle jouait contre les autres établissements. Sportive toi-même, tu faisais partie de l'équipe d'athlétisme sur piste, tout particulièrement sur les distances de deux cents, quatre cents et huit cents mètres. Bien sûr, malgré toutes ces occupations, tu ne manquais jamais le culte du dimanche au temple par fidélité à la tradition de ta famille.

Une chose par contre ne faisait pas partie de tes activités, la danse. Tu n'allais jamais aux boums tout simplement parce que ça ne t'intéressait pas. Mais cette fois-ci, comme tu étais parmi les premières de la classe et que ce bal avait été organisé pour vous, tu t'étais sentie obligée d'y aller. Assise sur ton siège, tu regardais tes amies danser avec les garçons, se tortiller le postérieur, sautiller et tournoyer selon le genre de danse. Tu refusais toutes les invitations avec des airs de princesse. Au bout d'un moment, tous les garçons s'étant lassés de tes refus répétés, plus personne ne venait te solliciter et tu étais restée scotchée sur ta chaise comme une gourde. Tu aurais voulu toi aussi jerker, twister, rocker, trépider avec les rythmes hip-hop, t'éclater comme tes amies, plutôt que de faire tapisserie, mais la vérité était que tu ne savais pas danser. Ouais, à dix-sept ans, tu ne savais pas danser, et en Afrique ! Voilà ce que ça te coûtait d'être la fille d'un pasteur autoproclamé.

Or ce garçon était venu et s'était assis à côté de toi. Il te semblait l'avoir aperçu une ou deux fois dans la cour de récréation du lycée mais tu ne le reconnaissais pas vraiment. Il avait l'air pas mal, sobrement habillé mais élégant, genre BCBG, pas comme ces autres à l'accoutrement extravagant voire outrageant. Tu fus surprise quand il te salua en mentionnant ton nom. Il te dit s'appeler Tito et qu'il te connaissait, car qui ne connaissait pas la fille la plus brillante du lycée ? Tu étais prise à contre-pied parce que tu t'attendais à ce qu'il te murmurât que tu étais belle, ou que l'ensemble que tu portais était magnifique ou encore que tu avais les plus beaux yeux du monde. Mais non, il te parlait de ton intelligence, ce qui est rare chez un garçon s'adressant à une nana. Tu étais flattée et troublée. Pour cacher tes sentiments, tu jouas à la modeste en lui déclarant qu'avoir de bonnes notes en classe ne voulait pas nécessairement dire qu'on était plus intelligente que les autres et, avant qu'il ne répondît, tu tournas le sujet de la conversation sur lui en lui demandant dans quelle classe il était puisque tu ne l'avais jamais rencontré dans aucun de tes cours. Il t'informa qu'il était en dernière année, en terminale, et qu'il attendait les résultats du bac passé il y avait quelques jours. C'était donc un grand. Le genre sérieux qui faisait maths ou physique. Non, chimie, perdu dans les atomes et molécules. Un grand à respecter. Tu osas enfin lui demander dans quelle série il avait passé son bac. Philosophie, répondit-il. Cela te surprit car tu ne comprenais pas comment l'on pouvait encore penser faire une carrière en philosophie quand il y avait tant de licenciés en droit et en lettres qui étaient au chômage. Pour ne pas le froisser, tu ne dis rien et tu te tus.

Comme tu t'y attendais, il te renvoya la question. "Série mathématiques" fut ta réponse. A son fugace froncement de sourcils, tu compris qu'il ne s'attendait certainement pas à ce qu'une femme fît un tel choix et, un peu hâbleur, pour montrer que lui aussi connaissait bien les mathématiques, il te sortit la plus banale des formules, $a^2 + b^2 = c^2$. Théorème de Pythagore ! ajouta-t-il, triomphant. A part l'enseignement, tu ne pourras rien faire avec les maths car tous ces axiomes, théorèmes et preuves sont trop abstraits, continua-t-il. Pas plus que "Je pense donc je suis", tu répliquas, lui rendant la monnaie de sa pièce. Touché, fit-il. Tu es séduite par la pitrerie qu'il fait en disant "touché", portant sa main gauche à sa poitrine tout en inclinant sa tête vers toi. Tu souris ; un garçon charmant *et* intelligent, tu te dis ; il n'y en avait pas beaucoup parmi ces danseurs qui se défoulaient sur la piste de danse. Tu lui répondis que tu n'avais pas choisi les mathématiques pour leurs lemmes et théorèmes, mais parce que tu voulais faire des études de gestion plus tard après ton bac, tout particulièrement gestion d'entreprise. Ah, tu veux dire "management", corrigea-t-il. Appelle-le comme tu voudras, mais je veux créer ma propre entreprise, tu lui rétorquas, car il ne faut plus compter se faire embaucher par l'Etat. C'est vrai qu'on ne peut pas créer des entreprises avec la philosophie, reprit-il, mais celle-ci t'apprend à regarder le monde avec scepticisme. "Scepticisme" était sûrement un terme philosophique car tu ne connaissais pas ce mot. Tu jouas franc jeu et lui dis que c'était là du jargon philosophique trop obscur et qu'il devrait s'exprimer plus simplement avec des gens comme toi. Il sourit – un sourire captivant – et t'expliqua que cela voulait dire douter de tout, douter du monde. Douter du monde ? Cela ne voulait rien dire. Encore une formule de philosophe comme s'il faisait exprès de te taquiner. Tu avais froncé exagérément les sourcils et le front de façon comique pour lui signifier que tu ne comprenais toujours rien et "je vais finir par te demander la valeur des angles d'un tétraèdre si tu continues à parler ce jargon incompréhensible", l'avais-tu menacé. Encore ce sourire. Assez discuté, avait-il alors décrété, ne veux-tu pas danser ? Ce que tu craignais !

Comme tu aimerais dire oui ! Mais tu ne savais pas danser ; quand tu t'y forçais, tu dansais comme une gourde, ce qui était inhabituel pour une jeune fille de dix-sept ans. Tu essayas d'esquiver en lui disant que tu étais fatiguée. Sentait-il que tu étais embarrassée ? Il te tira habilement d'affaire en te disant qu'il n'avait pas osé demander à une autre fille de danser parce qu'il ne savait pas danser lui-même et, te sachant très intelligente et gentille, tu serais patiente et compréhensive si dans sa balourdise il marchait sur tes pieds sur la piste. Tu rebondis aussitôt : Mais qu'est-ce qui te fait croire que je sais danser ? Peut-être suis-je pire que toi ? Dans ce cas c'est parfait, enchaîna-t-il sans hésiter et, se levant aussitôt, il ajouta : Plus on est de fous, plus on rit ; on est venu pour s'amuser, pas pour un concours de danse.

Tu ne savais pas quand il t'avait pris la main, quand il t'avait tirée de ton siège ni même quand tu t'étais levée, tu t'étais tout simplement retrouvée debout sur la piste avec ses mains autour de tes hanches et les tiennes autour de sa taille. Et comme par hasard c'était une musique lente, un "slow", cette musique de crooner pleine de *"my love"*, *"kiss me"*, *"hold me tenderly"*, pendant laquelle les disc-jockeys tamisaient toujours la lumière tu ne savais pourquoi. Tu avais marché trois fois sur ses pieds aux trois premiers pas de la danse, au quatrième ce fut lui qui te marcha sur les pieds. "Pardon, fit-il, tu vois, moi aussi je me prends les pieds." Ces paroles t'avaient relaxée, tu t'étais détendue, même si tu soupçonnais un peu qu'il l'avait fait exprès car il était bon danseur, il savait entraîner sa partenaire. Lentement, sûrement, sans t'en rendre compte, ton corps se mit tout naturellement à se balancer avec le rythme de la musique. Il te serra un peu plus, tu le laissas faire, tu te sentais bien, avec une sensation de chaleur dans le ventre, et tu avais fermé les yeux.

Lorsque la musique passa sans transition à des rythmes emballés de "coupé-décalé" et que les lumières éclatèrent à nouveau, vous vous séparâtes. Tu étais un peu gênée sans trop savoir pourquoi et tu rejoignis ta chaise sans le regarder. Il s'assit à côté de toi comme si de rien n'était et te dit que tu lui avais bien caché ton jeu car tu étais une très bonne danseuse. Malgré tes dix-sept ans, tu n'avais pas beaucoup fréquenté les garçons ; une sensation bizarre te submergeait et il te semblait que ton cœur battait plus vite que d'habitude. Pour qu'il ne s'aperçoive pas à quel point tu étais troublée, tu sortis un mouchoir de ton sac à main et tu te mis à éponger une transpiration beaucoup plus imaginaire que réelle. Il fait vraiment chaud, avait-il dit, et il t'avait demandé si tu voulais boire quelque chose. Comme la boisson était gratuite, tu avais dit oui car tu ne voulais pas lui être redevable de quoi que ce soit. Il revint avec un jus de mangue bien frappé. Il ne t'avait pas redemandé de danser et il avait bien fait car tu ne lui aurais probablement pas accordé une autre danse. Tu ne te souviens plus de quoi vous aviez causé pendant que vous sirotiez votre boisson. A la fin, il t'avait demandé ton adresse, tu la lui avais filée sans problème car tu savais que tu avais toujours la possibilité de ne pas lui répondre. Par contre tu avais hésité à lui confier ton numéro de téléphone – le numéro de ta tante – avant de finalement céder.

Evidemment tu n'avais cessé de penser à lui ce soir-là. Cela ne t'était jamais arrivé avec un garçon. Le lendemain, sans te l'avouer, tu espérais qu'il t'appellerait, sinon pourquoi t'avait-il demandé ton numéro ? Quand, à la fin de la journée, rien ne vint, tu t'étais rappelé ce que tes amies qui connaissaient mieux les garçons que toi t'avaient dit, que les garçons agissaient ainsi, ils oubliaient une fille comme ça vite fait, une fois qu'ils avaient eu ce qu'ils voulaient. Ainsi il avait eu ce qu'il voulait, une danse avec toi, pourquoi se souviendrait-il encore de toi ? N'empêche, tu ne t'étais pas trop éloignée du téléphone toute la journée. Ce fut pendant que tu étais aux toilettes que tu entendis la sonnerie. Le temps de remonter ta culotte et de te précipiter vers l'appareil, celui-ci avait cessé de sonner. Tu avais quand même décroché, il y avait un message sur le répondeur.

On ne pouvait faire plus court : "Allô Méré ? C'est Tito. 109,5 degrés. A plus." Tu n'avais rien compris. Un code à décrypter ? Testait-il ton intelligence ? Tu écoutas une fois encore, toujours aussi perplexe. Puis tu compris. Une onde d'émotion déclenchée par les battements précipités de ton cœur souleva ta poitrine et tu éclatas en un rire joyeux et sonore. Heureusement que tantine n'était pas dans les parages, elle se serait certainement posé des questions sur la santé mentale de sa nièce.

C'était donc ça ! Il n'avait cessé de penser à toi, ou du moins à ce que tu lui avais dit, lorsque tu l'avais taquiné en lui déclarant que, s'il ne cessait de parler son langage ésotérique de philosophe, tu lui demanderais la valeur de l'angle d'un tétraèdre. Il avait dû fouiller partout, le pauvre, pour trouver un livre de trigonométrie car votre école ne possédait pas de bibliothèque. Ou bien il avait tout simplement questionné un prof ? Il est fou ce garçon, et étonnant. Finira-t-il par t'envoyer des fleurs ?

Et les coups de téléphone avaient commencé. Etait-ce cela aimer, l'attente impatiente du coup de fil, son nom qui surgissait sans raison dans ton esprit alors que tu lisais, que tu prenais ton bain, ou tout simplement pendant que tu te promenais ? Puis vint ce jour fatidique, inattendu. Tu dis inattendu parce que quand tu t'étais levée ce matin-là tu ne pensais pas du tout que tu allais le voir. Tu étais accaparée par la préparation de ton voyage le lendemain pour aller au village passer les vacances chez tes parents. L'année scolaire était terminée. Ta tante avait confectionné une liste complète de ce qui manquait le plus aux villageois et t'avait remis l'argent pour faire les courses. Tu avais fait la tournée des magasins des Chinois, des échoppes des Ouest-Africains et du grand marché du centre-ville puis tu étais rentrée à la maison vers une heure de l'après-midi. Tu avais déjeuné rapidement tant il y avait de choses à empaqueter pour tes parents sans oublier tes propres bagages. Après tout, tu partais pour un séjour de près de trois mois de vacances. Le téléphone sonna pendant que tu t'efforçais de faire entrer dans un carton un gros tas de poisson fumé. C'était lui.

Il avait commencé par ces questions rituelles qu'on posait quand on n'avait rien d'important à dire, à savoir comment ça allait et ce qu'on avait fait dans la journée. Mais bien sûr cela importait peu, l'essentiel était de se parler, de faire sentir à l'autre sans le dire qu'il était toujours présent dans votre esprit. Le plus extraordinaire, c'est que vous ne vous étiez jamais échangé les mots "je t'aime". Tu ne sais pas pourquoi il ne les avait jamais prononcés mais, pour toi, ce n'étaient pas des mots qu'une fille de prédicateur protestant laissait échapper facilement de sa bouche. Quant à s'embrasser, à se donner des baisers plein la bouche, jamais ! Tu lui répondis d'une voix enjouée que tu allais bien, que tu avais fait des courses pour tes parents et que tu étais crevée, et qu'il fallait tout empaqueter parce que tu voyageais le lendemain. Pourquoi ne me l'avais-tu pas dit ? Je t'aurais aidée à faire les courses, protesta-t-il. Tu avais tout de suite constaté que ce n'était pas sa voix normale, gaie et souriante, mais plutôt grave et tristounette. Etait-ce parce que tu partais ou parce qu'il avait cru que tu serais partie sans le lui dire s'il ne t'avait appelée ?

— Ta voix est triste, Tito, qu'est-ce qui se passe ? Parce que je t'ai pas dit que je partais ? En fait je n'ai pris la décision qu'hier soir.

— Non, ce n'est pas cela. Les résultats du bac ont été proclamés et je ne suis pas sur la liste des admis. Pour dire les choses crûment, j'ai échoué.

Un étranglement dans sa voix. Tu étais sans paroles. Choquée aussi car, en ce qui te concernait, le bac pour Tito, c'était plié. Plié et dans la poche. En aucun cas l'idée ne t'avait effleurée qu'il pouvait le rater.

— Tu es toujours là ? fit-il après ton long silence.

— Oui, dis-tu. Je ne comprends pas.

— Moi non plus, reprit-il, toujours avec cette voix pleine de désespoir à peine retenu. Viens me voir, Méréana. Ne me laisse pas seul. Viens au moins me dire au revoir avant de partir. Vraiment, je déprime, il faut que je te voie.

C'était une prière, une supplique. Ton cœur et ton corps dirent oui, il fallait que tu le consoles, que tu l'encourages.

— D'accord, je serai là dans une heure à peu près, mais je ne pourrai pas rester longtemps. Explique-moi où tu habites.

En effet tu n'avais jamais été chez lui, ni lui chez toi. Une demi-heure plus tard tu sautas dans un taxi et tu te retrouvas dans son quartier, dans sa rue, devant sa parcelle. Peut-être t'attendait-il depuis que tu avais raccroché car il se tenait debout devant l'entrée de la parcelle. Il te fit entrer. Une maison raisonnable avec électricité. Il louait un studio, salon, chambre, cuisine et une douche à l'extérieur. Pas mal. Dès que vous fûtes entrés dans la maison et qu'il eut fermé la porte, sans réfléchir, tu t'étais précipitée dans ses bras qu'il avait grands ouverts.

Baisers, caresses. Difficile à croire, mais c'étaient les premiers baisers que vous échangiez depuis votre rencontre le jour du bal. Tu te laissais faire pour la première fois de ta vie. Ta robe qui tombe, son pantalon qui descend le long de ses jambes, les crochets de ton soutiengorge qui sautent, sa chemise qui s'envole, ton slip qu'il descend, son slip et ton slip qui glissent le long de vos cuisses respectives et que vos pieds font sauter au bout de leur course, et vous êtes tous les deux dans le lit. Tu te sentis transpercée, une douleur jaillit et passa, tu poussas un cri et tu t'agrippas contre lui plus fort encore…

Tout était allé très vite. Tu t'étais levée la première et tu avais constaté du sang sur les draps et le long de tes cuisses. Et tu avais compris. Tu n'étais plus vierge.

Aaah! Tu pousses un cri de rage dans ton fauteuil. Pourquoi penser à tous ces souvenirs alors que plus important t'attend demain? Tu te lèves lourdement du siège et allumes la gazinière. Tu poses sur la flamme bleue une casserole contenant un plat de haricots et de poisson salé que tu as préparé la veille; les enfants t'ont laissé ta part. Après avoir mangé, tu n'as plus l'énergie pour te laver. Il est rare que tu te couches sans t'être débarrassée des sueurs, souillures et fatigues de la journée par une bonne douche chaude, mais là il est vraiment tard et de toute façon le jour ne tardera pas à se lever. Comme il n'y a plus assez de place dans le lit déjà occupé par les deux petits enfants, tu te fais un couchage de fortune pour la nuit en étalant par terre une natte sur laquelle tu jettes une grosse couverture pliée en deux comme matelas. Tu t'y allonges enfin après avoir passé une crème antimoustique sur ton visage et tes bras et les parties dénudées de ton corps.

Que le sommeil t'emporte !

NEUF

Tu te réveilles en sursaut. Des coups contre la fenêtre de ta chambre. Tout te revient en cascade. Serait-ce la police ? Non, elle n'aurait pas frappé à la fenêtre mais plutôt donné des coups de crosse contre la porte principale, et même tenté de la défoncer si tu ne l'ouvrais pas assez vite. Tu entends crier ton nom. Après un instant de confusion, ton cerveau encore ensommeillé émerge du brouillard dans lequel il flottait et reconnaît la voix, celle de tantine Turia, pressante et affolée. Tu lui ouvres aussitôt la porte. Elle te prend dans ses bras, t'examine en te retournant dans tous les sens sans arrêter de parler. "Oh tu es vivante, béni soit le Seigneur. Felly ma voisine m'a réveillée à cinq heures du matin pour m'annoncer qu'avec les femmes qui travaillent au chantier, tu avais attaqué un commissariat de police hier soir pour libérer des femmes emprisonnées, que malheureusement ça n'a pas marché et que tu avais été déportée à la prison où l'on détient les prisonniers politiques. Abéti qui nous écoutait a immédiatement démenti la nouvelle en rapportant que tu n'avais pas été emprisonnée mais qu'on t'avait transportée à l'hôpital parce que tu avais eu une jambe fracturée par les coups portés par les militaires appelés pour vous disperser. C'est alors qu'est arrivée Rona en courant pour dire qu'elle avait appris d'une femme qui connaissait la sœur d'une autre femme qui affirmait avoir été au commissariat avec vous, non seulement que tu avais été sérieusement tabassée mais que tu étais dans le coma ! Ma tête s'est mise à tourner, j'ai essayé de te joindre mais, comme un malheur n'arrive jamais seul, mon portable était déchargé car nous sommes sans courant depuis hier. J'ai pris un taxi en catastrophe pour l'hôpital, tu n'y étais pas. J'avais pris avec moi assez d'argent pour graisser la patte de l'infirmier ou du docteur au cas où on aurait refusé de te soigner pour des raisons politiques parce que tu t'étais attaquée aux autorités. Ils m'ont assuré que tu ne t'y trouvais pas ; j'ai même cru un moment que l'on me cachait la vérité parce que tu étais morte ! Méré, c'est vrai ce que l'on dit ? Attaquer un commissariat ? Ça ne va pas, non ? Comment peux-tu me faire ça, ma fille ? Dieu merci tu n'es pas morte, tu n'as même pas de blessures à part cette petite cicatrice sur ton front…" Tu n'arrives pas à arrêter son flot de paroles. On n'arrête pas l'eau d'un torrent qui déferle de la montagne après un orage en érigeant un barrage, au contraire il faudrait plutôt l'aider à s'évacuer et attendre qu'elle s'épuise. Tu la laisses donc parler jusqu'à ce qu'elle s'épuise. Pagne attaché à la hâte, cheveux en désordre car elle n'a pas pris le temps d'arranger son chignon traditionnel, elle t'examine, te touche, t'embrasse pour être sûre que c'est vraiment toi. Enfin, elle s'arrête.

Tu essaies à ton tour de lui expliquer. Elle se réjouit d'entendre ta version même si, pour elle, défier la police et le maire c'est faire de la politique, ce qui, d'après elle, est contraire à votre tradition familiale. Elle attribuait la mort brutale de son mari à la politique. Pourquoi ne m'as-tu pas appelée ? se plaint-elle. C'était trop tard, tu réponds, et de toute façon ton téléphone était déchargé. Comme tu as le courant, tu lui suggères de charger la batterie de son portable sans attendre, une coupure pouvant arriver à tout moment. Comme toute mère, elle te prend toujours pour une petite fille, malgré tes trente-deux ans bien sonnés. Ainsi, après avoir branché l'appareil, elle t'inspecte à nouveau sous toutes les coutures pour se convaincre une fois encore que tu n'as rien d'esquinté. Elle se dirige ensuite dans ta chambre pour voir Lyra et elle est surprise de trouver deux filles au lieu d'une. Elle te dit en rigolant qu'elle ne savait pas que tu avais eu un bébé entre-temps. Tu la mets au courant de votre décision, celle de garder, Bileko et toi, les deux enfants de Batatou jusqu'à ce que leur mère soit guérie, ou jusqu'à ce que l'on trouve un membre de sa famille prêt à prendre l'enfant. Elle comprend la situation et se propose de passer la journée chez toi pour s'occuper des petites car, elle n'en doute pas, celle qui commence va être plus que trépidante pour toi.

*

Ta toilette faite, tu es un peu déboussolée car aujourd'hui est un jour nouveau, un jour différent, pour tout dire un jour qui ne s'était encore jamais levé.

Pendant ta toilette, ta tante s'est occupée des enfants et leur prépare maintenant leur bouillie matinale. A ta sortie de la douche, elle t'exhorte à prendre ton petit-déjeuner avant de faire quoi que ce soit, avant même de t'habiller.

Tu es vraiment contente qu'elle soit là. Elle t'apporte une tasse de café, la boîte de lait concentré sucré et des beignets tandis qu'assise paresseusement dans ton siège, tu écoutes la radio, relax dans le grand pagne que tu as noué au-dessus de tes seins. C'est vraiment bien de se faire dorloter de temps en temps comme une enfant.

"Un pasteur évangélique d'une Eglise du Réveil et une vingtaine de ses adeptes ont pourchassé et battu sauvagement dans la rue et les caniveaux de Kinshasa des enfants qu'ils accusaient d'être des «enfants-sorciers». Ces gamins, pour la plupart âgés de cinq à quatorze ans, sont souvent accusés d'être la cause de la maladie ou de la pauvreté de leurs parents. Harcelés, battus, parfois torturés, ils finissent par fuir le domicile familial pour chercher refuge dans la rue, s'ils n'ont pas été tout simplement chassés.

Interrogé, le pasteur a indiqué qu'il avait entrepris son action à la suite d'une révélation du Saint-Esprit qui lui avait indiqué que son neveu de six ans était le responsable du décès subit de son frère, de la stérilité de sa femme et du célibat prolongé de sa sœur. Le neveu, privé de nourriture pendant trois jours, battu et menacé d'être crucifié comme Jésus avec des pointes de fer chauffées à blanc, avait fini par avouer qu'il était bien sorcier, qu'il utilisait une tige et une plume de coq comme avion pour voyager la nuit, qu'il avait déjà "bouffé" trois personnes avant son oncle et que deux de ses complices vivaient dans la rue, d'où la chasse déclenchée par le pasteur.

Le président de Gambie, Son Excellence le docteur Alhaji Yahya Abdul-Aziz Jemus Junkung Jammeh, a convoqué tous les représentants des missions diplomatiques de son pays pour leur faire part de sa découverte, une potion d'herbes médicinales qui peut guérir du sida en trois jours…"

— Qu'est-ce que j'entends là sur le sida ?

Tu ne pensais pas que tantine Turia écoutait la radio pendant qu'elle s'affairait auprès de la gazinière. Tout ce qui touchait le sida était un sujet sensible pour vous depuis la mort de Tamara.

— Un autre qui prétend guérir le sida avec une potion miracle.

— Ce n'est pas avec l'ail et les betteraves encore ?

— Tu confonds tout, tantine, l'ail et les betteraves c'est l'ancienne ministre sud-africaine de la Santé. Cette fois-ci, c'est un président, celui de la Gambie.

— Ils ne savent pas le mal qu'ils font, ces gens. En tout cas ils nous font honte, conclut-elle, dégoûtée.

Tu finis ton petit-déjeuner et tu arrêtes la radio. Maintenant tu ne peux plus y échapper, il faut faire face à cette journée qui commence.

Tout ce que tu sais, c'est que tu n'iras pas au chantier aujourd'hui, que les enfants n'iront pas à l'école non plus. A part cela, rien n'est programmé vraiment. Tu es la porte-parole – peut-être la présidente comme l'avait suggéré Moukiétou, mais présidente de quoi ? Tu ne sais même pas avec qui discuter puisque vous n'avez plus en face de vous vos interlocuteurs habituels, les chauffeurs et les acheteurs qui les accompagnaient. Il faudra improviser, tracer le chemin tout en cheminant. Pendant que tu t'habilles machinalement, l'urgence immédiate te saute à l'esprit, celle de prendre des nouvelles des blessées.

Tu appelles Laurentine Paka. C'est Danny son mari qui répond. Tu lui demandes des nouvelles de sa compagne. Elle va bien, merci. Sa plaie au front a été bien pansée ; elle n'a plus les élancements de douleur qu'elle sentait hier, mais ah, attends, la voici qui sort de la douche, je te la passe.

— Comment tu vas ? tu lui demandes, dès qu'elle a prononcé "Allô".

— Ça va mieux, Méré, mais c'était horrible quand je me suis mirée. Je n'ai pas eu de chance ! Ma blessure est en plein milieu de mon front, avec plein de points de suture. Je suis devenue laide, Méré, défigurée. J'aurais préféré mille fois avoir un bras cassé plutôt que de porter une si vilaine balafre sur mon visage. C'est pire que celle d'Anne-Marie ! Est-ce que la cicatrice disparaîtra une fois la plaie guérie ? Penses-tu que je pourrai trouver un bon fond de teint pour la masquer en attendant ?

Ah, Laurentine, toujours coquette. En ce moment où vous devez faire face aux problèmes de votre survie, elle est préoccupée par son look. Heureusement qu'il y a des femmes que ni la misère ni même la faim n'empêchent de vouloir être belles. Pendant les moments de pause au chantier, elle ne te parlait que de produits de beauté et des endroits où tu pouvais trouver des produits américains pour pas cher, des nouveaux laits et crèmes pour la peau qu'elle venait de découvrir. Elle s'était très vite attachée à Anne-Marie Ossolo qui en savait un brin plus que toi sur ce qui faisait la mode du moment et ce qui était déjà ringard. Tu soupçonnais qu'une bonne partie de ses revenus de la pierre était engloutie dans ces produits de maquillage qu'elle utilisait à outrance pour s'éclaircir la peau. Tu n'avais jamais osé lui dire que ces lotions et poudres de Fashion Fair qu'elle achetait sur le marché local étaient des produits de contrefaçon fabriqués au Nigeria, produits contenant des substances toxiques et dangereuses à long terme. Peut-être que, maintenant que ce combat vous avait rapprochées, tu aurais un jour le courage de lui dire tout cela, par devoir. Au départ, tu pensais qu'elle dépensait pas mal d'argent aussi pour ces romans à l'eau de rose qu'elle avait toujours dans son sac et ce n'est que longtemps après que tu t'étais rendu compte que c'était le même livre qu'elle lisait et relisait, et traînait partout avec elle. Tu devrais lui faire découvrir autre chose, comme *Une si longue lettre* d'Aminata Bâ, que tu avais lue quand tu étais lycéenne et que tu avais bien aimé. Mais pour le moment tu la rassures, tu lui dis que tout ira bien, que tu connais un spray cicatrisant efficace, puis tu passes à l'essentiel et l'essentiel est de se retrouver tous ensemble afin de se concerter. Elle te demande le lieu de la réunion ; tu lui réponds que tu ne sais pas encore et que, si elle a une suggestion, elle sera la bienvenue. Elle promet de te rappeler dès qu'elle pensera à quelque chose.

A peine as-tu raccroché que l'appareil sonne. Tu appuies sur le bouton vert. C'est Atareta, celle que vous avez désignée hier pour accompagner les malades à l'hôpital. Tu l'avais oubliée celle-là. Elle t'informe qu'elle n'a pas encore de nouvelles de Batatou ce matin et que de ce pas elle se rend à l'hôpital. Tu lui demandes de te rappeler aussitôt qu'elle aura des nouvelles ; en attendant, tu es en train de chercher un endroit pour vous réunir. Elle se tait un moment puis te propose un lieu inattendu mais commode comme lieu de rencontre : la cour de l'hôpital où est hospitalisée Batatou. Comme tu es stupide de n'y avoir pas pensé ! Cet endroit offre deux avantages, celui d'être connu de tous et d'être facile d'accès ; en plus, vous seriez près de Batatou, une façon de lui manifester votre solidarité. A quelle heure ? La question de l'heure est toujours un problème dans un pays où l'heure est toujours en avance et où les gens arrivent toujours en retard. Tu te mets d'accord avec Atareta pour commencer la réunion à treize heures mais, pour être sûres qu'il n'y aura pas trop de retardataires, vous décidez d'annoncer midi comme heure du rendez-vous, une bonne heure en avance. Tu la remercies en lui demandant de faire circuler l'information.

Encore une fois, l'appareil sonne dès que tu raccroches. Tu as l'impression de tenir un standard téléphonique. Cette fois-ci c'est le frère d'Ossolo qui appelle de chez sa sœur. Il te propose de mettre son taxi à ta disposition pour la journée et te dit qu'il se prépare à venir chez toi. Il te passe ensuite sa sœur. Sa jambe va bien, rien n'est cassé, juste une douleur au niveau des mollets à cause d'un coup de crosse, mais elle peut marcher sans problème, répond-elle à ta question de savoir comment elle a passé la nuit. Elle t'interroge sur ce que vous allez faire de cette journée, puisque personne n'ira au chantier. Tu lui réponds que tu viens tout juste de parler avec Atareta et qu'une réunion se tiendra à l'hôpital à midi. "Bonne idée, approuve-t-elle, qu'avez-vous décidé de faire ?" Tu lui dis que tu ne sais pas encore mais le but de la réunion est de trouver une stratégie commune pour récupérer vos sacs confisqués. Tu lui demandes de passer à son tour l'information au plus grand nombre de femmes possible et tu lui précises que tu la rappelleras. Mais, comme on lui a volé son téléphone, il faudra passer par son grand frère pour la joindre.

Maintenant, au tour des autres blessées. D'abord Iyissou et son bras. Elle n'a pas de téléphone, mais tu sais depuis hier soir qu'elle a un oncle chef d'un service au rectorat de l'université. Quand tu formes le numéro, une voix électronique t'informe que la carte de ton portable n'a plus assez de fonds pour placer un appel. C'est vraiment ta chance ! La carte se vend à cinq mille francs l'unité et, à deux cent cinquante francs la minute, elle ne te donne même pas une demi-heure de conversation. Se défaire de cinq mille francs en ce moment n'est pas facile, et pourtant il te faut à tout prix pouvoir communiquer avec les autres.

Tu n'as plus qu'une solution même si cela te gêne, demander à tante Turia si tu peux utiliser son portable. Tu reviens au salon et dis à tante Turia que tu n'as plus de carte pour téléphoner. Elle te regarde, secouant la tête pour signifier qu'elle ne comprend pas pourquoi tu ne laisses pas tomber cette affaire qui t'a déjà causé tant de déboires. Encore une fois tu essaies de la rassurer que tu ne fais pas de politique, que tu te bats seulement pour tes sacs de pierres. Elle pointe du doigt l'appareil en train de charger : trois brefs appels, pas plus, insiste-t-elle. Tu la remercies chaleureusement.

Après plusieurs tentatives auprès du standard de l'établissement, tu as enfin l'oncle d'Iyissou en bout de ligne.

— Bonjour, je suis Méréana, je travaille avec votre nièce Iyissou au chantier du fleuve.

— Qu'est-ce que vous me voulez ?

La voix semble hostile pour des raisons que tu ne comprends pas.

— Je suis la porte-parole des femmes casseuses de pierres. J'aimerais avoir des nouvelles d'Iyissou…

Tu ne termines pas ta phrase qu'il hurle déjà.

— Qui vous a donné mon numéro ? Ne m'appelez plus, surtout pas au travail ! Si vous êtes contre le gouvernement, c'est votre problème, si vous vous faites manipuler par l'opposition ne m'y mêlez surtout pas. Je suis un fonctionnaire, moi, et je ne fais pas de politique ! Et ma nièce ne vit pas chez moi. De toute façon, ce n'est pas parce que je suis son oncle qu'il faut me rendre responsable de ses bêtises. J'ai été assez emmerdé avec cette histoire de son fils qui s'était fait choper comme milicien et ça suffit. Ne m'appelez plus jamais, entendu ? Plus jamais !

Et clic, il a raccroché. Tu as senti la peur dans sa voix. Tu es étonnée. Qu'a à voir le sort malheureux du fils d'Iyissou avec votre histoire de pierres ? Pourquoi raconte-t-il que vous êtes manipulées par les partis d'opposition au gouvernement ? Le président de la République, le gouvernement, les ministres, les députés, les politiciens du parti au pouvoir et de l'opposition sont trop loin, trop haut placés pour vous les gens d'en bas. Seuls vos sacs de pierres et l'argent quotidien qu'ils vous rapportaient étaient proches de vous. Tu commences à douter de vos actions. Peut-être que, sans le vouloir, vous êtes allées trop loin ? Mais non, vos revendications sont justes.

Il te vient à l'idée que le fils de Moukiétou qui est infirmier pourrait avoir des nouvelles d'Iyissou. Tu n'as pas le temps de faire le troisième appel que ton appareil sonne. Tu te rappelles avec soulagement que, même si tu ne peux plus appeler, tu peux recevoir des appels pendant quelque temps encore. Ce sont sûrement des informations importantes de la part du grand frère d'Ossolo, le chauffeur de taxi, ou encore de la part d'Atareta qui a des nouvelles de Batatou. Tu bondis sur le portable : "Allô ?" Une voix familière t'apostrophe à l'autre bout de la ligne : "Méré ?"

C'est Tito, Tito Rangi, ton ex ! Très remonté, il commence tout de suite par t'insulter, disant qu'hier soir tu as agi comme une vulgaire pute en l'humiliant en public avec tes gros mensonges.

— Tu crois que tu avais à raconter à tout le monde nos problèmes de famille et prétendre que je ne suis pas capable de prendre soin de mes fils ? Et en plus pourquoi impliquer la première dame dans l'affaire ? Non seulement t'es jalouse de me voir avec des nanas plus jeunes et plus jolies, mais ta jalousie s'est transformée en haine qui te pousse à faire et à dire n'importe quoi.

Tu es doublement surprise. D'abord par son coup de fil car il ne t'a jamais appelée depuis que vous êtes séparés – cela fait quand même plus d'un an. Honneur d'homme, racontait-il partout, "c'est elle qui est partie, c'est à elle de revenir". S'il était obligé de te contacter à cause des enfants, il passait toujours par une tierce personne. Ensuite par la violence de ses propos qui le rendait d'une vulgarité attristante. Tu ne l'avais jamais connu comme cela, même le jour où il t'avait frappée pour la première fois. Il est vrai que tu avais mis en cause en public son pouvoir économique et indirectement sa virilité, il n'existait pire insulte pour un macho. Dire que cet homme t'avait séduite parce qu'il était philosophe! Mais cela devait être dans une vie antérieure.

— Ecoute, Tito, tu lui dis en essayant de parler calmement, c'est toi qui as commencé à me lancer des attaques personnelles alors que nous étions là pour une revendication collective de femmes. De toute façon, je n'ai pas envie de discuter avec toi ; j'ai des choses plus importantes qui m'attendent aujourd'hui et tes élucubrations…

— Elucubrations? Il hurle dans l'écouteur. C'est plutôt toi qui divagues! "Revendication de femmes"! N'importe quoi.

— Ecoute, si tu as quelque chose à me dire, dis-le, je n'ai pas de temps à perdre.

— Pour qui te prends-tu? Pour ta sœur peut-être?

Pourquoi est-il si ignoble? Tu sais qu'il a délibérément introduit ta sœur dans la discussion pour te frapper là où cela te fait le plus mal ; il sait que la blessure causée par sa disparition brutale et précoce est encore une plaie béante dans ton cœur. Comment peut-on être si méchant?

— Tito, si tu mentionnes ma sœur une seule fois encore, je te raccroche au nez…

— Elle au moins était intelligente et ne ferait pas les conneries que tu es en train de faire. Même si tu me hais, je vais te donner un conseil d'ami : arrête ces manifestations avant qu'il ne soit trop tard.

— C'est la mission que les gens qui t'ont nommé député t'ont demandé d'accomplir auprès de moi, n'est-ce pas, moi que les femmes ont élue comme porte-parole?

A ton tour tu as voulu être méchante. Rien ne l'exaspère plus que de lui rappeler qu'il est passé député grâce à des fraudes massives pendant des élections truquées. Et, comme tu t'y attends, il sort de ses gonds.

— Ta gueule ! Je suis député élu du peuple ! Si au moins tu étais intelligente ! Mais que voulez-vous qu'on attende de quelqu'un qui n'a même pas son bac et qui prétend diriger une bande de femmes toutes aussi connes ?

Va lire un peu l'histoire, tu verras que les femmes qui ont changé les choses sont d'une autre trempe que toi. Je te dis, Méré, nous ne sommes pas idiots ! Nous savons qui vous manipule.

— Et c'est qui ?

— Les partis d'opposition, pardi ! En ce moment il y a une réunion des premières dames d'Afrique dans notre capitale et toute cette agitation orchestrée par l'opposition a pour seul but d'embarrasser la première dame de notre pays, la femme du président, et, pourquoi pas, peut-être le président lui-même. Et vous croyez qu'on vous laissera faire ?

— Et pourquoi ne l'as-tu pas dit au lieu de m'agresser en public ?

— Je ne t'ai pas agressée. Tu me hais tellement que tout ce qui sort de ma bouche est pour toi attaque personnelle. Je voulais tout simplement mettre en garde ces pauvres femmes contre ta folie. Pendant que les premières dames d'Afrique nous font l'honneur de se réunir chez nous, pour discuter des grands problèmes comme la lutte contre le sida, la prévention du paludisme, l'amélioration de la condition féminine, vous venez emmerder les gens avec vos petits soucis de sacs de cailloux. Tu te trompes si tu crois que nous allons vous laisser perturber cette réunion internationale.

— Nous n'avons pas l'intention de perturber quoi que ce soit, mais nous irons jusqu'au bout pour récupérer nos sacs.

— T'es toujours aussi stupide. Ta sœur…

— Espèce d'… !

Tu l'interromps en lâchant un gros mot, toi qui n'en prononces jamais, en tout cas pas à l'endroit de quelqu'un. Il reste muet pendant quelques secondes, complètement sonné. Tu en profites pour raccrocher. Tu sais que c'est malpoli, qu'une part importante de l'éducation que tes parents t'ont inculquée est d'écouter les gens jusqu'au bout quelle que soit leur diatribe, mais là tu n'en pouvais vraiment plus ; et puis tu ne voulais pas que ce quidam encombre ta ligne indéfiniment alors que tu attends des appels importants. Tu es quand même secouée d'entendre pour la seconde fois de la matinée que vous êtes manipulées par les partis politiques de l'opposition. Tu ne t'es jamais intéressée à la politique, tu ne connais le visage du président de la République que par ses nombreux portraits géants affichés dans les endroits publics. Quant à l'opposition, tu n'en as jamais rencontré un seul membre.

Par contre, Tito vient de te livrer une information importante que tu n'avais pas, celle de la réunion des épouses des présidents africains dans votre ville. Pour améliorer la condition féminine, a-t-il dit ? Mais alors pourquoi la première dame de votre pays n'est-elle pas venue vous voir dans votre chantier ? Tu regardes tes mains de jeune femme de trente ans, ces mains dont les cals deviennent de plus en plus visibles à force de cogner sur des cailloux, malgré les pommades avec lesquelles tu les masses chaque soir après les avoir trempées dans de l'eau chaude. Améliorer votre sort ? Combattre le sida ? Ah, comme cette première dame t'avait fait mal, juste après le décès de ta sœur, morte de la maladie. Tu l'avais écoutée à la radio. C'était une réunion pour éduquer les fiers combattants de notre vaillante armée pour qui le viol était devenu une routine. "Je demande à nos soldats de ne pas violer. Sachez que, si vous violez, vous risquez d'être contaminés par le virus à votre tour." Ne violez pas, non pas parce que violer est un acte de violence, un crime passible des sanctions les plus sévères, mais ne violez pas parce que les femmes, coupables comme toujours, risquent de vous contaminer, vous braves soldats ! Tu as eu mal pour ta sœur qui, de victime, était devenue coupable. Non, tu te passerais bien des réunions de ces femmes de chef.

*

Quant à Tito, ah ce Tito, il ne se rend pas du tout compte à quel point il a gâché ta vie, c'est à cause de lui que tu te retrouves aujourd'hui casseuse de pierres. Le prix d'une séance de jambes en l'air, d'une seule ! Le jour où il avait raté son bac. Tu étais entrée chez lui vierge, tu en étais ressortie déviergée. Mais tu n'avais alors rien soupçonné.

Le lendemain, tu étais partie au village, en vacances chez tes parents. Ton père avait organisé une prière de groupe pour remercier Dieu pour ton bon travail à l'école et surtout pour ton passage en terminale – il voyait déjà le bac dans ta poche et la porte de l'université ouverte – et aussi, comme tante Turia ne cessait d'en faire l'éloge, pour ta bonne conduite dans cette grande ville où une adolescente faisait l'objet de toutes les tentations. Il ne manquait que grand-mère qui aurait invoqué à son tour les ancêtres, ce qui aurait poussé une fois de plus papa à se lancer dans une de ses diatribes contre "l'animisme, le fétichisme et le paganisme" de sa mère.

Pendant toutes ces vacances passées en famille, tu avais aidé ta mère comme toute fille au village : préparer les champs pour la nouvelle saison de semailles qui commençait à la fin de la saison sèche, aller à la source pour puiser l'eau à boire, apprendre auprès de sa mère toutes les techniques pour préparer la farine et le pain de manioc après en avoir laissé rouir les tubercules dans la rivière ou dans l'étang, tresser les cheveux de ses copines et de ses cousines… Ta sœur cadette, ton unique sœur Tamara, puisque vous n'étiez que deux filles dans la famille, ne te quittait presque jamais. Elle avait quatre ans de moins que toi et admirait beaucoup la grande que tu étais. Elle te bombardait sans cesse de questions, certaines d'une naïveté surprenante et rafraîchissante à la fois. Celles auxquelles tu ne pouvais répondre, tu les esquivais le mieux que tu pouvais. Tu passais aussi beaucoup de temps à lui faire réviser ses leçons, tout particulièrement en mathématiques. Au milieu de toutes ces activités, tu n'avais pas pensé à Tito ; une fois peut-être, quand tu avais mentionné à Tamara que tu connaissais un philosophe, sans plus. Aussi ne t'étais-tu pas inquiétée lorsque tes règles n'étaient pas arrivées à temps. Tu avais eu tes premières règles très précocement, et elles avaient toujours été très capricieuses.

Tes vacances terminées, tu étais revenue à la ville, chez ta tante, pour la nouvelle rentrée scolaire. Année cruciale, année du bac, année dont dépendrait ton avenir comme le voulait le système éducatif de ton pays. Le bac, examen couperet qui ne tenait aucun compte de ton travail scolaire pendant toute l'année, fût-il excellent, mais misait toutes tes six années de lycée sur les résultats d'un test qui durait à peine deux ou trois jours.

Tu n'avais aucun problème pour acheter tes fournitures car, comme toujours après les récoltes et les ventes, tes parents avaient mis suffisamment d'argent de côté pour couvrir tous les besoins de ton année scolaire. Cahiers, crayons, compas, livres, voilà ce que tu t'étais précipitée à acheter cette rentrée-là ; pas de nouvelle règle ni de nouvelle calculatrice ni de nouveau rapporteur car ceux de l'année dernière se trouvaient encore en très bon état. Tu étais tout excitée d'avoir dans les mains tes nouveaux livres. Ce soir-là, tu avais fébrilement feuilleté les pages de ton livre de maths, admirant toutes ces équations et tous ces théorèmes inconnus que tu allais apprendre. Tu avais ensuite ouvert ton livre de chimie, tu y voyais deux ou trois formules écrites à gauche puis deux ou trois autres à droite, reliées entre elles, selon les cas, soit par une flèche, soit par deux flèches superposées qui pointaient en sens inverse, et parfois même par une simple flèche qui avait deux têtes de directions opposées à chaque bout. Tu n'y comprenais pas grand-chose encore, mais tu savais qu'à la fin de l'année toutes ces connaissances seraient transférées dans ce grand espace en jachère qu'était ton cerveau. Il y avait de plus beaux schémas encore dans le livre de physique, par exemple une belle bande multicolore de spectre électronique allant du violet à l'infrarouge. Tu avais regardé ton livre de géographie, tu t'étais amusée à pointer du doigt, sur tous les continents, des lieux inconnus, et à prononcer leurs noms étranges à haute voix : Reykjavík, Chittagong, Chattanooga, Dunedin, Ushuaia, Kalahari et surtout Ouagadougou dont tu aimais bien scander et tourner les syllabes savoureuses dans ta bouche. Et ton livre d'histoire où étaient reproduites des photos de nos héros connus comme Patrice Lumumba et d'autres hommes et femmes inconnus de toi.

Comme tu attendais ce premier jour de classe ! Ton nouveau pantalon. Ta nouvelle paire de chaussures. Ton vieux cartable que tu avais gardé pour des raisons sentimentales. Trois cours ce premier jour, mathématiques, histoire, biologie. Bons profs de biologie et de mathématiques, mais celui d'histoire ne vous avait donné qu'une série de dates pour un cours intitulé "Afrique contemporaine". 1885 : conférence de Berlin sous la présidence du chancelier Bismarck. Course au clocher. 1914 : tirailleurs sénégalais. La suite, au prochain cours. Sonnerie.

A la sortie Fatoumata avait couru te rattraper. Elle était ta copine. Elle n'avait jamais connu le commerçant sénégalais dont son prénom évoquait le pays, un individu qui avait juste eu le temps d'engrosser sa mère avant de disparaître. Sa mère l'élevait seule en vendant du bois de chauffe et du charbon au marché ; elle l'aidait souvent le soir à vendre son bois et son charbon, pendant qu'elle étudiait à la lampe-tempête ou à la bougie lorsque le pétrole manquait, et il n'était pas rare que ses cahiers portent des taches noires de poussières de charbon malgré toutes les précautions qu'elle prenait. Pour préparer sa rentrée scolaire, elle avait vendu du *foufou* au détail dans le même marché que sa mère mais, malgré l'aide de cette dernière, elle n'avait pas amassé assez d'argent pour tout acheter et il lui manquait encore deux ou trois livres. Elle t'avait demandé si elle pouvait photocopier quelques pages de ton livre de biologie car elle n'avait pas eu le temps de recopier les coupes et les schémas dessinés au tableau par le professeur, ainsi que le premier chapitre du livre de maths parce qu'elle craignait de ne pas avoir bien noté certaines équations. Tu lui avais répondu que ce n'était pas un problème, il y avait un kiosque au coin de la rue qui faisait la photocopie à cinquante francs la page. C'est au moment où vous quittiez la cour pour sortir dans la rue que tu tombas sur Tito, Tito que tu n'avais pas revu depuis le jour où tu l'avais laissé te séduire.

En fait, lorsque tu étais sortie de chez lui ce jour-là, les pensées contradictoires qui se bousculaient dans ton esprit t'avaient jetée dans une confusion totale. D'une part, ton corps ressentait encore le plaisir de ce qui venait de se passer ; jamais tu n'avais soupçonné jusque-là que la rencontre intime de deux corps humains pouvait être d'une intensité telle que l'on perdait son âme et que l'on se mettait à haleter, à grogner et même à hurler comme un animal sauvage, suivie quelques instants après d'un sentiment de total relâchement. C'était beau et bon. Mais aussi tu ressentais une certaine gêne, non pas un sentiment de culpabilité d'avoir commis un quelconque péché, mais un indéfinissable malaise d'avoir fait quelque chose que tu n'aurais pas dû faire. En fin de compte tu avais décidé d'enterrer ce qui s'était passé et de ne plus recommencer.

Tu étais contente de le revoir, sans plus. Lui avait l'air plutôt excité et te demanda pourquoi tu ne l'avais pas appelé depuis ton retour de vacances et pourquoi tu n'avais pas répondu aux messages laissés sur le répondeur. Tu lui répondis que tu n'avais pas une obligation particulière envers lui et qu'il y avait des tas d'autres personnes à qui tu n'avais pas donné signe de vie. Pour ne pas lui faire plus de mal, tu n'avais pas cru nécessaire de lui révéler qu'en fait tu n'avais même plus son numéro de téléphone. Fatoumata qui était un peu plus âgée que toi comprit immédiatement que ses oreilles étaient de trop et décida de s'éloigner pour faire ses photocopies pendant que vous discutiez. Elle prit les livres et s'en alla. Dès qu'elle se fut éloignée, Tito reprit ses propos dont tu ne saisissais pas l'objet, arguant qu'un lien spécial vous liait depuis ce qui s'était passé entre vous. Cela t'agaça. Tu lui répliquas froidement que ce qui s'était passé était passé, un moment d'égarement pendant l'euphorie d'une fin d'année réussie pour toi et un moment de réconfort à cause de son échec au bac. Voilà, c'était tout. Maintenant une nouvelle année commençait, l'année de ton bac ; ton seul objectif désormais était de te concentrer sur tes études. Il ne saisit pas, mais pas du tout. D'une voix pleine d'assurance, il dit que tu étais un peu sa femme puisqu'il était ton premier homme et qu'une femme n'oubliait jamais son premier homme ; tu ne pouvais donc pas le laisser tomber comme ça. Il alla jusqu'à dire que tu lui appartenais. N'importe quoi ! En plus il avait déménagé, il fallait que tu viennes voir son nouveau logement, plus grand, plus agréable. Cela t'irrita profondément. On t'avait toujours dit que les femmes étaient sentimentales, qu'elles s'accrochaient à leur premier amour et patati-patata, mais là tu te rendis compte qu'en réalité c'étaient les hommes qui ne savaient pas lâcher. Calmement, tu lui répondis que tu ne pouvais pas le laisser tomber puisque tu ne l'avais jamais porté, et avec un brin de méchanceté tu ajoutas : "Occupe-toi de ton bac aussi puisque je suppose que tu vas le reprendre." Il ne saisit pas l'ironie mais, au contraire, rebondit en disant que justement à deux on pouvait mieux étudier et… "Basta ! avais-tu hurlé. Je n'ai pas de temps à perdre et j'ai mes leçons à étudier. On se croisera de temps en temps dans la cour de récréation. Surtout ne me téléphone pas !" Tu l'avais planté là et tu étais allée rejoindre Fatoumata. Tito pour toi était une affaire classée, une page non seulement tournée mais arrachée, déchirée, et jetée au rebut.

Comme tes règles n'arrivaient toujours pas, tu commenças à t'inquiéter. Ne sachant cependant que faire, tu avais adopté la méthode Coué en te persuadant chaque jour qui passait qu'elles arriveraient le lendemain. Tu sentais tes seins gonfler. Chaque matin, tu te réveillais avec des nausées et puis quelques boutons commençaient à apparaître sur ton visage : cela ne trompait pas, tu avais une grossesse. Tu avais du mal à le croire, tu te disais que cela était injuste, tu connaissais des filles qui avaient fait l'amour plusieurs fois sans précaution particulière et ne tombaient jamais enceintes, alors que toi, une fois, une seule fois en un moment d'égarement…

Tu pensas à tes parents, une nouvelle pareille allait les tuer ! Ton pasteur de père mourrait de honte. Tu pensas à tante Turia chez laquelle tu vivais : avec son expérience, elle ne tarderait pas à s'apercevoir des changements que subissait ton corps. Tu étais effrayée qu'elle ne découvre ta situation. D'ailleurs, tu avais eu l'impression ce matin avant d'aller à l'école que son regard s'était attardé un peu trop longtemps sur tes seins, qu'elle devait se demander pourquoi cette soudaine éruption de boutons sur ton visage, toi qui te lavais toujours délicatement le visage, et peut-être aussi pourquoi cette soudaine appétence pour certains aliments.

Non, tu ne pouvais pas faire ça à ta famille, il fallait te débarrasser de cette grossesse. Comment faisait-on pour avorter clandestinement ? A dix-sept ans on s'affolait vite. Tito ! Il fallait que tu voies Tito, ce même Tito que tu avais viré comme un malpropre quelques jours plus tôt dans la cour de l'école.

*

Ce fut dans cette même cour que tu le cherchas toute la matinée entre deux cours. Inutile de dire que ton esprit n'était pas en classe et la prof l'avait aussi remarqué puisqu'elle t'avait apostrophée deux fois, la première fois en te posant une question à laquelle tu n'avais pas pu répondre, non pas parce qu'elle était difficile, mais parce que tu n'avais pas du tout suivi ce qu'elle avait expliqué ; la deuxième fois elle avait tout simplement constaté à haute voix : "Méré, je te trouve très dissipée aujourd'hui. Qu'est-ce qui ne va pas ?" Evidemment tu ne pouvais pas dire : "Je pense à Tito, madame", tu as tout simplement balbutié : "Rien, madame, tout va bien." Pendant la grande récréation et jusqu'à la fin des cours, tu le cherchas partout sans succès. Mais où donc se cachait-il ?

Il t'avait annoncé qu'il avait déménagé mais tu ne connaissais pas sa nouvelle adresse ; tu ne connaissais aucun de ses amis non plus et tu ne pouvais crier à tout va que tu cherchais ce garçon. Tu commençais à désespérer quand tu aperçus Fatoumata. Elle voulait faire la photocopie du troisième chapitre du livre de biologie. Fatoumata mon amie, ma sœur, peux-tu m'aider ? Mais bien sûr, répondit-elle, spontanément. Tu lui expliquas qu'il fallait trouver les coordonnées de Tito et surtout qu'il ne fallait pas l'aborder ; il ne fallait pas qu'il soupçonnât quelque chose. Il risquait de se défiler, de disparaître. On connaissait bien ces garçons, toujours prêts à se défausser et à laisser la fille seule dans la merde. D'accord, tu n'aurais pas dû l'éconduire, mais comment aurais-tu su que tu te retrouverais dans cette situation difficile ? Tant pis, tu n'avais plus le choix, il fallait l'affronter pour trouver une solution, le coincer s'il tentait de se défiler comme tu le prévoyais.

Efficace Fatoumata ! Dès le lendemain tu avais la réponse. Tito était alité depuis trois jours, frappé par une crise de paludisme. Cela allait mieux maintenant, il s'était soigné avec ces nouveaux médicaments chinois à base d'artémisinine, plus efficace que la bonne vieille chloroquine. Il ne se présenterait pas au lycée avant trois ou quatre jours car il était anémié et extrêmement fatigué. Trois jours ? Tu ne pouvais attendre aussi longtemps, la situation était urgente et désespérée. Tu n'avais plus le choix, il fallait aller chez lui.

Tu débarquas chez lui juste après le dernier cours de la journée. Il était deux heures de l'après-midi. Il t'avait fallu prendre deux bus dont le dernier t'avait laissée sur l'avenue principale, au coin de la rue sur laquelle se trouvait son domicile. Il fallait trotter encore une dizaine de minutes, dans une ruelle sablonneuse sous le chaud soleil tropical, tentant de déchiffrer des numéros qui parfois n'étaient pas marqués. Enfin tu y arrivas. Une parcelle entourée d'un mur peint en blanc avec de la chaux. Proprette. Tu entras et tu repéras la porte marron que Fatoumata t'avait décrite. Tu avais toqué, après avoir aspiré une bonne goulée d'air.

— Entrez.

Une voix faible. Tu étais entrée. Sa bouche s'ouvrit de surprise. Il était allongé sur un fauteuil dans le petit salon, le visage émacié. Il ressemblait à un enfant abandonné. N'avait-il pas de famille ? ou un simple parent quelque part ? Une boîte de sardines ouverte, du piment, une demi-baguette de pain, une bouteille de soda orange ; certainement son repas. Il semblait d'ailleurs qu'il n'avait pas beaucoup mangé ; c'était cela le problème avec le palu, on perdait presque totalement l'appétit. Tu le pris un moment en pitié et tu regrettais de ne pas lui avoir apporté des fruits, surtout des oranges pour leur vitamine C afin de le remonter. Après sa surprise, son visage s'illumina d'un grand sourire et toute sa carcasse semblait avoir reçu une décharge d'énergie qui le fit se lever et avancer vers toi les bras ouverts.

— Oh Méré, comme c'est gentil! Tu es venue me rendre visite? Comment as-tu su que j'étais malade? Je suis si heureux. Je savais que tu n'allais pas m'abandonner comme ça. Laisse-moi te prendre dans mes bras.

Tu l'avais laissé te prendre dans ses bras, un enlacement que tu gardas fraternel – non, plutôt amical. De la main, il te fit signe de t'asseoir sur le canapé tout en continuant à parler. Il était visiblement heureux. On l'aurait même cru guéri. Tu attendis qu'il se calmât puis tu lui assénas :

— Je suis enceinte!

Des yeux plus grands que des soucoupes, suspendus au-dessus d'une bouche grande ouverte, te regardèrent.

— Mais… mais… qu'est-ce que tu dis là? C'est vrai ou c'est une blague?

— Crois-tu que je me serais donné tant de mal pour faire le déplacement jusque chez toi rien que pour te raconter une blague?

Tu lui répondis aussi calmement que possible en te préparant psychologiquement pour amortir le choc de ses dénégations, ces "Qui te prouve que c'est moi le père?" habituels.

— J'arrive pas à le croire!

Tu avais du mal à interpréter le ton de sa voix et l'expression de son visage car ils ne révélaient ni colère ni panique. Ce n'était pas cc à quoi tu t'attendais. Un peu perdue et prise à contre-pied, tu avais répété :

— Je te répète que je suis enceinte.

— Justement je n'arrive pas à y croire! Avoue que je suis fort quand même. Dès le premier coup je fais un gosse!

Tu crus percevoir une certaine fierté dans sa voix, mais tu ne voyais pas où il voulait en venir. Se vantait-il ou était-il tout simplement ironique devant une aventure qu'il considérait comme abracadabrantesque ? Devant deux situations difficiles, il faut choisir de s'attaquer à la pire car sa solution couvrirait nécessairement l'autre.

— Alors, comme tous les garçons tu te défiles, tu penses que ce n'est pas toi, que je veux te faire endosser la grossesse d'un autre. Tu penses que je suis une roulure parce que je t'ai cédé à la première occasion ? et qu'à peine sortie de chez toi je suis allée me faire sauter ailleurs, n'est-ce pas ? Mais regarde-moi bien et souviens-toi, quand tu m'as pénétrée, n'étais-je pas vierge ?

Plus tu parlais, plus ta colère montait et plus ta colère montait, plus tu voulais parler vulgaire pour le choquer afin qu'il ne te prît pas pour une bécassine venue pleurnicher pour s'être laissé déflorer ou pour implorer sa pitié. Tu parlais fort et méchamment pour faire entrer dans sa cervelle qu'il était aussi responsable que toi et que vous deviez affronter la situation à deux. Tu avais vu trop de tes copines lycéennes se laisser berner et abandonner, mais à toi on ne ferait pas ce coup. Cependant, plus tu parlais, plus il avait l'air perplexe, plus il semblait ne pas comprendre pourquoi tu vomissais toutes ces insanités. Il se fâcha à son tour.

— Mais qu'est-ce que tu racontes, Méréana ? Si ce n'est pas moi qui t'ai foutu cette grossesse, c'est qui donc ? Le Saint-Esprit ou le diable ?

— Tu... tu veux dire que tu reconnais...

— Tu doutes de ma virilité ? Tu penses toi aussi que je suis stérile ? Parce que les copains racontent pour ternir ma réputation auprès des filles que j'ai eu les oreillons quand j'avais douze ans alors que ce n'était qu'une otite ? Je suis cent pour cent homme, Méré ! Tu n'en doutes plus, j'espère.

Tu parles d'un retournement de situation ! Une fois encore, cet étudiant en philosophie te surprenait. Il fallait faire marche arrière sans en avoir l'air pour éviter le ridicule.

— Non, je suis tout simplement venue t'informer de la situation pour qu'on puisse prendre une décision ensemble.

— Mais alors parle-moi calmement, Méré. Je sais que tu es bouleversée…

Tu étais du coup soulagée, il te rendait la tâche si facile ! Ce n'était pas aisé, mais tu devrais réviser tes préjugés et reconnaître que tous les garçons n'étaient pas pareils, il y avait quand même des types bien parmi eux. Maintenant qu'il n'y avait plus de place pour la colère, tu te mis à épancher tes craintes et soucis. Tu lui avouas que tu avais peur. Qu'allait penser ta tante ? Qu'allait penser ton père pour qui il n'y avait pire péché que le sexe avant le mariage – ce qu'il appelait du mot horrible de "fornication" – et en plus une grossesse ? La honte ! Et tes études, surtout en cette année cruciale du bac ?

Il t'avait écoutée silencieusement et attentivement. Sincèrement touché, empathique, il te répondit qu'il était prêt à souscrire à toute solution que tu lui proposerais. Il ne voulait surtout pas que tu rates ton bac à cause de lui, que tu déçoives tes parents et que tu ne réalises pas le rêve dont tu lui avais parlé lors de votre première rencontre, celui de créer ta propre entreprise. Tu étais venue affronter un adversaire, voire un ennemi, et tu te retrouvais devant un ami, un allié ; devant un garçon digne, généreux. Vous étiez deux partenaires, un garçon et une fille cherchant désespérément ensemble une solution à une catastrophe commune.

La première chose qui te vint à l'esprit fut tout naturellement l'avortement. Tu le lui dis. Il tiqua très légèrement et te répéta qu'il était prêt à accepter cette solution si cela était ton choix. Il te pria cependant d'y réfléchir encore un peu avant d'en faire une décision définitive. Tu sentais quand même dans sa voix un manque d'enthousiasme, ce n'était certainement pas sa préférence mais tant pis, c'était ton corps, c'était ta décision.

Tu avais pensé à un avortement clandestin, à l'insu de tes parents. Pour des raisons de sécurité, l'endroit le plus approprié était une clinique privée. A dix-sept ans, ils exigeraient certainement l'autorisation des parents. Qu'à cela ne tienne, il était facile de contourner cela car dans ce pays on pouvait tout obtenir par l'argent : de faux carnets de vaccination, de faux actes de naissance, de faux visas, de faux bulletins de salaire, et même de faux diplômes, rien n'était impossible. Le vrai problème, c'était de trouver l'argent. Un avortement dans une clinique coûterait au bas mot cent mille francs : où deux lycéens trouveraient-ils une telle somme que même un fonctionnaire aurait du mal à trouver ?

Par contre, si on contactait une femme du quartier qui… Non ! Immédiatement te sautèrent à la figure l'image de nombreuses filles de ton âge qui étaient mortes ou avaient frôlé la mort lors de tentatives d'avortement dans ces officines douteuses des faiseuses d'anges clandestines, ainsi que l'image de celles qui tentaient de le faire elles-mêmes suivant des recettes de bonne femme dont elles avaient ouï dire çà et là : overdose de comprimés de nivaquine, rinçages abrasifs du vagin au permanganate de potassium, introduction dans le sexe d'un salmigondis d'herbes sauvages pilées supposées avoir des propriétés abortives. Non. Ce n'était pas la bonne voie, tu ne voulais pas mourir malgré tout. Il fallait chercher ailleurs. Mais il n'y avait pas tant d'options que cela : une fois l'avortement exclu, il ne restait qu'une seule alternative, garder l'enfant. Donc informer les parents.

Il se sentit tout d'un coup investi d'une mission dès que vous fûtes tombés d'accord pour garder l'enfant :

— Je suis l'homme, je vais prendre mes responsabilités, s'était-il aussitôt écrié, je vais aller me présenter à tes parents et leur dire que je suis le père de l'enfant. Ne t'inquiète pas, Méré, tout ira bien, je te protégerai.

Il avait glissé du "nous" au "je" et toi, soulagée de ne plus te débattre seule, effrayée *a posteriori* de ton affolement qui aurait pu te pousser au suicide s'il avait refusé d'assumer sa responsabilité, tu avais accepté volontiers de te laisser prendre par la main, de te laisser guider, bref, de te mettre non pas à côté de lui, mais derrière. Sinon il ne se serait pas cru propriétaire de ton corps et n'aurait pas osé te frapper ce jour fatidique où tu as exigé qu'il chausse une capote, ni se permettre de t'humilier en public comme il l'a fait hier soir.

Tout d'un coup ta colère monte et te fait sortir de tes ruminations. Mais pour qui te prend-il, ce Tito ? Ce n'est pas parce que les circonstances t'obligent temporairement à casser la pierre pour vivre qu'il peut s'arroger le droit de se moquer de toi. Après tout, tu es allée à l'école, tu as étudié l'histoire et les mathématiques et si, ce n'était à cause de ce foutu mariage précoce, tu aurais passé ton bac, non, mieux, tu aurais été comme ta sœur, Ph.D. Et puis pourquoi ce mépris des femmes qui dégouline de chaque mot tombant de sa bouche? Ça fait quoi si ces femmes sont analphabètes? Pense-t-il qu'il faille un doctorat pour être une femme debout, une femme de courage? Peut-être ne le sait-il pas, mais des tas de femmes à l'éducation modeste ont changé l'histoire de leur société.

Tu penses à ces femmes de Guinée qui, les premières, avaient osé défier le dictateur Sékou Touré en organisant une marche sur son palais; et aussi à ces femmes maliennes qui avaient bravé un autre dictateur, Moussa Traoré. Tu penses aux mères des disparus chiliens sous les fenêtres de Pinochet, aux femmes d'Argentine qui avaient manifesté pour leurs enfants enlevés. Plus tu y penses, plus tu es exaltée. Et les noms de femmes fortes de l'histoire te reviennent : Kimpa Vita qui, dans l'ancien royaume du Kongo, avait mené des troupes contre l'occupant portugais, Rosa Park qui avait refusé de céder sa place de bus à un Blanc dans une ville du Sud des Etats-Unis d'Amérique. L'évocation de tous ces noms te monte un peu à la tête et tu te sens proche d'elles. Certes tu ne te voyais pas à la tête d'un cortège de femmes marchant sur le palais présidentiel mais ce qui est sûr, c'est que ni Tito, ni toutes les premières dames d'Afrique en conclave ne vous feraient vendre votre sac de cailloux à dix mille francs.

La sonnerie du téléphone te ramène brutalement au salon et dans la réalité immédiate. L'appareil a dû sonner plusieurs fois avant que tu ne t'en rendes compte car la sonnerie s'arrête juste au moment où tu vas le saisir. Tu vérifies si l'interlocuteur a laissé un message. Oui, un SMS. "Urgt, état Batatou très inquiétant. Rappelle vite." C'était Atareta. Ce message agit comme un ressort qui te projette de nouveau dans l'action après ce moment de passage à vide où ce salaud de Tito était revenu hanter ta mémoire. Ce type te prend vraiment la tête, il faudrait que tu le sortes de ta caboche ; tu ne peux pas te laisser perturber en ce moment de responsabilité capitale.

Tu sautes de ton fauteuil. Tu dis à ta tante que tu t'en vas rejoindre les autres, et tu la remercies de s'être proposée pour faire la baby-sitter. Tu lui demandes également de dire au frère d'Ossolo de te suivre à l'hôpital avec son taxi, car, vu l'urgence de la situation, tu n'as pas la patience de l'attendre. Tu sors de la maison sous ses exhortations réitérées de mère inquiète.

DIX

Une mobylette s'arrête devant le portail de la parcelle au moment même où tu le franchis. C'est Zizina, la fille de Mâ Bileko. A peine a-t-elle arrêté le moteur et placé l'engin sur son support qu'elle se précipite vers toi pour être aussitôt enveloppée par tes bras ouverts qui l'attendent. Tu la serres fortement contre toi.

Depuis le jour où sa mère te l'a présentée, elle s'est prise d'une affection toute particulière pour toi et te considère un peu comme une sœur aînée.

— Oh grande sœur, je suis vraiment soulagée. J'ai appris très tard dans la nuit ce qui vous est arrivé et j'ai tenu à être ici, première chose ce matin, avant de commencer ma ronde habituelle à la recherche des clients. Ça va bien ?

— C'est vraiment gentil, Zina. Comme tu vois, ça va, pas de gros bobos. Moyalo, Ossolo et Moukiétou avaient été emprisonnées mais ont été libérées. Seule Batatou est à l'hôpital.

— Maman me l'a dit. Je suis totalement rassurée maintenant. Qu'allez-vous faire à présent ?

— Ben, je ne sais pas trop. Je vais de ce pas à l'hôpital rendre visite à Batatou. Après on envisagera.

— De toute façon, maman me tiendra au courant. Bon courage et bonne journée.

— Bonne journée à toi aussi, j'espère que tu vendras beaucoup aujourd'hui… Au fait, c'est quand l'examen de l'ONU ?

— Oh là là, ne m'en parle pas, c'est dans deux jours. J'y bosse vraiment dur tous les soirs.

— Je sais que tu réussiras, tu n'as aucun souci à te faire.

— OK, si tu le dis… Allez, à plus, il faut que je trace.

Elle remet son engin sur ses roues, monte et la voilà partie. Merveilleuse fille ! Elle était avec sa mère le jour où celle-ci avait été humiliée et brutalement expulsée de sa maison et de sa parcelle après la mort de leur père. En pleurant, elle et son frère avaient essayé de protéger leur mère en donnant des coups de pied aux hommes qui la traînaient par terre pour la jeter dans la rue. Elle n'avait que douze ans mais cet incident l'avait tellement marquée qu'il avait fait naître en elle une empathie particulière pour sa mère. Elle vivait avec une grande acuité les difficultés que celle-ci affrontait pour les nourrir et pour assurer leur scolarité. Cette femme si riche à une époque avait sombré dans la pauvreté et avait été réduite dans un premier temps à vendre des marchandises qu'elle obtenait à crédit auprès des riches commerçants ouest-africains avant de se résoudre à casser des pierres au bord du fleuve. Alors, pour alléger les corvées de cette femme qui arrivait épuisée le soir après une longue journée de vente au marché, Zizina préparait le repas du soir – l'unique repas de la journée – dès qu'elle revenait du lycée l'après-midi. Après le repas, elle faisait frire les beignets dont elle avait pétri la pâte la veille au soir, puis les vendait devant sa parcelle tout en étudiant ses leçons à la lueur tremblotante d'une bougie qui grésillait chaque fois qu'un insecte s'y brûlait les ailes. Le plus étonnant est qu'elle travaillait très bien et elle considérait ces bonnes notes comme une manière de récompenser sa mère et de lui prouver que celle-ci ne se sacrifiait pas pour rien. Ses notes étaient particulièrement bonnes en géographie, sujet qu'elle chérissait, jusqu'au jour où le professeur titulaire, dont on disait qu'il était malade du sida, fut remplacé par un nouvel enseignant.

C'est par ce nouveau professeur que le malheur devait arriver. Un prédateur qui s'était mis à jouer à un jeu de cache-cache avec une adolescente sans défense qui n'en connaissait pas encore les règles. Chaque fois qu'il rendait les copies, le professeur la convoquait dans son bureau sous prétexte de la féliciter. Au départ ce n'étaient que des mots élogieux ; un peu plus tard, des caresses furtives s'ajoutèrent aux mots et, quand ces caresses se firent de plus en plus insistantes, Zizina prit peur. Ses notes se mirent à baisser de façon incompréhensible lorsqu'elle refusa d'obéir aux convocations du professeur. La correction d'un devoir de géographie n'était pas en principe aussi subjective que celle d'une dissertation de philosophie et pourtant le professeur trouvait des erreurs partout. Comment faire rater la moyenne à une élève parce qu'elle avait écrit *ouïghour* comme elle l'avait lu dans un quotidien d'information plutôt qu'*ouïgour* comme le recommandait le prof ? Plus ridicule encore, comment justifier la perte de dix points parce qu'en réponse à la question "Quelle est la capitale de la province de Gauteng en Afrique du Sud ?" elle avait écrit Johannes*bourg* plutôt que Johannes*burg*? Ce n'était plus un simple harcèlement, c'était un véritable règlement de compte.

Dans ces écoles où il n'existait aucune structure de soutien psychologique pour une jeune fille en détresse, Zizina était perdue. Elle aurait dû en parler à sa mère ou à un adulte, mais allez savoir ce qui se passe dans la tête d'une ado. Terrorisée d'un côté par le professeur, ne voulant pas chagriner sa mère d'autre part si jamais elle apprenait qu'elle ne travaillait plus bien à l'école, fragilisée, elle était prête à tomber dans les griffes du prédateur.

Tu ne sais pas le détail de ce qui se passa cet après-midi où, contrainte et forcée, elle avait accepté de se rendre au domicile du professeur, sinon qu'en manipulant diaboliquement promesses, menaces et cajoleries, il réussit à abuser de la jeune fille effrayée.

Pauvre enfant. Après cet acte de son professeur qui s'apparentait à un viol et dont elle n'osait faire part à sa mère, elle était complètement traumatisée et même ses notes qui avaient spectaculairement remonté ne réussirent pas à la sortir de sa prostration. Elle était devenue silencieuse et renfermée. Sa mère soupçonnait bien que quelque chose n'allait plus chez sa fille mais elle n'arrivait pas à mettre le doigt dessus.

Finalement, elle finit par s'effondrer et tout raconter à sa mère. Celle-ci, la rage au cœur, débarqua à l'école pour affronter le professeur. Quand le scandale éclata, qui croyez-vous que les autorités scolaires blâmèrent? La jeune fille, pardi, celle qu'on traitait de "cuisse légère", de "prostituée", de "mauvais exemple pour les autres filles de l'école". Elle fut expulsée de l'établissement. Le professeur nia tout, bien entendu. Entre la parole d'un professeur et celle d'une fille "excitée", il n'y avait pas photo. Dieu merci, il ne l'avait pas engrossée ni ne lui avait filé le sida.

Tout comme tantine Turia, sa mère Bileko fut remarquable. Elle la prit par la main, elle lui dit qu'elle se sentait en partie responsable de ce qui était arrivé et elle l'accompagna tout le long du chemin qui la mena à son rétablissement physique et psychologique. Et voilà que maintenant elle se préparait pour un concours de recrutement qui, si elle réussit, fera d'elle une représentante de l'ONU !

Tu n'as pas fait cent mètres que le frère d'Ossolo apparaît avec son taxi. Il se penche et ouvre toute grande la portière. Tu entres et t'assois à côté de lui. Il t'embrasse chaleureusement, un peu trop peut-être. Tu te rends compte que jusque-là tu ne le connais que comme "frère d'Ossolo", tu dois quand même lui demander son nom puisque vous êtes sur la voie d'une longue collaboration. Tout le monde m'appelle par mon petit nom Armando, répond-il à ta question. Joli, ce nom qui sonne latino. Tu l'informes aussitôt que Batatou est dans un état grave selon le dernier SMS que tu as reçu de la part d'Atareta. Il est urgent d'en savoir plus. Tu connais un kiosque au coin de la prochaine rue où un appel local de portable à portable ne coûte que deux cents francs la minute ; il faudrait que vous vous y arrêtiez afin que tu puisses joindre Atareta pour avoir des informations plus précises et pour savoir aussi si les femmes ont déjà commencé à se rassembler dans la cour de l'hôpital. Mais non, proteste-t-il, t'offrant d'utiliser son appareil en te le tendant.

*

Il est presque midi lorsque tu arrives à l'hôpital dans le taxi d'Armando. Atareta, qui guettait ton arrivée, se précipite aussitôt vers toi. C'est elle que vous avez chargée hier d'accompagner les blessées vers l'hôpital et de les assister pendant que vous vous occupiez de la libération de vos camarades arrêtées. De toutes les blessées, seule Batatou est dans un état sérieux. Elle a reçu deux balles, la première n'a provoqué qu'une blessure en séton mais la deuxième s'est logée près d'un organe vital qu'on ne lui a pas précisé, cœur ou poumon. Pour tout dire, elle est dans un état extrêmement grave.

Ce qui intrigue Atareta et dont elle te fait part, c'est que personne de la famille de Batatou ne s'est présenté malgré toutes les démarches qu'Atareta a faites pour les alerter, or il n'est pas possible qu'elle n'ait pas un oncle, un neveu ou une tante quelque part dans une ville ou un village. Il faudrait peut-être lancer un communiqué radio à diffuser pendant la demi-heure réservée aux communiqués nécrologiques l'après-midi. Mais ta préoccupation du moment est plutôt de voir au plus vite la malade. Accompagnée d'Armando qui ne te quitte plus, tu suis Atareta vers la salle où Batatou est hospitalisée.

A votre surprise, le lit où elle devait être est vide et vous ne la trouvez nulle part dans la salle, même après avoir scruté tous les autres lits. Tu redemandes à Atareta si elle ne s'est pas trompée de salle, elle te rassure une fois de plus que non. Inquiète et un peu paniquée, tu apostrophes à la volée un infirmier et une infirmière que tu aperçois là-bas, dans le couloir, en train de glandouiller. Cela n'a pas l'air de plaire à l'infirmier qui s'amène visiblement en colère. Il semble que vous auriez dû demander sa permission avant d'approcher du lit du malade car il vous engueule sans ambages en hurlant qu'on n'entre pas dans une salle d'hospitalisation comme dans un moulin et, méchamment, il vous lance que si votre malade n'est pas dans son lit, c'est qu'on l'a déjà emmenée à la morgue. Quelle inhumanité ! Tu sens la moutarde monter au nez d'Armando. Tu l'arrêtes tout de suite en secouant ta tête et en le regardant dans les yeux. Surtout pas d'esclandre, ce n'est pas le moment. L'infirmière, elle, a senti votre détresse. En vous regardant, elle a tout de suite compris que vous n'étiez pas du genre agité mais plutôt respectable et que c'est sans aucun doute votre angoisse qui vous a conduits à outrepasser les règles de l'hôpital. Elle pose sa main sur le bras de son collègue énervé et, compatissante, vous explique que le cas de votre malade s'est aggravé et qu'on l'a transportée d'urgence en réanimation. Vous la remerciez tous les trois avec chaleur tandis que son collègue debout à côté d'elle, penaud, semble gêné par sa conduite grossière.

Devant la salle de réanimation où vous vous précipitez, l'infirmière de service vous demande si vous êtes des parents de la victime. Vous lui expliquez que vous êtes ses compagnons de lutte. Il n'y a qu'un parent qui peut la voir, ou bien son mari, insiste-t-elle. Vous avez beau lui expliquer que Batatou n'a pas de parents, que c'est vous qui avez ses deux enfants et tout le reste, mais plus rigide que cette femme, tu meurs. Il n'y a rien à faire pour le moment sinon aller à la réunion et informer les autres.

Armando te suivant, Atareta te conduit au lieu où sont assemblées les femmes du chantier. Elle te mène vers le célèbre manguier de l'hôpital, un arbre au tronc épais et robuste, dont la vaste ombre projetée par son épais feuillage protège du soleil mieux qu'un parasol de toile. A cause de l'air frais qui circule sous la ramée, c'est devenu le lieu où les gens préfèrent faire le pied de grue en attendant l'heure de visite des malades plutôt que d'aller s'asseoir dans l'étouffante salle d'attente non climatisée. Aujourd'hui, ce sont tes camarades de chantier qui ont pris d'assaut la place, assises par terre sur l'herbe, sur de petits bancs ou des sièges de fortune. Ta surprise est grande de voir qu'elles sont à l'heure. Cette ponctualité inhabituelle témoigne de la force de leur engagement. Elles sont toutes là : Moyalo, Ossolo, Moukiétou, les embastillées de la veille au soir. Laurentine Paka qui, malgré les points de suture qui marquent son front, a tout de même réussi à se maquiller convenablement. Iyissou et son bras plâtré. Bileko avec au dos l'enfant de Batatou. Bilala votre sorcière bien-aimée… Il y a aussi les compagnons de route : le toujours présent "mari" de Laurentine, le fils de Moukiétou et tant d'autres que tu ne connais pas.

Te voyant arriver, Moukiétou se lève du banc où elle était assise pour te laisser sa place. Tu refuses en lui signifiant qu'elle est ton aînée et que tu ne peux pas prendre sa place et la laisser s'asseoir par terre. Tout le monde se met à te taquiner, celle-ci hurlant que tu es la chef, celle-là que tu es leur présidente, une autre encore que tu es la patronne mais toutes te signifiant clairement que ton nouveau rôle prime sur le droit d'aînesse. A la fin tu cèdes et t'assois sur le banc sous leurs applaudissements.

Cette bonne humeur pourrait te faire croire qu'elles ont oublié la gravité de la situation, mais pas du tout, car dès que tu as fini de t'asseoir les chahuts cessent et tous les regards se tournent vers toi.

Tu n'as jamais dirigé de réunion de ta vie ; tu n'es pas comme ta sœur Tamara qui en a mené des dizaines, d'abord en tant que responsable du mouvement étudiant quand elle était à l'université, et plus tard comme organisatrice de plusieurs rencontres, dont certaines internationales. Mais qu'à cela ne tienne, tu te sens à l'aise car ceci n'est pas une réunion syndicale mais une concertation entre collègues pour faire le point sur ce qui s'est passé ces derniers jours, depuis que vous avez décidé de vendre un peu plus cher votre marchandise. Ton assurance vient-elle du fait que tu sais que votre cause est juste et que cela te rassure de savoir que dans ce monde il y a encore des causes justes ?

Tu commences d'abord par donner les mauvaises nouvelles concernant Batatou et tu te fais compléter par Atareta qui a suivi la situation depuis la veille. Après plusieurs questions et échanges, vous décidez que, quelles que soient les résolutions que vous allez prendre pour la suite, la première sera de vous rassembler toutes devant la salle de réanimation après la réunion et d'exiger que l'on permette à certaines d'entre vous de rendre visite à Batatou. On propose les noms de celles qui iront voir la malade : toi évidemment, Bileko, parce qu'elle a accepté de prendre soin d'un enfant de la patiente, et Atareta, parce qu'elle est chargée du suivi de la situation.

Il est temps maintenant d'aborder votre vrai problème. Tu commences par rappeler les faits et tu termines en disant :

— La première chose à faire est de récupérer notre marchandise volée. Le problème est que nous ne savons pas où ces gens ont emporté nos cailloux.

— Ils les ont sûrement déjà emportés sur le chantier de l'aéroport, lance une voix.

— Que faire ? tu demandes.

Il n'y a pas de réponse immédiate mais elles se mettent à parler entre elles. Tu regardes autour de toi. Comme vous vous réunissez dehors sous un manguier dans la grande cour de l'hôpital, vous n'êtes pas passées inaperçues. Comme tout est spectacle dans ce pays, votre discussion animée a attiré beaucoup de badauds. Ils se mettent eux aussi à discuter entre eux car eux aussi veulent savoir ce qui se passe. Leur bruit détourne l'attention des femmes. Moukiétou, agacée par ces intrus, lève la main.

— Je vois des gens ici qui ne sont pas du chantier. Je parle surtout des hommes. Beaucoup d'entre eux sont des agents de la sécurité qui sont venus écouter ce que nous allons dire pour aller le rapporter à la police.

— Il y a des femmes espions aussi, dit Anne-Marie Ossolo, elles peuvent être plus dangereuses que les hommes.

Tu essaies de parler mais, comme on ne t'entend pas bien, on te fait monter sur une chaise. De ta nouvelle hauteur, tu apprécies encore mieux la dimension de la foule. Près d'une centaine de personnes, ce qui est surprenant pour un meeting improvisé et pour une cause aussi peu célèbre. Contrairement à Moukiétou, tu te réjouis de la présence des agents clandestins du pouvoir, et il y en a certainement ; tu te réjouis qu'ils soient là parce qu'ils vont constater par eux-mêmes que vous ne revendiquez rien d'autre que de vendre votre marchandise au meilleur prix et que les fiches qu'ils rédigeront à l'intention de leurs supérieurs hiérarchiques ne feront que conforter votre position.

— Tout le monde peut assister, même les espions car je sais qu'ils sont là ; ils pourront remplir leurs fiches comme ils le voudront mais je ne leur demande que d'être honnêtes, de dire la vérité. Par contre, seules les femmes du chantier peuvent prendre la parole et faire des propositions.

— Je m'adresse à tous ces mouchards et mouchardes, crie Moyalo, allez dire à vos chefs de nous rendre nos sacs.

Elle est fortement applaudie.

— Et dites-leur aussi qu'ils sont des voleurs, renchérit Moukiétou, qui déclenche des rires et des bravos.

Tu es contente de l'intervention de Moukiétou et de Moyalo, et surtout de la réaction provoquée par leurs paroles car cela montre que ces femmes sont assez concernées et remontées pour affronter les autorités.

— Qu'allons-nous faire pour récupérer nos sacs ? Quelqu'un a-t-il une proposition ?

Femmes qui chuchotent aux oreilles des unes et des autres mais aucune suggestion ne vient. Iyissou qu'on n'avait pas beaucoup entendue jusque-là dit :

— Nous t'avons choisie comme notre porte-parole…

— Notre présidente, précise une autre.

— Oui, notre chef, reprend Iyissou. Cela veut dire que nous te faisons confiance. Propose-nous quelque chose et on te suivra.

— Ouais, propose-nous quelque chose, renchérissent d'autres voix.

Là, tu es prise de court. Tu pensais qu'une idée allait émerger de la discussion, or elles te demandent d'en avancer une toi-même. Tu ne sais que dire. Tu n'as pas préparé de discours à lire. Tu bafouilles un instant puis une idée surgit soudainement dans ton esprit, une marche sur le commissariat de police. Sont-ce les séquelles des pensées que tu as ruminées après le coup de fil provocateur de Tito ? Alors les mots te viennent clairement et facilement, pas de la tête mais du cœur.

"Chers sœurs et camarades, nous sommes des femmes qui essayons de gagner notre vie en cassant et en vendant la pierre. Il y a parmi nous des femmes qui sont allées à l'école et des femmes qui ne savent pas lire, il y a des jeunes et des plus âgées, il y a des femmes mariées et des célibataires, des veuves et des divorcées. Nous n'attendons pas que l'Etat nous donne un salaire. Non, nous sommes des femmes actives et tout ce que nous voulons, c'est qu'on nous achète notre marchandise à son juste prix." Les applaudissements de la foule te donnent plus d'assurance encore. Tu veux parler à toutes ces femmes qui vous accompagnent, qu'elles soient du chantier ou pas, mais aussi aux mouchardes et mouchards présents. Tu continues en faisant l'historique des deux jours passés pour ceux qui ne sont pas encore au courant, tu parles du nouvel aéroport, de la flambée du prix de la caillasse, de votre refus de vendre, de la violente répression. Et tu continues : "L'union fait la force. C'est parce que nous étions des dizaines devant la prison du commissariat qu'ils ont relâché nos camarades Moukiétou, Moyalo et Ossolo. Je vous le dis, mes sœurs, ce n'est que de la même façon que nous récupérerons les sacs qu'ils ont volés. Ces hommes qui ont volé nos cailloux pensent que parce que nous sommes femmes nous allons nous taire comme d'habitude. Quand ils nous battent au foyer, nous ne disons rien, quand ils nous chassent et prennent tous nos biens à la mort de nos maris, nous ne disons rien, quand ils nous paient moins bien qu'eux-mêmes, nous ne disons rien, quand ils nous violent et qu'en réponse à nos plaintes ils disent que nous l'avons bien cherché, nous ne disons toujours rien et aujourd'hui ils pensent qu'en prenant de force nos cailloux, encore une fois, nous ne dirons rien. Eh bien non ! Cette fois-ci ils se trompent ! Trop, c'est trop !"

Toujours debout sur ta chaise, tu continues à haranguer. Tu ne savais pas que les mots pouvaient avoir ce pouvoir enivrant. Plus tu parles, plus tu es exaltée, plus tu te sens sortir de toi-même, tu n'es plus toi. Tu n'es plus Méréana. Tu es une des pasionarias de l'histoire ! Tu es cette Noire américaine dont tu ne te rappelles plus du tout le nom mais dont le leitmotiv d'un célèbre discours à une convention de femmes te remonte spontanément à la mémoire : "Ne suis-je pas une femme ?"

— Ne sommes-nous donc femmes que pour souffrir ? tu lances, en un cri venu du plus profond de ton cœur. Non, non et non ! Nous irons camper devant le commissariat avec nos nattes et nos enfants, et nous ne partirons pas de là tant qu'ils n'auront pas rendu nos sacs ou tant qu'ils ne nous les auront pas achetés !

— A vingt mille francs, crie une femme.

— Oui, à vingt mille francs ou au nouveau prix que nous allons négocier mais en tout cas pas à dix mille francs comme avant. Sinon, qu'il fasse soleil ou qu'il pleuve, nous resterons devant ce commissariat avec nos nattes et nos enfants.

— Et nos maris aussi, lance une autre femme, il faut bien qu'ils servent à quelque chose !

Rires et applaudissements. De la foule des badauds, une voix crie :

— Je sais que nous n'avons pas la parole ici, mais nous, les femmes qui souffrons au marché, nous allons nous joindre à vous, nous allons marcher et camper avec vous. Nous amènerons nos enfants et nos maris aussi puisque, comme l'a dit la sœur, il faut bien qu'ils servent à quelque chose.

Tu es étonnée toi-même de la tournure des événements. Lorsqu'elles t'ont fait monter sur cette chaise tout à l'heure, tu n'avais aucune idée de ce que tu allais dire et encore moins faire, et voilà que maintenant tu es à la tête d'une légion de femmes volontaires pour aller prendre d'assaut un commissariat de police. N'es-tu pas allée un peu vite en besogne ?

Au milieu des applaudissements et des cris enthousiastes, Moukiétou, boutefeu comme toujours, lance :

— Allons-y maintenant, qu'est-ce qu'on attend ?

Le commissariat n'est pas très loin de l'hôpital, moins d'un kilomètre. En une demi-heure, vous y serez si vous démarrez maintenant. L'unanimité semble faite, tu peux maintenant descendre de ton estrade improvisée.

Au moment où tu te retournes pour saisir le dossier de la chaise afin de descendre à reculons comme on descend d'une échelle, tu aperçois une main qui s'agite au-dessus de la foule. Ton regard glisse le long du bras auquel appartient la main et découvre le visage de la propriétaire : Bilala. Tu n'en reviens pas. Si c'était une autre femme, Moyalo par exemple ou Ossolo ou Moukiétou, celles qui avaient l'habitude de parler et de donner leur opinion même quand on ne la leur demandait pas, tu n'aurais pas plus prêté attention que cela, la messe étant dite il n'y avait rien d'autre à ajouter. Mais si Bilala qui n'intervenait jamais pendant les réunions, et qui, quand on la pressait un peu, répondait toujours qu'elle était d'accord avec la décision prise ou à prendre, si cette Bilala-là lève la main pour émettre une opinion, il y a péril en la demeure.

Au départ, avant de connaître son histoire, tu pensais que sa timidité venait du fait qu'elle venait du village – une "villageoise", disait-on – et qu'elle n'avait jamais été à l'école. Tu t'es vite rendu compte que cette explication ne tenait pas la route et que le courage, l'intelligence, le sens des responsabilités ne dépendent pas d'une éducation scolaire et formelle. Bileko, Moukiétou, Atareta et toutes ces autres femmes que tu côtoyais quotidiennement au chantier en sont la preuve. Par contre, tu ne doutais plus qu'elle, Bilala, avait été profondément marquée par la manière dont elle avait quitté son village, la nuit, traquée comme une bête sauvage, se cachant dans la forêt, marchant près de vingt kilomètres avant d'oser sortir sur la route principale pour emprunter un véhicule qui devait l'emmener se perdre dans cette grande ville qu'était la capitale. En tout cas elle avait eu beaucoup de chance de s'en sortir vivante. Elle était mère de six enfants ; ses ennuis commencèrent lorsque ses trois derniers enfants moururent en l'espace de quatre ans, deux de paludisme et un d'anémie causée par la drépanocytose. La famille du mari la rendit responsable de la mort des enfants en la traitant de sorcière et ce dernier ne tarda pas à la chasser de chez lui. Le plus dur pour elle fut quand ses propres enfants la fuirent de peur qu'elle ne les "mange" à leur tour. Elle en avait encore les larmes aux yeux quand elle t'a raconté cette histoire. Et ce qui arrivait toujours au village quand on était accusé de sorcellerie arriva : une bande de jeunes à la tête desquels se trouvait un de ses propres enfants incendia sa case la nuit pendant qu'elle dormait, pensant ainsi la brûler vive. Heureusement pour elle, elle était déjà à l'orée de la forêt quand les incendiaires s'aperçurent qu'elle avait réussi à s'évader par la petite fenêtre à l'arrière de la maison alors qu'ils l'attendaient tous, pour éventuellement la lapider, devant la porte par où, pensaient-ils, elle allait tenter de sortir pour échapper à la fournaise. Ils l'ont poursuivie comme une meute de chiens derrière un gibier, mais elle connaissait la forêt mieux que ces jeunes garçons. Elle pense avoir marché trois jours avant de ressortir sur la principale route carrossable, loin, très loin de son village. Elle avait pu quand même sauver tout son argent car, en paysanne futée et pleine d'expérience, elle attachait toujours pièces et billets confondus dans un nœud du pagne qu'elle portait. Après une telle histoire, qui ne chercherait à se rendre discrète, voire invisible ? Mais voilà, là elle a levé la main.

Tu te redresses sur ta chaise, agites les bras et cries :

— Attendez, attendez, ne partez pas encore… c'est important… Attendez.

Tout le monde se tait, intrigué.

— Bilala veut dire quelque chose ; c'est important, je crois.

Quand une foule chaotique d'une centaine de personnes se tait brusquement, le silence peut être intimidant. Bilala baisse la main comme si elle regrettait déjà de s'être fait remarquer. Tu l'encourages de la main et des yeux.

— Vas-y, Bilala, parle !

— Il ne faut pas marcher. Les soldats vont nous tuer. Ils tirent toujours quand il y a une manifestation. Ils tirent même quand les gens protestent assis. Mon oncle a été tué quand, avec d'autres retraités, il avait protesté devant la Caisse nationale de retraite parce qu'il n'avait pas touché sa pension depuis plus de seize mois. Je ne veux pas qu'ils tuent Méréana, nous avons besoin d'elle. Il ne faut pas marcher.

Tu es stupéfaite. Tellement stupéfaite que pendant plusieurs secondes tu ne sais que répliquer avant de bégayer :

— Mais... mais... Bilala... c'est la décision de tout le monde... il fallait parler avant... maintenant c'est trop tard...

— Tu parlais tellement bien que je n'ai pas osé t'interrompre. La peur qu'on te tue a été plus forte, elle m'a forcée à lever la main. Il ne faut pas marcher.

Quand on ne sait pas que dire, il faut se taire. Mais tu ne peux pas te taire puisque tu étais la porte-parole – non, la présidente – et que tu diriges cette réunion. Alors, quand on ne sait pas que dire et qu'on ne peut pas se taire non plus, il faut faire parler les autres et les écouter. Tu t'adresses donc à l'assemblée.

— Vous avez entendu Bilala, elle ne veut pas qu'on marche.

— Si elle a peur de marcher, qu'elle ne marche pas, crie Moukiétou. Ce n'est pas en restant assises sur nos derrières et en contemplant nos seins que nos sacs de cailloux reviendront.

— C'est vrai, émet une autre que tu ne peux identifier dans cette foule, elle n'a pas à prendre la parole quand…

Le reste de ses paroles se noie dans le brouhaha de la foule car tout le monde parle maintenant en même temps. Tu as peur que la réunion ne dégénère à cause de ta faiblesse, de ton manque de poigne. Un leader doit se montrer ferme. La fermeté, c'est d'appliquer ce qui a été décidé malgré les quelques instants de doute qui t'ont saisie lorsque tu t'apprêtais à descendre de ta chaise après ton discours enflammé. Tu lèves les bras et hurles :

— La démocratie, c'est la voix de la majorité. Tout le monde ici, sauf Bilala, est d'accord pour que nous marchions sur le commissariat de police pour réclamer nos sacs. Les discussions sont terminées, ne perdons plus de temps.

Tu esquisses à nouveau le mouvement pour descendre de ta chaise quand la voix forte d'Iyissou – tu la reconnais – te retient une fois de plus :

— Moi, je crois que Bilala a raison. Rappelez-vous qu'ils ont tué des étudiants et des élèves. Mon oncle qui travaille au rectorat de l'université m'a raconté que les forces de l'ordre avaient poursuivi les pauvres étudiants jusque dans l'enceinte de l'université et leur ont tiré dessus.

— Iyissou, si nous n'avions pas manifesté hier devant le commissariat, tu serais encore en prison…

— S'ils n'ont pas tiré hier soir, c'est qu'ils étaient pris de court, intervient une voix à la rescousse, aujourd'hui, avec tous leurs espions qui sont ici, ils sont au courant de ce que nous allons faire et, croyez-moi, ils nous attendent de pied ferme.

La cacophonie est à son comble. Tout le monde se remet à parler en même temps. Tu ne sais plus que faire et tu t'en veux de ta faiblesse d'avoir laissé Bilala relancer un débat clos. Cependant, d'un autre côté, tu es contente de son intervention car toi-même tu as eu un moment l'impression d'être allée un peu vite en besogne en préconisant cette marche sans avoir auparavant examiné tous les tenants et aboutissants d'une telle décision. Ah, ce n'est pas facile d'être un leader !

De plus en plus de femmes maintenant prennent le parti de celles qui sont opposées à la marche. Tu sens que tu commences à perdre un peu de ton assurance. Emportée par la rhétorique de ton discours, et sans doute aussi, même si tu ne veux pas le reconnaître, par ton désir de prouver coûte que coûte à Tito que ses menaces ne t'intimident pas du tout, bien au contraire, tu avais oublié la réalité de ton pays, une réalité que tu connais mieux que quiconque puisque, aux côtés de ta sœur, tu as pratiquement vécu aux premières loges la manifestation des étudiants qu'Iyissou vient d'évoquer et qui s'est terminée par la mort de dix jeunes. Comment as-tu pu oublier qu'ici les manifestations de citoyens ne sont pas dispersées par une police antiémeute avec matraques, gaz lacrymogène et jets d'eau mais par l'armée, qui tire à balles réelles et, chaque fois, laisse des morts sur le carreau ? Une seule fois, à ta connaissance, l'intervention de l'armée a été douce : ils n'ont pas tiré de coups de feu ; ils n'ont fait usage que des crosses de leurs fusils pour disperser le sit-in des vieux retraités qui réclamaient leur pension ; il n'y eut que des côtes cassées, des jambes et des bras brisés et deux septuagénaires dans le coma, dont l'oncle de Bilala. Toutes les autres manifestations ont fait l'objet d'une répression aveugle. Sept morts parmi les ouvriers de la compagnie minière qui réclamaient le paiement de leurs droits de licenciement après la fermeture de la mine d'uranium exploitée par des Chinois. Neuf morts parmi la foule qui a crié : "Hypocrite, assassin" sur le chef de l'Etat qui était venu déposer des fleurs sur le cercueil d'un opposant. Quant aux étudiants, c'était d'autant plus tragique que ta sœur avait, la veille encore, tenté en vain de dissuader les organisateurs de la marche.

C'était avant son mariage et elle vivait encore chez vous. Ils étaient arrivés à quatre, trois garçons et une fille, pour discuter avec elle. Tu les avais installés au salon et tu avais appelé Tamara qui lisait dans sa chambre. Après leur avoir proposé des rafraîchissements, tu étais allée te reposer sous la véranda, seule, Tito n'étant pas encore rentré.

Au bout d'un moment, ils parlaient tellement fort que tu les entendais sans le vouloir. Tu reconnus tout d'abord la voix de Tamara, aussitôt contrée par une voix masculine :

— Je ne suis pas d'accord, c'est irresponsable.

— Mais il n'y a que comme cela que le gouvernement nous entendra et nous écoutera. Quand il verra ces centaines d'étudiants dans la rue…

— Des milliers si nous réussissons à mobiliser les lycées et les collèges, renchérit une autre voix masculine.

— Oui, quand le gouvernement verra ces milliers de jeunes dans la rue, il cédera. Le ministre acceptera de nous rencontrer et de prendre en compte nos revendications.

— Vous regardez trop la télé – la voix de Tamara –, vous avez vu des défilés contre le pouvoir à Paris, à Londres ou à Ottawa et peut-être à Johannesburg ; vous avez vu des policiers charger avec comme seules armes des matraques et des boucliers pour se protéger des jets de cailloux ; vous avez vu des photographes et des journalistes rapporter la moindre bavure et vous avez entendu parler d'enquêtes sur les brutalités policières. Ne rêvez pas ! Ne savez-vous pas que chez nous on tire sur la foule ? Et à balles réelles ? Vous faites exprès ou quoi ?

— On mettra les gamins des écoles devant ; ils ne tireront quand même pas sur des gamins de douze ans ?

Cette fois-ci, c'était la jeune fille qui avait parlé.

— Je suis choquée, Ida, je ne te croyais pas si cynique. Au point où nous en sommes, pourquoi ne pas mettre les femmes devant aussi ? Ils ne tireront pas sur leurs filles et femmes, n'est-ce pas ? Mais, bon sang, vous vivez dans ce pays ou pas ?

— Tu es trop timorée, Tamara. Pour toi, donc, il ne faut rien faire. Pas de bourses, pas de livres à la bibliothèque, pas d'ordinateurs, pas de produits de laboratoire, ce n'est pas grave, il ne faut pas protester, il ne faut rien faire !

— Voyez comment vous déformez mes propos ! C'est à la limite de la mauvaise foi. Je n'ai pas dit de ne pas protester contre les conditions minables dans lesquelles nous étudions, mais de le faire de manière intelligente. En faisant un sit-in dans les locaux de l'université par exemple, au lieu de jeter des centaines d'enfants dans la rue.

— Et qu'est-ce qui les retiendra d'envoyer l'armée dans ces locaux ?

— Alors faisons une grève passive en demandant à tous les étudiants de rester chez eux, contre-attaqua Tamara.

— Je suis étudiant en droit, reprit celui qui semblait être le chef de la délégation, et je peux te dire que notre Constitution nous donne le droit de manifester, de marcher…

— Notre Constitution est un chiffon de papier que le président peut changer à tout moment ou tout simplement ignorer et tu le sais bien…

— Ecoute, Tamara, nous tournons en rond. La majorité du bureau du collectif des étudiants a décidé d'organiser demain une marche sur le ministère de l'Education nationale. Tu es minoritaire, il faut accepter la décision et être solidaire du mouvement.

— Je ne peux être solidaire d'une décision suicidaire.

— Donc tu ne viens pas demain ?

— Non !

— Lâcheuse ! T'as qu'à quitter le bureau, dit la voix que Tamara avait identifiée comme celle d'Ida.

— La décision est trop importante pour la laisser à nous cinq. Il faut convoquer une assemblée générale pour exposer nos points de vue, insistait Tamara.

— Nous n'avons plus le temps. Si les étudiants nous ont élus, c'est pour prendre des décisions à leur place. C'est cela la démocratie. Si tu ne te présentes pas demain, nous te relèverons du bureau et ferons élire quelqu'un d'autre à ta place.

— Mais vous allez vous faire massacrer !

Ils ne se quittèrent pas en bons termes. Seule la fille qu'elle appelait Ida a embrassé Tamara. Cette dernière les avait regardés partir et, d'une voix triste et résignée, elle t'avait dit :

— Ils jouent avec le feu. Ils vont se faire tuer.

En effet, le lendemain, les forces de l'ordre avaient tiré. Dix morts officiels, dont, hélas, la malheureuse Ida.

Debout sur ta chaise devant toutes ces femmes qui parlent en même temps, tu as l'impression que Tamara est là parmi vous. Sa voix remplit ta tête comme si tu étais possédée par elle. "Ne savez-vous pas que chez nous on tire sur la foule ?… Il faut protester de manière intelligente…" Ces mots tournent et tournent dans ta tête. Tu as l'impression que tu trahirais ta sœur si tu maintenais cette marche. Bilala a raison ; elle est minoritaire, certes, mais elle a raison. Comme l'a montré l'exemple de Tamara, en démocratie être minoritaire ne veut pas nécessairement dire qu'on a tort. Tu as maintenant complètement changé d'idée, tu ne veux plus de cette manifestation massive et bruyante dans la rue et devant le commissariat. Mais comment te dédire après ton discours passionné de petite pasionaria perchée sur une chaise devant une quinzaine de femmes qui réclamaient leurs sacs de cailloux ignominieusement volés, noyées parmi de nombreux badauds ? Non, tu ne peux pas. Si, tu dois ! On peut, on doit changer d'avis quand on se rend compte qu'on s'est trompé. Dieu merci, Tito n'est pas là pour voir dans quelle panade tu t'es mise. Il avait raison sur un point, Tamara aurait su comment s'en sortir. Mais il faut que tu parles, il faut que…

La main de Laurentine Paka qui se lève au-dessus de la foule est comme une bouée de sauvetage. Donne-lui la parole et le temps qu'elle prendra pour parler sera autant de temps pour toi pour réfléchir un peu plus sur la façon dont tu vas t'en sortir. Tu fais de grands moulinets avec tes deux bras et, après plusieurs tentatives, tu réussis à imposer le silence.

— J'ai une proposition à faire, mais je ne sais pas si c'est bien.

Tout le monde se tourne vers elle. Quand une femme est aimée par son homme, cela se voit tout de suite et Laurentine l'est. Son compagnon, assis à côté d'elle, lui tient la main. Tu sens cependant qu'elle est gênée mais tu ne vois pas pourquoi. Tu ne veux pas qu'elle se sente ridicule et tu l'encourages à émettre son opinion en insistant sur le fait que toutes les idées sont bonnes, même celles qui paraissent les plus inattendues, tout en priant *in petto* qu'elle ne fasse pas des propositions du genre aller rencontrer le président de la République lui-même. Tes mots lui donnent du courage :

— Le député Tito Rangi doit savoir où sont nos sacs. Il pourrait peut-être…

Ton visage a dû se crisper au nom de Tito puisque Laurentine s'est aussitôt arrêtée, laissant sa phrase en suspens. Tu t'attendais à tout sauf à ça. Tu perds les pédales un instant et tu as envie de hurler qu'en aucun cas tu ne veux que cet individu se mêle de vos affaires ! Tu avais inconsciemment pris cette décision irréfléchie de marcher sur le commissariat de police pour le narguer, pour lui montrer qu'il ne pisse pas loin, que tu ne te laisseras pas intimider par lui, décision dans laquelle tu es empêtrée maintenant. Mais tu dois rester cool car des centaines d'yeux te regardent. Surtout ne pas donner l'impression que ce nom te dérange, mais plutôt montrer que tu es capable de transcender tes rancœurs personnelles afin de juger de la situation en toute neutralité, comme le doit la représentante du peuple que tu es. Pendant que tu essaies de te ressaisir, Moukiétou, encore elle, te sauve la mise :

— Ah non, pas après tout ce qu'a raconté ce salaud hier soir. Oui, hier soir ! Quelle honte de la part d'un officiel de se lancer dans des attaques aussi basses que personnelles. Ça, en tout cas, nous ne le lui pardonnerons jamais. C'est vrai que tu n'étais pas là hier soir, Laurentine, sinon tu n'irais pas prononcer son nom en présence de toutes ces femmes.

Moukiétou s'est emparée de Tito comme exutoire de sa misandrie habituelle mais elle n'a pas le dernier mot car Bileko saisit la parole :

— On peut se servir d'un salaud pour arriver à ses fins.

— Nous ne voulons pas de magouille, notre combat doit être propre, dit Atareta.

— Si vous croyez réussir dans ce pays sans avoir les mains sales, vous vous leurrez, reprend Bileko. Croyez-moi, j'en sais quelque chose.

— Les arbres qui donnent les plus beaux fruits ont leurs racines plongées dans le fumier. Si le député peut nous aider à retrouver nos sacs, et c'est là l'essentiel, où est le mal ? renchérit Moyalo dans son lingala impeccable.

— Député ou pas, fumier engraisseur ou pas, la réalité est qu'il méprise les femmes, crie Moukiétou. N'avez-vous pas entendu ce qu'il a dit hier soir à Méré ? Il se croit indispensable, comme tous les hommes. Moi, quand je rentre le soir fatiguée et que j'ai besoin de relaxer mon corps, je me fais masser par l'amie qui vit dans la maison que je loue ; ses mains sont plus tendres, plus chaleureuses, plus douces que n'importe quel homme, riche ou pas, député ou pas. Alors celui-là, du fond de la cellule où j'étais, j'avais envie de les lui botter.

Tu perds le contrôle de la réunion car chacune prend la parole quand elle veut, les unes interrompant les autres. De la marche, de la façon de récupérer vos biens, on est passé à discuter de Tito. Cet homme te hantera donc toute ta vie ? Tu jettes un coup d'œil furtif à Danny, l'amoureux de Laurentine qui écoute, silencieux. Tu te dis que ça y est, il doit certainement ruminer ses clichés d'homme, que les femmes ne sont bonnes qu'à se crêper le chignon et, en plus, pour un homme ! Au fond, tout cela est de ta faute, tu as laissé tes problèmes personnels devenir un obstacle au règlement de votre problème collectif. Tu dois trouver une solution.

— Arrêtez de parler toutes en même temps, c'est moi qui dirige la réunion. De Tito, on s'en fout. Ce que nous voulons, c'est trouver un moyen de récupérer nos biens. J'ai proposé tout à l'heure que nous marchions en masse jusqu'au commissariat de police et que nous fassions un sit-in jusqu'à ce que nous obtenions satisfaction, mais d'autres ont fait remarquer que cela était dangereux parce que les forces de l'ordre allaient tirer sur nous. Ce n'est pas parce que j'ai fait la première proposition que je ne dois pas écouter les arguments des autres, surtout s'ils sont fondés. Oui c'est vrai, dans ce pays, les forces de l'ordre n'utilisent pas les matraques, elles tirent. Nous en avons d'ailleurs eu un avant-goût hier au chantier ; une de nos sœurs, Batatou, est dans le coma. C'est vraiment un miracle hier qu'ils ne nous aient pas attaquées lorsque nous sommes allées réclamer la libération de nos camarades emprisonnées.

— Ils ne s'y attendaient pas, lance quelqu'un.

— Oui, mais aujourd'hui il n'y aura pas cet effet de surprise. Les mouchards sont parmi nous. Remettons cette marche à plus tard et essayons de trouver une stratégie intelligente, moins dangereuse mais tout aussi efficace.

Sans t'en rendre compte tu as parlé comme Tamara et tu sens qu'elle te sourit là où elle est.

— Laurentine vient d'en suggérer une, dit Bileko.

Là tu te braques encore. Tout sauf associer Tito.

— L'idée de Laurentine n'est pas mal, tu reprends. Seulement, il vaut mieux traiter avec Dieu qu'avec ses saints. Tito n'est rien ; il parle beaucoup mais il n'a pas de pouvoir. C'est directement avec le commissaire qui a emprisonné nos sœurs hier qu'il faut discuter. Nommons une petite délégation pour le rencontrer.

Tout le monde pense que c'est un bon compromis. Même Moukiétou, féroce partisane d'une démonstration de force, acquiesce.

— Je nomme Méréana pour diriger la délégation, crie celle qui est à l'origine de ce changement de stratégie, Bilala.

— Ce n'est pas la peine de la nommer, proteste une voix, elle est déjà notre présidente.

— Silence, silence, tu interromps avec fermeté. Ne faisons pas les choses dans la pagaille. Procédons par étapes. Tout d'abord soyons claires : tout le monde peut prendre la parole mais seules les femmes directement concernées, c'est-à-dire les femmes du chantier, ont droit aux décisions. Ensuite, comme nous ne pouvons pas toutes aller rencontrer le commissaire, il nous faudra fixer la taille de la délégation, puis il nous faudra choisir celles qui en seront membres. Et, comme il est tard, nous ne pourrons commencer nos démarches que demain.

Les choses vont ensuite sans trop de difficultés. Vous vous accordez assez rapidement pour une délégation de six personnes et évidemment tu es choisie pour la conduire. Après le choix des cinq autres membres de la délégation, des applaudissements nourris clôturent la fin de la réunion. Tu aperçois Danny qui, spontanément, embrasse sa bien-aimée Laurentine et ce geste te touche profondément, tu ne sais pourquoi. Laurentine sourit et passe sa main sur l'endroit du baiser, peut-être pour lisser son maquillage abîmé par le contact des lèvres.

Il est maintenant temps de rendre visite à Batatou.

ONZE

Pendant que, guidée par Atareta, la délégation se dirige vers le bâtiment qui abrite la salle de réanimation, tu t'étonnes toi-même de ce qui t'arrive. Jamais tu n'avais pensé que casser des pierres au bord du fleuve te projetterait à la tête d'un mouvement de revendication de femmes. Tu regardes celles qu'on a désignées pour t'accompagner à la rencontre avec le commissaire : Moukiétou, choisie pour son franc-parler ; Bileko, pour son expérience cosmopolite – n'avait-elle pas négocié brillamment avec des hommes d'affaires de Hong-Kong, de Dubaï et de Singapour ? Bilala, peut-être parce qu'elle a été la première à remettre en cause l'idée d'une marche, et enfin Iyissou, dont le bras en écharpe témoignera auprès des interlocuteurs de la brutalité de la répression contre vous. De toutes, tu es la seule qui détonne. Aucune d'elles n'est allée à l'école ou, si elles y ont été, elles n'ont pas dépassé le cours élémentaire. Aucune n'avait choisi de casser la pierre, elles y sont arrivées chacune par des chemins différents, par des circonstances qui ne leur ont laissé aucun choix, aucune alternative ; elles sont acculées à ce travail probablement à vie, jusqu'au jour où leur pauvre corps cédera. Car tu le vois bien, malgré sa gouaille, Moyalo est parfois percluse de rhumatismes,

Moukiétou s'est déjà écrasé deux fois le doigt avec son marteau et, si Bileko n'est pas borgne à ce jour, c'est parce que son œil droit a miraculeusement survécu à un éclat de pierre qui s'était planté dans sa paupière. Et ce travail leur permet à peine de manger, de se soigner tant bien que mal et de se vêtir ; en d'autres termes, il leur permet tout juste de survivre.

Pour toi c'est différent. Tu étais là pour un objectif précis : engranger la somme de cent vingt mille francs. Tu avais un besoin ponctuel mais urgent de cet argent qu'aucune de tes connaissances n'avait voulu ni pu te prêter. Une amie t'a parlé de ce chantier que tu ne connaissais pas et t'a indiqué qu'en six semaines de travail tu pourrais produire assez de sacs de gravier pour obtenir cette somme. Tu t'es donc donné sept semaines, pas plus. Une fois les cent vingt mille dans ta cagnotte, tu pourrais t'inscrire dans cette école d'informatique qui donnait une formation de technicien informaticien en trois mois avec stages en entreprise. Tu es instruite, ton avenir n'est pas bouché comme celui de ces femmes. Bien sûr qu'il y a dans le pays des centaines de bacheliers au chômage et même des dizaines de diplômés universitaires qui, s'ils ne cassent pas la pierre, n'en sont pas moins de petits revendeurs à l'étalage dans les marchés de la ville, mais cela n'ébranle en rien ta confiance. Mieux encore, la réussite de votre revendication, celle d'augmenter le prix de vente de vos sacs de cailloux, te permettrait de quitter encore plus vite ce chantier de forçats. Il faut donc que tu fasses de ton mieux pour mener à bien cette action. Tamara n'en aurait pas attendu moins de toi.

Vous êtes arrivées devant le bâtiment. Sans doute alerté par tout le remue-ménage dans la cour de l'hôpital, c'est un homme en veste-cravate flanqué d'un autre en blouse blanche qui se tient à l'entrée. Il explique qu'il est le directeur de l'hôpital et qu'il est au courant de vos soucis et comprend votre peine. Comme autoriser les visites aux malades n'est pas une décision administrative mais médicale, il a fait venir le chef du service de réanimation pour que vous discutiez directement avec lui. Vous êtes toutes agréablement surprises par la courtoisie et la bonne volonté de l'homme ; depuis le début de votre mouvement, c'est la première fois qu'un homme qui a une parcelle de pouvoir vous traite avec tant de cœur. Cela a pour effet de vous désarçonner un peu car, parties pour un affrontement, vous vous retrouvez devant un homme plein de compassion et de bonne volonté. Le médecin prend la parole et explique que, pour des raisons strictement médicales, seules deux personnes peuvent se présenter au chevet de Batatou. Vous avez vite fait de désigner les deux, toi bien sûr, et Atareta, l'officier de liaison, si l'on peut désigner ainsi le rôle que vous lui avez assigné.

Batatou est allongée sur un matelas mince étalé sur un lit métallique, un masque à oxygène sur la bouche, deux tuyaux dans le nez, le corps recouvert d'un drap. C'est à peine si on voit sa poitrine se soulever au rythme de sa respiration. Elle ne sent rien, ne voit rien, n'entend rien : elle est dans le coma. Un climatiseur poussif fait plus de bruit qu'il ne donne d'air conditionné, si bien que des gouttes de sueur perlent sur son front. Tu veux lui dire que toutes vous pensez à elle, que vous priez pour elle, que ses deux enfants sont en sécurité. Tu te concentres intensément sur ces idées comme si par miracle des ondes télépathiques pouvaient transpercer le brouillard de son coma et pénétrer dans sa conscience.

Atareta se met à renifler. Voyant cela, le médecin vous éloigne gentiment mais fermement du lit de la malade et vous fait sortir de la salle. Il n'essaie pas de vous cacher la vérité ; la situation de Batatou est grave, le pire peut arriver à tout moment. Tu essuies les larmes qui coulent sur tes joues et que tu ne peux retenir.

Le directeur de l'hôpital, toujours aussi courtois et avec mille précautions oratoires, vous fait savoir que la facture de l'hospitalisation de Batatou s'élève déjà à trois cent mille francs et il aimerait savoir qui va payer. Et ce n'est pas tout, il faudrait en urgence acheter des antibiotiques à dix-sept mille francs la boîte. Aucune de vous ne peut payer une telle somme même si vous rassemblez toutes vos économies. Mais tu ne peux pas répondre : "Personne" à sa question. Qui sait s'il ne débranchera pas les tuyaux qui sustentent votre pauvre Batatou en entendant une telle réponse ? D'un ton assuré, tu lui répliques : "Notre association", comme si vous aviez une association. Cela semble lever ses inquiétudes.

Vous retrouvez le reste des membres de la délégation qui vous attend dans la salle d'attente. Tes camarades se lèvent des bancs métalliques sur lesquels elles sont assises et se précipitent vers vous les regards pleins d'interrogation. Tu fais un signe de la main indiquant à tout le monde de s'asseoir et tu laisses Atareta leur faire le compte rendu. Elle n'a même pas fini de parler que certaines se mettent déjà à pleurer. Tu prends la parole pour instiller un peu d'espoir.

Vous quittez la salle d'attente et vous vous retrouvez dehors. Tu regardes l'heure et ta montre t'indique qu'il est déjà dix-sept heures. Tu as l'impression bizarre que d'un côté la journée a été très longue, et de l'autre que les heures ont passé très vite. Tout se télescope maintenant dans ta tête. Tu n'arrives plus à réfléchir, comme si toutes les cellules de ton cerveau avaient été pressées à sec. Dans ces cas-là, il ne faut pas essayer de leur demander encore des efforts, mieux vaut les laisser se reposer. C'est ainsi que tu déclares à tes collègues qu'il est trop tard pour continuer à rester discuter ici car d'autres tâches urgentes attendent ; par exemple les enfants abandonnés seuls toute la journée. Tu penses non seulement à Lyra, mais aussi à la fille de Batatou que tu as récupérée. Tu penses aussi à tante Turia qui certainement a besoin de rentrer chez elle. Les autres aussi pensent probablement aux tâches qu'elles ont délaissées. Toutes acquiescent et vous vous donnez rendez-vous le lendemain devant la salle de réanimation, d'abord pour prendre des nouvelles de Batatou, ensuite pour vous concerter avant d'aller à la grande rencontre avec le commissaire.

Vous vous faites les adieux et chacune va de son côté affronter individuellement ses soucis de fin de journée. Tu te diriges vers le grand portail qui donne sur l'avenue principale afin d'emprunter un autobus qui te mènera chez toi. La cour de l'hôpital est vide et triste ; difficile d'imaginer que quelques heures plus tôt fourmillaient, sous le grand manguier que tu aperçois là-bas, des dizaines de femmes qui débattaient de leur destin.

Tu n'as plus qu'une envie, quitter au plus vite cette cour sur laquelle le soleil crépusculaire répand un ton sinistre. Le meilleur moyen est de prendre un taxi même si cela revient beaucoup plus cher, plutôt que d'attendre un autobus. Comme par hasard, un taxi est là, garé juste devant le portail. Tu t'y diriges pour essayer de négocier le prix de la course mais le chauffeur devait certainement surveiller le portail puisque, avant même que tu t'approches de la voiture, il a ouvert la portière, bondi de son siège, et se met à s'avancer vers toi, le visage fendu d'un sourire qui fait apparaître toutes ses dents : c'est Armando, le grand frère d'Anne-Marie.

Etonnée de le voir là alors que tout le monde est parti depuis longtemps, tu ne trouves rien d'autre à dire que de lâcher bêtement son nom avec un point d'interrogation :

— Armando ?

— Ben oui tu vois, je suis encore là. Je t'attendais pour te déposer chez toi. Après une journée longue et éprouvante comme celle-ci, c'est trop fatigant d'attendre un autobus, puis de se battre encore pour avoir une place assise dans un bus bondé.

— C'est gentil, merci. Où est ta sœur ?

— Je ne sais pas, elle doit s'être précipitée chez elle pour attendre cet homme qu'elle n'arrive pas à lâcher malgré tous les ennuis que cela lui a causés. Tu devrais lui parler, toi, peut-être qu'elle t'écoutera.

— Elle est très belle, Anne-Marie.

— Ouais, une beauté qui a failli la faire tuer. C'est ce qu'on appelle la beauté du diable.

— Ne dis pas de mal de ta sœur, je l'aime beaucoup.

— Non, je n'en dis pas de mal, moi aussi je l'aime beaucoup ; j'aimerais tout simplement qu'elle m'écoute et zappe ce type qu'elle n'arrive pas à oublier. Un type marié en plus.

— Tous les frères disent du mal des petits copains de leur sœur.

Il contourne la voiture et ouvre la portière côté passager. Tu es surprise par ce soudain accès de galanterie ; en tout cas ce n'est pas coutumier ici. Il s'installe dans son siège de chauffeur et, au lieu de démarrer, il te tend une bouteille de soda à l'orange frais comme s'il venait juste de sortir d'un frigo :

— Tu dois avoir soif.

Oui, tu as soif et tu es bien contente de l'offre. Tu la prends et tu le remercies. Cependant, une petite alarme se déclenche dans ton système féminin de vigilance, ce système inné qui a permis jusqu'ici à des générations de femmes de survivre face aux manœuvres des hommes. Tu flaires quelque chose. Attention, prudence ! Quand un homme à qui tu n'as rien demandé te couvre soudain de prévenances et de gentillesse, il faut être sur ses gardes. Mais tes pensées ne vont pas bien loin puisqu'il se met à parler, excité. Il te tend un prospectus qu'il sort de la boîte à gants de sa voiture :

— Nous avons du soutien, nous avons du soutien, répète-t-il.

Tu n'as aucune idée de quoi il parle. Il te tend la feuille. Le gros titre en caractères rouges te saute aux yeux : SOUTENONS LA LUTTE DES FEMMES. Etonnée, tu cales ton dos contre le siège du taxi et tu te mets à lire pendant que la voiture démarre :

"Encore une fois, le pouvoir autocratique et antidémocratique a frappé. Cette fois-ci ce sont des pauvres femmes innocentes, nos mères et nos sœurs, qui ont été tabassées et torturées sauvagement sur leur lieu de travail et dans les geôles du pouvoir alors qu'elles voulaient tout simplement négocier le prix de vente du produit de leur travail jusque-là acheté à vil prix par des entrepreneurs voraces, la plupart d'entre eux étant d'ailleurs des parents des hommes au pouvoir. S'il fallait une preuve de plus que ce pays était en pleine dérive fasciste, la voilà. Il nous faut une alternance. Il est temps de chasser du pouvoir ces hommes sans scrupules, qui détournent impunément l'argent de l'Etat tandis qu'ils écrasent le peuple dans la misère telles ces femmes qui luttent pour leur pain quotidien.

Les partis d'opposition, regroupés dans le Rassemblement de l'opposition unie pour l'alternance (ROUPA), se retrouveront demain matin pour décider de l'action à entreprendre afin d'appuyer les revendications de ces femmes. La victoire de ces travailleuses sera un pas de plus vers l'éviction du pouvoir de ces politiciens corrompus et de leur clique."

Tu relis une fois encore. Tu n'y comprends rien ou plutôt tu comprends maintenant pourquoi Tito vous a accusées d'être manipulées par les partis d'opposition et pourquoi l'oncle d'Iyissou a eu une telle frayeur quand tu l'as appelé. Et pourtant aucune de vous n'a contacté un homme politique de l'opposition ni même un homme politique tout court.

Tu as trente-deux ans aujourd'hui et, depuis que tu es née, c'est le même président qui règne sur ce pays malgré les cris et les piaillements incessants des partis qui se disent de l'opposition. Oh si, par un accident imprévu de l'histoire, ils ont réussi à lui faire lâcher le pouvoir pendant près de cinq ans, mais il a profité de leur incompétence, de leurs divisions, de leur appétit de pouvoir pour vite rétablir la situation en sa faveur. Il a reconquis son poste par les armes puis, pour éviter toute répétition de ce genre de cafouillage historique qui lui avait fait perdre son fauteuil, il s'est fait récrire une constitution où il s'est octroyé un mandat unique de dix ans et, maintenant que ce mandat arrive à terme, il se prépare à la modifier pour en faire sauter l'article instituant le mandat unique. Et cette opposition est là, discutaillant, faisant et défaisant des alliances, distribuant des tracts tandis que, pendant qu'ils aboient ainsi, la caravane du président continue tranquillement sa route, broyant sur son passage toute velléité de résistance. Alors tu raisonnes, vu la nullité de leurs actions depuis plus de trente ans, une association avec ces gens vous porterait plus la scoumoune qu'autre chose. De toute façon, votre combat n'a rien à voir avec le leur. Vous ne cherchez pas à changer de régime ni de président, vous voulez tout simplement vendre à un meilleur prix vos sacs de cailloux. En un mot, vous ne "faites pas de politique", comme dirait tantine Turia.

— Ossolo, je ne comprends pas pourquoi ces gens de l'opposition ont écrit ces tracts.

— Ossolo… Ossolo… Je m'appelle Armando.

— Désolée, Armando, c'est la fatigue.

— Ils veulent vous soutenir.

— Nous ne faisons pas de politique.

— Toi aussi tu dis ça, Méréana ? Ça veut dire quoi, "ne pas faire de politique" ? De toute façon, si tu ne t'occupes pas de politique, la politique s'occupera de toi.

— Nous ne voulons pas de ces gens de l'opposition. Ils vont embrouiller notre lutte qui est simple, claire : vendre nos sacs de pierres à quinze mille francs.

— Je croyais que c'était à vingt mille.

— Euh... oui, vingt mille francs. Mais à toi je crois que je peux le dire. Vingt mille francs est un prix de négociation. Notre objectif est de passer de dix mille à quinze mille francs. Ce n'est quand même pas exagéré de leur demander cinq mille francs de plus ! On ne tire pas sur les gens pour cinq mille francs !

Epuisée intellectuellement, bien adossée sur ton siège, tu fermes les yeux, ne souhaitant plus qu'écouter le ronronnement du moteur hoquetant de temps en temps lorsque le véhicule tombe dans des nids-de-poule. Armando a dû se rendre compte de ta lassitude car il ne pipe plus mot. Croyant t'aider à te relaxer, il sort un CD de sa boîte et le glisse dans la fente du lecteur qui se trouve sur le tableau de bord. Qu'est-ce que tu entends ? *Parafifi*, une chanson, mais alors une très vieille chanson des années cinquante du siècle dernier, une complainte amoureuse du chanteur congolais Kabasele, destinée à sa dulcinée, une certaine Félicité :

> *Félicité*
> *Jeune femme à la beauté extraordinaire*
> *Aujourd'hui tu as semé le trouble en ces lieux*
> *Je t'en prie, accorde un regard*
> *A Paraïso, cet homme assis à tes côtés*
> *Et qui s'offre à toi corps et âme*
> *Félicité*
> *Quand je pense à nous deux*
> *Mon sang entre en ébullition*

Un seul regard de toi
Et je perds tous mes moyens
Tes dents sont comme des diamants
Ton regard me rend fou…

Tu sens qu'il n'a pas choisi par hasard ce succès des temps anciens alors qu'aucun d'entre vous n'était encore né. Evidemment il t'est adressé. Ah, les hommes, il te prend pour une béotienne ou quoi ? Et en plus il se croit subtil. Plutôt de gros sabots, oui !

— Tu peux mettre la radio, s'il te plaît ? tu lui intimes, avant même que l'amoureux transi n'entame son deuxième couplet.

— Tu sais, Méréana, lorsque les circonstances s'y prêtent, j'aime bien de temps à autre écouter ces vieilles chansons qui sont maintenant des classiques.

Tu le vois venir. Il s'attend à ce que tu lui demandes : "Et quelles sont ces circonstances qui s'y prêtent en ce moment ?" pour qu'il commence le baratin prévisible. Tu ne mords pas à l'hameçon.

— J'aimerais écouter les dernières informations si tu veux bien.

A ta voix ferme, il s'exécute à contrecœur, ne sachant plus comment mettre en action son agenda sans doute minutieusement préparé.

"Au Zimbabwe, les militants du parti au pouvoir Zanu-PF ont lancé une collecte forcée de dons auprès des grandes compagnies nationales afin de fêter dans le faste le quatre-vingt-cinquième anniversaire du président Robert Mugabe. Dans le menu de la fête figurent 2 000 bouteilles de champagne Moët et Chandon ou

Bollinger 1961, 5 000 bouteilles de Johnnie Walker et de Chivas, 8 000 langoustes, 100 kilos de grosses crevettes, 4 000 portions de caviar noir, 3 000 canards, 16 000 œufs, 3 000 tartes au chocolat et à la vanille, 8 000 boîtes de bonbons Ferrero Rocher. 80 vaches, 70 chèvres et 12 porcs seront abattus pour le banquet.

Les hommes d'affaires pour leur part sont tenus de verser entre 45 000 et 50 000 dollars américains sur le compte du Mouvement du 21 février, l'organisation de jeunesse baptisée en l'honneur de la date d'anniversaire du président.

Le Zimbabwe est officiellement la pire économie du monde, la semaine dernière la Banque centrale a enlevé douze zéros à la monnaie nationale pour lutter contre l'hyperinflation estimée à 231 000 000 % ; le taux de chômage dans le pays est de 94 % et le choléra qui y sévit en ce moment a déjà fait 4 000 morts sur les 80 000 personnes infectées.

En Papouasie-Nouvelle-Guinée, une jeune femme papoue a été brûlée vive mardi par les habitants d'un village de la région de Mount Hagen (Hautes-Terres, centre de l'île principale) qui la soupçonnaient de sorcellerie après la mort de plusieurs personnes atteintes du VIH/sida. Le corps nu de la jeune femme, dont la police estime qu'elle était âgée de seize à vingt ans, a été retrouvé mardi sur le site d'une décharge publique, alors qu'il se consumait encore. Avant d'être tuée, la jeune femme a été bâillonnée et attachée à un poteau placé sur un bûcher improvisé auquel il a été mis feu.

En février déjà, deux femmes âgées, accusées de sorcellerie, ont été torturées à mort dans la seconde ville de Papouasie-Nouvelle-Guinée, Lae. Les deux victimes, originaires de la province des Hautes-Terres (centre de l'île principale), avaient été tuées à coups de barres de fer avant d'être ligotées, puis traînées vers la rivière Bumbu, qui traverse la ville. Les corps ont ensuite été brûlés après que des pneus ont été entassés sur elles, aspergés de pétrole, puis enflammés…

Sport : l'équipe de foot de…"

— Arrête-toi devant ce kiosque s'il te plaît, je vais acheter une carte téléphonique.

Il arrête la voiture. Tu descends et tu en achètes une. Le sacrifice de ces cinq mille francs est nécessaire car en ce moment pouvoir communiquer avec les autres est vital. Comme le kiosque n'est pas loin de la maison, tu dis à Armando que tu vas continuer à pied, une petite marche te décontractera. Il proteste et sort de la voiture. Quand il comprend enfin que tu ne reviendras pas sur ta décision, il t'offre ses services pour le lendemain. Tu ne dis pas non, tu ne dis pas oui, tu promets tout simplement de lui téléphoner et tu le remercies. Il te dit au revoir en t'embrassant chaleureusement, te pressant peut-être un peu plus que nécessaire sur sa poitrine.

DOUZE

Une surprise de taille t'attend quand tu entres dans la parcelle, Fatoumata ! Tu n'en crois pas tes yeux. Fatoumata, ton amie de lycée chez qui tu avais trouvé refuge le soir où tu avais déguerpi en catastrophe de chez ton mari, accompagnée de tes enfants en pleurs. Elle ne vit plus dans la même ville que toi, mais dans la ville portuaire qui est la capitale économique du pays. Tu ne te souviens plus quand tu l'as vue pour la dernière fois. A la mort de Tamara, elle avait pris une semaine de congé sans solde pour rester avec toi et t'aider à surmonter le choc de la disparition de celle pour qui tu avais été non seulement une grande sœur, mais aussi une mère. Cela t'avait beaucoup touchée.

Vous courez toutes les deux l'une vers l'autre, les bras ouverts. Etreintes. Tu la regardes. Fatoumata, cette fille qui photocopiait tes livres parce qu'elle n'avait pas d'argent pour s'en acheter, cette fille qui vendait du charbon de bois au marché avec sa mère et des cacahuètes grillées le soir au coin de la rue à la lueur vacillante d'une bougie pour pouvoir s'acheter des cahiers et des fripes, eh bien, cette fille s'en est en fin de compte mieux tirée que toi. C'est un cliché que de dire que la foi et la persévérance dans le travail paient, mais Fatoumata en est une preuve vivante. Petite comptable au départ dans une succursale locale d'une compagnie pétrolière dont le logo est un gros coquillage, elle en a gravi tous les échelons pour en être aujourd'hui la directrice commerciale.

— Quelle surprise, Fatou ! Depuis quand es-tu dans la ville ?

— Je suis arrivée hier soir, pour des discussions avec le ministère des Mines et du Pétrole. Mais avant toute chose, dis-moi, est-ce vrai ce que j'ai appris ce matin en arrivant au ministère, que tu diriges un groupe de femmes rebelles ?

— De femmes rebelles ?

— Oui. Il paraît que vous avez jeté des pierres sur le cortège du président de la République et que tu as même été arrêtée. C'est quoi cette affaire ?

— Et tu y as cru ?

— Evidemment non. C'est pourquoi je me suis précipitée dès la fin de la réunion pour te voir et en savoir plus.

— Ecoute, je casse des pierres au bord du fleuve. J'ai besoin d'argent.

Elle n'en croit pas ses oreilles. Elle est choquée. Elle doit certainement penser que son amie de lycée est tombée bien bas.

— Mais, Méré, enfin. Tu sais que je suis là, je peux toujours te prêter de l'argent.

— Je sais mais je n'y ai pas du tout pensé.

— Comment ça, tu n'y as pas pensé ? Laisse tomber tout ça maintenant. Tu as besoin de combien pour t'en sortir ?

— Ce n'est plus une question d'argent, Fatou. Ce n'est plus ça qui me motive. Il y a toutes ces femmes !

— Dis-moi au moins ce qui se passe.

Vous vous asseyez et tu lui racontes tout. Elle t'écoute en silence en agitant la tête de temps en temps. Puis elle dit :

— Tu me fais penser à Tamara. La même passion, c'est dans votre sang ou quoi ?

Tu ris et tu lui dis qu'elle a connu Tamara aussi bien que toi et qu'il n'y a pas de comparaison possible entre cette dernière et toi. Vous bavardez encore sur tout et rien en partageant une petite bière locale. A la fin, tu la raccompagnes vers sa voiture.

— Merci, Fatou. C'est vraiment très gentil de ta part. Laisse-moi encore te regarder. Cela fait combien de temps qu'on ne s'est pas revues ? Un an, un an et demi peut-être.

— Mais non, tu penses à quand j'étais venue rester avec toi après la mort de Tam. On s'est revues bien après, tu te souviens, quand j'étais venue te voir en catastrophe, un aller-retour dans la journée ?

— Mais bien sûr, comment ai-je pu oublier cela ? A ce propos justement, tu es tout épanouie, les choses semblent se passer toujours très bien, on dirait.

— Oh oui, ça ne peut pas être mieux. Je n'arrive pas à croire tout ce que j'ai dû traverser pour en arriver là. Je suis heureuse, Méré. Une fois de plus, grâce à toi.

— Et ton mari, comment il va ?

— Je n'ai jamais vu homme choyer autant un enfant. Tu ne me croiras pas mais le garçon lui ressemble de plus en plus. En tout cas nous sommes heureux, et c'est là l'essentiel.

Elle rentre dans la voiture.

— Je te le redis, Méré, n'hésite pas à me contacter si tu as besoin d'argent.

— OK, j'y penserai et merci encore.

Après un dernier signe de la main, elle démarre.

Tu es heureuse de la savoir heureuse. Un autre poncif dont Fatoumata est encore une preuve vivante surgit dans ta tête : l'argent ne fait pas le bonheur. Si elle est aujourd'hui heureuse dans son foyer, ce n'est pas à cause de son argent.

Quand elle s'est mariée, elle était le genre de femme que tout homme rêvait d'avoir : belle, instruite, fidèle, gagnant en tant que comptable d'une grande société pétrolière un salaire plus que confortable, surtout quand on le comparait à celui de son mari, infirmier-chef dans un cabinet médical. Mais, après trois ans de mariage sans enfants, la pression se mit à monter du côté de la famille du mari pour la chasser du foyer ou pour le moins qu'il prenne une autre femme qui lui donnerait des enfants. Celui-ci ne cessait de remuer le couteau dans la plaie à chaque dispute en lui jetant à la face le fait qu'elle était stérile. D'ailleurs non seulement il rentrait de plus en plus tard et ne faisait même pas semblant de cacher d'où il venait, mais il s'était mis carrément à découcher et tout le monde savait qu'il avait un "deuxième bureau", entendez une maîtresse attitrée. Si par malheur elle se plaignait, il lui répondait de façon cruelle : "Fais-moi d'abord un enfant au lieu de m'emmerder !" Privée du soutien de son mari, humiliée et dénigrée par la belle-famille, moquée par les femmes de son entourage, la belle et rondelette Fatoumata se mit à souffrir de maux d'estomac, à maigrir et à faner. Elle devint anorexique et frôlait la dépression.

Tout bascula un soir, lors d'une réception offerte par la compagnie pétrolière en l'honneur d'un cadre et collègue béninois qui, en fin de contrat, devait rentrer dans son pays. A la fin de la soirée, Fatoumata, s'étant aperçue que ce dernier qui devait prendre l'avion tôt le lendemain avait oublié de signer un document comptable important, l'appela pour lui dire qu'elle allait passer. Il la fit entrer au salon et, après avoir signé le document, lui proposa de prendre un dernier verre avant de partir puisqu'ils n'allaient plus jamais se revoir. La conversation, banale au début, devint de plus en plus intime. Soûlée de mots de tendresse et d'affection qu'elle n'avait pas entendus depuis longtemps – et peut-être un peu grisée par les bulles du champagne –, elle s'était donnée, totalement. Quatre semaines plus tard, quand ses règles n'arrivèrent pas, elle fit un test et sut qu'elle était enceinte.

Incapable de vivre d'un côté sa joie de se savoir féconde et de l'autre côté la peur que l'on découvre qu'elle avait trompé voire trahi son mari, elle s'enfonçait de plus en plus dans la déprime. Un soir, elle a pensé à toi. Souvenirs de lycée peut-être, quand tu l'avais chargée de retrouver Tito lorsque tu t'étais retrouvée en cloque de façon inopinée ? Elle t'a appelée ce soir-là d'une voix désespérée et, sans rien t'expliquer, elle t'a dit qu'elle devait absolument te voir et qu'elle prenait en catastrophe un vol le lendemain. Un aller-retour dans la journée.

A l'aéroport, si tu n'avais pas su qu'elle était Fatoumata, tu ne l'aurais pas reconnue. Ce n'était pas la belle femme gaie, toujours souriante, dont le léger embonpoint plaisait bien, mais une femme au visage émacié, malingre comme une tuberculeuse.

Elle te conta tous les détails de son calvaire et te révéla la situation dans laquelle elle se trouvait, puis vous vous mîtes à discuter toutes les options possibles.

La solution la plus facile était d'annoncer à son mari qu'elle était enceinte et de ne rien dire d'autre. Ce mensonge par omission signifiait implicitement qu'il était le père et du coup l'ostracisme dont elle était victime cesserait. Il serait enfin heureux d'avoir un enfant. Entre retrouver le bonheur de son foyer et vivre dans le mensonge, il fallait choisir, hélas. La réalité est que, parfois, un mensonge peut mieux sauvegarder un mariage que la vérité toute. Ce fut la solution que vous aviez fini par adopter.

Au moment où elle allait te quitter pour l'aéroport une pensée perverse te vint à l'esprit. Mensonge ou pas, ce type ne devrait pas s'en sortir aussi facilement après toutes les tortures physiques et morales qu'il avait fait subir à ton amie.

— Et si tu l'humiliais à son tour ? t'entendis-tu suggérer innocemment à Fatoumata.

— Comment cela ? demanda-t-elle, intriguée.

— Ecoute, si ce type, le Béninois de passage, t'a engrossée du premier coup, c'est que tu es féconde ! Que tu n'es pas stérile ! Fatou, tu connais nos hommes : si pendant tout ce temps ton mari n'a pas fait d'enfants hors du foyer conjugal, s'il n'a pas engrossé son deuxième bureau, ce n'est pas par amour pour toi, c'est tout simplement parce qu'il en est incapable…

Tu n'avais pas fini la phrase que tu vis sa bouche s'ouvrir et ses yeux s'écarquiller lentement pour devenir tout grands. Ronds dans leurs orbites, ces derniers luisaient de manière étrange. C'était pour elle un moment de révélation presque divine. Tu n'étais pas étonnée qu'elle n'y eût pas pensé auparavant ; les femmes avaient tellement intériorisé les discours de domination et de culpabilisation que leur assénaient les hommes depuis des générations que, pour la plupart d'entre elles, il allait de soi qu'un homme n'était jamais stérile, c'était toujours la femme. S'il y a tare quelque part, avant toute chose, cherchez d'abord la femme. Tu continuas ton sermon.

— Tu as deux choix devant toi, Fatoumata. D'un côté, vivre avec le secret et sauvegarder ton mariage en oubliant toutes les humiliations que tu as subies, de l'autre, révéler la vérité et prendre ta revanche en exposant cet homme comme stérile et incapable d'engrosser une femme. Encore heureux qu'il puisse bander ! Quel que soit ton choix, tu le tiens.

— Tu es incroyable, Méré ! Je n'y avais jamais pensé. Mais tu as raison ! J'ai trop souffert, je veux dire la vérité et ainsi lui fermer le bec. Tant pis si je passe pour une femme inconstante, je suis prête à l'assumer.

Elle se tait un moment, puis te regarde :

— Quand je pense que plusieurs fois j'ai pensé à me suicider. Je me serais tuée bêtement, et pour un type aux spermatozoïdes tarés !

— Attends, Fatou. Il y a une troisième option encore plus jouissive. Ne révèle rien en public. Ne dis la vérité qu'à lui seul. Parle-lui. Dis-lui que depuis un certain temps tu te posais la question de savoir qui de toi ou de lui était stérile. Il te répondra comme de bien entendu que ça ne pouvait être que toi. Alors tu lui répliqueras calmement que ça ne peut être toi puisque tu as trouvé un homme, un vrai, qui t'a enceintée. Laisse-le devant le choix cornélien soit de te désavouer publiquement, dévoilant du coup qu'il est incapable d'engrosser une femme, et devenir ainsi la risée de la cité, soit de se taire et sauvegarder sa virilité. Je te fiche mon billet qu'il choisira la seconde alternative. Et en plus je te parie que c'est lui qui t'implorera de garder le secret.

Elle avait souri de façon énigmatique en te quittant. Tu n'as jamais su ce qui s'était dit entre elle et son mari ou quel genre de pacte ils avaient signé entre eux, toujours est-il qu'au bout de quelques mois, Fatoumata avait retrouvé tout son éclat. Elle était redevenue cette femme gaie que tu avais toujours connue tandis que le pauvre homme vivait dans la peur constante que l'on ne découvre qu'il n'était pas le père de son fils.

*

Il est dix-huit heures passées quand tu quittes Fatoumata et reviens dans la parcelle. Tu espères que tu n'as pas trop abusé de la disponibilité de tante Turia. Dès que tu entres, tu entends sa voix qui t'interpelle de la véranda où elle était assise :

— Dieu merci, tu es rentrée. J'espère que tu n'as pas fait de bêtises.

— T'inquiète, tantine, tout s'est bien passé. Demain, nous allons rencontrer le commissaire de police pour récupérer nos sacs de cailloux.

— Vous avez pris rendez-vous ?

— Pas tout à fait. Nous avons l'intention d'en exiger un.

— Et comment cela ? dit-elle, un peu sceptique.

Tu lui fais très succinctement le point, omettant tout ce qui peut l'inquiéter.

— Si vous obtenez ce rendez-vous, demandez seulement vos sacs ; surtout ne faites pas de politique. La politique, ce n'est pas bon.

Tu te rends compte que tante Turia te ressort exactement ce que tu as sorti à Armando et tu réalises tout d'un coup que cela ne veut rien dire. A part peut-être aimer et faire l'amour, qu'est-ce qui n'est pas politique ? Revendiquer de meilleures écoles, de meilleurs soins de santé, un terrain de foot dans le quartier, un salaire décent, tout l'est. La différence réside dans le fait que certains en font leur gagne-pain alors que, pour d'autres comme vous, c'est ponctuel, comme réclamer un prix de vente approprié pour ses sacs de pierres. Mais tu ne peux pas dire cela à ta tante.

— D'accord, tantine, je ne ferai pas de politique. Merci beaucoup d'avoir gardé les enfants.

— Je les ai tous fait manger et les deux garçons sont en train de faire leurs devoirs, je crois. J'ai eu beaucoup de mal avec la petite de Batatou, elle pleurait sans cesse sa mère. A la fin elle m'a acceptée, je l'ai lavée, elle a fini par boire son biberon puis s'est endormie. Demain, il faudrait lui donner une bouillie légère de maïs, elle est assez grande pour cela et cela lui évitera aussi une diarrhée car il se peut qu'elle ne digère pas bien ce lait artificiel.

— Et Lyra ?

— Oh, celle-là adore sa mémé. Elle a joué à la grande sœur puis s'est assoupie aussi. Elle a tenu à border le bébé dans son lit.

Elle quitte la véranda et tu la suis dans la maison. Les deux garçons ont fini leurs devoirs et jouent à un jeu dont les règles te paraissent assez compliquées. L'aîné crie : "Salut maman" en faisant un grand signe de la main tandis que le plus jeune se lève pour venir t'embrasser ; il oublie de te demander les beignets que tu lui avais promis hier soir. Tu vas jeter un coup d'œil dans la chambre. Lyra dort à côté de la fille de Batatou, comme si elles avaient toujours vécu ensemble, deux petits anges dont l'une des mères est dans le coma à l'hôpital. Tout est bien.

Sans que tu le lui demandes, tantine Turia propose de revenir encore demain garder les deux filles pendant que les garçons seront à l'école. Tu la remercies vivement et tu la raccompagnes jusqu'à la porte de la parcelle :

— N'hésite pas à m'appeler pour quoi que ce soit, mon portable est chargé maintenant. Prends un bain bien chaud – j'ai déjà fait chauffer l'eau dans le grand seau en fer-blanc –, mange et essaie de dormir. Allez, à demain.

Elle t'entoure de ses bras et vous vous embrassez chaleureusement. Tu la regardes s'éloigner et disparaître dans la nuit, la grande sœur de ta mère, veuve qui a su survivre à la brutale disparition de son mari et qui mène une vie tranquille et équilibrée, vivant de son atelier de couture. Si tu pouvais en dire autant de toi !

Tu envoies les deux garçons au lit car demain ils doivent aller à l'école. Ils boudent un peu puis s'exécutent. Tu vas tâter l'eau que t'a apprêtée tantine Turia. Elle est effectivement chaude. Bien que tu crèves la dalle, tu décides de te laver avant de manger. Enlever les habits de la journée et mettre un pagne, se saisir d'une serviette et du savon de toilette, prendre la lampe-tempête et soulever le seau de la gazinière pour enfin te diriger vers la douche à l'extérieur de la maison : une fatigue extrême te submerge tout d'un coup et tu décides de te reposer ne serait-ce que cinq minutes avant d'entreprendre toute autre action. Tu t'affales une fois de plus dans ce fauteuil habitué à accueillir ta carcasse lorsque, harassée par une journée de dur labeur, tu t'y écroules. Mais cette fois-ci ce n'est pas seulement ton corps qui est épuisé, ton cerveau aussi.

Tu t'assieds et, le dos bien calé dans le dossier du fauteuil, tu expulses très lentement l'air de tes poumons, en un long soupir, espérant que cette longue expiration style yoga emportera avec elle un peu de ta fatigue. Tu fais sauter les chaussures de tes pieds et l'air frais caresse tes orteils si longtemps emprisonnés. Tu fermes tes yeux pour les reposer aussi. Tout est calme autour de toi. Tu n'entends pas la respiration des enfants, même pas celle des deux garçons qui sont pourtant à côté de toi, cachés par le paravent. Tantine Turia s'est vraiment bien occupée d'eux. Heureusement que tu l'as, tantine Turia. Plus que ta mère, c'est elle qui t'a formée, t'a guidée dans la vie depuis le tendre âge de douze ans jusqu'à ce moment où, à dix-sept ans, une grossesse inattendue t'a jetée dans un mariage précoce. Mais, même dans cette dernière épreuve, c'est encore elle qui t'avait sauvé la mise. Ce fut son comportement inattendu mais remarquable pendant ce drame qui t'avait empêchée de faire une bêtise d'adolescente, qui t'avait sauvé la vie et qui t'avait permis de ressaisir un avenir qui te paraissait complètement gâché. Cela s'était d'ailleurs joué très vite, en un après-midi.

Tu t'étais enfermée dans ta chambre lorsque, de ta fenêtre, tu avais aperçu Tito qui, comme promis, était venu annoncer la nouvelle à ta tante, accompagné d'un aîné de sa famille, un oncle peut-être. Tu n'avais pas le courage de sortir pour lui présenter ce garçon qu'elle ne connaissait pas et qui soudain apparaissait devant le seuil de sa porte. Tu avais honte de ce que tu avais fait, honte d'avoir déçu ta tante après tout ce qu'elle avait fait pour toi, tous les conseils qu'elle t'avait prodigués ; honte de ce que les gens allaient la juger mal en leur faisant croire par ta conduite idiote qu'elle avait été une mère indigne. Ainsi à la honte s'ajoutait un sentiment de culpabilité.

Tu ne sus point en tant que qui Tito s'était présenté ni comment son parent avait exposé l'affaire, toujours est-il qu'au bout d'une dizaine de minutes, peut-être moins, après qu'elle les avait fait entrer au salon, la voix forte de tantine hésitant entre colère et incrédulité t'appela. Une vague de chaleur t'envahit et tu te mis à transpirer aux aisselles. Mais il n'y avait aucun moyen de te dérober, il fallait y aller. Tu te demandais si ce n'était pas comme cela que les condamnés à mort avançaient vers le poteau d'exécution : la tête basse et le cœur lourd. Tu étais entrée et tu t'étais tenue debout près de Tito. Tantine vous avait regardés tous les deux mais avait gardé le silence pendant quelques secondes, des secondes qui te paraissaient des heures, peut-être pour se calmer.

— Méré, tu connais ce garçon ?

— Oui, tantine.

— Il est qui pour toi ?

— C'est… c'est un camarade de lycée.

— C'est tout ?

Là, tu ne sus plus que répondre. Comment dire à une mère que ce n'était pas tout, que tu étais allée chez lui, qu'il t'avait déshabillée puis que tu l'avais laissé te sauter, à la suite de quoi tu avais attrapé une grossesse ?

— C'est vrai que tu es enceinte ?

— Oui, tantine.

Voilà, c'était fait, tu l'avais dit, même si c'était d'une voix faible, presque inaudible.

— Mon Dieu, mon Dieu, qu'est-ce qui m'arrive ? Je me doutais bien de quelque chose mais, tout de même, je n'aurais jamais pensé à ça ! Je te faisais tellement confiance ! Tu te rends compte que… Veuillez attendre dehors s'il vous plaît, lança-t-elle sans ménagement à Tito et à son parent.

Les deux sortirent aussitôt. Pourvu qu'ils ne s'enfuient pas pour te laisser seule. A peine la porte se fut-elle refermée sur eux qu'explosa tout ce que tantine avait retenu dans sa poitrine.

— Méréana, comment as-tu pu me faire cela ? Toi que j'ai toujours citée comme modèle, toi qui as toujours été parmi les premiers de la classe, jeune fille exemplaire ne rentrant jamais à des heures indues, comment as-tu fait pour attraper une grossesse dans la rue ? Et tes parents, as-tu pensé à tes parents ? Mais tu vas le tuer, ton pasteur de père ! Il va avoir une crise cardiaque quand il apprendra ce que tu as fait ! Mon Dieu, qu'est-ce qui m'arrive ? Et ma petite sœur, ta mère, que va-t-elle penser de moi ? Que je ne te donnais pas de bons conseils ? Que je ne t'aimais pas ? Honte, honte, honte sur moi, sur toi, sur tes parents, sur ta famille… Comme je te faisais confiance, Méréana ! Comment as-tu pu nous faire cela ?

Chacun de ces mots te cognait, te faisait mal, te blessait le cœur et pourtant tu savais qu'ils étaient justifiés et que toi tu n'aurais pas eu des paroles moins dures si une fille que tu élevais sous ton toit avait agi de même. Tout d'un coup tu te sentis seule au monde, abandonnée de tous, orpheline. Alors tu n'en pus plus, toutes les digues sautèrent et tu te mis à pleurer. A dix-sept ans, on chiale facilement. Tu ne pleurais même pas avec dignité, en silence, mais tes larmes étaient accompagnées de longs sanglots entrecoupés de hoquets.

Mais voilà que tu aperçois à travers le brouillard des larmes une silhouette qui avance et ses bras ouverts se referment sur toi en une étreinte ferme et chaleureuse. La tête lovée dans le creux de ses seins, tu t'abandonnes complètement et laisses ton corps absorber la bonté et l'amour maternels qui irradient de tous les pores de son être. Tu n'étais plus orpheline, tu étais en sécurité entre les bras de ta tantine. Tu savais qu'elle t'aimait et qu'elle te sortirait de là. Alors tu te remis à pleurer de plus belle, cette fois-ci des larmes de délivrance, des larmes qui, tout en te libérant, libéraient aussi ces mots qui te venaient du fond du cœur et qui s'échappaient entre deux san-glots : "Je te demande pardon, tante Turia, pardonne-moi de t'avoir déçue. Je t'aime, tantine, aide-moi, je t'en prie, aide-moi."

Elle continua de te serrer dans ses bras, te caressant le dos, les bras et le visage sans un mot. Ce ne fut que quand épuisée, vidée de tes larmes, tu cessas enfin de pleurer qu'elle se mit à parler, la voix pleine de tendresse.

— Ma petite fille, pardonne-moi si mes paroles t'ont blessée. J'étais sous le choc. Je partage la responsabilité de ce qui t'est arrivé. Après tout, tu n'es qu'une enfant. J'aurais dû te parler des choses réelles de la vie, t'expli-quer les métamorphoses qu'allait subir ton corps quand, affolée, tu étais venue me faire part de tes premières règles, coulée de sang dont tu ignorais les raisons ; t'informer sur les sentiments et les désirs qui allaient accompagner la croissance de tes seins et le renflement de tes fesses ; te mettre en garde contre les garçons qui te flatteraient chaque fois qu'ils observeraient tes seins, la cambrure de tes reins et le mouvement de tes hanches pendant que tu marcherais ; te prévenir que comme des prédateurs à l'affût, ils joueraient à cache-cache avec toi jusqu'à ce que tu leur aies cédé. Non, je n'ai rien fait de tout cela, j'ai respecté ce tabou idiot, qui veut qu'on ne parle pas de sexe à sa fille. J'ai passé mon temps à te prêcher des vertus abstraites comme l'Amour, la Fidélité, l'Abstinence et tout le reste alors que tu ne savais même pas ce que c'était, un simple amour d'adolescent.

Elle se tut un moment puis, dans un petit rire d'auto-dérision, elle continua :

— Je t'ai même parlé de péché ! Mais qu'est-ce que le péché pour une gamine de quinze ans ? Une invention d'adulte pour sûr. Oh mon Dieu, si je savais ! Enfin, le mal est fait, nous sommes ensemble dans ce merdier. Tu peux compter sur ta tantine, tu t'en sortiras, nous nous en sortirons.

Elle te pressa contre elle dans une dernière étreinte puis se dirigea vers la porte et fit entrer Tito et son oncle – oui, c'était bien son oncle. Elle te fit asseoir dans le divan à côté d'elle et plaça en face l'oncle et le neveu.

— Bon, eh bien, maintenant que le mal est fait, que proposez-vous ? dit-elle, en s'adressant à Tito.

Comme cela se doit dans la tradition, c'était à l'aîné de prendre le premier la parole ; l'oncle voulut donc parler mais tantine l'interrompit un peu brutalement :

— Laissez-le parler. C'est lui qui est l'auteur de la grossesse, pas vous. Que comptez-vous faire mainte-nant, jeune homme ? L'aider à avorter ?

Tito t'a regardée. C'était l'option que vous aviez envisagée avant de reculer par manque d'argent. Mais, si maintenant tantine vous soutenait dans cette option comme sa question semblait l'indiquer, vous la choisiriez sans hésiter. C'est ce que devait aussi penser Tito qui te regarda en arquant son sourcil en un point d'interrogation.

— Nous y avions pensé et…

— Eh bien, surtout n'y pensez plus, le coupa tantine d'une voix indignée. Pas question d'avortement, tu entends, Méré ?

— Justement, tantine, nous y avions renoncé…

— Tant mieux ! Tout sauf ça, reprit tantine.

— Nous avions décidé de garder l'enfant. Je suis le père, je prendrai toutes mes responsabilités, dit Tito, d'une voix qu'il voulait ferme et assurée.

— Avec quels moyens, élève sans emploi ?

— En tant qu'oncle de Tito, je m'engage à pourvoir à tout ce qu'il faut pour l'accouchement, osa enfin dire l'oncle. Layette, couches, berceau et même une poussette s'il le faut, ajouta-t-il pour faire bonne mesure.

— Oui, c'est ça. Offrir une layette et disparaître. Je sais comment les garçons trompent les filles dans ce pays.

— Ah non, dit Tito, indigné. Je ne suis pas un de ces voyous qui engrossent une fille et jouent à leur tour la fille de l'air. La preuve, je me suis présenté devant vous, pas seul mais avec mon oncle pour montrer que j'engage ma famille. Je suis venu pour assumer mes responsabilités. Je vais prendre soin de Méré et de mon enfant.

Ces propos avaient semblé calmer tantine. Elle les avait bousculés un peu afin d'avoir des réponses claires et ainsi jauger Tito. Elle regarda ce dernier pendant un moment, puis se mit à s'adresser à tous trois à la fois, passant de l'un à l'autre sans transition.

— Ton neveu m'a l'air sérieux et je suis contente que Méré ne soit pas tombée sur un voyou. Certes, j'aurais aimé que ceci ne fût point arrivé mais c'est arrivé, je dois assumer ma part. Méré ma fille, je te soutiendrai, je t'aiderai, je prendrai soin de l'enfant. Le problème, ce sont les parents de Méré. Comment vont-ils prendre la chose ? Méré est leur fille aînée, ils ont beaucoup misé sur elle. J'aurai la tâche difficile d'aller au village leur porter la nouvelle et leur faire comprendre que c'est un accident qui peut arriver à toute fille de cet âge. Pour le moment, gardons le secret entre nous quatre jusqu'à ce que j'en parle avec ses parents.

Elle tint sa promesse. Le lendemain, elle partit au village. Elle t'expliqua qu'elle devait y aller seule, sans toi, les choses seraient ainsi plus faciles. Elle y resta trois jours, trois jours que tu vécus dans une angoisse fébrile sans presque rien pouvoir manger. Comment ton père, si pieux, prendrait-il ce qu'il allait considérer comme une souillure du corps, temple du Seigneur ? Et ta mère, si fière de toi, la première fille du village à franchir les portes d'un lycée ?

Ce que te dit tantine Turia à son retour fut une bombe : le mariage ! Tu avais pensé à tout sauf à te marier. Tu en étais restée baba. Elle ne t'avait pas donné le détail de sa rencontre et de ses discussions avec sa sœur et ton père ni comment ces derniers avaient vécu la chose. Elle t'avait tout simplement expliqué que le mariage était la meilleure option pour tout le monde. Jamais tu n'avais pensé te marier si tôt, bien au contraire, car, à cette époque-là, toutes tes pensées étaient tendues vers ton avenir. Ton baccalauréat d'abord. Une licence en mathématiques appliquées. Un MBA. Au bout, la création d'une entreprise moderne capable de fabriquer sous licence des produits tropicalisés de haute technologie. Ce mariage précoce ne briserait-il pas ce rêve ? Pas nécessairement, te rassurait tantine. A tout prendre, il valait mieux cela qu'être mère célibataire et sans ressources. Tu ne pouvais compter éternellement sur la générosité de ta tante, alors qu'avec un mari...

Alors tu t'étais fait une raison. Tes parents étaient venus à la ville et vous aviez célébré le mariage traditionnel dans la parcelle de tantine Turia. Tout s'était bien passé. Tes parents n'avaient pas du tout compliqué les choses, ils s'étaient contentés d'une dot symbolique. Le mariage officiel se fit aussitôt et c'est même avec fierté que ton père, Bible à la main, t'avait présentée au temple protestant pour la bénédiction nuptiale. Il ne manquait que ta regrettée grand-mère avec son cortège d'ancêtres et les statuettes symbolisant leurs pouvoirs. Mais, une fois de plus, c'était tantine Turia qui s'était trouvée au centre de tout. Elle avait choisi ta robe de mariée, elle avait supervisé toutes les facettes de la cérémonie, elle était à la tête des parents qui t'avaient déposée solennellement au domicile de ton mari, un Tito Rangi ravi comme s'il t'avait attendue toute sa vie. Elle vous avait aidés à démarrer votre vie de jeune couple et surtout de jeunes parents lorsque le premier enfant était né.

Comme elle avait eu raison, tantine ! Peu à peu tu avais appris à apprécier Tito. Au départ, ce n'était pas le grand amour romantique avec baisers sous les étoiles comme se l'imaginait toute ado, mais un amour qui s'était bâti lentement, se renforçant à son propre rythme. Une complicité et une confiance s'étaient établies entre vous, renforcées par la naissance de l'enfant. Tito était si gentil, si disponible, toujours prêt à satisfaire tes moindres désirs. Et tantine était heureuse de vous voir, heureuse d'avoir contribué au bonheur de sa nièce. Elle était devenue plus importante que ta mère et c'était vers elle que tu accourais chaque fois que tu affrontais un problème qui te dépassait. Aujourd'hui encore elle est là, toujours aussi généreuse, toujours aussi prête à aider…

Assez de souvenirs, il faut se laver, manger et dormir car demain la journée sera aussi rude que celle d'aujourd'hui. Pas votre journée routinière de combat contre la pierre mais contre les hommes qui veulent vous exploiter de façon éhontée. Tu te lèves et vas vers le seau. Tu as dû rêvasser longtemps car l'eau n'est plus très chaude. Tu rallumes le gaz et laisses le seau chauffer pendant que tu te prépares pour la douche.

La douche te fait du bien. Maintenant tu ne penses qu'à une chose, te jeter sur la natte doublée d'une couverture épaisse qui te sert de lit depuis que tu a abandonné le tien à Lyra et à l'enfant de Batatou. C'est ce que tu fais après avoir dévoré – qu'est-ce que tu avais faim ! – le mets qu'a préparé ta tante. Tu t'allonges nue sous ton pagne. Au bout d'un moment, tu remontes tes genoux pour les caresser, puis tu t'étires en soupirant langoureusement. Tu penses à ton corps qui n'a pas connu de caresses depuis plus d'un an ; ta main s'attarde sur tes seins encore fermes malgré deux maternités, puis se pose à plat sur ton ventre qu'elle masse un moment avant de descendre jouer avec le duvet de ton pubis. Tu sens une moiteur entre tes cuisses et tu as des papillons dans le ventre. Tu continues à te caresser, tu es maintenant tout à fait décontractée. Couchée sur le flanc en chien de fusil, tu places un oreiller entre tes cuisses. Tu remontes encore un peu plus tes genoux et cette position fœtale te permet de mieux coincer le coussin entre tes jambes. Tu serres tes cuisses et laisses ton imagination faire l'amour avec ton corps pendant que peu à peu tu t'enfonces dans les brumes du sommeil.

TREIZE

Dans ce pays, il n'est pas bon de voir une voiture de police s'arrêter devant sa maison à cinq heures du matin. A cinq heures trente non plus, car il est cinq heures trente lorsqu'une fourgonnette blanche dont la sirène semble moduler ses fréquences sonores au rythme des pulsions lumineuses de son gyrophare freine brutalement devant ta parcelle.

C'est le silence soudain de la sirène, juste après le crissement des freins, qui ôte tout doute de ton esprit et te fait comprendre que le raid vise bien ta maison. Tu bondis de ton matelas de fortune, tu te rues au salon, tu soulèves le voilage de la fenêtre de quelques centimètres et tu regardes. Trois hommes se précipitent hors de l'auto comme des diables à ressort, l'un d'eux chaussant lunettes noires et brandissant un fusil-mitrailleur AK 47. Deux coups de crosse, quatre coups de pied, et le portail de la clôture, une tôle ondulée clouée sur un cadre en bois retenu par deux lanières de cuivre faisant office de charnières, s'écroule sans cérémonie pour laisser un passage aux trois hommes.

Le premier devant la porte est l'agent à la kalachnikov. Certainement le chef du commando car, après les coups de crosse à la porte, il se met à hurler :

— Ouvrez et sortez les mains en l'air. Et vite, sinon je tire !

L'homme est déchaîné. Il te faut ouvrir vite cette porte avant qu'il ne mette sa menace à exécution. Au moment où tu avances vers la porte, tu réalises que tu es nue sous ton pagne. Tu es paniquée. Tu cours vers la chambre et très rapidement enfiles un slip, puis tu attrapes ce qui est à portée de ta main, ta tenue de travail : un vieux jeans élimé aux nombreuses effilochures causées par les arêtes tranchantes des graviers et un tee-shirt qui, sous l'effet de la sueur et des lavages répétés, a beaucoup perdu de sa couleur originelle. A peine as-tu passé le tee-shirt par-dessus tes seins que la porte en contreplaqué vole en éclats. Deux des trois hommes sont déjà dans le salon quand tu y retournes, bousculant les chaises, renversant la table. Leur chef, l'homme armé, a le fusil pointé sur toi, apparemment pour couvrir ses subordonnés. Tes deux garçons se réveillent en sursaut, effrayés, et se serrent l'un contre l'autre, debout contre le mur, tandis que dans la chambre les deux fillettes, elles aussi réveillées par tout ce tintamarre, se mettent à pleurer. Et toi, impuissante, ne comprenant rien, tu restes plantée là comme une idiote, fascinée par le trou du canon de l'arme qui te regarde.

— C'est toi, Méréana Rangi ?

— P… P… Pourquoi ? arrives-tu enfin à bégayer. Qu'est-ce qui se passe ?

— C'est toi, Méréana ?… Réponds…

— Oui oui, c'est… c'est moi… mais qu'est-ce qui se passe… qu'est-ce que j'ai fait ?

— Allez, on t'embarque. Dehors !

Flash rapide dans ton esprit : porte-parole des femmes juchée sur une chaise, fustigeant les forces de l'ordre, appelant à la désobéissance pour récupérer vos sacs de cailloux, tu as tout compris. Dans ce pays, on peut disparaître sans laisser de traces. Le monde entier doit savoir que l'on t'a embarquée, sinon tu es foutue. La ruse. Tu demandes à aller prendre tes chaussures dans la chambre. "Et surtout ne lambine pas !" hurle le chef à la kalach.

Le numéro de ta tante est sur la liste des appels pré-enregistrés, une pression sur le bouton approprié et ça sonne à l'autre bout du fil. Vite, tantine, décroche ! Elle décroche. "Tantine, la police est venue m'arrêter, viens vite à la maison, les enfants sont seuls." Tu coupes immédiatement. En tout dix secondes, pas plus. Armando. Tu presses son numéro : "Armando, avertis les autres femmes, des policiers sont venus m'arrêter." Six secondes. Tu es enfin en train de faire semblant de chercher tes chaussures lorsque la tête de l'un des hommes apparaît dans le chambranle de la porte de la chambre pour vérifier que tu ne tentes pas de fuir. Tu n'as que le temps de glisser tes pieds dans des sandales, ces sandales en plastique bon marché que les commerçants chinois bradent au marché.

Tu sors de la chambre et tout d'un coup tu décides de résister. Pourquoi te laisserais-tu entraîner comme un mouton docile que l'on mène au sacrifice ? Tu leur dis que tu refuses de partir, que dans un pays de droit on n'arrête pas des citoyens sans mandat d'arrêt et en plus à cinq heures du matin. Fallait pas ! C'en est trop pour eux. L'un d'eux te tire vers lui en direction de la porte, tu le repousses. Alors une poussée brutale te catapulte hors de la maison où, après plusieurs petits pas précipités à reculons pour tenter de rétablir ton équilibre, tu tombes sur tes fesses. Fâchée, tu donnes instinctivement un coup de pied à l'agent, qui, penché sur toi, essaie de te relever. Bien que le coup ne l'ait pas atteint, il te lance à son tour une violente gifle qui te déchire la lèvre inférieure. Du sang tache ton tee-shirt.

— Menottes, crie le chef.

Quoique consciente de l'inutilité de tes gestes, tu ne cesses de lancer des ruades. Ils doivent s'y prendre à deux pour te ramener les bras en arrière et te passer les menottes. On te traîne dans la rue *manu militari*. Tes deux garçons sortent de leur léthargie et te suivent dans la rue en poussant des cris et en pleurant pour leur maman. Une foule de badauds s'est déjà amassée devant la parcelle, attirée par les sirènes et la vue des hommes en uniforme. Tu es jetée dans la fourgonnette blanche. De nouveau, les sirènes, le gyrophare et un démarrage sur les chapeaux de roues.

*

Tu as peur surtout parce que tu ne sais pas où ils t'emmènent. Le commissariat central t'aurait rassurée, ou même la prison, bien que tu saches que l'on torture encore en ces lieux. Mais au moins ce sont des endroits officiels où on fait maintenant attention à ce que plus personne ne meure, depuis le scandale il y a trois mois où une vingtaine de personnes sont mortes étouffées dans une cellule où on les avait entassées à trente alors qu'elle était censée en contenir à peine la moitié. Non, ce qu'il faut craindre, c'est d'être emmenée ailleurs, dans l'un de ces endroits anonymes hors des cartes des associations civiles de défense des droits de l'homme, et ces endroits ne manquent pas. Tu regardes de près tes ravisseurs, difficile de dire s'ils appartiennent à l'armée, à la police ou à la gendarmerie, leur tenue étant un hybride non réglementaire de ces trois uniformes. De toute façon rien ne t'étonne plus dans ce pays où les différentes milices incorporées dans les forces de l'ordre à la suite des accords mettant fin à la guerre civile qui a miné le pays pendant longtemps s'habillent souvent de manière fantaisiste.

Ton inquiétude fait cependant place à la perplexité lorsque tu te rends compte que la voiture des flics ne se dirige ni vers la prison, ni vers une direction inconnue. Au contraire, le parcours du véhicule t'est familier : la rue sablonneuse débouchant sur la grande avenue goudronnée, le rond-point, le virage à droite, la montée sur l'avenue qui mène au stade, en passant par le boulevard où se déroulent les grands défilés militaires, le virage à gauche… Ton cerveau enregistre tous ces détails topographiques à travers la petite fenêtre grillagée qui laisse filtrer un peu de lumière à l'intérieur du fourgon. Ta perplexité ne fait que croître lorsque l'auto, après une série de virages sur les chapeaux de roues comme le font les voitures de police dans les films américains, s'arrête enfin : tu te retrouves dans la cour du ministère de la Femme et des Handicapés. Mystère et boule de gomme !

*

Deux rangées de sièges se faisant face forment un couloir dans un bâtiment qui ne paie pas de mine : c'est là que t'abandonnent les agents qui t'ont enlevée après t'avoir retiré les menottes. Ils fument et conversent dehors, te laissant seule, sachant que tu ne peux fuir nulle part. Tu comprends que c'est la salle d'attente. Tu hésites un instant puis tu choisis le siège que tu penses être le plus confortable, un fauteuil lie-de-vin en faux cuir dont l'aspect minable est accentué par la têtière et le siège déteints, rançon de l'usure causée par plusieurs nuques et derrières auxquels ils ont offert un havre de repos pendant que leurs propriétaires attendaient anxieusement que la ministre daigne les recevoir ne serait-ce qu'une minute. Si comme la plaque l'indique c'était bien le ministère de la Femme et des Handicapés, il ne doit pas peser bien lourd pour le gouvernement quand tu le compares avec le ministère des Mines et du Pétrole où tes pas t'ont plusieurs fois menée lors des démarches pour constituer le dossier sollicitant un traitement trithérapique pour ta sœur malade, dossier qui n'a d'ailleurs jamais abouti. Mais pourquoi t'avoir amenée ici ?

Maintenant que tu es assise seule dans ce couloir qui ressemble à un tunnel, ton cerveau s'emballe. Ce n'est pas si sorcier de comprendre pourquoi ils sont venus te chercher. Tu es la porte-parole des femmes et vos revendications doivent commencer à agacer sérieusement les responsables des forces de l'ordre. Mais pourquoi t'avoir amenée au ministère de la Femme et des Handicapés plutôt qu'au ministère qui s'occupe de la police et de l'ordre, le ministère de l'Intérieur ?

La seule explication plausible est que la ministre voulait te recevoir et discuter avec toi. Après tout, n'est-elle pas responsable des problèmes féminins ? Mais tu écartes aussitôt cette idée car qui es-tu, femme anonyme parmi des milliers d'autres qui triment dans ce pays, sans diplôme, séparée de ton mari, mère seule, casseuse de cailloux, pour qu'une ministre de la République perde son précieux temps à te recevoir ? Et puis, que tu saches, revendiquer un meilleur prix pour sa marchandise n'est pas spécifiquement un problème de femmes. Mais, surtout, pour rencontrer une haute autorité de l'Etat on ne vient pas vous cueillir au lit au petit matin. Finalement tu te fais une raison, ils t'ont amenée ici pour te passer un savon, pour t'intimer l'ordre d'arrêter immédiatement votre mouvement. Qui peut mieux engueuler une femme qu'une autre femme ? Mais tu ne te laisseras pas intimider, tu défendras ta cause. Après tout, que sait une ministre qui ne fait pas elle-même son marché journalier sur les difficultés quotidiennes des femmes ?

L'attente se fait longue. Tu penses aux enfants. Tantine Turia doit certainement déjà être à la maison. Et Armando, qu'a-t-il pu faire ? Tu tâtes la poche de ton jeans et tu t'aperçois que, dans ta précipitation et ta panique, tu n'as pas eu le réflexe d'y glisser le téléphone.

Les agents du ministère commencent à arriver un à un. La plupart t'ignorent mais certains, surpris de te voir là, esquissent vers toi un mouvement de tête en guise de salut. Cependant aucun n'ose t'adresser la parole. Au bout d'un moment, le flic qui a dirigé l'expédition vient s'asseoir à côté de toi sans ses lunettes noires et sans sa kalachnikov. Il ne te dit rien non plus. Vous attendez. Enfin une secrétaire sort et lui dit que la ministre est prête à le recevoir avec son colis. Il te fait signe de te lever et tous les deux vous suivez la dame, lui derrière, toi devant. La secrétaire ouvre la porte, vous fait entrer et s'éclipse.

De toute ta vie, tu n'étais jamais entrée dans le bureau d'un ministre et encore moins n'avais rencontré un ministre en chair et en os. Avec tes tongs bon marché en plastique, ton jeans sale et effiloché par endroits, ton tee-shirt taché de sang et d'une couleur pisseuse à force d'absorber la sueur et les poussières ocre du chantier, avec ta lèvre tuméfiée et tes cheveux ébouriffés, intimidée malgré toi et ne sachant que faire, tu t'arrêtes à mi-chemin entre la porte et le bureau du ministre.

Jamais tu n'aurais imaginé qu'une ministre puisse être aussi abasourdie! La bouche grande ouverte, les yeux écarquillés, elle te regarde comme si le plafond lui était tombé sur la tête ou comme si un extraterrestre avait atterri dans son bureau.

— Mais… mais… qu'est-ce… qu'est-ce qui se passe? fait-elle.

Enfin son regard passe de toi au policier.

— Chef, c'est la personne que vous nous avez demandé d'amener, première chose ce matin…

— Mais… mais… vous l'avez tabassée? Ça ne va pas, non? Est-ce que je vous ai dit de la brutaliser?

— Refus d'obtempérer, chef! Elle nous a donné des coups de pied et a même essayé de nous mordre.

— Eh bien, j'en aurais fait autant si j'avais été traitée de la sorte! Soudards vous êtes et soudards vous resterez. Vous me faites honte. Ce n'est pas comme cela que l'on traite les citoyens… Je suis choquée, madame, et j'en suis vraiment désolée. Ce n'est pas normal, ce qu'on vous a fait. Vous ne pouvez pas rester dans cet état, rentrez chez vous et prenez le temps pour vous laver et vous habiller, je suis dans mon bureau toute la matinée. Je donnerai des instructions pour qu'on vous fasse entrer dès votre retour. Désolée encore une fois, madame, et avec mes excuses.

Elle se tourne vers le policier :

— Vous me la ramenez immédiatement chez elle. Traitez-la avec dignité et respect. Entendu ? Sinon c'est à moi que vous aurez affaire.

— Oui, chef.

Il fait le salut militaire. Tu ne dis rien, car tu ne sais que dire devant un ministre en colère et qui s'excuse. Un ministre qui s'excuse, du jamais vu dans votre pays ! Tu t'inclines tout simplement en signe de respect. Au moment où tu te mets en mouvement pour suivre l'agent, elle interpelle une fois de plus ce dernier, sa colère toujours manifeste :

— Vous la ramènerez dans ma voiture, compris ? Et avec le motard de service.

— Oui, chef.

C'est tout juste s'il ne se met pas au garde-à-vous devant toi lorsqu'il t'ouvre la porte.

QUATORZE

Un motard devant, sirène stridente, suivi d'une voiture de ministre. Dans la voiture, toi, Méréana, assise à l'arrière, tandis que ton ancien geôlier devenu ange protecteur est assis à l'avant, à côté du chauffeur. Vous naviguez à travers la ville, tu regardes incrédule ta voiture passer les feux rouges sans s'arrêter, les véhicules s'écarter ou se jeter sur les bas-côtés sous les gesticulations des agents de la circulation qui, avec de grands moulinets, les somment de s'écarter. Tu es totalement paumée. Un moment tu as même cru que quelque part dans ton cerveau tes neurones avaient disjoncté : quelques heures plus tôt tu étais battue, menottée et jetée dans un panier à salade, quelques heures plus tard tu es confortablement assise sur le siège arrière en cuir d'une voiture ministérielle avec garde du corps et motard. Tu ne sais plus où tu en es, tu as complètement perdu ton nycthémère.

Evidemment, une voiture de ministre accompagnée d'un motard ne passe pas inaperçue dans un quartier populaire. A peine le véhicule s'est-il arrêté qu'il y a déjà un attroupement de badauds. Ces gens se demandent certainement ce que vient faire une autorité de la République dans cet endroit qui n'a jamais été au centre de leurs préoccupations, sauf pendant les campagnes électorales quand ils envoient leurs agents distribuer de l'argent ou des tee-shirts et des pagnes à leur effigie et à l'effigie du grand chef. Le garde du corps a retrouvé ses réflexes. Chaussé de ses lunettes noires, il ouvre sa portière à l'instant même où le chauffeur appuie sur les freins et l'instant d'après ses mains sont déjà sur la poignée de ta portière quand l'auto s'immobilise. Entre le moment où il clique sur la poignée pour t'ouvrir la portière et celui où tu sors de l'auto, pendant cette petite fraction de minute, un silence total s'est installé comme si toutes les personnes présentes étaient en apnée, attendant de découvrir l'illustre personnage qui va apparaître. Et qui voient-elles descendre de la voiture ? Une femme affreusement fagotée, dans des sandales bon marché en plastique, les cheveux dépeignés comme une veuve, la lèvre tuméfiée, Méréana ! Mais qu'importe, leurs yeux n'enregistrent point cela, toutes sont subjuguées par les symboles du pouvoir, la voiture, le motard et le garde du corps. Des applaudissements nourris et spontanés éclatent lorsqu'elles reconnaissent leur voisine de quartier. Tu saisis çà et là des bribes de phrases, "Méré a été nommée ministre", "Enfin, nous aussi on a un ministre dans le quartier", "Elle connaît bien mes deux enfants qui sont au chômage", "Je n'ai pas touché ma pension depuis trois mois, Méré va s'en occuper" et ainsi de suite. Tantine Turia, alertée sans doute par tout ce tintamarre, apparaît à son tour. De surprise, elle reste figée, son regard faisant des va-et-vient entre la voiture et le motard d'un côté, toi de l'autre, la tête allant et venant comme une balle de ping-pong. Tu lèves la main et salues, le geste provoque des applaudissements redoublés. Tu vas vers tantine Turia, la saisis par la taille et toutes les deux vous disparaissez dans la parcelle.

Tes enfants accourent t'accueillir. Ils vont tous bien, tantine Turia comme il se doit s'est très bien occupée d'eux. A son interrogation : "C'est moi qui suis folle ou quoi ? Tu me laisses un message désespéré comme quoi on t'avait kidnappée et te voilà qui rentre tranquillement chez toi dans une voiture officielle, comme une princesse. Qu'est-ce qui se passe ?", tu la taquines et réponds : "T'es pas au courant ? J'ai été nommée ministre du Pétrole !" Elle secoue la tête comme si son idée sur toi était définitivement faite, il n'y a plus aucun doute, sa nièce yoyote de la toiture.

Tu redeviens sérieuse et tu lui racontes ce qui t'est arrivé. A son tour elle te raconte sa panique, comment elle s'est précipitée chez toi pour trouver Armando qui était déjà là avec son taxi. Le pauvre doit être en ce moment même en train de faire la tournée des prisons et des commissariats pour essayer de te retrouver. En apprenant cela, tu le joins aussitôt sur son portable. Il est très content et te dit qu'il arrive incessamment. Quel gentil garçon, cet Armando ! Tu peux enfin te préparer.

*

Que faut-il porter pour aller à la rencontre d'un ministre, surtout quand on n'a pas acheté de fringues depuis au moins un an ? Tu te demandes si tu sais encore comment une femme distinguée doit s'habiller, à force de porter tous les jours ta tenue de casseuse de pierres, un jeans et un tee-shirt, la même tenue que tu as enfilée ce matin quand ils sont venus te choper. Tu fourrages dans ta garde-robe. Tu commences par les pagnes. Tu en prends un pas trop défraîchi, tu le noues autour de ta taille, tu passes la camisole, attaches le mouchoir de tête, tu te regardes dans le miroir, non, ça ne te plaît pas, tu ne te sens pas bien dedans. Tu l'enlèves et le jettes en vrac sur le lit. Tu en prends un autre, puis un autre. Tu as l'impression qu'ils sont tous passés de mode. Tu penses alors aux deux grands boubous que tu avais rapportés d'un voyage en Afrique de l'Ouest il y a bien longtemps. Le premier est en basin bleu foncé avec encolure brodée de dentelle dorée ; tu ne l'a pas mis depuis au moins un an ; il te va bien mais la couleur bleu foncé assombrit un peu trop le teint de ta peau. Peut-être que l'autre, en basin riche blanc, éclairerait mieux ton visage et mettrait en valeur ta poitrine. Tu le déplies et le passes ; hélas, tu as beaucoup maigri, tu flottes dedans. Tu le rejettes sur les autres habits pêle-mêle sur le lit. Que faire ? Tu fourrages encore et tu sors un ensemble que tu avais oublié depuis belle lurette, en lin marron foncé. Tu choisis pour aller avec un caraco beige que tu boutonnes soigneusement, puis tu enfiles la jupe que tu remontes au niveau de la taille ; après avoir tiré la fermeture éclair, elle tombe bien sur tes hanches. Tu passes alors la veste assortie sur le caraco. Tu ouvres ta boîte à bijoux, renverses le contenu sur le lit. La pièce de cent francs que tu y gardes, une pièce devenue presque un fétiche, roule par terre. Tu choisis des boucles d'oreilles en argent. Tu remets tout le reste dans le coffret, y compris la pièce de monnaie. Tu essaies de te mettre du rouge à lèvres pour dissimuler un peu la blessure à ta lèvre inférieure. Surtout pas de hauts talons mais des mocassins noirs. Tu te retournes et te regardes plusieurs fois dans la glace : tu as un air de femme professionnelle et compétente. L'habit parfois fait le moine.

La réaction est unanime quand tu entres au salon : tu es belle ! Des "ah" et des "oh" d'admiration fusent de toutes les bouches. Tu es d'ailleurs surprise de voir tant de monde dans le petit salon. Tantine Turia a repoussé contre le mur le paravent et le matelas qu'il cachait pour faire plus de place. La nouvelle de ton arrestation avait bien voyagé, plusieurs femmes du chantier, tes compagnes de lutte, sont là, ainsi qu'Armando et le mari de Laurentine Paka. C'est d'ailleurs Laurentine qui la première, son portable avec caméra incorporée à la main, a lancé : "Comme tu es belle, Méré !" et les autres y sont allées de leurs commentaires. Laurentine et Anne-Marie exigent même que tu fasses une photo avec elles.

Comme il n'y a vraiment pas assez de place au salon, tu fais sortir tout le monde dans la cour pour leur faire un briefing rapide. Tu leur expliques que tu as été convoquée par la ministre qui s'occupe des problèmes de la femme mais qu'au lieu d'une convocation en bonne et due forme, on est venu te cueillir au lit à cinq heures du matin et on t'a brutalisée. La ministre a piqué une colère contre ses agents et t'a fait reconduire dans sa voiture de fonction pour que tu te débarbouilles et que tu t'habilles convenablement. Ceci dit, tu donnes ta langue au chat quant au pourquoi de la convocation même si tu as ta petite idée. Laquelle ? Le refus de vendre votre pierre.

Tu proposes enfin que vous teniez une réunion après ta rencontre avec la ministre au même endroit qu'hier, sous le grand manguier dans la cour de l'hôpital général. Plusieurs objectent au choix de l'endroit à cause de la présence d'intrus. Il faut que vous restiez entre vous. Finalement vous décidez de vous réunir ici même, chez toi. Cela ne plaira certainement pas à tantine Turia, avec son obsession, que tu "fasses de la politique".

Tous te raccompagnent à la voiture. Armando, tu le sens, te dévore des yeux. Du coup, tu prends conscience de ta façon de marcher, ce qui te fait perdre ta démarche naturelle et te rend consciente de la manière dont tu balances tes hanches. Tu te rends compte que sa présence ne t'est plus totalement indifférente malgré ce que tu prétends. Dieu merci, tu n'as pas chaussé des hauts talons.

Le chauffeur est déjà assis au volant tandis que le garde du corps, te voyant arriver, se précipite pour t'ouvrir la portière et se tient debout, droit comme un piquet. Quel contraste avec la façon dont il t'avait jetée dans ce panier à salade ! Comme revanche plutôt puérile, tu le fais mariner exprès en ne te pressant pas vers la voiture, bien au contraire, tu t'arrêtes pour dire un mot à Laurentine en train de se faire prendre en photo à côté du véhicule, tu poses une question à tantine Turia qui te répond longuement, tu demandes à Armando de tout faire pour contacter les autres femmes du chantier… Enfin tu approches de la voiture. Le garde s'écarte. Tu entres, t'installes à l'arrière côté droit, t'adosses confortablement et croises les jambes. Il ferme la portière et se dépêche d'aller occuper sa place à l'avant, à côté du chauffeur. Le motard fait ronfler sa grosse cylindrée, active sa sirène et vous voilà partis.

Pas pour longtemps. Dix mètres plus loin, la roue avant droite heurte brutalement une fondrière. Tu es projetée en avant et, si tu n'avais pas eu le réflexe de t'agripper au dossier du siège du garde du corps, ton crâne allait cogner violemment le plafond du véhicule. Sous le choc, le moteur cale.

— Mais fais attention, putain ! lance le garde au chauffeur puis, se retournant vers toi comme s'il s'était rendu compte de la vulgarité de son langage, il dit : Oh, excusez, madame. Vous savez, les routes dans les quartiers…

— C'est pas toi qui vas me l'apprendre, je vis ici, tu répliques, à nouveau adossée à ton siège, l'air sérieuse et digne comme la reine d'Angleterre.

Le chauffeur est fébrile. Après avoir relancé le moteur, la voiture réussit à sortir de la crevasse sous un violent coup d'accélérateur pour s'enliser aussitôt dans le sable. Malgré les coups d'accélérateur nerveux du conducteur, elle ne bouge pas et ses roues ne font que patiner. Encore heureux que vous ne soyez pas à la saison des pluies, vous seriez dans un véritable bourbier. Toujours drapée dans ta dignité de grande dame, tu lances au garde du corps :

— Mais faites quelque chose, bon sang !

Il sort de la voiture et se met à pousser. Tu t'amuses drôlement *in petto*, à le voir ainsi pousser, ahaner, transpirer, l'homme qui avait osé te mettre des menottes tôt ce matin. Est-ce cela la vengeance ? La voiture ne bouge toujours pas. Tout d'un coup, une nuée d'enfants, heureux du spectacle, s'abattent sur la voiture, riant, criant, gazouillant comme des oiseaux, et se mettent à la pousser. Grâce à la force cumulée de leurs bras, la voiture se dégage enfin de son trou de sable.

— Cent francs, cent francs, crient les enfants qui réclament leur récompense.

Ton ange gardien fait semblant de ne pas entendre, plonge dans la voiture qui s'élance aussitôt avant même qu'il n'ait eu le temps de fermer sa portière. Les gamins vous poursuivent un moment puis, distancés, abandonnent. Tu ne résistes pas au plaisir de lancer une dernière vanne à l'endroit de ton tortionnaire devenu ange gardien :

— Tes patrons n'ont pas besoin de faire les routes de nos quartiers puisqu'ils roulent tous en 4 x 4 tout-terrain.

Vous voilà maintenant dans l'avenue principale. Encore une fois, tous les véhicules dégagent la rue pour vous laisser passer. C'est donc ça le pouvoir ! Tu fermes les yeux et tu inhales consciemment l'odeur de cuir des sièges. Tu savoures la fraîcheur de l'air climatisé. Pas de pierres à casser, pas de poussière, pas de soleil torride, pas de sueur… Tu comprends pourquoi dans un pays pauvre comme le tien, et par-dessus tout corrompu, les gens non seulement peuvent s'accrocher au pouvoir mais sont prêts à tuer pour y rester. Tu comprends les hôtels à trois mille dollars la suite, le champagne à sept cent cinquante dollars la bouteille, les maîtresses…

La vie a de ces tours imprévus dans son sac : dans le plus fou de tes rêves, jamais tu n'aurais pu imaginer qu'un jour, partie pour revendiquer un meilleur prix de vente pour tes sacs de cailloux, tu te retrouverais bien sapée, assise dans une voiture ministérielle de luxe, avec garde du corps et escorte. Ah, si Tamara pouvait te voir !

Enfin la cour du ministère. Ton cerbère ne te fait pas passer par la salle d'attente mais par une porte dérobée qui mène directement au bureau de la secrétaire. Celle-ci n'est pas surprise de te voir, bien au contraire, elle te reçoit comme si elle t'attendait. Elle se lève aussitôt et avec déférence te dit qu'elle va vérifier si la ministre est seule et prête à te recevoir. Elle revient aussitôt et, toujours aussi prévenante, te conduit au bureau de sa patronne.

QUINZE

La ministre, assise à son bureau, t'accueille avec un grand sourire et désigne le sofa. Tu t'assieds.

— Une seconde et je suis à vous. Je finis de signer quelques papiers urgents.

Lorsque tôt ce matin ce militaire t'avait introduite dans ce même bureau, encore sous le coup de l'émotion et de la surprise tu n'avais pas vraiment regardé la ministre, tu n'avais retenu que sa colère qui semblait enfin calmée. Maintenant que tu es assise dans ce sofa, quoique crispée et toujours un peu intimidée, tu as le temps de l'observer pendant qu'elle signe ses importants documents.

Elle est plus âgée que toi, tu lui donnerais la quarantaine avancée. Ou alors tout juste cinquante ans ? Cheveux courts décrêpés avec une frange, très maquillée, les lèvres luisantes de rouge, elle porte un chemisier fuchsia ajusté avec un col en V qui s'ouvre sur une poitrine pigeonnante. Tu trouves très chic ses boucles d'oreilles en or blanc incrusté de brillants, même si cela fait un peu clinquant, le genre de bijoux que l'on achète *duty-free* dans les aéroports ou dans les avions. Elle doit avoir pas mal de miles dans sa carte "Fréquence voyageur". Et toi qui te croyais chic et mode avec ton ensemble marron si classique !

— Voilà, dit-elle.

Tu sursautes et baisses aussitôt les yeux pour que la direction de ton regard ne trahisse pas que tu étais en train de l'observer.

— Marguerite ? crie-t-elle.

La secrétaire entre aussitôt, comme si elle n'attendait que d'être appelée.

— J'ai signé les lettres urgentes, les autres peuvent attendre. Je les signerai dès que j'aurai fini avec Mme Méréana.

— Oui, madame. Elle prend le parapheur et sort.

Tu te lèves. La ministre se lève, contourne son bureau et t'attend tandis que, toujours intimidée, tu avances vers elle.

Elle enlève ses lunettes, essaie d'abord de les placer dans la pochette droite de son chemisier mais finalement les accroche dans l'échancrure en V de celui-ci. Tu remarques tout de suite qu'elle a un pantalon de cuir ; cela ne la rend pas vulgaire, ce qui n'est pas facile surtout quand on n'est pas très mince. Tu as enfin l'occasion de l'admirer sur pied. Avec ses cheveux lissés qui laissent deviner qu'elle a passé pas mal de temps et laissé beaucoup de fric au salon de coiffure, son maquillage, son pantalon et son chemisier griffés, ses escarpins *open toe* en cuir, elle est l'archétype de ces femmes africaines d'âge mûr, de beauté très européanisée, que l'on trouve souvent à la tête des ministères ou comme représentantes de leur pays au sein des organisations internationales. Elle te tend une main bijoutée. Tu la prends et la serres avec respect. Tu ne peux pas dire si le brillant sur la bague est un diamant.

— Asseyons-nous.

"Asseyons-nous", qu'elle a dit, et pas "asseyez-vous" : mondaine, elle sait accueillir les gens et les mettre à l'aise. Tu t'assois sur la chaise rembourrée en face d'elle tandis qu'elle s'installe dans son fauteuil ministériel.

— Vous êtes mieux que ce matin, dit-elle avec un grand sourire. Vous êtes magnifique, j'adore votre ensemble.

— Merci.

— Comme par hasard, le marron et l'orange sont mes couleurs préférées. Je ne vous dis pas, mais toutes mes amies sont outrées chaque fois qu'elles me rendent visite parce que j'ai fait peindre ma cuisine tout orange.

Cette entrée en matière frivole te décrispe un peu. Tu souris mais ne dis rien. Elle t'examine un moment puis reprend :

— Encore une fois, je suis vraiment désolée de la façon dont mes agents vous ont traitée. Je ne leur ai pas demandé de vous arrêter. Je suis la ministre de la condition féminine et, s'il y a quelqu'un censé être au courant des problèmes quotidiens de la femme, c'est bien moi. Lorsque j'ai appris que des femmes avaient été bastonnées au bord du fleuve, j'ai tout naturellement voulu en savoir plus. Mes services m'ont indiqué que vous étiez la personne à voir. J'ai demandé à mon cabinet de vous contacter au plus vite pour arranger une rencontre. Le résultat, ils vous kidnappent ! On a beau leur expliquer que la démocratie, c'est aussi le respect des citoyens, ils ne comprennent toujours pas. Ah là là, c'est à désespérer ! Si j'ai tenu à vous faire raccompagner chez vous dans ma voiture, c'est pour leur donner l'exemple, leur faire la leçon. Enfin, oublions tout cela et merci d'être venue.

Tu es agréablement surprise par ces paroles. "Merci d'être venue", a-t-elle dit? Tu ne savais pas qu'on pouvait ne pas obtempérer à la convocation d'une ministre et jamais non plus tu n'aurais imaginé qu'une ministre puisse traiter avec tant d'égards une simple citoyenne lambda dans la solennité de son bureau. A lui seul ce mot "merci" te la rend aussitôt sympathique, mieux, te prédispose à lui faire confiance.

— Merci madame, je… je ne sais que vous dire. J'avoue que je ne pensais pas être reçue et traitée avec tant d'égards par un ministre, surtout pas après la bastonnade que mes camarades et moi avons subie avant-hier et après la façon dont vos services m'ont cueillie *manu militari* ce matin au saut du lit. Merci beaucoup, je suis sincèrement touchée par vos propos.

— Ne me remerciez pas, dit-elle avec un sourire affable. Respecter le citoyen devrait être la norme. J'ai appris que l'une d'entre vous était dans le coma.

— Oui, Mme Batatou, mère de deux enfants survivants de triplés.

Tu l'observes. Elle ferme les yeux une fraction de seconde comme un boxeur qui a encaissé un coup qui lui fait mal mais dont il ne veut pas extérioriser la douleur, puis elle demande :

— Dites-moi exactement ce qui s'est passé.

Encouragée par ces mots, tu lui expliques. Plus tu parles, plus tu prends confiance. Elle est ministre, elle est au gouvernement et elle s'occupe des femmes : si quelqu'un pouvait faire quelque chose pour vous, si quelqu'un pouvait changer la situation, ce serait bien elle. Un ministre n'est-il pas fait pour cela? Tu termines ton exposé en décrivant les échauffourées avec la police et tu conclus en disant avec force :

— Est-ce menacer la République et le gouvernement que de vouloir vendre nos sacs de cailloux à vingt mille francs au lieu de dix mille ? Nous avons déjà trop souffert, madame, et sur ce point nous ne transigerons jamais !

Elle reste un moment silencieuse après cette dernière phrase que tu as lancée avec passion. Tu te demandes si tu n'y es pas allée un peu fort. Attention Méré, il ne faut pas la braquer contre toi après ces signes de bienveillance qu'elle a montrés envers toi.

— D'abord, fait-elle, il faut se calmer. Il ne faut pas accuser le gouvernement pour des bavures, et les bavures il en existe partout, même dans les pays qui se donnent en exemple de démocratie comme la France ou les Etats-Unis d'Amérique. Evidemment, cela ne veut pas dire qu'on ne peut rien faire et je ne suis pas restée indifférente à la situation. Je suis sortie de mes gonds quand j'ai appris que non seulement on vous avait bastonnées, mais qu'en plus on avait tiré sur vous à balles réelles. Tirer sur des femmes qui ne faisaient que revendiquer un meilleur prix pour leurs marchandises est inadmissible, en tout cas pour moi. Mon rôle est de vous aider mais avant tout je veux voir clair dans cette histoire. Pouvez-vous me dire franchement s'il n'y a vraiment rien d'autre derrière cette revendication ?

— Mais bien sûr, madame. Que voulez-vous qu'il y ait ?

— Je veux tout simplement être sûre qu'il n'y a pas de manipulateur derrière.

Cette question te déçoit un peu de sa part car elle montre que son cerveau fonctionne comme celui de tous les hommes et femmes qui ont une parcelle d'autorité, pour qui il ne peut exister de revendication spontanée. D'un autre côté, c'est une question légitime vu sa position.

— Vous pouvez en être sûre, tu réponds fermement.

Elle ouvre un dossier et sort le tract du ROUPA, que tu avais lu dans le taxi d'Armando. Tu es tellement surprise que tu commences à paniquer.

— Vous allez donc me dire que vous n'avez jamais vu ceci.

Son ton a changé ; sa voix est sèche et toute trace d'affabilité a disparu de son visage. Ce n'était donc qu'un vernis ?

— Mais si, madame, je l'ai même lu. Ils font ce qu'ils veulent et ça n'a rien à voir avec nous.

— Ouais, vous voulez me faire croire qu'une bande de femmes analphabètes, des petites tâcheronnes qui vivent à la petite semaine, ont pris l'initiative de monter une marche de protestation devant un commissariat de police sans quelqu'un derrière tirant les ficelles ?

— Vos propos m'étonnent, madame, comment pouvez-vous dire que vous militez pour les femmes si vous tenez des propos aussi méprisants à leur égard ?

— Ce n'est pas du mépris, je connais ma gent mieux que vous.

Cela t'agace très fort et tu lâches sans te contrôler :

— Vous parlez comme les Blancs qui disaient : "Je connais mes nègres." Nous ne sommes pas vos négresses, madame.

A peine ces paroles sont-elles sorties de ta bouche que tu les regrettes déjà. Il ne faut pas oublier que cette femme est quand même la ministre. Tu prends peur.

— Qu'est-ce que vous dites ? Vous croyez que je ne sais pas que c'est vous la meneuse ?

— Je ne mène rien, madame, tu dis d'une voix qui se voulait respectueuse.

— Mais qu'est-ce qui vous a pris de pousser ces pauvres femmes aux mains nues à attaquer les forces de l'ordre ? C'est tellement stupide !

Tu ne sais ce qui te prend, mais en un acte de fierté puérile, sans doute piquée au vif par le mot "stupide", tu dis :

— Nous n'étions pas mains nues, nous avions nos cailloux !

— Et cela vous a menées à quoi, sinon une pauvre femme dans le coma ?

Tu te tais. Tu commences à avoir l'impression que peut-être que tu t'es mal expliquée, que peut-être que tes propos lui ont fait croire que c'est vous qui aviez agressé les premières ces militaires et leur chef.

— N'avez-vous pas menacé de marcher sur le commissariat et, qui sait, peut-être après sur le palais du président de la République lui-même ? Vous voulez dire que mes sources mentent ? Et vous savez d'où je tiens ces sources ?

— Nous sommes des femmes qui réclamons un meilleur prix pour nos sacs de gravier.

— Des femmes qui jettent des pierres… des femmes qui lapident les forces de l'ordre.

— Nous étions attaquées à coups de fusil, madame.

— Parce que vous avez jeté la première pierre. Et vous êtes leur chef, n'est-ce pas ?

— Je ne suis que leur porte-parole…

— Manipulée ! Pourquoi avez-vous choisi ce moment précis pour lancer vos revendications ?

— Parce que les circonstances s'y prêtaient…

— C'est ça ! Profiter de la réunion des premières dames d'Afrique pour foutre la pagaille !

— Ce n'est pas vrai ! Nous ne savions même pas qu'il y avait une réunion des premières dames d'Afrique, nous ne réclamons que nos vingt mille francs…

— On ne lance pas des femmes dans la rue pour vingt mille francs ! Ne me prenez pas pour une idiote ! Vous n'allez pas faire capoter cette conférence pour vingt mille francs ! Et me faire couler avec !

Elle se tait un moment pour te regarder. Comme tu gardes un silence déférent, elle reprend d'une voix plus calme, conciliante même.

— Les caméras de télévision du monde entier regardent notre pays en ce moment. Cette réunion est très importante parce qu'elle célèbre le dixième anniversaire des rencontres des femmes de chefs d'Etat d'Afrique. Quoi de plus fâcheux que de voir étaler sur les écrans du monde entier une manifestation de femmes réprimée violemment en pleine rencontre de ces dames ? Si un tel cas se produisait, qui serait le premier pointé du doigt ? Moi ! Et mon ministère. On me traitera d'incapable. Je ne vous demande qu'une chose, c'est d'arrêter votre mouvement immédiatement. Vous pourriez le reprendre après la réunion quand les yeux du monde ne seront plus tournés vers nous. Et vous avez ma parole, je vous soutiendrai alors à fond, à cent cinquante pour cent. C'est important pour moi et pour le ministère. C'est presque une raison d'Etat !

C'était donc ça ! Toute cette gentillesse, toutes ces préventions à ton égard n'étaient pas pour vos beaux yeux de casseuses de pierres, mais pour elle, pour son ministère, pour bien se faire voir auprès du président et de sa femme. A sa proposition de reprendre les revendications quand les yeux des caméras du monde entier seront détournés du pays, tu as envie de lui répondre : "Pour que vous nous matiez plus brutalement encore à huis clos", mais tu résistes à ton impulsivité et sors une réponse raisonnable.

— Vingt mille francs, ce n'est peut-être rien pour vous mais pour beaucoup d'entre nous cela peut faire la différence entre vivre et mourir, madame.

Tu sens que le ton de ta voix est juste, calme, posé et respectueux. Cela a de l'effet sur elle car elle te ressort son sourire de grande dame affable…

— Madame Méréana, soyons sérieuses, dites-moi exactement ce qu'il vous faut pour arrêter vos revendications.

La question te plaît car elle est directe, elle va droit au but. Une question simple et directe nécessite une réponse simple, claire et surtout opérationnelle. C'est sur sa réponse à ta réponse que tu vas juger si, derrière ses belles paroles, elle a vraiment la capacité de prendre des décisions. Il faut que tu sois aussi claire que possible. Et convaincante.

— Première chose, si vous pouvez faire qu'on nous rende nos sacs de pierres volés par la police.

— Disons confisqués, car la police ne vole pas.

— Pour nous c'est du vol, madame. Ils n'ont pas le droit de voler le fruit de notre labeur, de notre sueur. Ça, nous ne l'accepterons jamais !

— J'en prends note. Je vais en discuter avec le ministre de l'Intérieur et il m'écoutera maintenant qu'il sait que j'ai tout le soutien de la femme du président.

— Et s'ils ne retrouvent pas nos sacs ?

— Je ferai tout ce qui est en mon pouvoir pour qu'on vous dédommage.

— Au nouveau prix : vingt mille francs, pas un centime de moins.

— Je ferai de mon mieux.

— Deuxièmement, il faudrait punir ceux qui nous ont attaquées hier. Nous sommes dans un pays de droit ou pas ? Ou alors, est-ce parce que nous sommes femmes que le droit ne s'applique pas à nous ? Une de nos camarades est dans le coma, qui va s'occuper de ses orphelins si elle ne s'en sort pas ? La facture de son hospitalisation s'élève déjà à trois cent mille francs, où trouverons-nous l'argent ?

— Je plaiderai pour que l'Etat prenne en charge ces frais mais je vous dis déjà que ce ne sera pas facile.

— Pourquoi ? On procède à des évacuations sanitaires à l'étranger d'hommes politiques et de leurs parents pour moins que ça, parfois pour un rhume, sans voir la dépense !

— Holà ! N'exagérons pas.

— Je n'exagère rien. Savez-vous vraiment combien nous souffrons, madame ?

Le vernis d'amabilité craque une fois de plus pour faire place à un visage sévère accompagné d'une voix pontifiante.

— La souffrance ? Vous ne le savez peut-être pas, mais j'ai été nommée ministre de la Femme parce que je suis spécialiste de leurs souffrances. Et ce n'est pas une promotion canapé, si jamais vous étiez tentée de le croire. J'ai participé à plus d'une vingtaine de conférences nationales et internationales sur les problèmes des femmes et j'en connais toutes les statistiques. Vous voulez que je vous en parle ? De la domination de l'homme sur la femme ? Des violences domestiques et de celles relatives à la dot, au mariage forcé ? Du lévirat ? Des viols et du recours au viol comme arme de guerre ? Des mutilations génitales ? De la sorcellerie, du sida, du paludisme ? De la vulnérabilité de genre contre laquelle on ne peut lutter qu'en renforçant la capacité des femmes et leur autonomisation ? Et avec ça vous voulez suggérer que je ne connais pas la souffrance des femmes ? Savez-vous que, quand je ne serai plus ministre, je chercherai un financement international pour créer une ONG consacrée à améliorer l'accès aux ressources économiques des femmes ?

Elle s'arrête pour reprendre son souffle. Croyait-elle t'impressionner par ce discours qui n'est rien d'autre que le discours officiel politiquement correct et droit-de-l'hommiste des institutions internationales avec leur vocabulaire formaté et leur consensus mou ? Ne sait-elle pas que tu es la sœur de Tamara, elle qui tout le temps te décrivait au retour d'un de ces colloques et rencontres ce type de femmes que les institutions internationales recrutent comme expertes, qu'elles soient ministres, directrices de projets divers ou d'ONG, consultantes et autres, qui volent de conférence internationale en conférence internationale, tous frais payés, mondaines, parfaites dans la communication et les relations publiques, mais qui en réalité ne connaissent souvent rien du terrain ? Dans tout ce qu'elle vient de te dire, il n'y avait rien de concret concernant ton expérience quotidienne. Que sait-elle de la difficulté de votre travail, la quantité de labeur qu'il faut pour faire éclater la grosse roche sous la chaleur d'un feu de bois ou de pneus enflammés, les dangers encourus pour transformer en moellons les gros blocs obtenus de la roche éclatée, la pénibilité du travail pour concasser à coups de masse les moellons en gravier et le temps qu'il faut pour sortir un sac de gravier, le prix payé par vos corps de femme, sans oublier les nombreux accidents ? Tu ne dis rien. Ton silence lui fait croire que tu as été éblouie, bluffée par sa performance et que tu ne mets plus en doute son expertise et sa compétence. Assurée d'avoir rétabli l'ordre naturel des choses, elle devient plus conciliante et retrouve son sourire amène du début de la conversation.

— Je vais vous dire ce que j'ai déjà fait pour vous montrer que je prends ce problème très au sérieux. Quand mes services m'ont informée que plusieurs d'entre vous avaient été emprisonnées, j'ai immédiatement sauté sur mon téléphone et j'ai appelé le ministre de l'Intérieur. Comme il fallait s'y attendre, il m'a presque envoyée balader. Il m'a parlé des "fauteurs de troubles", du "rétablissement de l'ordre, surtout en ce moment", comme si la défense de la République ne dépendait que de lui. Il est de ceux, et ils sont nombreux, qui pensent que le ministère de la Femme et des Handicapés n'est qu'un faire-valoir pour s'attirer les bonnes grâces de la communauté internationale et pour obtenir de l'aide au développement. Non, mon ministère n'est pas un strapontin et c'est l'occasion ou jamais de le montrer.

En tant que vice-présidente du comité d'organisation de la rencontre, j'ai un accès direct à la femme du président. Immédiatement après m'être fait rembarrer par le ministre de l'Intérieur, j'ai pu la joindre au téléphone. J'ai joué la carte de la peur. Je lui ai brossé de manière dramatique la situation en lui faisant valoir que, si les prisonnières n'étaient pas libérées immédiatement, des milliers de femmes déferleraient sur le palais où se tenait la rencontre. Je lui ai laissé deviner les conséquences.

A quelque chose malheur est bon, en ce sens que, dans la plupart de nos pays d'Afrique, la femme du président a une certaine autorité sur les membres du gouvernement. Horrifiée à l'idée de voir diffuser sur les télévisions internationales une déferlante de femmes en colère alors que l'objet de la rencontre qu'elle présidait était précisément de vanter ce qu'elle avait fait pour améliorer le sort de ces mêmes femmes, elle a pris son portable et a aussitôt appelé le ministre. Je ne sais pas ce qu'ils se sont dit mais, moins d'une heure après ce coup de fil, vos collègues étaient libérées.

— Ah, le mystère est levé. Nous avions toutes été surprises par la facilité avec laquelle nous avions obtenu la libération de nos camarades et en plus sans brutalité contre nous, les manifestantes.

Elle avait ainsi manipulé la femme du chef de l'Etat pour vous libérer en vous transformant en cavalières de l'Apocalypse. Une vraie femme de pouvoir. Malgré que tu en aies, tu ne peux t'empêcher de l'admirer, de lui tirer ton chapeau.

— C'est mon travail. Vous pouvez donc compter sur moi pour la suite. Bon, on s'entend comme ceci. Je m'emploie à récupérer vos sacs et à vous aider à couvrir les frais d'hospitalisation de votre camarade, et vous m'aidez à votre tour en arrêtant immédiatement les manifestations. Donnant, donnant, gagnant, gagnant.

— Et aussi nous laisser vendre à vingt mille francs le reste de nos sacs. Ceux qu'on n'aura pas pu récupérer nous seront remboursés au même prix. C'est pas grand-chose.

— Vous savez, dans toute négociation il y a toujours un compromis ; on n'obtient pas toujours ce que l'on veut.

— Nous n'en sommes pas encore là, madame.

— Je sais, je sais. Mais vous comprenez que je ne peux laisser des femmes souffrir sans rien faire, alors je vais faire de mon mieux. En tout cas c'est pour elles, c'est pour vous que je me décarcasse à ce point. Laissez auprès de ma secrétaire la liste nominative de toutes les femmes qui travaillent au chantier avec vous ainsi que votre numéro de téléphone, il se pourrait que je vous recontacte avant la fin de la matinée car je veux régler ce problème au plus vite.

— Je ne saurais combien vous remercier, madame, d'avoir bien voulu me recevoir et entendre notre version des faits. Je vous redis une fois de plus combien j'ai été touchée par la façon dont vous m'avez reçue et je vous fais confiance.

Elle se lève et tu suis le mouvement. Lorsque tu saisis la main qu'elle te tend, elle scrute ton visage comme si elle essayait de décrypter quelque chose qui lui échappait.

— A lire les fiches qu'on m'a transmises, j'avoue que je ne m'attendais pas à voir une interlocutrice comme vous. Vous êtes instruite, intelligente, comment vous êtes-vous retrouvée à casser les pierres ?

— C'est une longue histoire mais, vous savez, "la vulnérabilité de genre" et "les difficultés d'accès des femmes aux ressources économiques"…

Elle ne sait trop comment prendre cette réponse.

— Je vois, dit-elle. J'espère que nous aurons l'occasion d'en parler une autre fois.

Elle n'a rien vu. Tu ne vois pas non plus à quelle autre occasion tu lui raconteras ta descente dans ce cauchemar de pierres. Tu inclines légèrement la tête et tu sors.

SEIZE

Tu sors du bureau climatisé de la ministre et tu te retrouves dans la moiteur de la rue, un peu déboussolée. Malgré près d'une heure passée dans son bureau, tu ne sais que penser d'elle, partagée que tu es entre antipathie et admiration. Tout tourne dans ta tête. Il faut que tu t'asseyes un moment pour faire le point sur ce que tu as tiré de cette rencontre et donner un peu de temps à ton cerveau pour traiter ces multiples informations qu'il vient d'engranger.

Il y a trop de bruit et d'agitation autour de toi : tous ces passants que tu croises et parmi lesquels il faut se faufiler ; ces bicyclettes qui ignorent le code de la route et qu'il faut s'employer à éviter lorsqu'elles se retrouvent soudain face à toi, sur le trottoir ; ces voitures qui klaxonnent et pétaradent en dégageant des fumées noires pour le moins délétères. Tu regardes ta montre. Il n'est pas loin de treize heures. Le fait de savoir qu'il est midi passé déclenche en toi une soudaine fringale. Tu n'as encore rien mangé depuis ce matin et ton métabolisme est certainement en état d'hypoglycémie car tu sens une étrange faiblesse t'envahir. Oui, il faudrait bien que tu t'asseyes pour manger quelque chose et pour réfléchir. Un bon verre de jus de fruits te requinquerait.

Tu t'installes dans le premier café que tu repères, un endroit assez sympathique malgré son nom pompeux, "Café des Anges". C'est une pâtisserie avec un espace réservé à la consommation sur place. Tu t'installes. Il y a longtemps que tu n'as pas mis les pieds dans un salon de thé au centre-ville pour t'offrir un petit plaisir avec des choses aussi simples qu'un éclair au chocolat, un croissant au beurre, une tarte aux pommes ou une petite madeleine. Tu prends le menu, un carton rectangulaire plié en deux et placé debout sur la table. Un rapide coup d'œil t'indique que la boisson la moins chère coûte cinq cents francs alors que tu n'as pas l'intention d'en dépenser plus de trois cents. Dans le quartier où tu vis, cinq cents francs, c'est beaucoup d'argent ; on pourrait par exemple s'offrir une omelette aux champignons ou au jambon accompagnée d'une tasse de café avec du pain beurré et il resterait encore de l'argent. Comment font-ils pour vivre ici avec de tels prix ? Tu as deux mille francs sur toi. Cinq cents francs, c'est le prix du Coca. Une boisson à l'orange coûte six cent cinquante. Tu n'avais pas envie de Coca mais tu te sens obligée d'en prendre pour économiser cent cinquante francs, le prix du bus qui te ramènera dans ton quartier.

Au moment même où tu déposes le carton, tu vois arriver la serveuse. Une jeune fille qui semble fatiguée malgré le sourire qu'elle arbore. Elle a probablement commencé son travail très tôt ce matin, un peu comme toi lorsque tu vas au chantier.

— Bonjour madame, vous désirez ?

Une voix d'où transparaît le respect et non celle, mécanique et indifférente, des garçons de café exténués par de longues heures de travail. Elle te regarde. Tu sens qu'elle t'admire, qu'elle admire ce bel ensemble marron qui te rend si classe ; elle te prend certainement comme le modèle de la femme professionnelle qu'elle aurait aimé être, plutôt que de déambuler de table en table au gré des commandes de clients aux comportements pas toujours corrects. Tu as une bouffée de vanité, celle de ne pas décevoir cette jeune fille et de ne pas lui donner l'impression de compter tes sous au plus près.

— Orangina, tu réponds sans hésiter.

A peine as-tu eu le temps de sortir ton portable qu'elle est déjà de retour avec la bouteille. Elle la secoue vigoureusement et te sert.

— C'est six cent cinquante, madame.

Tu avais oublié qu'ici la consommation se paie aussitôt servie. Tu lui tends un billet de mille francs. Elle fourrage dans son tablier et te tend la monnaie. Généreuse, tu lui dis de la garder. "Oh, merci madame", réplique-t-elle, agréablement surprise, car ici laisser un pourboire n'est pas dans les mœurs. Elle s'en va. Tu es contente sans savoir pourquoi et tu prends ta première gorgée.

Maintenant, téléphoner. Prendre contact avec les autres. Donner des nouvelles. Tu ne sais pourquoi le nom d'Armando te vient le premier à l'esprit. Tu te justifies en te disant que c'est parce qu'il a un taxi et qu'il pourrait servir comme agent de liaison. Son numéro est préenregistré sur ton portable, il suffit de le sélectionner et d'appuyer sur la touche verte.

— Méré, où es-tu ? dit-il d'une voix empressée. Comment ça s'est passé ?

Cela te fait plaisir de l'entendre.

— J'ai fini avec la ministre. J'ai eu une discussion très intéressante et très encourageante avec elle. Je pense que nous avons de bonnes chances de récupérer nos sacs de pierres et, de surcroît, au prix que nous avons fixé. Il faut que nous nous réunissions immédiatement. De ce pas je vais à la maison.

— Comment vas-tu rentrer chez toi ?

— Je saute dans le premier bus.

— Non, ne bouge pas, je passe te chercher. Où es-tu en ce moment précis ?

— Au Café des Anges.

— Ah ah ! C'est pourquoi ta voix vibre comme celle d'un ange.

Tu fais semblant de ne pas avoir entendu la remarque et tu enchaînes :

— T'es pas obligé de venir me chercher, tu sais, je peux prendre le bus.

— Non, attends-moi. J'ai un client avec moi que je dois déposer en ville, dans le secteur où tu te trouves justement. J'arrive dans un quart d'heure. Ne bouge pas.

— D'accord, si tu insistes. Cela me donnera le temps de finir ma boisson.

— Qu'est-ce que tu es en train de boire ?

— Ça va, occupe-toi de ton client. A tout à l'heure et merci.

Dès ta première gorgée, tu te remets à penser à la ministre. Plus de doute, elle t'est antipathique. C'est une femme de pouvoir qui n'hésite pas à manipuler les gens pour obtenir ce qu'elle veut. Dans sa lutte d'influence avec le ministre de l'Intérieur, n'a-t-elle pas manipulé la femme du président en vous présentant comme une horde de furies prêtes à déferler sur le palais présidentiel ? Et puis elle n'avait aucune raison d'engueuler son chargé de mission devant toi, le militaire qui t'avait cueillie au saut du lit à cinq heures du matin. On n'humilie pas ainsi un subordonné devant témoin ; si elle l'a fait, c'était délibérément, pour bien établir à tes yeux que c'était elle qui détenait le pouvoir et que tu avais intérêt à le savoir. Tu la vois venir maintenant, elle compte instrumentaliser votre mouvement de revendication pour consolider sa carrière de ministre. Faux sourire, fausse compassion, comment pourrait-on aimer un tel personnage ?

Mais à peine as-tu atteint cette conclusion que ton sentiment d'antipathie fait place à de l'admiration. En réalité, c'est une femme de tête, et les femmes de tête, tu les aimes bien. Tamara ta sœur n'en était-elle pas une ? C'est bien qu'il existe des femmes comme ça pour résister aux hommes, des hommes tel le ministre de l'Intérieur qui joue de ses gros bras de macho. Après tout, qu'est-ce que ça ferait si, en instrumentalisant la situation pour sauver son poste, cela aboutissait en fin de compte à la réussite de vos revendications ? Cela ferait d'elle une alliée objective plutôt qu'autre chose. Opportuniste ? Pourquoi une femme politique ne serait-elle pas aussi opportuniste que le plus nul des hommes politiques ? Finalement elle te plaît bien. En fait, tu poses mal ta donne : le vrai critère pour jauger une personnalité politique est son efficacité à résoudre les problèmes et non pas sa capacité à être aimée ou à être sympathique. Et cette ministre, pour le peu que tu sais d'elle…

La sonnerie du téléphone interrompt tes ruminations. Tantine Turia ? Ou alors Atareta, qui voudrait te donner des nouvelles de Batatou ? Tu regardes l'écran avant de porter l'appareil à ton oreille, tu ne reconnais pas le numéro qui s'y affiche.

— Allô, oui, tu dis.

— Madame Méréana Rangi ?

— Oui ?

— Je suis la secrétaire de la ministre. C'est moi qui vous ai reçue tout à l'heure. Il y a urgence, la ministre veut vous voir immédiatement. Elle vous attend dans son bureau.

— Mais je viens à peine d'en sortir !

— Je sais, mais c'est vraiment urgent. Où êtes-vous en ce moment ?

— Pas très loin, au Café des Anges.

— Ça tombe bien alors, je vais dire à la ministre que vous serez là dans une dizaine de minutes.

— De quoi s'agit-il ?

— Je ne peux pas vous le dire. Ce que je sais, c'est qu'elle est prête à vous recevoir toutes affaires cessantes. Vous êtes la priorité absolue.

— Ça doit être drôlement important alors. Bon ben, j'arrive tout de suite.

Qu'est-ce que cela peut être encore ? Même si tu n'as pas de raisons de t'inquiéter parce que le ministère de la Femme n'est tout de même pas le ministère de l'Intérieur où, de notoriété publique, des personnes convoquées disparaissent parfois sans laisser de traces, il est toujours utile d'informer ses proches quand se présente une convocation aussi pressante qu'inattendue. Ton téléphone t'indique que tu n'as plus que six minutes sur ta carte d'appel, il te faut faire attention et en garder au moins deux pour les urgences. Tu appelles tantine Turia et tu lui donnes l'information sans lui laisser le temps de te poser des questions inutiles qui vont rogner sur le peu d'unités qui te restent. Armando. Tu appelles son numéro, tu laisses sonner deux fois et tu raccroches avant qu'il ne décroche. En voyant ton numéro, il t'appellera certainement. C'est ce que vous appelez "biper". Tu ne te trompes pas car il appelle dans la minute qui suit. Tu lui expliques que tu es rappelée d'urgence au ministère et que tu ne sais pas pourquoi. Il te demande de l'attendre pour qu'il t'y accompagne. Tu ne peux pas. Il propose alors de te suivre au ministère. Tu lui dis que ce n'est pas nécessaire et qu'il devrait plutôt continuer sa maraude en quête de clients. Il ne veut rien savoir et t'indique qu'il t'attendra à l'entrée.

Tu te lèves pour partir. A ta gauche tu aperçois les étagères sur lesquelles sont étalées les viennoiseries fraîches et délicieuses. Les madeleines te font aussitôt penser à tes enfants. Tu as un sentiment de légère culpabilité pour t'être offert ce plaisir dans ce café sans eux. A part ces petits beignets souvent trop gras car cuits à l'huile de palme que tu leur rapportes quelquefois le soir, il y a longtemps que tu ne leur as pas offert de vrai gâteau. Des fois tu te demandes si tu es une bonne mère. Il t'est arrivé plus d'une fois d'envoyer balader les deux garçons avec brusquerie quand, rentrée épuisée du chantier et ayant besoin de silence, le son de leurs voix t'irritait. Pire encore, plus d'une fois tu t'es demandé s'il ne valait pas mieux les fourguer chez leur père afin de te libérer, de te permettre de souffler un peu. Pourquoi vivrait-il peinard avec cette pouffiasse à qui il a acheté une luxueuse voiture alors que toi tu trimes comme un bagnard ? Après tout, tu n'as pas fait ces enfants toute seule ! Heureusement, tu te reprends assez rapidement de ces moments causés par la lassitude. Oui, il faut l'avouer, il n'est pas facile d'être mère seule.

Tu achètes trois madeleines avec l'argent qui te reste, une pour chaque enfant ; après les avoir soigneusement emballées dans du papier sulfurisé, tu les ranges dans ton sac à main. Oui vraiment, il y a longtemps que tes pauvres gosses n'ont pas eu droit à quelque gâterie de la part de leur mère.

*

La secrétaire te fait un grand sourire lorsque tu te présentes à sa porte, comme si ton apparition avait sauve-gardé son emploi. Elle se lève et va aussitôt t'annoncer auprès de la ministre. Moins d'une minute après, une dame sort du bureau de cette dernière, son entretien probablement abrégé ou suspendu, certainement parce que tu étais prioritaire. Vêtue d'une camisole de couleur bise et d'un pagne d'un violet clair, elle est élégante et digne, le port altier de son cou étant accentué par le mou-choir qui s'enroule en colimaçon au-dessus de sa tête. Elle te regarde et te lance un sourire ambigu, se deman-dant certainement ce qui fait de toi un personnage plus important qu'elle.

La ministre t'accueille debout. On sent que la situa-tion presse et que te faire asseoir lui ferait perdre des minutes précieuses.

— Je ne pensais pas que je vous rappellerais si vite. Juste après votre départ, j'ai reçu un coup de fil de la femme du président. Je ne sais pas ce que le ministère de l'Intérieur lui a rapporté, mais elle était très remontée contre vous. "Je veux qu'on m'amène cette fille qui lance des manifes-tations alors que je reçois des invitées de marque. Je veux la voir avant la fin de la journée", elle a intimé.

— Je ne lance pas des manifestations, tu protestes.

— Vous vous expliquerez là-bas.

— Je vais vraiment rencontrer Mme la présidente ? tu demandes, incrédule.

— Oui, et tâchez d'être polie. Et respectueuse.

— Je suis toujours respectueuse, madame.

— Plus que respectueuse, déférente ! N'oubliez pas que c'est la femme du chef de l'Etat. Allez-y, ne perdons pas de temps.

Dès que la secrétaire te voit sortir, la dame dont tu avais interrompu l'entretien se lève et lui demande si elle peut entrer à son tour. La secrétaire lui demande d'attendre un peu qu'elle finisse avec toi. Entre-temps, trois autres femmes sont venues grossir le rang de celles qui demandent une audience auprès de la ministre.

Ironie du sort, c'est la fourgonnette qui t'a enlevée tôt ce matin, avec le même chauffeur, qui te conduit à la résidence présidentielle, cette fois-ci sans gyrophare, sans sirènes, sans garde du corps. Comme ce chauffeur n'est pas au courant que la ministre t'avait renvoyée te changer dans sa voiture de fonction avec son propre chauffeur au volant, tu sens qu'il est perplexe et ne comprend plus rien, se demandant s'il ne vit pas dans un monde qui a perdu tout sens : ce matin il conduisait une fille menottes aux poignets, malmenée comme une criminelle, fagotée de vieilles nippes, et maintenant c'est une dame chic qu'il véhicule vers la résidence du président de la République. Ou bien non, il en a tellement vu de vertes et de pas mûres dans ce métier de chauffeur dans un ministère que plus rien ne l'étonne.

En sortant de l'enceinte du ministère, tu ne repères pas le taxi d'Armando qui avait pourtant promis de t'attendre. Peut-être n'a-il pas encore eu le temps d'arriver tant cette seconde rencontre avec la ministre a été brève.

Première règle de survie dans ce pays, toujours avertir où l'on va. Tu hésites : appeler la famille proche, tantine Turia ou Armando ? Tantine risque de garder l'information pour elle, ou du moins de ne pas la faire bien circuler. Finalement tu ne tranches en faveur ni de l'un ni de l'autre, tu décides d'appeler Laurentine Paka. Tu lui dis qu'en ce moment même tu es en route vers la résidence privée du président de la République où la première dame t'a convoquée et qu'il faut qu'elle diffuse la nouvelle auprès de tout le monde. Comme si son cerveau était incapable de traiter l'information qui vient de lui être transmise, elle reste coite plusieurs secondes avant de réagir : "Heureusement que tu es bien habillée ! Elle verra que ce n'est parce que nous cassons la pierre que nous sommes incapables de bien nous nipper." Sacrée Laurentine !

Il ne te reste probablement plus que trois ou quatre minutes d'appel, il faudrait les économiser pour pouvoir joindre les autres après la rencontre. Tu rabats le couvercle du portable, tu le ranges et te laisses conduire vers la résidence privée du président de la République.

DIX-SEPT

Il est plus facile d'entrer au paradis que dans les appartements privés du président de la République et de sa femme.

Le premier barrage se trouve à une vingtaine de mètres du grand portail qui donne accès à la cour où se trouvent les bâtiments. Les deux soldats qui tiennent le barrage vous demandent où vous allez, si vous avez un ordre de mission ou une convocation. Le chauffeur explique. Un coup de fil adressé à tu ne sais qui confirme que tu es bien attendue, toi seule mais pas le chauffeur à qui on demande de faire demi-tour. Tu dois donc franchir les derniers mètres à pied. En regardant ces gardes surgit dans ta tête l'image du fils d'Iyissou arrêté le jour de son retour au pays en provenance d'un camp de réfugiés, frappé et embarqué dans un camion à la destination inconnue. Qui sait si ces deux soldats n'étaient pas eux aussi membres du sinistre commando qui avait opéré les rafles ce jour-là, au débarcadère du port fluvial de la ville ?

Tu avances vers le deuxième barrage, plus élaboré, avec guérite, soldats armés, deux chars pointant leurs canons vers l'avenue qui mène au grand mur entourant les bâtiments et à son portail. Tu repères les caméras vidéo qui certainement sont en train d'enregistrer tous tes mouvements.

Une femme soldat te fouille, tâte ton corps pour vérifier si tu ne caches pas une bombe sous ta petite culotte ; elle confisque ton portable et ton sachet de madeleines, puis te demande de passer. Apparemment, tu n'es plus un danger pour la République. Enfin tu pénètres dans l'enceinte du palais privé du président et de sa femme.

D'abord, l'espace. Quand l'on vient comme toi de ces quartiers populeux où l'aire vitale est réduite à quelques mètres carrés et où plusieurs personnes se partagent une petite chambre et parfois le même lit, on a du mal à réaliser que quelqu'un puisse avoir autant d'espace pour lui tout seul. Tu admires le gazon vert, bien tondu, les arrosoirs dont les bras tournent sous l'impulsion de la pression hydraulique, projetant des pluies d'eau. Les allées tracées au cordeau sont bordées de palmiers parmi lesquels se trouvent quelques ravenalas, arbres du voyageur, leurs feuilles déployées en éventail. Deux magnifiques paons se pavanent sur la pelouse, l'un faisant la roue avec sa belle queue ocellée aux reflets bleutés. Plus loin, tu aperçois des transats sous des ombrelles, la piscine sûrement.

Pendant que, les yeux écarquillés, tu admires ce paradis végétal, un garde t'interpelle et te demande de le suivre vers le salon d'attente. Vous passez devant un garage où tu comptes une Aston Martin, deux 4 x 4 japonaises et un box vide, une Rolls-Royce peut-être ? Tu laisses ton imagination voguer pendant une fraction de seconde : tu n'es jamais montée dans une Rolls, peut-être que, comme la ministre, la femme du président te fera reconduire dans la sienne, ou dans une des luxueuses 4 x 4 ?

Le garde te fait entrer au salon, te demande de prendre place et d'attendre ton tour. Tu regardes alentour. Mon Dieu ! Tu te demandes si tu peux poser tes fesses sur l'un de ces luxueux fauteuils en cuir ou te contenter modestement d'une des banquettes. Tant qu'à faire, tu optes pour le fauteuil luxueux, tes fesses valent bien celles de la première dame du pays, n'est-ce pas ? Le contact avec le siège est doux, tu mets tes bras sur les accoudoirs et tu te cales bien contre le dossier. C'est vraiment autre chose que ce fauteuil du ministère de la Femme et des Handicapés dont les ressorts du dossier perçaient sous la housse et vous empêchaient de vous y adosser. Mais tu n'es pas la seule. Trois autres femmes bien sapées attendent aussi, deux engoncées dans le canapé qu'elles partagent tandis que l'autre, plus jeune et seule, se tient raide sur l'une des banquettes. Toutes t'ignorent superbement, te prenant peut-être pour une concurrente venant quémander une assistance auprès de celle que la radio nationale appelle la mère de la Nation. Elles continuent à regarder ostensiblement la télé ou plutôt les télés dont deux à écran géant. Car il y a cinq appareils, branchés chacun sur une chaîne différente. Sur la chaîne en langue française on joue à *Questions pour un champion*. La première chaîne en langue anglaise diffuse *American Idol*, tandis que la seconde, CNN, une chaîne américaine d'information continue, déverse plus de publicité que d'information, puis la chaîne arabe Al-Jazira. Le dernier appareil est branché sur la télévision locale où, après avoir passé des danses traditionnelles, on rediffuse à présent le discours du chef de l'Etat prononcé la veille.

Bien assise dans ton fauteuil moelleux, tu regardes le plafond. Tu ne connais pas grand-chose à l'architecture mais, à voir ces structures géométriques délicatement moulées, tu t'imagines que cela a dû coûter une fortune ; tu te demandes si ces fausses colonnes en bossage se dressant aux quatre coins de la salle sont en marbre authentique. Au fond de la salle se trouve un bar avec plusieurs bouteilles de vin et de liqueur alignées derrière le comptoir. Cet espace doit être aussi un lieu de réception. Peut-être que, si l'on ouvrait le robinet que tu aperçois là-bas sur le zinc, il coulerait du champagne à la place de l'eau, car dans ces milieux, paraît-il, c'est la boisson mère. Ta tête se met à tourner. Jamais tu n'avais vu autant de luxe, jamais tu n'aurais imaginé que, dans ce pays, il suffisait de traverser un portail pour se retrouver de l'autre côté du miroir, dans un monde où la pauvreté et la misère n'existent pas et où l'on n'est pas obligé de casser la pierre pour survivre. Un monde où l'on ne meurt probablement pas, car comment la mort pourrait-elle vous atteindre quand on vit au milieu d'un luxe aussi insolent ?

Après plusieurs minutes d'attente, on te fait passer devant les femmes qui étaient là avant toi dans un bureau ou plutôt un salon, et te voici enfin en face de la présidente. Tu ne l'avais vue qu'à travers les journaux télévisés lorsqu'elle se déplaçait pour faire des dons au nom de son association Enfance-Solidarité, qu'elle qualifie de non gouvernementale, même si tout le monde sait qu'elle est financée aux trois quarts par l'argent de l'Etat. Bien en chair, contrairement à la ministre, elle est vêtue à l'africaine, ce qui est à son avantage, un trois-pièces dont le mouchoir de tête est un morceau du pagne qu'elle porte. Cela lui donne une dignité de femme de chef en même temps qu'un air maternel rassurant. Un peu en retrait se trouve une dame avec calepin, probablement sa secrétaire. Il n'y a pas à dire, tu es impressionnée. Elle ne se lève pas :

— C'est vous, Méréana Rangi ?

— Oui, madame.

— Bonjour.

— Bonjour.

— Prenez place.

Tu t'assois, crispée, pétrifiée presque. Il t'est encore difficile de réaliser que tu es assise là, devant la première dame du pays, en son palais. Et pourtant, alors que la ministre t'a avertie que la femme du président était très remontée contre toi, les quelques phrases qu'elle a prononcées jusque-là ne vibraient pas de colère.

— Vous êtes bien jeune. Vous pourriez être ma fille, vous savez. Vous ne ressemblez pas du tout à la furie qu'on m'a décrite.

— …

— Ainsi donc, vous agitez des femmes contre moi ?

Elle te lance ces mots de but en blanc, sans crier gare. Tu es intimidée, tu ne sais comment réagir, ni même que dire.

— Euh… euh…

— Euh quoi ? Vous savez, je suis au courant de tout.

— Je pense qu'il y a confusion, madame la présidente, nous n'agitons personne contre vous, nous sommes seulement des femmes qui réclament un meilleur prix pour leurs sacs de pierres.

— Il paraît que vous avez lancé des cailloux contre les forces de l'ordre. Est-ce raisonnable ?

— Nous étions attaquées à coups de fusil.

— L'une d'entre vous est dans le coma ?

— Oui, madame.

— C'est triste tout ça. Vous voyez où ça mène quand on ne suit pas les canaux appropriés pour faire des revendications ? Vous avez entendu parler de l'ONG Enfance-Solidarité, n'est-ce pas ?

— Oui, madame.

— Et vous savez qui la dirige ?

— Oui. C'est vous.

— Alors, pourquoi n'êtes-vous pas venue me voir pour poser votre problème ? Ne savez-vous pas que cette ONG s'occupe aussi de tout ce qui touche la femme ?

— Parce que… parce que… revendiquer un meilleur prix pour sa marchandise n'est pas un problème spécifique de femmes.

— Quel raisonnement bizarre. Vous êtes une femme ou pas ?

— Si, mais pas dans ce cas-ci.

Elle te regarde bizarrement.

— Pardon ? Parfois vous êtes femme, et parfois vous ne l'êtes pas ?

— Euh… non… je parle des revendications de femmes…

Tu t'expliques certainement mal car manifestement elle ne comprend toujours pas et t'interrompt en ayant la délicatesse de ne pas suggérer que quelque chose est fêlé dans ton cerveau.

— Ecoutez, reprend-elle, il va y avoir une grande fête des femmes dans notre pays. Ce ne sera pas seulement la fête des femmes de président, car, comme mère de la Nation, je veux que toutes les femmes de notre pays y participent. Je souhaite que vous aussi vous y participiez. Je ne vois pas le genre de problème que vous pouvez avoir et que je ne peux pas résoudre.

— Nos sacs de cailloux...

— Je sais : vous voulez les vendre à vingt mille francs, vous voulez qu'on vous rende les sacs que la police a confisqués parce que vous avez refusé d'obtempérer et que vous avez attaqué ces agents de l'ordre. Je sais tout ça. Tout cela sera réglé ; mais, comme cela peut prendre du temps, je vais vous demander une chose : arrêtez immédiatement vos revendications et toute manifestation pendant que le règlement est en cours. Je ne veux pas qu'un malaise ou une perception de malaise plane sur le pays pendant que mes invitées sont là. Je sais que vous êtes une jeune femme raisonnable, vous ne voudriez quand même pas que cette conférence capote ? que notre pays, et surtout son président, aient honte face au reste du monde ?

— Ça sera difficile pour nous d'arrêter nos revendications parce que...

— Ecoutez, ma fille – je peux vous appeler ma fille parce que j'ai l'âge d'être votre mère –, vous êtes leur porte-parole ; on m'a dit comment vous parlez bien, comment vous avez empêché ces femmes de marcher sur le commissariat lors d'un meeting dans la cour de l'hôpital. C'est ce que j'apprécie en vous, cette intelligence de voir une situation en face et le courage de changer d'opinion. C'est pourquoi, malgré mon agenda extrêmement chargé en ce moment, j'ai pris le temps de vous recevoir et, mieux, je vous ai fait entrer avant toutes ces femmes que vous avez vues dans la salle d'attente et qui attendent depuis des heures pour être reçues. Cela ne peut mieux prouver l'estime que j'ai pour vous. Je sais que ces femmes vous écouteront si vous leur dites de surseoir à vos revendications pendant que je suis en train de les régler et je vous donne ma parole que je le ferai. Tito Rangi, s'il est député aujourd'hui, c'est grâce à moi. Mieux encore, il est conseiller auprès du président grâce à mon intervention.

La mention du nom de Tito t'agace.

— Tito n'a rien à voir dans cette affaire.

— C'est pour vous faire comprendre que ce que j'ai fait pour lui, je peux le faire pour vous. Vous croyez que je ne connais rien de vous ? Votre sœur par exemple. Nous ne nous sommes jamais rencontrées mais je l'estimais car c'est une femme qui a fait l'honneur de notre nation. Soyez responsable comme elle. Demandez à ces femmes d'arrêter leurs revendications. Si elles le font, je prendrai personnellement en main le dossier – je l'ai d'ailleurs déjà pris en main. Comment croyez-vous que vos camarades aient été libérées si facilement alors qu'elles avaient commis des voies de fait sur des agents de l'ordre ?

Elle se tait et te regarde ; cela veut dire qu'elle attend une réponse.

— C'est grâce à votre intervention.

— Exactement ! Je vous redis, cette réunion des premières dames, cette grande fête de notre pays, est trop importante pour moi.

Elle se tait et te regarde. Tu ne dis rien, non pas parce que tu ne sais que dire, mais parce que tu es en train de chercher dans ta tête comment formuler à la femme du président, mère de la Nation, ton refus catégorique de trahir tes amies, en renonçant à ce qui vous a déjà coûté si cher. Lui rappeler que l'une d'entre vous est dans le coma ? Voyant que tu ne mords pas à l'appât malgré tous les compliments qu'elle t'a déversés, elle dit brutalement :

— Je sais que vous avez besoin de cent vingt mille francs.

Là, tu paniques un peu. Comment le sait-elle ? Que sait-elle d'autre sur toi ? Elle poursuit :

— Cent vingt mille francs, ce n'est pas un problème. Je suis très sensible aux souffrances des femmes et c'est cette sensibilité qui peut parfois passer pour du maternalisme. Aider les femmes à s'en sortir, à devenir autonomes par rapport aux hommes, les aider à prendre leur destin en main, c'est ma raison d'être, sinon à quoi cela servirait-il d'être l'épouse du chef de l'Etat ? et d'être une mère ? Vous ne le savez peut-être pas, je suis aussi une mère.

Je lutte contre la pauvreté en allant sur le terrain, dans les villages, où je distribue de l'huile de palme aux femmes, des médicaments, du lait en poudre pour leurs bébés, des moulins à *foufou* et des tables-bancs pour les écoles. Il m'est même arrivé de prendre totalement en charge les frais d'hôpital d'une femme qui avait accouché de quintuplés ! Mieux, j'ai insisté auprès de mon mari pour que le nombre de femmes dans le prochain Parlement soit doublé. Nous passerons ainsi de quinze pour cent de femmes aujourd'hui à trente pour cent, un pas majeur vers la parité totale dans un proche avenir. Et puis il y a mon programme de lutte contre le VIH/sida. Sur les conseils des Eglises, je viens d'y ajouter l'abstinence et la réinsertion des prostituées car moins il y en aura, moins il y aura de sidéens et de risque de contamination. Sachez que ce combat que je mène contre le sida et pour le développement est cité en exemple dans le monde entier. Le choix de notre pays pour abriter cette réunion importante n'est pas le fruit du hasard, mais une consécration, une reconnaissance du travail que je fais. Vous en saisissez l'importance maintenant? Je vais régler votre problème personnel tout de suite. Pour le reste des revendications, ce sera immédiatement après la conférence et je vous donne ma parole.

Elle se tourne vers celle que tu prends pour sa secrétaire. Celle-ci sort d'un tiroir une enveloppe épaisse en papier kraft qu'elle tend à madame. Cette dernière la pose bien en évidence sur son bureau.

— Il y a dans cette enveloppe bien plus qu'il n'en faut pour vous en sortir. Pour vos études, pour votre avenir. Elle est à vous.

Plus abasourdie que toi, il n'y a pas! Tu avais entendu parler de corruption, tu savais qu'elle était rampante dans le pays, mais tu n'y avais jamais été confrontée. Jusque-là il n'y avait aucun doute dans ton esprit que tu étais incorruptible. Mais voilà, cette enveloppe est là. Il suffirait de tendre la main, la prendre, la mettre dans ton sac à main ni vu ni connu et tous tes problèmes seraient résolus. Dès demain, tu pourrais payer les frais d'inscription pour tes cours d'informatique et, dans six mois, tu pourrais peut-être ouvrir ta propre école, ta propre entreprise, et réaliser ainsi le rêve brisé de ta jeunesse. Et tu ne priverais plus tes enfants de ces petits plaisirs auxquels on a droit à cet âge. En tout cas, dans la vie, il faut savoir saisir sa chance et souvent cette chance n'est pas comme le facteur, elle sonne rarement deux fois. Et puis, après tout, elle a volé cet argent dans les caisses de l'Etat, n'est-ce pas ? Cela veut dire qu'il t'appartient un peu aussi. Alors, pourquoi ne pas en profiter ?...

A force de corrompre les gens, la dame peut détecter immédiatement dans les mouvements de leur visage les individus qui acceptent d'emblée de se laisser acheter et ceux qui hésitent et ont besoin d'un petit coup de pouce pour surmonter leurs molles réticences. Elle a dû te ranger dans la deuxième catégorie puisque, après t'avoir observée un moment, elle reprend d'une voix suave qu'elle veut rassurante :

— Ce qui se passe dans ce bureau reste dans ce bureau. Personne n'en saura jamais rien. Allez, tenez.

Pour la première fois depuis que tu es là, elle se lève. Debout dans sa somptueuse tenue, sa présence est plus intimidante encore. Tu lèves les yeux vers elle. Elle avance vers toi, l'enveloppe à la main. Elle te la tend. Tu regardes l'objet, une grosse enveloppe en papier kraft de couleur paille ; elle est scellée. Tu ne bouges pas d'un iota. Elle t'observe un moment puis te tapote l'épaule trois ou quatre fois et dit, maternelle : "Allez, tenez, ce n'est rien, c'est juste pour vous aider." Tu contemples encore l'objet pendant quelques instants puis brusquement tu le prends et le fourres dans ton sac à main. Tout est consommé. Tu te lèves. Alors, grande dame compatissante au triomphe modeste, elle passe un bras autour de tes épaules et dit avec un sourire entendu :

— N'en faites pas un problème plus qu'il n'en faut, ma fille. Ne vous inquiétez pas, vous n'êtes pas la première à être raisonnable et à choisir où sont vos priorités. Dans deux heures environ, une équipe de télévision se trouvera à bon escient à l'endroit où vous allez tenir votre réunion pour enregistrer votre communiqué ou votre déclaration annonçant que vous avez accepté de surseoir à vos revendications jusqu'à la fin de la réunion des premières dames d'Afrique. Ce ne sera pas une trahison, bien au contraire, beaucoup, dont le président de la République, considéreront votre décision comme un geste patriotique envers la nation. Bonne chance et je compte sur vous.

Elle te tourne le dos et repart vers son fauteuil. Son problème réglé, elle t'a déjà oubliée. Sa secrétaire te conduit vers la sortie. Si elle avait été un homme, tu l'aurais qualifiée d'"homme de main" de la femme du président de la République. Peut-on aussi dire une "femme de main"?

Ton esprit n'enregistre rien sur ton chemin inverse vers la sortie de la résidence présidentielle. Seule la chaleur humide qui t'agresse soudainement te fait réaliser que tu es déjà sortie des bâtiments climatisés. A la guérite, on te tend ton portable mais pas ton sachet de madeleines. Tu le réclames. Menaçant, le garde te répond que tu n'avais laissé que ton portable, rien d'autre. Mon Dieu, des militaires qui chipent des madeleines? Tu n'insistes pas. Tu prends l'appareil et tu le places dans le sac à main, au-dessus de cette enveloppe jaune paille qui vaut son pesant de trente deniers.

DIX-HUIT

Un garde armé te conduit hors du périmètre de sécurité du domaine présidentiel et t'y abandonne. Tu es maintenant seule dans la rue, à pied. Tu te demandes quel fantasme t'avait saisie lorsque pendant quelques instants, contemplant ces voitures luxueuses bien garées dans leur box comme des pur-sang dans leurs stalles de départ, tu t'étais mise à rêver que l'on allait te ramener chez toi dans l'une d'elles.

Tu marches à grands pas. Tout t'irrite : la chaleur, la sensation désagréable de transpirer sous les aisselles, l'ensemble que tu trouvais si classe tantôt et qui maintenant t'oppresse avec son caraco trop étroit et sa jupe trop serrée. Dieu merci, tu n'as pas mis des hauts talons. Et ce sac à main qui semble si lourd maintenant avec l'enveloppe. Mais pourquoi as-tu accepté cet argent ? En tout cas, aucun sentiment particulier ne t'a agitée lorsque tu as saisi l'enveloppe et l'as fourrée dans ton sac. Ce geste t'a paru inexorable, écrit d'avance, attendu. Pourquoi ? Tu n'en sais rien. Ou peut-être parce que subconsciemment, face à sa présence dominatrice, tu as eu peur que cette bonne femme ne t'écrase sur le champ si tu lui faisais l'affront de refuser ? Ou bien, comme une joueuse de cartes, tu as pensé jouer à malin, malin et demi ? En fait, tu as pris cette enveloppe mécaniquement et… stupidement ! Une colère soudaine monte en toi à cette dernière pensée. Tu enrages contre ton esprit d'escalier. Les répliques que tu aurais dû donner à cette femme se bousculent soudain nettes, claires dans ta tête.

Elle dit qu'elle connaît votre souffrance parce qu'elle distribue des dons dans les villages, mais depuis quand, madame, les bonnes œuvres sont-elles un moyen de lutter contre la pauvreté dans un pays ? Laissons les actions ponctuelles, les dons, l'aide en cas d'urgence à ceux qui savent le faire, aux organisations humanitaires qui quoi qu'on dise sauvent des vies… et puis s'en vont. Quand on dirige un pays, le combat contre la misère ne consiste pas à faire des campagnes médiatisées de saupoudrage de dons dans des villages et puis à s'en aller comme les ONG d'urgence. La vraie vie des gens et des femmes en particulier commence après que les télévisions qui vous accompagnent ont remis le cache sur les objectifs de leurs caméras, après que les préfets qui vous ont reçue ont fini de vous réciter leurs discours creux et laudateurs, après que la fanfare de l'accueil s'est tue et que vous-même, autosatisfaite, vous quittez le village. Vous constaterez alors, madame, que votre passage n'a rien changé. Le paludisme, l'eau impropre à la consommation, l'impossibilité d'avoir accès à des soins, le manque de bancs ou de livres dans les écoles sont toujours là ainsi que la misère de leur pauvre vie humaine jaugée à moins d'un dollar américain par jour.

Et puis attends ! Elle a dit qu'elle connaissait ta sœur. Ton œil ! Il n'y a qu'à taper son nom sur www.google.com

et on a des pages sur elle, ou alors, si on ne veut pas googler, il suffit de regarder dans Wikipédia. Et en plus elle a osé dire qu'elle l'estimait ! Mais ta sœur lui aurait hurlé à la face qu'une parité formelle hommes-femmes à l'Assemblée nationale ne pourrait se substituer à une égalité qui n'existe pas au sein de la société, une société où les femmes sont encore battues, répudiées au bon vouloir de leur mari, expropriées de tous les biens quand elles se retrouvent veuves ! Que la parité commence par le bas, que c'est au niveau local qu'il faut commencer par faire élire les femmes car une femme dans un comité de village ou de quartier, une femme à un poste-clé dans une mairie ou une entreprise a plus de pouvoir réel qu'une femme bombardée députée au Parlement national !

Sida ? Elle en est encore à culpabiliser les prostituées ? Affligeant.

Tu aurais dû lui rappeler ses conseils aux militaires quand elle leur recommandait de ne pas violer... parce qu'ils risquaient d'être contaminés par les femmes porteuses du virus. Plus méprisant que ça, tu t'envoles pour la lune ! Heureusement que l'on ne pratique pas l'excision dans votre pays, sinon la bonne dame l'aurait sans doute combattue en plaidant auprès des hommes : "S'il vous plaît messieurs, il faut lutter contre l'excision parce qu'une femme excisée vous procure moins de plaisir au lit !"

En fait, tu pestes plus contre toi-même que contre cette femme, tu bouillonnes à l'intérieur parce que tu as tout d'un coup honte d'avoir été si intimidée que tu n'as pas osé défendre correctement tes camarades. Non, Tamara ta sœur n'aurait pas eu l'esprit d'escalier comme toi. En fait toutes ces répliques auxquelles tu viens de penser se trouvent dans ces lettres passionnées de découvertes, d'émerveillement et de réflexion qu'elle ne cessait de t'envoyer de Nouvelle-Zélande, cette île du bout du monde où côtoyer des militantes maories avait marqué sa vie d'étudiante. Ces lettres, tu les avais soigneusement rangées avec les autres choses d'elle que tu avais décidé de conserver après son décès. Tu les avais d'ailleurs long-temps conservées dans la chambre qu'elle occupait pen-dant qu'elle habitait encore avec Tito et toi, cette époque où tu avais été pour elle une mère autant qu'une grande sœur. Tu avais fait de ton mieux pour l'élever de telle sorte qu'elle ne tombe pas dans les mêmes erreurs que toi, pour qu'elle devienne ce que tes parents souhaitaient que tu fusses, mais que tu ne fus jamais.

Dès que la nouvelle t'était parvenue du village qu'elle avait réussi à son certificat d'études primaires, ce qui lui permettait de continuer ses études au lycée, tu avais immédiatement dit à tes parents que tu souhaitais qu'elle habite chez Tito et toi avant que tantine Turia ne fasse la même demande. Tito avait été magnifique et tu lui seras toujours reconnaissante pour tout ce qu'il a fait pour Tamara malgré la haine qu'il te voue depuis cette nuit où tu lui as claqué la porte au nez. Tout autant que toi, il la considérait comme sa petite sœur. Il s'était décarcassé à transformer la petite salle extérieure, mi-garage, mi-débarras, attenante à la maison en une agréable chambre intérieure, ouvrant une porte là où il y avait le mur et réduisant la porte extérieure à une fenêtre. Même quand il n'avait pas encore son job au ministère comme directeur des Technologies de l'information et de la communication pour l'enseignement, il s'arrangeait toujours pour trouver tous les livres qu'il fallait, ce qui épargnait un peu ton salaire de caissière. Il l'avait aidée en philosophie et plus tard, lorsque vous lui aviez offert un Mac portable, il avait guidé ses premiers pas dans la maîtrise des logiciels appropriés. Toi tu l'avais soutenue en mathématiques *of course*, en particulier en statistiques. Mais elle s'était émancipée très vite car elle apprenait de plus en plus de choses que vous n'aviez pas apprises de votre temps, à peine quatre ou cinq ans plus tôt.

Dès le départ, ce qui te préoccupait vraiment, c'était comment faire en sorte que l'avenir de cette jeune fille qui n'avait alors que treize ans ne soit pas obéré à jamais par une grossesse non voulue. Tu naviguais entre deux rôles, celui de mère et celui de grande sœur. Au début, tu t'étais dit que tu surveillerais la croissance de ses seins, le développement de ses hanches, que tu veillerais à ce qu'elle ne rentre jamais trop tard et à ce que tu sois toujours au courant des amis avec lesquels elle sortait, jusqu'au jour où elle aurait seize ans. Tu la prendrais alors par la main, tu la ferais asseoir et tu lui expliquerais les embûches qui l'attendaient. Mais les choses étaient allées beaucoup plus vite que tu n'avais prévu et tout avait basculé un après-midi qu'elle revenait du lycée.

Elle s'était arrêtée un instant dans l'embrasure de la porte pour réajuster son sac qu'elle portait en bandoulière quand, en une fraction de seconde, tes yeux avaient cru apercevoir des choses qu'ils n'avaient jamais remarquées jusque-là : des lèvres légèrement tumescentes au milieu d'un visage reposé et épanoui, une poitrine remarquablement généreuse pour son âge, un mouvement des hanches qui donnait ce balancement nonchalant bien féminin qui indiquait subtilement que la fille avait franchi le seuil de la puberté, et peut-être même avait déjà goûté à la chose. Tu avais paniqué ! Elle avait tout juste quinze ans ! Mais que croyais-tu ? Ne savais-tu pas que les enfants de cette génération avaient un développement tellement précoce qu'on pouvait très aisément se laisser avoir ? Maman – c'était peut-être grand-mère – vous disait souvent : "C'est avant le départ de l'enfant pour la danse qu'il faut lui donner des conseils et non pas à son retour." Tamara revenait-elle déjà de la partie de danse ?

Certes, il ne faut pas traîner pour affronter les problèmes urgents, mais il ne fallait pas se précipiter non plus. L'interpeller là, devant la porte, alors qu'elle venait de lancer un "Salut Méré" enjoué aurait été une erreur, un comportement de grande sœur paniquée. Il fallait plutôt agir comme une mère, donc calmos, Méréana.

Tu avais donc laissé se dérouler la routine habituelle. Tu avais fait à manger et vous aviez dîné ensemble après le retour de Tito du boulot, vous vous étiez raconté les petites péripéties de votre journée, Tito avait remis en place le battant du placard de la cuisine qui était sorti de ses gonds, Tamara avait fait la vaisselle puis rejoint sa chambre, tu avais fait brosser les dents à l'enfant et tu l'avais couché. Et puis le moment fatidique arriva.

Tu étais allée à sa porte et tu avais frappé. Elle t'avait demandé d'entrer. Tu étais entrée et tu t'étais assise au bord de son lit.

Tu avais pensé : Si je commence à tourner autour du pot, je ne serai plus capable de dire ce qu'il y a à dire. Tu y étais donc allée frontalement, voire brutalement. Tantine Turia ou maman s'y seraient prises autrement, mais elles, elles étaient ses mères tandis que toi, rien qu'une grande sœur, quoi que tu penses :

— Est-ce que tu as déjà couché avec un garçon, Tamara ?

De stupéfaction, sa bouche et ses yeux s'ouvrirent en même temps. Après quelques secondes ainsi, elle avait remué la tête comme si elle avait mal entendu la question.

— Pardon ?

— Tu m'as bien entendue, je ne vais pas répéter la question.

— Méré ! Comment peux-tu…

— Non, ne prends pas ça mal, Tam, j'ai confiance en toi.

— Mais pourquoi cette question ? Soupçonnerais-tu quelque chose ?

— Je voudrais seulement te donner quelques conseils avant que cela n'arrive… et même si c'était déjà arrivé.

— Tu sais que je ne ferais jamais une chose pareille. Que penserais-tu de moi ? Et maman, surtout après ce qui t'est arrivé ?

— Justement, je ne voudrais pas que ce qui m'est arrivé t'arrive. J'ai eu beaucoup de chance parce que j'avais une femme comme tantine Turia à mes côtés.

— Ne dis pas cela. Tito est un être généreux et toi, tu as toujours été un modèle pour moi et je te respecte beaucoup.

— J'ai eu de la chance, c'est tout. Imagine un peu les conséquences de mon imprudence ce jour-là si Tito avait eu une maladie. Ne te méprends pas sur le sens de ce que je veux te dire : la virginité en soi n'est pas importante, elle est faite pour être perdue de toute façon. Ce qui est important, c'est comment on la perd et avec qui.

Aujourd'hui, pour une jeune fille, la pilule ne suffit plus car il ne s'agit plus seulement d'éviter les grossesses. Il y a toutes ces maladies sexuellement transmissibles, les anciennes et les nouvelles, la pire étant le VIH. Alors petite sœur, quoi qu'il arrive, fais attention et sois ferme sur le préservatif.

— Merci, je garderai toujours ce conseil à l'esprit. Pour le moment, j'ai pas de copain et je ne pense pas à ça.

— Moi non plus je n'y pensais pas quand c'est arrivé. Il y a ce qu'on veut et il y a ce qui arrive. Il faut s'armer à l'avance pour faire face à ces imprévus de la vie.

Elle n'avait pas répliqué et tu t'étais tue. Il te semblait que son cerveau était en train de traiter l'information que tu venais de donner.

— Voilà ce que j'avais sur le cœur et que je tenais à te dire, Tamara.

Tu t'étais alors levée pour sortir de sa chambre. D'un geste spontané, elle avait sauté du lit où elle était assise et t'avait enserrée dans ses bras.

— Merci, grande sœur.

Ces mots de "grande sœur" si pleins d'affection t'avaient pénétrée droit au cœur et à ton tour tu avais resserré ton étreinte. Jamais vous ne vous étiez senties si complices et si proches. Enfin tu lui avais fait une petite bise sur la joue et tu avais refermé la porte en sortant.

Vous n'en aviez plus jamais parlé et, jusqu'au moment où elle avait triomphalement passé son bac et obtenu cette rare bourse pour l'université d'Otago dans la ville de Dunedin en Nouvelle-Zélande, tu n'avais jamais su si ta petite sœur avait perdu sa virginité alors qu'elle était encore sous ton toit, même quand ce garçon avec lequel elle devait se marier plus tard à son retour de l'étranger commençait à tourner assidûment autour d'elle. De toute façon tu ne voulais pas savoir et tu n'avais pas cherché à savoir. Elle n'avait fait allusion à cette conversation qu'une seule fois dans une de ces lettres qu'elle t'envoyait régulièrement de l'étranger…

Des coups de klaxon insistants te projettent hors de tes pensées qui oscillent entre colère et souvenirs attendris. Quelle mouche est en train de piquer ce chauffeur pour qu'il ameute tout le quartier avec les bruits aigus de sa trompe ? Il ne s'y prendrait pas autrement s'il voulait faire sortir les zouaves de la garde présidentielle. Tu regardes… et c'est Armando que tu vois, agitant ses grands bras pour te signaler de venir vers lui et son taxi en stationnement. A sa vue, tu reviens brutalement à la réalité immédiate. Mon Dieu, tu avais oublié la règle numéro un de la survie, celle de toujours indiquer où tu te trouves ; tu avais fermé ton portable en entrant dans la résidence présidentielle et, pour sûr, tantine Turia et les autres devaient être paniquées, incapables de te joindre ou de te laisser un SMS. Tu avances vers Armando qui abandonne son taxi pour courir vers toi, les bras ouverts. Spontanément tu te précipites aussi et tombes dans ses bras. Il te serre fort et tu le serres aussi. Tu es contente de ce contact charnel, de cette chaleur réconfortante après deux duels sans merci et intellectuellement épuisants avec deux femmes de pouvoir. Cela te fait du bien de sentir cette main qu'il te passe sur le dos… Mais qu'est-ce qui t'arrive, Méré, à te laisser aller ainsi ? Ton expérience avec Tito ne t'a rien appris ? Ne te laisse pas prendre au piège des prévenances d'un homme. Et puis que va-t-il penser ? Que la pauvre sotte a succombé à ses charmes ? Il faut te ressaisir, Méré, avant qu'il n'ait les chevilles toutes gonflées… Tu le repousses brutalement quitte à passer pour une cyclothymique. Il est un peu surpris mais ne dit rien et enchaîne aussitôt comme si de rien n'était.

— Tu nous as fait peur ! Pourquoi n'as-tu pas donné signe de vie ? Le répondeur de ton portable se déclenchait automatiquement dès la première sonnerie. Lorsque Laurentine m'a dit que tu avais été appelée auprès de la femme du président, je ne l'ai pas crue. J'ai insisté en disant que tu étais au ministère. J'y suis allé te chercher, je suis allé jusqu'au bureau de la secrétaire à qui j'ai dit que tu étais ma sœur et que tu m'avais demandé de venir te chercher. Elle m'a répondu que tu avais quitté ses bureaux une bonne heure auparavant en refusant de lui dire où tu allais. Il ne me restait plus qu'à te suivre au palais présidentiel comme me l'avait indiqué Laurentine. J'ai failli me faire tuer pour toi puisque au bout d'un moment ma voiture a été arrêtée par des soldats qui m'ont intimé l'ordre de faire demi-tour immédiatement sinon… Ils m'ont dit que j'avais franchi le périmètre de sécurité de la résidence du chef de l'Etat. Alors je suis venu attendre ici au cas où. Pourquoi ne m'as-tu pas appelé, Méré ? Ne sais-tu pas que l'on peut aussi disparaître dans la résidence du chef de l'Etat ?

Il débite tout ceci en marchant. Arrivé au taxi, il ouvre ta portière et la referme après que tu t'es installée, puis va se mettre au volant.

— Il ne faut pas traîner par ici, dit-il et il démarre en trombe. Il négocie mal le premier virage, s'excuse, puis demande : Alors, comment ça s'est passé ?

— C'était horrible !

— Comment ça, horrible ? Tu ne lui as pas expliqué que…

— Laisse-moi d'abord rassurer les autres.

Tu débloques le portable. Tu appelles tantine Turia. Elle crie, heureuse d'entendre ta voix. Tu lui rappelles que tu n'as pas beaucoup d'unités et que tu dois abréger la conversation afin de parler aux autres. "Mais tout le monde est ici", dit-elle. Tu lui demandes de te passer Laurentine Paka à qui tu indiques que tu es en route vers la maison, dans le taxi d'Armando.

— Tu peux utiliser mon téléphone si tu as d'autres appels à faire. J'ai encore beaucoup d'unités, propose ce dernier.

— Non merci, pas pour le moment.

— Alors comment ça, c'était horrible ?

— Je peux te dire une chose, Armando : je n'ai plus besoin de travailler au chantier, je suis riche !

La voiture fait une embardée et grimpe sur le trottoir. Armando te regarde, l'air complètement idiot.

— Attention, regarde la route !

Il ralentit, puis se rabat sur la chaussée avant de s'arrêter.

— Je ne comprends pas, Méréana. Tu… Tu t'es… Il laisse la phrase suspendue en l'air.

— Oui.

Tu ouvres ton sac, sors l'épaisse enveloppe et la jettes sur ses genoux. Il la regarde atterré, n'osant la toucher comme s'il craignait qu'elle ne contienne une bombe susceptible d'exploser une fois dans sa main.

— Ailleurs, la corruption est cachée, elle se fait sous la table ; chez nous elle ne se cache pas, elle est à ciel ouvert. Allez, on va se partager l'enveloppe, moitié-moitié, rien que nous deux. On sera riches.

— Mais… mais… Pas toi, Méré !

— Pourquoi pas ? J'ai besoin d'argent moi aussi. Pas toi ?

— Mais… mais… tu crois que c'est bien de… tes camarades… Combien y a-t-il là-dedans ?

— Je ne sais pas. Compte !

Enfin il ose toucher l'enveloppe. Il la prend et la retourne :

— Mais tu ne l'as pas encore ouverte, elle est encore scellée.

— C'est bien ainsi et j'ai changé d'idée, ne l'ouvre pas.

Il ne dit plus rien. Tu le regardes, amusée. Et brusquement tu es prise d'un fou rire incontrôlable, un rire sonore accompagné d'interminables hoquets qui te secouent tout entière. Des larmes te coulent des yeux. Armando te regarde, ahuri, pensant certainement que tu as disjoncté. Après un long moment, tu cesses de rire. Tu te sens bien du coup, la poitrine légère, le cerveau clair et l'esprit serein.

— Dépêchons-nous, allons rejoindre les autres, elles doivent nous attendre impatiemment.

— Et… et l'enveloppe ?

— Garde-la, je te la confie.

DIX-NEUF

Des cris de joie éclatent quand le taxi d'Armando s'arrête devant ta parcelle. Elles sont toutes là, tes camarades de chantier. Elles accourent, se bousculent autour de la voiture, ouvrent la portière, applaudissent. Avaient-elles pensé ne plus jamais te revoir une fois que tu avais pénétré dans l'antre du palais présidentiel ?

Elles te suivent dans la cour transformée en lieu de réunion avec deux douzaines de chaises disposées en un grand cercle au milieu duquel trône un unique fauteuil. Un rapide coup d'œil t'indique que ce n'est pas ton bon vieux fauteuil usé et fatigué dans lequel tu t'affaisses tous les soirs pour reposer ton corps et repasser dans ta tête toutes les frustrations de la journée, mais le beau fauteuil au dossier rembourré et à joues pleines de tantine Turia. Pourquoi et comment ce fauteuil se retrouve-t-il là ? Tu n'as ni le temps d'y penser ni celui de dire un mot qu'on t'assaille déjà de questions et qu'on te pousse vers le fameux fauteuil. A travers tout ce vacarme, tu entends quand même la voix de tantine Turia qui crie : "Elle doit avoir faim, laissez-la d'abord manger !" C'est vrai que tu as faim et soif, mais tu ne peux tout de même pas demander à ces femmes impatientes de te laisser te restaurer toutes affaires cessantes ; après tout, la journée a aussi été longue pour elles. "Je n'ai pas faim, tu mens allègrement, juste un peu soif."

Tu fais semblant d'ignorer le fauteuil vers lequel on te dirige et tu t'assois sur une chaise. Tout le monde se met à crier : "Le fauteuil, assieds-toi dans le fauteuil." Tu protestes, tu ne veux pas de privilège, vous êtes toutes égales ici et, ajoutes-tu, si quelqu'un devait s'y asseoir, ce serait plutôt la plus âgée d'entre vous, en l'occurrence Mâ Bileko. Cette dernière, qui tient l'enfant de Batatou sur ses genoux, réagit aussitôt avec autorité :

— Non, non, c'est toi qui dois t'asseoir dans ce fauteuil ! Nous savons que nous sommes toutes égales ici mais il ne s'agit pas de nous ni de toi, il s'agit des autres. Pour que nos interlocuteurs respectent notre porte-parole, ils doivent savoir que nous la respectons aussi. Pour cela nous devons t'installer dans un siège digne. Pourquoi nos présidents s'accrocheraient-ils à leur "fauteuil" si celui-ci n'était pas par excellence l'attribut du pouvoir ?

Toutes applaudissent. Que dire ? Rien ! Que faire sinon obtempérer ? Tu te lèves de la chaise et vas vers le fauteuil et, pour ne pas faire trop solennelle, tu mimes quelques petits gestes facétieux sous les bravos et les rires. Tu t'y installes donc. A l'exception d'Armando, de Danny l'ami de Laurentine et de tantine Turia qui vous observe de la véranda, aucune personne étrangère au chantier n'est présente. Tu comprends que tes camarades ne veulent pas que la scène chaotique de l'hôpital se reproduise et ont ainsi exclu tous les intrus. Une sorte de réunion à huis clos mais à ciel ouvert.

Tu commences ton rapport. Tu passes rapidement sur la cavalcade de ce matin et ta rencontre avec la ministre. Concernant cette dernière, devant leurs mines douteuses, tu insistes pour leur faire comprendre que c'est justement à cause de son côté politicienne sans états d'âme et au réalisme froid que vous pouvez compter sur elle. Puis vient le moment le plus difficile, ta rencontre avec l'épouse du chef de l'Etat. Tu leur dis toute la vérité.

— J'étais intimidée certes mais je pense quand même avoir dit l'essentiel de ce que j'avais à dire, c'est-à-dire que nous ne renoncerons jamais à nos revendications. Malheureusement, elle n'a rien voulu comprendre. Elle pense comme la ministre que nous sommes des femmes analphabètes et sans instruction, donc que nous ne pouvons pas réfléchir par nous-mêmes, ou que nous sommes certainement manipulées par les hommes de l'opposition. En plus, elle pense qu'il suffit de m'acheter pour que je vous demande de tout arrêter et que vous allez me suivre tout aussi bêtement...

Tu ne termines pas ta phrase que c'est l'indignation et la colère. Pour qui se prend-elle, cette femme... depuis quand n'avait-elle plus fait son marché elle-même... il faudrait qu'on l'invite à casser la pierre avec nous pendant une journée... non mais tu rigoles, tu crois que la pauvre tiendra même une petite heure... encore heureux qu'elle ne croie pas que ce sont des porteurs de pantalons qui se cachent derrière nos pagnes... c'est plutôt elle qui se cache derrière les premières dames d'Afrique pour nous voler... je vous dis que ce n'est pas sur le commissariat que nous devrions marcher mais à l'aéroport pour accueillir chacune des grandes dames qui descendront de l'avion... Toutes ces voix et paroles te parviennent à la fois. Tu agites la main plusieurs fois en criant : "Attendez, je n'ai pas fini..." Enfin elles se taisent et tu peux reprendre.

— Elle m'a donc achetée pour que je torpille le mouvement. Je ne sais pas combien elle m'a donné mais, à regarder l'épaisseur de l'enveloppe, c'est beaucoup d'argent. Je l'ai remise à Armando.

Toutes les têtes se tournent vers Armando. Le pauvre gars ne s'y attendait pas et, devant les dizaines d'yeux soudainement braqués sur lui, il a un instant l'air décontenancé comme une antilope prise dans les feux croisés des torches de chasseurs.

— Je l'ai gardée sous clé dans la boîte à gants, je vais la chercher.

Il revient avec l'enveloppe, maintenant confiant et content de jouer les premiers rôles à côté de toi.

Il demande à tout le monde de bien observer qu'elle n'est pas ouverte en montrant le gros ruban adhésif qui la scellait.

— Ouvre-la devant tout le monde, tu lui dis.

Il tire sur le ruban adhésif sans trop de succès, la colle était vraiment forte. Il sort de sa poche un petit canif et fait une petite entaille dans l'enveloppe. Il y fait entrer la lame tranchante du couteau et ouvre le gros pli jaune papaye dans un bruit sec de papier que l'on déchire. Enfin il vide le contenu sur le petit escabeau placé près du fauteuil.

Vous suivez tous ses mouvements dans un silence absolu. Il se met à compter à haute voix. Six petits paquets contenant chacun dix billets de dix mille francs, cinq de dix billets de cinq mille, dix de dix billets de mille et le reste, dix paquets de dix billets de cinq cents francs chacun. Faites le compte, un million de francs CFA ! Des billets flambant neufs comme s'ils venaient à peine de sortir de l'imprimerie. Aucune d'entre vous n'a jamais vu autant d'argent en un seul lot, sauf peut-être Mâ Bileko du temps où elle était grande commerçante sur les marchés d'Asie et d'Afrique. Tu regardes les yeux écarquillés d'Iyissou, la bouche bée de Moyalo qui a perdu et de sa verve et de son lingala, les poings fermés de Moukiétou… Tu ne sais pourquoi mais tu es soulagée. Si, tu sais pourquoi ! Alors, brisant le silence, tu dis :

— Dieu merci, Armando m'attendait quand je suis sortie du palais du président. Je ne sais pas ce que j'aurais fait ou ce qui me serait arrivé si j'avais traîné cette enveloppe avec moi plus longtemps. Je ne veux pas y penser.

— Ils sont capables d'envoyer quelqu'un te les voler et répandre la rumeur selon laquelle tu nous as caché le magot, lance Anne-Marie Ossolo.

— Tout cet argent me fait peur, dit Bilala. Il ne faut pas y toucher.

— Il faut le rendre, renchérit Iyissou.

— Ce n'est pas son argent, dit Moukiétou, c'est l'argent que son mari a volé au peuple, c'est notre argent.

— Prenons juste la somme qu'il faut pour rembourser nos sacs volés et rendons le reste, dit Moyalo.

— Mais si nous nous payons avec de l'argent volé nous sommes aussi des voleuses, insiste encore Iyissou.

— Je vous dis déjà qu'elle va être furieuse si nous refusons cet argent, tu ajoutes comme complément d'information. Elle était tellement sûre que nous le prendrions qu'elle a déjà dépêché une équipe de télé et de radio pour enregistrer ma déclaration disant que nous mettons fin à nos revendications.

— Partageons-nous équitablement cet argent, en public, au vu et au su de tout le monde, en en indiquant la source. Ainsi elle comprendra ce que nous faisons avec l'argent de la corruption. Et puis voler un voleur n'est pas voler, on ne fait que lui rendre la monnaie de sa pièce.

— Pour moi c'est simple, dit Laurentine que l'on n'avait pas entendue jusque-là. Puisque cette dame va sévir si nous refusons son cadeau, autant le prendre et continuer nos revendications malgré tout.

On tournait en rond. Tantine Turia, qui vous observait de sa véranda, lève sa main et demande à parler. Tu lui accordes la parole avec empressement.

— Je sais que cela ne me regarde pas mais je voulais vous dire ceci : ou vous acceptez cet argent et vous tenez votre part du contrat, à savoir arrêter immédiatement de réclamer l'augmentation du prix de vente de vos sacs de pierres, ou vous renvoyez l'argent à l'expéditeur et vous continuez vos revendications. C'est ce que la morale exige, il n'y a pas de solution intermédiaire. Autrement, c'est faire de la politique.

— Un million, c'est beaucoup d'argent pour nous, tantine.

Tu ne sais pas pourquoi tu as dit cela. Elle te regarde un peu étonnée mais ne dit rien. Mâ Bileko prend la parole.

— Ecoutez, si nous refusons l'argent nous ne courons pas seulement le risque d'être persécutées d'une manière ou d'une autre, mais nous risquons de perdre le chantier. Ne vous faites pas d'illusions, ils trouveront toujours une bonne raison pour nous empêcher d'y aller ou le fermer tout simplement. Si nous acceptons cet argent, non seulement nous ne vaudrons pas mieux que les gens qui nous ont tabassées et volé nos sacs, mais nous rendrons encore plus difficiles les revendications futures de toutes les femmes exploitées. N'oubliez pas que les petites commerçantes du marché nous observent et nous admirent. Après tout ce que nous avons souffert, avec la pauvre Batatou dans le coma pour avoir exigé une augmentation du prix de vente de son sac, je ne vois pas comment nous pouvons laisser tout tomber et continuer à vendre nos sacs de cailloux à dix mille francs. Ce n'est pas une question de morale, il s'agit de dignité.

Vous applaudissez toutes spontanément, Moukiétou étant parmi les plus enthousiastes. Ça y est, c'est décidé : vous n'accepterez pas cet argent, vous ne vous laisserez pas corrompre. Ceci dit, que faire du fric et comment le rendre ? Armando ne peut pas tout simplement sauter dans son taxi, se garer devant le portail du palais et tendre l'enveloppe au garde-chiourme en disant : "Voilà, je suis venu rendre l'enveloppe de madame !" Pas si simple.

Un moment de silence et c'est tantine Turia qui lève encore la main. Vas-y, tantine.

— J'ai écouté attentivement Mâ Bileko. J'ai parlé tout à l'heure de morale, elle a parlé de dignité. Elle vient de dire une chose très importante qui pourrait réconcilier les deux, la dignité et la morale : elle a parlé de Batatou. Batatou est dans le coma, elle a sacrifié sa vie pour ce combat ; elle est seule avec deux jumeaux, sans soutien et évidemment sans ressources pour payer ses frais d'hôpital. Pourquoi ne lui donneriez-vous pas cet argent ?

— Je t'applaudis, Turia, dit aussitôt Mâ Bileko, c'est ce qu'il faut faire ! Je n'y avais pas pensé.

Oui, c'est cela, une belle façon de répondre à l'arrogance de tous ceux qui pensent que vous êtes quantité négligeable parce que vous n'avez ni argent, ni pouvoir. L'unanimité se fait aussitôt : prendre l'argent et l'attribuer dans sa totalité aux soins de Batatou et le faire savoir publiquement à la radio et à la télé, sans oublier d'en indiquer la source. Evidemment, il va de soi que vous allez continuer vos revendications. Satisfaite et soulagée, tu lèves la séance et demandes à chacune d'attendre, avant de rentrer chez elle, que vous ayez annoncé la décision au journaliste de la télé qui ne saurait tarder. C'est à ce moment précis que ton portable se met à sonner.

Tes doigts farfouillent fébrilement dans ton sac à main pour sortir l'appareil d'où tu l'avais fourré. Ça pourrait être un appel important, peut-être de la ministre qui veut savoir la suite de ta conversation avec la première dame du pays ou, pourquoi pas, un coup de fil de la première dame elle-même ! Tu appuies sur le bouton établissant la communication.

— Allô, oui ?

— Méré ?

Tu as failli jeter le téléphone. Rangi ! Tito Rangi. Il commence à t'emmerder grave celui-là. Ne cessera-t-il jamais de te harceler ?

— Surtout ne raccroche pas, j'ai quelque chose de très important à te dire.

Tout le monde te regarde. Tu dois garder la tête froide.

— Parle, tu lui dis, d'une voix qui se veut neutre.

Tu te lèves du fauteuil et t'éloignes ; tu ne veux pas te donner en spectacle au cas où ses propos, une fois de plus, te feraient grimper au cocotier.

— La femme du président m'a appelé et elle m'a dit qu'elle est très contente de toi. Tu as très bien fait d'avoir accepté tout ce qu'elle t'a proposé, y compris l'enveloppe. C'est moi qui lui ai parlé de tes difficultés et tu vois comme elle a réagi. Une grande dame, magnanime. On n'allait quand même pas te laisser souffrir pour cent vingt mille francs ! Contrairement à ce que tu crois, je ne te hais pas ; d'ailleurs, c'est toi qui es partie de toi-même. Je sais que parfois tu regrettes ton geste irréfléchi mais si tu veux revenir à la maison…

— Ah bon, cet argent c'était pour revenir au foyer ? Je croyais que la femme du président m'avait achetée pour que je trahisse les autres et que j'arrête les revendications.

— Non, non, tu m'as mal compris. Cet argent n'est pas de la corruption, ce n'est pas pour t'acheter. C'est tout simplement pour te récompenser d'avoir bien voulu utiliser de ton influence pour éviter d'embarrasser notre pays face à ses invitées de marque. Tout travail mérite salaire.

— Ah bon ? Mais je croyais que c'est ce que nous demandions nous aussi, un salaire décent pour notre travail.

— Ce n'est pas pareil ! Vous c'est la rue, des femmes qui jettent des pierres… on ne négocie pas avec des gens qui violent la loi. J'espère que tu as compris, nous comptons sur toi.

— Ouais, tu peux compter sur moi.

— Autre chose. La femme du président ne veut pas que la déclaration soit faite par l'une de ces analphabètes qui n'ont aucun poids politique mais par toi-même puisque tout le monde te connaît maintenant.

— Pas de problème, Tito. Je la rédigerai et la lirai moi-même. Je ne veux surtout pas que tu perdes le poste de député où son mari t'a nommé…

— Ne commence pas à m'énerver, notre conversation a été civilisée jusque-là. Je suis un élu du peuple et tu le sais. Dès la fin de ce coup de fil, je vais informer la femme du chef que tu as accepté toutes ses conditions. Tu verras, tu ne le regretteras pas. Ah, autre chose : ce serait très bien si tu pouvais émailler ta déclaration de quelques fleurs à l'endroit de la première dame.

— J'ajouterai même si tu veux que c'est grâce à toi que j'ai accepté de lire le communiqué moi-même.

— T'es pas obligée, mais en tout cas je t'aime quand tu es raisonnable comme ça. Les journalistes sont déjà en route et je pense qu'ils seront bientôt là.

— Tu es vraiment au courant de tout, n'est-ce pas ? Même des cent vingt mille francs dont j'avais besoin.

— Tout ce qui t'intéresse me touche.

— Et moi, tout ce qui te touche m'intéresse.

— Ça veut dire quoi ça ?

— Ça veut dire ce que ça veut dire. Bon, j'ai autre chose à faire, salut.

Tu raccroches sans attendre sa réponse. Tu es contente et fâchée en même temps. Contente parce que tu as gardé ton calme. Tu as pu retenir ta colère. Fâchée parce que tu sais maintenant que c'est ce salaud qui a sans aucun doute concocté, pour la femme du chef, la fiche te concernant. Et attends ! Magnanime, monsieur dit qu'il est prêt à t'accueillir si tu reviens au foyer conjugal ! Il ne se rend même pas compte que c'est lui qui continue à te poursuivre, à te harceler alors que de plus en plus il te fait gerber. Ouais, il va l'avoir, sa déclaration.

Tu reviens vers les autres. Tu leur dis qu'on vient de t'informer que la télévision sera là incessamment pour enregistrer votre déclaration. Il est donc temps de s'entendre sur ce qu'il faut dire et sur la personne qui va parler.

Vous tombez facilement d'accord sur les termes de la déclaration ; le seul débat consiste à décider s'il faut dire à la radio et à la télé que vous revendiquez la somme de quinze mille francs, ce qui était votre objectif, ou celle de vingt mille francs, le prix tactique de marchandage qui devait vous permettre de donner l'illusion aux commerçants que vous cédiez lorsque, durant les négociations, vous auriez accepté de lâcher cinq mille francs. Vous retenez la seconde proposition. Par contre, des complications surgissent en ce qui concerne celle qui doit rendre publique la déclaration. Toutes te désignent à l'unanimité mais tu refuses. Tu ne veux pas. Tu leur expliques que, comme tu as été chez la ministre et chez la femme du président de la République, il ne faut pas que votre combat se réduise à une seule personne. Il faut un nouveau visage pour ceux qui vous regarderont à la télé. A ces mots tu aperçois du coin de l'œil Laurentine Paka qui sort son miroir et se met à se maquiller. Mais ce n'est pas à elle que tu penses ; tu penses plutôt à la plus "villageoise" d'entre vous, la plus "analphabète", celle qui ne parle que votre kikongo national et qui ne connaît aucun mot de la langue française dans laquelle on enregistre les déclarations officielles : tu pense à votre "sorcière" bien-aimée, Bilala. Y a-il meilleure façon de faire la nique à Tito et à sa patronne que de présenter Bilala comme le symbole de votre détermination ? Tu leur fais part de ton idée, tu plaides, tu argumentes que, la ministre vous ayant traitées de petites tâcheronnes analphabètes, incapables de prendre seules une décision, il faut mettre en face d'elle une de ces femmes analphabètes pour lui prouver le contraire. L'argument porte et certaines en rajoutent même. Bilala est surprise de la tâche qu'on lui demande d'exécuter, hésite puis finalement accepte. Voilà, vous êtes prêtes.

Comme vous vous y attendiez, ce n'est pas un unique journaliste qui débarque avec son cadreur caméra à l'épaule, ce sont plusieurs qui se pointent. Madame a bien fait les choses. Bien sûr il y a les deux journalistes officiels, celui de la télé et celui de la radio nationale, mais il y a aussi les correspondants locaux de la BBC, de RFI, de la Voix de l'Amérique et de Radio South Africa. Votre étonnement est grand. Votre petit mouvement insignifiant, né d'une quinzaine de femmes cassant des pierres dans un petit chantier de cailloux au bord du fleuve et réclamant quelques deniers de plus pour le produit de leur travail serait-il devenu un événement important au point d'attirer la presse internationale ?

Comme c'est la première fois que ces journalistes vous rencontrent, ils ne savent pas à qui s'adresser. Alors ils se scindent spontanément en deux groupes, l'un se dirigeant vers toi, l'autre vers Laurentine, comme de bien entendu : parmi toutes les femmes présentes, vous êtes les deux seules à être habillées à l'occidentale ; cela leur suffit pour décider qui sont les leaders du mouvement. En fait, beaucoup plus se sont dirigés vers Laurentine que vers toi, sans doute parce qu'elle est mieux habillée et peut-être plus belle. Entre ton ensemble marron, élégant certes mais un peu strict et sévère, et ce que porte Laurentine, une jupe jeans savamment délavée qui tombe juste au-dessus de ses genoux, assortie d'un chemisier jaune pâle sans manches sur lequel est accrochée une broche dont les faux brillants scintillent comme des vrais, accentuant ainsi la beauté tragique que les points de suture confèrent à son visage, il n'y a pas photo. Tu n'as jamais su ce qui avait amené Laurentine dans ce chantier. Son évidente insouciance, sa coquetterie affichée, son amour pour les romans à l'eau de rose et la présence assidue de son ami à ses côtés, tout cela détonne ; mais, sous cette apparente transparence de l'être, Laurentine cache-t-elle quelque chose de plus dramatique qu'aucune de vous ne soupçonne ? Les caméras cliquent, des flashs brillent. Laurentine a son quart d'heure de gloire.

— Nous sommes venus enregistrer la déclaration concernant la fin de vos revendications, lui lance le journaliste de la télé officielle.

Ceux qui sont autour de toi entendent aussi la question ; du coup ils t'abandonnent tous et se ruent vers Laurentine, croyant avoir trouvé l'interlocutrice attitrée, mais celle-ci, dans un grand geste du bras, tend la main vers toi et de façon un peu solennelle leur dit :

— C'est Méré notre chef et notre porte-parole. C'est à elle que vous devez vous adresser et nous sommes toutes derrière elle.

Comme un troupeau, ils reviennent tous vers toi. Tu tends le bras vers Bilala :

— C'est Bilala qui va faire notre déclaration. Elle est prête et vous attend.

En effet, vous l'avez installée dans le fauteuil que tu occupais tout à l'heure. Vous lui avez demandé de faire la déclaration assise, assise comme un chef qu'on respecte, un chef qu'on doit respecter. En deux ou trois jours de revendications, vous avez aussi appris que, même avec une cause juste, une bonne mise en scène est nécessaire pour que l'on vous prenne au sérieux. Le journaliste de la télé, après avoir lorgné Bilala, se tourne vers toi.

— On préfère que ça soit vous, dit-il.

— Ce n'est pas à vous de choisir notre porte-parole, tu répliques.

— Les autorités qui nous ont envoyés ont insisté pour que ça soit vous.

— Comme c'est avec vous que la femme du chef de l'Etat a traité, la courtoisie veut que ce soit vous qui répondiez, ajoute celui de la radio.

— Je vous ai dit que c'est Bilala qui fera la déclaration.

Il semble gêné et discrètement il te souffle à l'oreille :

— Pas dans cet accoutrement !

Il est vrai que le pagne de Bilala, passé de mode depuis longtemps, lavé, essoré, séché et relavé mille et une fois, n'est pas de toute première fraîcheur et que le mouchoir qui couvre sa tête est par endroits transparent, là où les lavages et rinçages successifs en ont trop élimé la trame ; elle porte aux pieds ces tongs en plastique que les Chinois déversent sur nos marchés. Tu ne sais comment le dire mais, dans sa modestie et disons-le dans sa pauvreté, toute sa personnalité dégage une authenticité difficile à définir qui la rend plus digne encore, installée comme une reine dans ce fauteuil qui trône seul parmi les chaises. Tu te tournes vers le journaliste et tu dis à haute voix pour l'embarrasser :

— Tu veux dire que tu ne veux pas qu'elle présente notre déclaration parce qu'elle est vêtue d'un pagne ?

As-tu honte de notre culture et de la façon dont nos mères s'habillent ?

— On s'en fout de vous, crie Moukiétou. Si vous ne voulez pas prendre notre déclaration, les radios étrangères sont là.

— Quoi ? C'est son foulard qui ne vous plaît pas ? reprend Anne-Marie. Attendez, vous allez voir.

Tout le monde suspend ses gestes et la regarde. Elle tient un pagne d'une demi-brasse dans ses mains. D'où le sort-elle ? Elle le déploie en le faisant claquer au vent en un bruit sec. Elle ôte le mouchoir de la tête de Bilala, le tend à Mâ Asselam qui est la plus près d'elle. Avec de rapides et agiles mouvements des deux mains et des doigts experts, elle transforme le pagne en un couvre-chef posé comme une tiare sur la tête de Bilala, avec deux doubles nœuds entrelacés surmontant l'ensemble. Beau travail ! Une vraie prestidigitatrice, Anne-Marie ! Vous applaudissez toutes spontanément pendant que Bilala dit : "Merci, oh merci !" avec un grand sourire. Cette petite touche a transformé le port de sa tête et fait ressortir encore plus cette dignité qui a été tant soit peu occultée par la pauvreté.

— Alors, tu ne veux toujours pas ? lance Moukiétou toujours fâchée. Tu veux qu'elle mette une robe longue de soirée.

— Non… non… c'est pas ça, balbutie le journaliste confus, c'est que… la déclaration est très importante… Elle sera vue par nos hôtes étrangers… On m'a dit que la femme du président l'attend tout particulièrement et…

— Alors qu'est-ce que vous attendez ? Allez-y !

C'est toi qui l'interromps. Il n'a plus le choix. Ou il accepte ou il se fait virer. De toute façon vous n'avez pas besoin de lui, la presse étrangère est là et cela vous suffit car sa crédibilité est plus grande que celle de cette télé et de cette radio serviles. Contraint, il donne l'ordre à son cadreur et à son preneur de son. La BBC, RFI, Radio South Africa ont déjà leurs micros tendus.

— Mama Bilala, vous avez décidé de suspendre vos revendications à la demande de l'épouse du chef de l'Etat qui prend très à cœur les problèmes des femmes de notre pays. Je vous prie de faire votre déclaration en direct sur nos ondes.

— Merci, dit Bilala avec un petit sourire. Je suis prête.

Très lentement et clairement, dans son kikongo à l'accent des gens du pays de la forêt, elle se met à parler.

— Bilala, c'est mon nom.

— Stop ! dit le journaliste. Nous voulons une déclaration en français. Nos hôtes étrangers doivent aussi comprendre.

Tu es furieuse. Qu'il aille se faire cuire un œuf, mais ici vous parlerez dans la langue de notre pays.

— Continue, Bilala, ne t'occupe pas de lui ! tu lances sous l'approbation du reste des femmes.

— Bilala, c'est mon nom. Je parle ici au nom de toutes les femmes qui cassent les cailloux au bord du fleuve. Voici ce qui se passe. Les commerçants qui vendaient à trente mille francs les sacs de pierres qu'ils nous achètent à dix mille les revendent maintenant à cinquante mille. Ils font un bénéfice de quarante mille francs ! A notre tour, nous voulons vendre nos sacs à quinze… à vingt mille francs. Mais voilà, cela pose problème à ces commerçants, nous ne savons pas pourquoi. A cause de cette revendication, ils ont envoyé la police armée dans notre lieu de travail au bord du fleuve ; sans raison, elle nous a tabassées, blessées, emprisonnées ; l'une d'entre nous, blessée par balles, est en ce moment dans le coma.

Ce matin, la ministre des femmes nous a reçues et a promis de nous aider. Nous la remercions du fond de notre cœur. Après la ministre, Mama la présidente a convoqué notre porte-parole. A la fin de l'entretien, elle lui a donné de l'argent et lui a ordonné de faire cesser immédiatement nos revendications. Nous nous sommes réunies et voici ce que nous avons décidé.

Mama présidente, nous acceptons cet argent – elle soulève la grosse enveloppe et l'agite devant la caméra –, merci beaucoup. Mais cet argent sera tout entier réservé aux soins de notre camarade Batatou qui est dans le coma, entre vie et mort, et à ses deux enfants. Cependant, nous maintenons absolument nos deux revendications car nous ne demandons pas la charité. Nous continuerons à protester jusqu'à ce que, un, on nous restitue nos sacs volés et, deux, on nous achète désormais nos sacs de gravier à vingt mille francs. Si nos sacs volés ne nous sont pas rendus ce soir, nous marcherons demain sur le commissariat de police. C'est tout ce que nous avons à dire.

Vous applaudissez bruyamment et vos bravos et you-yous sont amplifiés par les badauds qui sont accourus à l'arrivée des médias et se pressent devant la parcelle. Bilala s'en est très bien sortie, surtout quand on sait qu'elle ne lisait pas – ah, ce coup de la grosse enveloppe agitée devant les caméras ! Vous êtes toutes très fières d'elle ; elle vient de faire voler en éclats le mythe de la femme analphabète incapable d'exprimer ses revendications de façon autonome. Les journalistes de la télé et de la radio nationales, par contre, font une tête d'enterrement ; ils étaient venus enregistrer une reddition, ils récoltent plutôt une déclaration de guerre. Quel sort leur réserve leur ministre de tutelle ? Mais vous, vous êtes contentes, votre point de vue est passé et les radios étrangères amplifieront encore votre message car toutes émettent sur votre ville en modulation de fréquence.

Que faire maintenant sinon attendre ? De toute façon, vous êtes sûres que la police, ceux qui détiennent vos sacs et la ministre ou la femme du chef de l'Etat réagiront très vite car la première des premières dames invitées est censée atterrir dès demain, information offerte obligeamment par l'inénarrable Tito Rangi.

*

La journée paraît bien avancée lorsque les journalistes se sont enfin retirés, suivis par les badauds qui s'étaient attroupés devant la parcelle, mais en fait il n'est pas si tard que ça ; à peine un peu plus de quatre heures de l'après-midi, ce qui veut dire qu'il y a encore presque deux heures de lumière du jour. Après le départ de tout ce monde, vous avez eu le temps de faire le point et d'arrêter quelques décisions importantes. D'abord, que tu gardes la grosse enveloppe et que Bileko en soit la gestionnaire. Ensuite vous chargez Atareta de plusieurs missions importantes : aller à l'hôpital s'enquérir de l'état de Batatou, puis en pharmacie pour acheter les médicaments les plus urgents et enfin se rendre à la télévision pour déposer une photo de Batatou avec un communiqué à diffuser car, malgré les deux déjà lancés à la radio, aucun membre de sa famille ne s'est encore présenté. La photo sera plus efficace. Ne dit-on pas qu'une image vaut mille mots ? Mâ Bileko retire quatre-vingt mille francs de la grosse enveloppe et les remet à Atareta qui s'en va aussitôt à la recherche d'un taxi. Enfin, d'un commun accord, vous décidez de vous retrouver le lendemain à onze heures dans la cour de l'hôpital où Batatou est en train de lutter pour sa vie.

Vous vous mettez à plier les chaises pour les ranger dans un coin de la parcelle. Tu demandes d'où sortent ces chaises et tu apprends qu'elles ont été louées pour cent francs l'unité. "Ce n'est pas si cher que cela, confie Laurentine Paka lorsque tu fronces les sourcils en apprenant le prix, même pas le prix d'un demi-sac de pierres." En tout cas, elles n'étaient pas obligées de louer ces chaises car vous auriez pu vous asseoir sur des bancs, sur des nattes ou même sur ces briques entassées dans un coin de la parcelle. Mais non, malgré les difficultés du moment, elles ont préféré se sacrifier et se cotiser pour rassembler les deux mille francs nécessaires à la location de cette vingtaine de chaises afin de donner un aspect formel – du coup respectable – à la réunion. Pour sûr, pour ceux qui doutaient encore, le message ne pouvait être plus clair : il faut prendre ces femmes au sérieux !

La tâche accomplie, tout le monde commence à se disperser pour rentrer chez soi. Malgré son insistance, Armando comprend tout de même que tu n'as aucune envie de le retenir et qu'il est temps pour lui de rattraper une partie de la journée qu'il a perdue. Il prend généreusement dans son taxi sa sœur Anne-Marie, Bilala, Moukiétou et Iyissou, et avant de démarrer il trouve quand même le moyen de t'embrasser et de te proposer une fois de plus ses services en cas de besoin.

La cour est vide maintenant, seule Mâ Bileko traîne encore, conversant avec tantine Turia. Elle attend sa fille qui doit passer la chercher pour qu'elles rentrent ensemble. Les deux femmes, comme deux grands-mères complices, ont allongé les deux enfants de Batatou côte à côte sur une couverture placée par-dessus une natte recouverte d'une alèse. Mâ Bileko est assise dans le beau fauteuil de tantine que l'on vient de ranger sous la véranda. Tu la taquines en disant que ce siège lui sied très bien, elle y est assise avec la posture naturelle d'une PDG. "C'est plutôt toi Méré qui, dans ta belle tenue de jeune femme moderne et professionnelle, dégages cette impression difficile à expliquer de leader naturel. Je suis vraiment très heureuse que ça soit toi que nous ayons choisie pour nous représenter." Faussement modeste, tu lui fais un signe de la main et tu rentres dans la maison. Il est temps de te mettre à l'aise.

VINGT

Lorsque tu ressors de ta chambre enfin débarrassée de ton ensemble, à l'aise dans ton pagne et tes sandales, Bileko est déjà partie. Tu regrettes de n'avoir pas pu lui dire au revoir et t'assois dans le fauteuil qu'elle occupait, ce fauteuil qui s'est révélé d'une importance inattendue. Maintenant que la réunion est terminée et que tout le monde est parti, ce n'est plus qu'un meuble banal parmi d'autres, et tu ne rates pas l'occasion de chambrer tantine une fois de plus.

— Enfin, ce fauteuil a quitté son musée d'exposition pour affronter la réalité, le contact des fesses…

— Ouais, moque-toi de moi. Heureusement que je l'avais, ce beau meuble !

— Mais comment a-t-il atterri ici ?

— Bileko !

— Bileko ? Comment ça ?

Amusée, elle raconte. Après que toutes les chaises ont été installées, Bileko a demandé que l'on t'installe sur un siège différent des autres, de préférence un fauteuil, pour rehausser, selon elle, ta stature auprès des gens qui suivent votre lutte. Tantine Turia leur a alors montré ton vieux fauteuil du salon. A peine Bileko a-t-elle aperçu le vieux meuble avec le faux cuir marron de son dossier ressemblant à un cuir chevelu rongé par la teigne qu'elle s'est emportée : "Ne savez-vous pas qu'un siège est un attribut du pouvoir ? Il nous faut un siège séant qui traduise la respectabilité de notre mouvement ! Nous serons la risée du monde entier si nous faisons asseoir notre porte-parole dans ce vieux machin." Elle a continué en expliquant que, quand elle était grande commerçante négociant des affaires en Asie, elle se présentait toujours dans ses plus beaux atours parce que cela forçait le respect. Laurentine, applaudissant des deux mains, a ajouté son grain de sel : "Elle a raison, il faut qu'on nous respecte."

C'est après ce plaidoyer passionné que tantine a proposé son fauteuil, "un fauteuil encore tout neuf", a-t-elle ajouté.

Et c'était vrai que le meuble était neuf ! Comme beaucoup de grands-mères, elle le gardait toujours recouvert d'une housse en plastique transparent. Tu la taquinais souvent en lui disant qu'un fauteuil était fait pour masser des popotins et non pour être contemplé sous un morceau de plastique. Et voilà comment ce fauteuil s'était retrouvé ici, trônant insolemment parmi ces chaises blanches en polystyrène.

— Mâ Bileko est une femme remarquable, tu dis. Je suis très contente que le courant soit passé entre vous.

— Non seulement les bébés de Batatou nous ont rapprochées, mais nos âges aussi. Nous avons bavardé comme deux vieilles qui ont tout vu et tout entendu dans ce monde. Rien ne peut plus nous surprendre.

— Vous n'êtes pas si vieilles que ça. Tu as cinquante-huit ans, et elle n'en a pas plus de soixante. A ces âges-là, on n'est pas Mathusalem. On est plutôt de jeunes grands-mères.

— En tout cas, nous nous sommes appréciées tout de suite et nous sommes devenues des amies. Je lui ai demandé de venir visiter mon atelier de couture lorsque vos revendications vous laisseront un moment de répit. Nous serions encore en train de papoter si sa fille n'était arrivée pour la chercher.

— Zizina était là ? Elle est vraiment extraordinaire, cette fille. Elle est venue sur sa mobylette ?

— Tu la connais bien ?

— Oh oui, très bien. Elle me prend pour sa grande sœur et elle m'a fait des tas de confidences sur sa vie. Elle me rappelle parfois Tamara.

— Elle vient tout juste de passer des tests pour être recrutée dans un corps de police exclusivement féminin que l'ONU compte former pour envoyer au Liberia ou en RDC, je ne sais plus très bien.

— Au Liberia. C'était donc aujourd'hui ? Elle m'en avait parlé mais j'avais oublié la date. Je lui souhaite beaucoup de chance, non seulement pour elle mais aussi pour Bileko. Difficile de penser que cette femme aujourd'hui démunie au point de casser des cailloux pour vivre et de ramasser du bois mort dans la brousse pour cuire sa nourriture a brassé des millions dans sa vie avant de tout perdre pour le simple péché de s'être retrouvée soudainement veuve.

— Tu m'en diras tant !

— Et pourtant elle au moins avait des enfants !

A ces mots, un bref tic contracte le visage de tantine, trahissant l'effort qu'elle a fait pour dissimuler l'impact d'un coup traître reçu en plein plexus. Mon Dieu, pourquoi as-tu dit cela ? Ces mots, surgis spontanément de ta bouche, ont dépassé ta pensée. Tu te flagellerais pour cette maladresse !

— Oui, "elle au moins avait des enfants", reprend-elle d'une voix qu'elle voudrait neutre mais où tu perçois néanmoins une certaine amertume.

— Non, tantine, ce n'est pas ce que j'ai voulu dire, tu sais bien. J'ai voulu dire que, pour la dépouiller de tout, la belle-famille n'avait pas cette excuse commode, incontestable à leurs yeux, celle de ne pas avoir donné d'enfants à son mari.

— J'ai bien compris ce que tu as voulu dire, Méré. Tu as parfaitement raison de penser que ce n'est pas une raison. Aimerais-tu savoir pourquoi la famille de mon mari, mon cher Malaki, n'a pas réussi à me jeter dehors, malgré le fait que je ne lui ai pas donné d'enfants ? Et crois-moi qu'ils ont essayé.

— Ben, parce qu'il a laissé un testament, un document légal te laissant tous ses biens.

— Tu rigoles ou quoi ? Quelle valeur a un testament dans ce pays surtout en matière d'héritage ? La tradition est plus forte que tous les textes de loi que l'on peut pondre.

— Alors, pourquoi ne t'a-t-elle pas expulsée de la maison de ton mari ?

— Par peur des fétiches ! Eh oui, pas par peur de la justice ou par compassion mais par peur des fétiches ! Sachant comme tout le monde que, s'il ne trouvait pas une parade pendant qu'il était encore vivant, sa femme se retrouverait dans la rue dès l'instant où il aurait fermé les paupières, mon mari concocta un truc incroyable. Puisque tout ce monde – oncles, tantes, neveux, sœurs – qu'il soupçonnait de guigner nos biens croyait au pouvoir des fétiches et avait une peur des sorciers comme souvent chez nous, il s'est dit qu'à féticheur, féticheur et demi, à sorcier, sorcier et demi.

Il fit très habilement courir la rumeur qu'il était versé dans les pratiques occultes de l'Orient, en particulier celles de l'Inde, et qu'il était ainsi sous la protection d'esprits qu'on ne connaissait pas sous nos latitudes, des esprits plus puissants que les grigris de tous les marabouts de l'Afrique de l'Ouest réunis. En plus, ces fétiches d'Orient tenaient tête même aux sortilèges des pygmées de nos forêts équatoriales. Cette idée avait germé dans son esprit lors de deux missions qu'il avait effectuées en Inde en tant qu'officier supérieur de notre armée. En tout cas, pour étayer la rumeur, il avait accroché au salon une grande image de la troisième réincarnation du dieu hindou Vishnou, où celui-ci était représenté avec une tête de sanglier et quatre bras dont les mains tenaient chacune un objet symbolique, une roue, une épée, une conque et une masse d'armes. C'était terrifiant pour qui le voyait la première fois et j'avoue que j'ai mis du temps pour m'y habituer. Cela n'avait rien à voir avec nos statuettes, les *nkisi kondi* de nos ancêtres, hérissés de clous avec un petit miroir symbolique au centre du ventre, le reste du corps planté de griffes de félin et de cauris. Au cas où la présence de Vishnou ne suffirait pas à faire passer le message, il avait ostensiblement placé un Bouddha massif et pansu au centre de la table basse du salon. Mieux encore, avait-il expliqué, alors que le pouvoir de nos fétiches locaux disparaissait avec la mort de leur propriétaire ou de la personne qu'ils protégeaient, les siens, ceux de l'Inde, avaient un fonctionnement inverse. Ils étaient dormants, en hibernation, et ne faisaient de mal à personne tant que leur propriétaire était vivant. Mais, dès que celui-ci expirait sa dernière goulée d'air, ils s'activaient automatiquement pour protéger tout ce et tous ceux qu'il leur avait demandé de protéger après sa mort.

Eh bien crois-moi, Méré, cela a marché! Personne n'a osé venir me dire de déguerpir de la maison sauf un de ses neveux qui voulait se montrer téméraire. Il faut avouer que le hasard m'a bien aidée aussi. Ledit neveu débarqua dans la parcelle un beau jour dès potron-minet, me sortit du lit avec des cris et des coups de poing sur la porte centrale de la maison. "Assez, cela a assez duré", qu'il gueulait, en hurlant que toutes ces histoires de fétiches n'étaient que foutaises. Il me donnait quarante-huit heures pour vider la maison de son oncle. Et d'ailleurs, répétait-il, il était charitable sinon c'était fissa tout de suite pour moi! Que lui importait que j'aie engouffré une bonne partie de mon salaire dans l'achat et la réno-vation de cette maison?

Dès qu'il mit les pieds hors de la parcelle, une des feuilles de papier qu'il tenait à la main et qu'il avait agi-tées sans cesse à ma figure s'envola, il voulut la rattra-per, fit un pas sur la chaussée… et vlan il se fit faucher par une voiture qui arrivait en trombe : il fut tué sur le coup. Bien entendu, comme il fallait s'y attendre, la rumeur ne tarda pas à attribuer sa mort à un coup que Vishnou, qui trônait dans mon salon dans son troisième avatar, lui aurait asséné sur la tête avec sa masse. Ce coup avait fêlé son cerveau et tout d'un coup bébête, égaré, privé de coordination comme une poule étêtée, il s'était jeté sous les roues de la voiture. Voilà le sort qui attendait tous ceux qui oseraient expulser la veuve de Malaki : leur punition était pire que le sida, ils devien-draient fous, condamnés à errer en haillons à travers la ville et finiraient par se faire écrabouiller par un véhicule. Comment douter encore de la puissance des esprits qui me protégeaient après cette mort aussi inattendue que brutale du neveu impertinent ? Après l'accident, tout ce beau monde me ficha définitivement la paix. Ils étaient cupides certes, mais pas téméraires.

— Quelle histoire, tantine !

— Eh oui. Voilà pourquoi moi, veuve sans enfants, j'occupe toujours la maison de ton oncle. Bon, ça suffit. La nuit commence à tomber, il faut que je m'occupe des petits avant de partir. Toi aussi, occupe-toi de toi maintenant ; tu n'as rien mangé depuis ce matin.

Sur ce, elle se lève et les appelle. Lyra, comme d'habitude, accourt la première. Avec une grand-mère aussi tendre, n'aurais-tu pas fait pareil ?

D'habitude le soir, après avoir lavé et aidé les enfants à faire leurs devoirs quand il y en a, tu manges avec eux. Puis, après les avoir envoyés au lit, tu te reposes un moment pour permettre à ton corps de souffler et à ton esprit de vagabonder afin de se libérer des préoccupations pesantes de la journée ; tu termines quand tu peux par une douche chaude qui te permet de glisser dans le royaume du sommeil. Mais aujourd'hui n'a pas été une journée ordinaire et ta routine habituelle ne s'y accorde pas. Tu ne peux décemment manger ou réfléchir avec ce corps sale qui, de ministère en palais présidentiel, de tentative de corruption en manifestation publique de défiance, traîne maintenant la fatigue et la sueur. Tu dois d'abord te laver. C'est donc par la douche chaude que tu commences.

Deux seaux pleins d'eau. Tu frottes ton corps avec une éponge végétale gorgée de mousse savonneuse puis tu utilises un seau d'eau entier pour te rincer. Tu en ressors avec un corps léger, une peau propre, dont tu sens tous les pores respirer. Tu y es restée assez longtemps puisque, quand tu as terminé, tantine a déjà lavé et fait manger les enfants et s'apprête à partir. Tu la remercies et tu la raccompagnes jusqu'à la porte de la parcelle. Tu ne peux l'accompagner plus loin, avec juste un pagne autour de ton corps nu, une serviette autour de la tête et des tongs.

— Tu ne veux pas que je passe la nuit chez toi ? Y aura au moins un témoin s'ils viennent encore te chercher comme ils l'ont fait ce matin.

— T'inquiète, tantine ! Maintenant que le monde entier est au courant – t'as pas écouté les radios internationales ? –, ils n'oseront pas m'enlever. De toute façon mon portable est chargé et j'ai encore des unités. Tu seras la première que j'appellerai au moindre pépin.

— Fais attention tout de même, ma fille. A demain, va maintenant coucher les enfants.

Elle te serre dans ses bras puis tourne le dos et s'en va. Tu ne te retournes pas tout de suite pour rentrer dans la parcelle, mais tu restes un instant à la regarder se transformer peu à peu en un point qui disparaît silencieusement sous le clair de lune. Enfin tu tournes le dos pour repartir vers la maison mais la silhouette de tantine disparaissant dans l'ombre flotte toujours dans ton esprit comme une tache sombre persiste sur la rétine longtemps après que celle-ci a été exposée à une vive lumière. Tu te sens culpabilisée et triste d'avoir par maladresse ramené à la surface une douleur qu'elle avait réussi à enfouir, celle de ne pas avoir eu d'enfants. Dans les mots que tu as prononcés, "et pourtant elle au moins avait des enfants", c'est ce "au moins" qui lui a donné l'impression que tu approuvais ce qui lui était arrivé, c'est ce "au moins" qui, comme une flèche traîtresse, a transpercé la carapace sous laquelle elle avait réussi à confiner sa souffrance. Ah, si tu pouvais te donner des coups de chicotte ! Cette souffrance enfouie, tu n'en aurais rien su si elle ne te l'avait confiée elle-même dans un de ces moments intimes où chacun de nous baisse sa garde. Sa propre sœur, ta mère, tu en es sûre, n'a jamais soupçonné cette douleur, et encore moins ta sœur Tamara. Elle avait lâché au cours d'une conversation : "Tu sais, Méré, que je n'ai pas donné naissance à un enfant et je ne connais donc pas les souffrances et les joies de la maternité. Ce qui m'a fait de la peine pendant longtemps, c'est que Malaki et moi nous en désirions tant un. Mais, maintenant qu'il est mort, je ne regrette plus rien puisque j'ai toi et ta sœur ; je ne pense pas que j'aurais aimé un enfant de mon ventre plus que vous deux." Ah, tantine Turia, la grande sœur de ta mère, ta mère aînée !

VINGT ET UN

Comme un tocsin, la sonnerie du téléphone te réveille. Tu regardes l'heure. A ta grande surprise il est déjà six heures trente. Tu te lèves, t'assois sur le bord du lit et prends le portable, hésitant à appuyer sur la commande qui permet d'établir la communication. Tu laisses sonner deux ou trois fois encore afin de profiter de ces quelques fractions de seconde pour réamorcer ton cerveau, remettre en état de fonctionnement ton esprit encore brumeux car tu as mal dormi. Mal dormi parce que, juste au moment où, bercée par le léger tambourinement de la petite pluie qui s'était mise à tomber, tu commençais à glisser doucettement dans le sommeil, des doutes sur la manière dont vous avez réagi à l'offre de la première dame du pays se sont mis à germer dans ta tête. Pas tant sur le fait d'avoir refusé d'obéir à ses injonctions que sur la façon dont vous avez théâtralisé votre refus sur écran géant en technicolor. Tu as beau chercher des excuses, tu as beau te dire que tout cela est la faute à Tito et que cela se serait passé autrement s'il ne t'avait pas appelée juste à ce moment-là avec ce ton arrogant un tantinet méprisant qu'il affiche maintenant à ton endroit, ou encore qu'en fait toute cette mise en scène n'était pas destinée à la femme du président mais à Tito, cela ne change rien. Tu ne peux te défausser aussi facilement, tu es la première responsable de cet acte irréfléchi dont les conséquences pourraient être très graves. Tamara n'aurait jamais commis une faute pareille, laisser ses sentiments et ses rancœurs personnelles primer l'intérêt général. Comment rattraper cela ? Toutes ces pensées brutalement interrompues par la sonnerie du téléphone se sont bousculées dans ta tête, te maintenant toute la nuit dans un état de demi-sommeil agité. Et si c'étaient les services de la présidence qui appelaient ? ou le ministère de l'Intérieur ?... Résignée, tu appuies sur le bouton vert.

— Allô ?

— Allô Méré ? C'est moi Atareta.

— Atareta ?

— Oui.

Ce n'est pas la police. Tu es soulagée, mais le temps d'une fraction de seconde seulement, car tu comprends aussitôt. Batatou ! Il ne peut s'agir que de Batatou !

— Excuse-moi de t'appeler à cette heure où les coqs viennent à peine de chanter. Je viens de voir Batatou à l'instant, son état est grave, très grave. Il faut que tu viennes, il y a des décisions à prendre que je ne peux prendre seule.

— Oh mon Dieu ! J'arrive tout de suite. Tu es à l'hôpital ?

— Oui. Je vais peut-être bouger un peu pour me renseigner sur certaines formalités, mais je ne serai pas loin. Il te suffira de m'appeler.

— OK. Je vais faire de mon mieux pour être là le plus tôt possible.

Tu raccroches. Batatou ! Obnubilée par ta fixation sur Tito, elle t'était sortie de l'esprit. C'est elle qui a payé le plus lourd tribut à votre lutte. Sans ce qui lui est arrivé, peut-être n'auriez-vous pas eu la détermination de continuer, le courage de défier l'autorité, même si ce courage frôlait un peu la témérité. S'habiller, sauter dans un taxi pour arriver à l'hôpital le plus tôt possible. Mais non, ce n'est pas si simple, tu ne peux pas partir comme cela, laissant seuls les enfants endormis, dont un bébé. Tu regardes les deux plus petits, Lyra et la fille de Batatou, dormant paisiblement sur le lit que tu leur as abandonné. Que faire sinon une fois de plus solliciter les services de tantine Turia ?

Tu la rassures tout de suite quand elle décroche. Non tantine, rien ne m'est arrivé… si si j'ai passé une bonne nuit… les enfants aussi… Il s'agit de Batatou… non non, elle n'est pas morte mais Atareta vient de m'appeler pour m'informer que son état est très grave… oui, je dois aller immédiatement la rejoindre à l'hôpital… c'est ça… oh merci tantine… Je me lave et m'habille en t'attendant. Je te prépare du thé si tu veux… ah bon, tu préfères le café… à tout à l'heure et merci encore.

Tu raccroches.

Tu te débarbouilles et t'habilles en un quart de tour : un pagne orange rapidement mais fermement attaché autour de ta taille par-dessus ta culotte et, par-dessus ton soutien-gorge, une camisole assortie avec des manches longues aux trois quarts. C'est ce qu'on appelle "mode Popo", une mode inspirée des femmes béninoises. Pas vraiment une tenue de gala, mais pratique pour une journée qui s'annonce trépidante. Machinalement, tu allumes la radio puis tu vas mettre l'eau à chauffer pour le thé et le café. Incapable de te tenir immobile car impatiente, tu fais des va-et-vient entre la gazinière et la fenêtre grande ouverte pour guetter l'arrivée de tantine.

"Pour avoir osé se rendre à l'école, des jeunes filles ont été défigurées à l'acide par des hommes qu'on pense être des talibans. La scène s'est déroulée rapidement, dans une grande violence. Tout à coup, dans un nuage de poussière, des motos sont apparues. Des hommes, après avoir forcé les lycéennes à se dévoiler, ont aspergé leur visage d'acide avec un pistolet à eau. La plus touchée, Atefa, a le visage fondu et sa paupière droite n'est plus qu'un amas de chair collé sur l'orbite. Son nez a été rongé jusqu'à l'os par l'acide. Sa sœur, Shamsia Neema, malgré son visage complètement brûlé, a affirmé haut et fort à l'endroit des agresseurs : «Même s'ils recommencent cent fois, même s'ils doivent me tuer, je continuerai à aller à l'école.»"

Une astronaute américaine, Lisa Nowak, a été arrêtée lundi après avoir attaqué et tenté de kidnapper une femme qu'elle soupçonnait de s'intéresser d'un peu trop près à un astronaute dont elle est éprise.

Quarante-trois ans, habillée d'un imperméable et d'une perruque, elle venait d'asperger à l'aide d'un aérosol au gaz poivre la femme dont elle était jalouse, un officier de l'Air Force, qui se trouvait dans sa voiture sur le parking de l'aéroport d'Orlando, en Floride.

La police a découvert dans son sac une bombe aérosol, une mallette en métal, un couteau, six cents dollars en liquide et une perruque. Ils ont également trouvé un paquet de couches-culottes qu'elle a déclaré avoir utilisées durant les quelque mille cinq cents kilomètres de trajet pour ne pas avoir à s'arrêter en route.

Mariée et mère de trois enfants, elle a conduit plus de douze heures depuis le Texas pour rencontrer sa rivale.

Un Antonov, vieil avion soviétique de plus de quarante ans, s'écrase au décollage sur un marché de Kinshasa et le ministre des Transports est limogé pour incompétence. Trente, quarante, cinquante morts ? On ne sait pas. On rappelle que, quelques années auparavant, un autre Antonov s'était écrasé dans les mêmes conditions sur un autre marché de la ville, faisant au bas mot trois cents morts. Ces avions sont de véritables cercueils volants…"

Ton esprit est déjà à l'hôpital, auprès de Batatou. Dès que tantine sera là, tu te presseras pour trouver un taxi. Mais où trouver un taxi à cette heure dans ce quartier ? C'est tout naturellement que tu penses à Armando et à son taxi. Il commence à te devenir indispensable, celui-là. Tu sais qu'il n'attend qu'une occasion pour te rendre service mais justement tu ne veux pas lui en donner une. Cependant, la journée risque d'être longue et de nécessiter plusieurs déplacements, une voiture s'impose absolument. Alors, après avoir pesé le pour et le contre, tu décides d'appeler Armando. La nécessité ne prime-t-elle pas souvent la raison ?

— Armando ?

— Oui… Oh – il reconnaît ta voix –, quelle heureuse surprise et quel plaisir d'être réveillé le matin par une voix aussi jolie !

Tu fais semblant de ne pas avoir entendu.

— C'est Méré.

— Mais bien sûr ! Ta voix…

— Excuse-moi de te déranger…

— Tu ne me déranges jamais…

— La situation de Batatou s'est gravement détériorée. Je viens de recevoir un appel d'Atareta. Je dois me rendre d'urgence à l'hôpital et peut-être aussi faire d'autres déplacements.

— Oh là là ! Le temps de me brosser les dents et d'enfiler un pantalon, j'arrive. Est-ce que ma sœur est au courant ?

— Pas encore. Je vais informer toutes les autres une fois que j'aurai vu Batatou et apprécié exactement sa condition.

— Oh mon Dieu – il a maintenant tout à fait perdu son ton badin et cela te touche –, il ne faut pas que cette femme meure ! Il faut tout faire pour la sauver. Tu as bien fait de m'appeler, j'arrive tout de suite.

A ta grande surprise, tantine Turia arrive dans le taxi d'Armando. Il l'a croisée alors qu'elle n'était plus qu'à une cinquantaine de mètres de chez toi et a insisté pour qu'elle monte dans la voiture. Décidément providentiel, cet Armando ! Tu lui tends la main. Il comprend que le temps n'est pas aux embrassades et la serre. Le café et le thé sont prêts ; tu sers Armando alors que tantine se sert toute seule. Il accepte la tasse de café avec plaisir et la boit assez rapidement pendant que tantine Turia te bombarde de questions sur Batatou, questions auxquelles tu ne peux répondre pour le moment. Enfin, après t'être mise d'accord avec elle sur la façon dont elle passera la journée avec les enfants, Armando et toi sautez dans le taxi en direction de l'hôpital.

VINGT-DEUX

Il n'y a pas besoin de chercher Atareta, elle est debout devant la grille de l'entrée principale de l'hôpital. Elle pleure ! Ton cœur sursaute douloureusement dans ta poitrine. Si Atareta pleure, c'est que le pire est arrivé. Dès qu'elle te voit, elle se précipite pour se jeter dans tes bras. Tu la serres fort et, entre deux hoquets, elle réussit à lâcher : "Elle est morte." Silencieusement, les larmes se mettent aussi à couler sur tes joues. Bien que touché lui aussi, Armando tente de vous encourager. Il faut se secouer, ne cesse-t-il de répéter, il y a beaucoup de formalités à faire.

Vous montez silencieusement les marches de l'escalier qui mènent à l'étage où se trouve l'unité où Batatou était hospitalisée. Son cadavre, recouvert seulement par le pagne souillé de sang qu'elle portait le jour où elle a été blessée, se trouve encore dans le couloir longeant la salle où elle a rendu son dernier soupir. Tu es indignée. Aucun signe de respect, même pas un drap blanc et propre pour recouvrir le corps d'une personne décédée. Le temps de nos grands-parents, ce temps où l'on respectait encore les morts, est assurément bien révolu. Tu en fais la remarque à l'infirmier qui vous reçoit. Sans états d'âme, cynique même, il te répond que, si l'hôpital demande à chaque malade d'apporter ses propres pansements, ses seringues, ses médicaments et son alcool pour être soigné, il ne faut pas s'attendre à ce que l'on offre gratis un drap blanc à un cadavre.

Il ouvre un registre.

— La famille doit reconnaître le corps avant le dépôt à la morgue, dit-il. Vous êtes ses parents ?

Batatou avait-elle des parents ? Vous avez lancé un communiqué radio à l'intention de sa famille mais personne ne s'est présenté. Si elle n'a pas de famille, ils vont vous refuser le cadavre et quelques jours plus tard l'enterrer anonymement, et, qui sait, dans une fosse commune peut-être. Tu n'hésites pas.

— Oui, tu réponds. Sa cousine.

— Je suis son oncle, enchaîne Armando qui a compris.

— Moi je suis… commence Atareta. Elle est interrompue par l'infirmier.

— Deux suffisent. Vos cartes d'identité.

Tu lui tends la tienne et Armando lui tend son permis de conduire. Il note ce qu'il a à noter.

— Vous passerez au bureau approprié pour prendre le certificat de décès. N'oubliez pas que le corps ne vous sera remis pour être enterré que lorsque vous aurez payé les frais d'hospitalisation et de séjour à la morgue. Bon, vous pouvez maintenant porter votre cousine à la morgue, conclut-il en te tendant un bout de papier.

Un garçon de salle pousse le chariot et vous le suivez silencieusement. On sent que pour lui c'est de la routine ; il montre autant d'émotion que s'il transportait un sac de ciment qu'il allait livrer au dépôt. Il ne va pas loin. Arrivé au bout du couloir, il s'arrête devant les escaliers.

— L'ascenseur est en panne, à vous de descendre votre mort, ça ne fait pas partie de mon boulot.

Tu es tellement choquée par ses propos que tu restes coite, la bouche entrouverte. Atareta par contre manifeste son indignation en criant :

— Mais comment veux-tu qu'on descende le corps sans ascenseur ?

— Portez-le sur votre dos comme font tous les autres… Ce n'est pas ma faute si l'ascenseur ne marche pas. S'il est en panne, c'est qu'il est en panne.

Armando ne semble pas outré du tout. D'une voix calme, il demande au garçon :

— Vous pouvez nous aider, n'est-ce pas ?

— Ben… oui… Je connais des gens qui sont prêts à vous aider pour pas cher. Ce sont des spécialistes dans leur genre. Je peux aller les chercher, ils ne sont pas loin, ils attendent en bas au pied de l'ascenseur.

— Allez les chercher.

L'homme se lance aussitôt dans les escaliers qu'il descend quatre à quatre.

— C'est un scandale, un hôpital qui n'a pas d'ascenseur qui marche ! lance Atareta encore en ébullition.

— Commence d'abord par demander s'il y a de l'eau courante, s'il y a des toilettes…

— Je sais, Armando, je sais. Mais nous sommes quand même dans un centre hospitalier universitaire !

— Monsieur Armando trouve tout cela normal, tu ironises, ne trouvant rien d'autre à dire.

— Armando est chauffeur de taxi, madame Méréana, lance-t-il soudain irrité, tu ne sais pourquoi. Si tu savais tout ce qu'il a vu dans ce pays ! Si tu savais combien de fois il a transporté des morts et des mourants dans son taxi parce qu'il n'y avait pas d'ambulance ! Si tu savais combien de bébés il a vus mourir de convulsions paludéennes faute d'une injection urgente parce que l'hôpital n'avait pas une seule seringue ! Etes-vous capables d'imaginer le désespoir des parents qui, après avoir dépensé une fortune en taxi pour faire la ronde des pharmacies de nuit à la recherche d'ampoules de soluté de Quinimax, regardent impuissants leur enfant convulser à mort parce qu'ils n'ont pas pu trouver une seringue pour lui injecter la solution salvatrice ?… Armando pourrait continuer ainsi pendant longtemps, madame ! Heureusement, Dieu merci, il y a des gens qui savent tirer profit de la situation. Il n'y a pas d'eau courante à l'hôpital ? Alors il y a des gens qui montent et descendent les escaliers pour vous vendre des bidons d'eau. Il n'y a pas de toilettes ? Alors il y a des gens qui parcourent les salles, offrant de vider les seaux d'excréments ou de pansements souillés. Il n'y a pas d'ascenseurs ? Alors il y a des gens qui vont et viennent dans les couloirs, offrant de transporter par les escaliers les corps des malades qui ont eu la mauvaise idée de mourir à l'étage. Ainsi, les malades ont de l'eau, les excréments sont évacués, les cadavres sont portés à la morgue, tout fonctionne donc bien. Alors pourquoi s'en plaindre ? Et, si le peuple n'y trouve rien à redire, pourquoi se décarcasser à changer les choses puisque ce qui est routine quotidienne ailleurs est miracle ici ? C'est un miracle quand on tourne le robinet et que l'eau coule, c'est un miracle quand en appuyant sur le commutateur l'électricité jaillit, c'est un miracle quand à l'hôpital on vous offre un comprimé gratuit d'aspirine. Voilà la réalité de notre pays ! Armando est au-delà de l'indignation, madame, et il n'en veut pas du tout à ce pauvre garçon parce que lui aussi ne fait que profiter du système. Vous pouvez être sûres qu'il est de connivence avec ces porteurs de cadavres et qu'il touchera sa commission sur ce que nous allons leur payer : n'est-ce pas lui qui leur a procuré la marchandise ? En attendant, je vais trouver quelque chose de plus décent pour recouvrir Batatou. Je vous retrouve en bas.

A son tour il descend les escaliers, marche par marche, lentement. Vous vous regardez, Atareta et toi, désarmées devant cette sortie inattendue. Depuis que tu le connais, il ne t'a jamais parlé sur ce ton. S'est-il offusqué de la manière dont tu t'es adressée à lui ? Est-ce le ton ironique de ta voix ou est-ce le "monsieur Armando" qu'il n'a pas digéré ? Ou alors voulait-il remettre à leur juste place deux pétasses qui le prenaient pour quelqu'un qui débarque ? Et pourtant il n'y avait aucune colère dans sa voix, bien au contraire, elle était posée et portait une charge d'émotion réelle. Oui, c'était plutôt cela. Atareta a sangloté en découvrant le corps de Batatou abandonné dans le couloir ; toi, tu as versé des larmes silencieusement mais abondamment. Armando ne pouvant ou ne voulant pas lui aussi pleurer devant ces deux femmes qui larmoyaient et geignaient, son émotion nourrie d'indignation a explosé en des récits de chauffeur de taxi, vieux briscard qui a tout vu, tout vécu. Cependant, derrière ces propos crus se trouve un être plein de compassion ; c'était d'autant plus touchant que, contrairement à Atareta et toi, il n'a pas connu Batatou. Tu ressens tout à coup du respect pour cet homme que tu n'as jamais vraiment pris au sérieux depuis que tu l'as rencontré, un homme que tu avais délibérément cantonné au cliché qu'on se fait des chauffeurs de taxi, des bavards superficiels.

Deux hommes accompagnés du garçon de salle apparaissent enfin :

— Ils vont descendre le corps, vous informe le garçon.

— Mais comment ? proteste Atareta. Ils n'ont pas de brancard.

Ils n'en ont pas besoin. L'escalier est en colimaçon et y manœuvrer un brancard est difficile ; le cadavre peut glisser et tomber, et ce ne serait pas bien ni beau. Mais ne vous inquiétez pas, ce n'est pas la première fois qu'ils descendent un corps ; ce sont des professionnels qui savent ce qu'ils font.

Pendant qu'il parle, les fameux professionnels arrangent le pagne placé sur Batatou en le resserrant autour du cadavre. Puis l'un saisit les pieds, l'autre la tête, et ils se mettent à descendre. Le corps n'est pas encore rigide, ce qui fait qu'ils n'ont pas trop de difficultés à le plier ou à le tordre légèrement pour négocier la géométrie hélicoïdale de l'escalier. Vous suivez toutes les deux tandis que le garçon de salle boucle la marche. La descente semble interminable et le spectacle insoutenable, à voir ce corps bringuebaler dans tous les sens entre les mains de ces deux hommes comme un vulgaire ballot de marchandises soldées. Enfin vous arrivez au rez-de-chaussée et ils déposent Batatou sur un chariot qui attendait là. Tu ne les remercies pas et tu demandes sèchement :

— Ça fait combien ?

— Deux mille francs, répond l'un d'eux, impassible.

Au même moment, Armando arrive avec un drap blanc. Te voyant farfouiller dans ton sac, il veut savoir combien les porteurs ont demandé. En apprenant le montant, il se fâche et se retourne vers eux.

— Deux mille francs, vous rigolez ? C'est deux cents francs par étage quand on monte un malade, vous croyez que je ne le sais pas ? Vous n'allez pas me dire que c'est plus difficile de descendre que de monter ?

— Deux cents francs, c'est pour un malade vivant. C'est plus cher pour un cadavre…

Cette discussion devient désagréable. Se quereller comme des chiffonniers sur le cadavre encore chaud de votre collègue était plus que pénible, c'est indécent.

— Laisse tomber, Armando, j'ai l'argent… Tenez, voici vos deux mille francs…

— Prenez et disparaissez, lance Armando, toujours de mauvaise humeur.

Atareta déplie le drap blanc et recouvre avec précaution le corps. Quand elle a fini, le garçon de salle qui s'était tenu coi pendant tout ce temps saisit le chariot et se dirige avec vers la morgue. Vous le suivez.

La morgue n'est pas loin. Le garçon demande à Armando de l'accompagner dans la chambre froide pour repérer le casier dans lequel on placera le corps. Heureusement, Armando est là. Tu n'as pas le cœur à revoir cette salle déprimante où avait séjourné le corps de ta sœur, une salle pleine de cadavres dont certains étaient placés à même le sol faute d'avoir été accompagnés par un parent ou tout simplement parce qu'ils étaient des sans-abri crevés sur le trottoir. Trop de mauvais souvenirs.

Un sentiment de gratitude envers lui t'envahit et, malgré tes réticences, tu es obligée de reconnaître que sa présence te réconforte.

Au bout d'un moment, il ressort avec un reçu qu'il te tend : C76A. Voilà le numéro du casier où repose votre camarade. Les larmes se mettent de nouveau à ruisseler sur tes joues.

VINGT-TROIS

Batatou est morte, tuée. L'image de son corps raide ballottant dans les escaliers continue à danser devant tes yeux lorsque vous quittez la morgue pour vous diriger vers la porte de sortie de l'hôpital. Comment le sort a-t-il pu être aussi cruel en frappant Batatou, elle qui n'avait jamais contesté sa condition de femme exploitée et n'aurait jamais protesté si vous ne l'y aviez pas contrainte par votre décision ? Peut-être n'avait-elle accepté de vous suivre, lorsque, pour une fois, elle avait pris la parole en public, que parce qu'elle se sentait pressée par tous vos regards qui la mitraillaient avec des points d'interrogation ? En fait, autant tu connaissais des détails importants sur la vie de Bileko ou de Moukiétou par exemple, autant tu ne savais pas grand-chose de la sienne, à part le fait qu'elle avait donné naissance à des triplés et que l'un d'eux, ainsi que son mari, étaient morts.

Ce qui t'intrigue le plus, c'est le fait qu'aucun parent ne se soit encore présenté malgré les deux appels radio et un communiqué télévisé avec photo que vous avez fait diffuser hier soir ; or, à part une jeune Rwandaise réfugiée qui t'avait dit qu'elle était seule au monde, sans père ni mère, sans frères ni sœurs, sans oncles ni cousins parce que tous avaient été tués lors du génocide, tu ne connais pas un seul individu en Afrique qui n'ait de parent, aussi éloigné soit-il. C'est pourquoi, avant de l'enterrer, il faut être absolument sûr que Batatou n'a pas de famille du tout.

La nouvelle de la mort de quelqu'un se propage en général très vite et tu es sûre que les femmes du chantier commenceront à se présenter à l'hôpital bien avant onze heures, heure de la réunion prévue. Cette mort a transformé en tragédie une simple revendication pour des sacs de cailloux. Qui en est responsable ? Que faire maintenant ? Y aura-t-il une enquête judiciaire ? Les choses commencent vraiment à vous échapper.

Au moment même où vous franchissez le portail de l'hôpital, ton portable sonne.

— C'est bien le numéro donné à la télé concernant une certaine Batatou ? demande aussitôt une voix dès que tu dis "Allô".

— Oui… Vous la connaissez ? Vous êtes un parent ?

Tu actives le haut-parleur du téléphone et, de la main, tu invites Atareta et Armando à s'approcher.

— Non… Je ne suis pas de sa famille… J'ai vu la photo à la télé et elle ressemble comme deux gouttes d'eau à l'une de mes voisines de quartier. J'ai d'abord hésité parce que ç'aurait pu être une ressemblance fortuite mais les détails donnés, qu'elle cassait des pierres, qu'elle avait des triplés dont il ne restait que deux enfants, ont levé mes doutes, d'autant plus que cela fait deux ou trois jours qu'elle n'est pas rentrée chez elle. Or je sais qu'elle ne connaît personne dans cette ville. En mettant tout cela bout à bout, je me suis dit que ça ne pouvait qu'être elle, même si deux ou trois détails ne concordaient pas.

— Oui, c'est peut-être bien votre voisine de quartier.

— Vous avez bien dit qu'elle s'appelle Batatou ?

— Oui, du moins c'est comme cela qu'elle se faisait appeler.

— Batatou… Batatou…, semble-t-elle fouiller dans sa mémoire à haute voix. Non, je ne la connais pas sous ce nom. Et pourtant…

— Attendez une seconde, je vais demander à ma collègue qui est à côté de moi si elle connaît un autre nom.

— Je ne peux pas parler plus longtemps. Je suis dans un kiosque. La minute coûte cent cinquante francs et je n'ai que trois cents francs.

— Donnez-moi vite le numéro et je vous rappelle immédiatement.

Tu répètes les chiffres qu'elle te dicte pendant qu'Atareta les écrit sur sa paume avec un bic noir faute de papier à portée de main. Elle raccroche.

— Est-ce que tu sais si Batatou avait un autre nom ?

— Non, répond Atareta.

— Elle nous avait dit que Batatou était un sobriquet qu'elle s'était donné parce qu'elle avait eu des triplés. *Tatou* veut dire "trois" dans sa langue. Personne n'a pensé à s'enquérir de son vrai nom. Je vais rappeler cette femme et lui demander de venir à l'hôpital voir le corps et nous confirmer si c'est bien sa voisine de quartier.

— Tu peux utiliser mon portable, offre Armando, j'y ai mis pour dix mille francs d'unités ce matin avant de passer chez toi.

Comment refuser ? Tu prends l'appareil qu'il te tend. Tu le remercies.

La première tentative d'appel n'aboutit pas. Cela ne t'étonne pas avec un réseau téléphonique si peu fiable. La deuxième donne : "Pour cause d'encombrement, votre appel ne peut aboutir. Veuillez rappeler ultérieurement." La poisse. Enfin, la troisième réussit.

— Allô ? C'est bien le kiosque ?... Est-ce que la dame qui vient de me parler est là ?

— Quelle dame ? C'est un kiosque public, madame, et il y a beaucoup de dames qui téléphonent ici. Comment s'appelle-t-elle ?

— Euh... elle ne m'a pas donné son nom... Dites Batatou, appelez Batatou, elle se reconnaîtra... Je vous en prie, c'est urgent.

Un moment de silence ; puis tu entends en écho : "Batatou... est-ce qu'il y a une Batatou ici ?" Un nouveau silence, puis :

— Allô ? Oui, c'est moi qui vous parlais... je disais que la photo et les informations données concordent bien avec ce que je sais de ma voisine, mais ni le nom ni le fait qu'elle ait eu un mari tué. Elle ne s'est jamais mariée.

— Ecoutez, est-ce que vous pouvez avoir la gentillesse de venir à l'hôpital pour voir si c'est bien elle ?

— J'habite très loin, et je n'ai pas d'argent pour prendre un taxi.

— Prenez un taxi, nous paierons le chauffeur à l'arrivée.

— Non vraiment, je ne peux pas. Je suis en train de préparer du manioc que je dois vendre demain. C'est déjà sur le feu en train de bouillir et je ne peux pas arrêter. Pourquoi ne venez-vous pas ici voir où elle habitait ? Cela pourrait aider.

— C'est une bonne idée. Décrivez-nous exactement où vous habitez et nous arrivons tout de suite. Merci beaucoup, c'est vraiment gentil d'avoir abandonné votre manioc sur le feu pour venir au kiosque nous parler et d'avoir dépensé votre argent.

— De rien. Elle me considérait comme sa seule vraie amie, une sœur presque.

— Je vous passe quelqu'un qui connaît bien la ville.

Tu tends le téléphone à Armando qui, plusieurs fois, se fait repréciser le trajet. Vous décidez qu'Atareta restera à l'hôpital à attendre les autres.

*

On ne peut dire que le quartier où vivait Batatou soit un modèle de planification urbaine. Plusieurs fois vous avez été obligés de faire demi-tour après vous être engagés dans des rues qui finissaient en allées étroites couvertes de détritus ou coupées par des rigoles infranchissables. La pluie tombée la veille rend traîtresse la circulation car il est impossible de savoir si la couche d'eau stagnante qui recouvre par endroits la route ne cache pas des trous profonds. La grande peur d'Armando est de casser l'arbre de transmission de l'auto chaque fois que les pneus tombent brutalement dans un de ces trous sournois. Au bout d'un moment, à force de vous embourber dans les profondes ornières tracées par les véhicules qui y sont passés avant vous, vous décidez de crier pouce et de continuer à pied. De main de maître, Armando réussit à hisser le véhicule sur un terre-plein apparu providentiellement sur le côté de la route.

D'abord c'est l'odeur qui vous agresse. Une odeur pestilentielle émanant de la décharge d'ordures au bord de la route. Tu sors instinctivement ton mouchoir et le plaques sur ton nez comme un masque à gaz mais rien n'y fait, elle filtre à travers le tissu, te prend à la gorge et envahit tes poumons. Tu as l'impression d'étouffer. Vous êtes obligés, Armando et toi, de jouer à saute-mouton avec les tas de détritus que la pluie a déversés sur la route : des sacs en plastique, des déchets biomédicaux, des ordures ménagères et, tu n'en doutes pas, des excréments humains car, quand on n'a pas de toilettes, on défèque dans la nature. Quatre enfants, pieds et mains nus, farfouillent dans le tas d'immondices. Plus loin un autre, assis tout seul sur le tas de poubelles, est en train de manger un morceau de pain. Vous continuez de marcher. Les premières maisons se situent tout juste en bordure de la décharge et tu te demandes comment leurs habitants arrivent à vivre dans une telle puanteur. Une cinquantaine de mètres plus loin, l'odeur s'étant fortement atténuée, l'air devient plus respirable.

De loin une femme fait de grands moulinets avec ses deux bras tout en avançant vers vous en criant : "C'est ici, venez par ici." Elle a tôt fait de vous rejoindre. "Je suis Adama", se présente-t-elle. Elle vous explique qu'en vous voyant arriver, elle a immédiatement deviné que vous étiez ceux qu'elle attendait. Elle vous demande de la suivre. Dans la rue, une dizaine de gosses tapent dans un ballon. Juste au moment où vous arrivez à leur niveau, le gardien du but délimité par deux gaulettes de bambou rate la balle et celle-ci termine sa trajectoire dans l'égout ouvert où stationne une eau fangeuse. Pendant que l'équipe adverse se congratule et crie : "Goal… goal…", il récupère la balle, la remet en jeu, puis, pinçant ses narines avec ses doigts, il se mouche bruyamment, se débarrasse de la morve d'une pichenette et s'essuie les mains avec son tee-shirt. Plus loin, deux garçons plus jeunes encore et une fille s'amusent à tracer de petites rigoles et, utilisant leurs mains comme pelles, amassent de la boue pour bâtir des digues. Vous arrivez enfin devant la parcelle d'Adama.

Elle vous fait entrer. Dans un coin de la cour, reposant sur trois grosses pierres, un seau d'eau rempli de pains de manioc emballés dans des feuilles sauvages est en train de bouillir, recouvert d'un gros sac en toile de jute. Plus loin, une jeune fille avec un pagne attaché au-dessus des seins est en train de puiser de l'eau d'un puits ; en vous voyant, elle abandonne le seau qu'elle tient et vient vous saluer.

— Sors des sièges pour les étrangers, lui dit Adama, et, se tournant vers vous : C'est ma fille. Elle se prépare pour aller fêter l'anniversaire d'une copine, mais avant cela elle va se faire tresser chez une autre copine encore.

La fille revient avec deux chaises en polystyrène, tout comme celles que vous aviez louées pour votre manifestation. Adama s'assied sur un siège rond en rotin.

— Voulez-vous boire quelque chose ? offre-t-elle.

— Non merci, c'est gentil mais nous n'avons pas le temps ; nous sommes vraiment pressés, les autres femmes nous attendent à l'hôpital.

— Où sont les enfants ?

— Ils sont avec nous.

— Eh bien, comme je vous l'ai dit, la photo ressemble à ma voisine mais elle ne s'appelle pas Batatou. Elle s'appelle Vutela.

— Vutela !… Vous ne connaissez aucun membre de sa famille ?

— Elle avait une tante, du moins c'est comme cela qu'elle me l'avait toujours présentée ; malheureusement, cela fait au moins quatre ans qu'elle est morte. Elle n'avait personne d'autre et je suis sa seule amie. Mais s'agit-il de la même personne ? A part aller à l'hôpital l'identifier, quelle preuve vous faut-il pour être sûr que Vutela et Batatou sont une même et seule personne ?

— Je ne sais pas, tu réponds. Peut-être qu'une fois chez elle on trouvera quelque chose.

— Allons-y alors.

Vous vous levez tous les trois. Avant de partir pour le domicile de votre présumée Batatou, Adama se dirige d'abord vers le foyer, remue les tisons sous le seau, ajoute du bois et, utilisant un couvercle de casserole comme soufflet, elle attise le feu, transformant la fumée en flammes éclatantes. Elle demande ensuite à sa fille de surveiller le feu et de ne pas partir avant son retour.

La demeure de Batatou *alias* Vutela se trouve sept maisons plus loin dans la même rue. Une petite cabane rectangulaire, tôlée et en briques cuites. De l'herbe commence déjà à envahir la parcelle. Adama sait où son amie cache sa clé ; elle la récupère et ouvre la porte. Une odeur de moisi stagne dans la maison restée close pendant plusieurs jours maintenant. Elle ouvre la grande fenêtre pour y laisser pénétrer l'air et la lumière. La maison a deux chambres. Un salon pauvre, avec un fauteuil sans coussin et deux chaises autour d'une petite table sur laquelle sont posées une casserole et deux assiettes empilées l'une dans l'autre. Trois cancrelats gras et gris cendré, surpris par la lumière, courent sur la table et disparaissent. Au fond, sur une étagère, sont rangés les ustensiles de cuisine. Adama soulève le couvercle de la marmite. Une odeur de pourri s'en dégage et elle la referme aussitôt. C'est le repas que Batatou avait sans doute préparé pour manger le soir, à son retour du chantier ; il grouille maintenant d'asticots.

Adama entre ensuite dans la seconde chambre, la chambre à coucher. Tu as l'impression de violer l'intimité de la propriétaire en y pénétrant, mais il faut y aller. Tu attends qu'Adama ouvre la fenêtre de la chambre obscure avant d'y entrer.

Il n'y a pas à chercher. Oui, Vutela est bien Batatou. La preuve est là, sur une table basse près du chevet du lit : une des photos que Laurentine Paka a prises avec son portable le jour où vous aviez décidé d'augmenter le prix de vos cailloux. Tu te souviens très bien de cette photo. Batatou est debout tout sourire, flanquée de chaque côté par Bileko et toi tenant dans vos bras ses deux enfants, et entourée de toutes les autres, Moyalo, Moukiétou, Ossolo, Atareta, Iyissou, Bilala et ainsi de suite, sauf Laurentine qui était la photographe.

— Mais c'est bien vous, s'exclame Adama en pointant du doigt ton image sur la photo.

Vous revenez tous au salon. Adama s'assied dans le fauteuil et continue à regarder la photo. Vous vous installez sur les chaises.

— Elle ne me l'a jamais montrée, dit-elle.

— Peut-être qu'elle n'en a pas eu le temps. Nous avons fait ces photos il y a deux jours à peine.

— Elle vous a dit qu'elle était mariée ?

— Pas à moi directement. Quand je suis arrivée au chantier, elle était déjà là et tout le monde l'appelait Batatou, et tout le monde m'avait dit que son mari avait été tué pendant les pillages. Elle n'avait jamais démenti.

— Vutela ne s'est jamais mariée. Pire, elle avait une peur maladive de la grossesse. Elle m'a dit plusieurs fois qu'elle préférait plutôt mourir que d'être enceinte. D'ailleurs, elle paniquait dès qu'elle avait l'impression qu'un homme s'intéressait d'un peu trop près à elle. Une véritable phobie.

Tu ne comprends plus rien. Qui aurait deviné qu'un personnage aussi modeste qu'elle et sans prétention pouvait avoir cette épaisseur de mystère ?

— Vous qui êtes son amie, parlez-nous d'elle. Je représente les femmes du chantier et vous pouvez nous faire confiance comme elle nous faisait confiance. Nous étions devenues sa seule famille. En ce moment, l'un de ses enfants est avec moi et l'autre avec l'une d'entre nous. Parlez-nous d'elle.

Elle reste silencieuse comme si elle avait un débat intérieur avec elle-même, les yeux toujours rivés sur la photo. Elle lève enfin la tête et te regarde, puis tourne ses yeux vers Armando. Leurs regards se croisent et ce dernier, ne sachant trop comment jauger ce regard, propose de sortir et de vous laisser seules. Elle lui dit qu'il peut rester, mais Armando décide tout de même de sortir. Vous n'êtes plus qu'à deux, deux femmes essayant de décrypter la vie d'une troisième.

— C'est peut-être mieux qu'il soit sorti. Puisque vous êtes aussi son amie, je peux vous révéler le secret qui nous lie, je ne pense pas la trahir. Nous sommes devenues très proches parce que ces salauds de soldats nous ont fait ça ensemble.

Le choc. Muette, sidérée, puis après un effort tu oses dire le mot qu'elle n'a pas prononcé.

— Fait ça… fait ça… Vous voulez dire v… violées ? Elle ne nous l'a jamais dit.

— Pourquoi vous l'aurait-elle dit ? Il y a des choses qu'il vaut mieux taire si l'on veut mener sa vie sans être jugée par des gens qui ne peuvent comprendre.

— Que s'est-il passé ? Comment ça s'est passé ?

— Ce ne sont pas des choses que l'on raconte facilement… La folie meurtrière des militaires vainqueurs s'est abattue sur notre quartier alors que nous revenions du marché. L'attaque était si soudaine et inattendue que la panique était générale. Nous avons détalé en abandonnant nos marchandises. Nous avons couru toutes les deux ensemble, elle et moi, mais malgré notre allure les coups de feu se rapprochaient ; de toute façon nous étions à bout de souffle. En un coup d'œil, nous avons repéré dans une parcelle, perdue dans de hautes herbes, une maison délabrée dont une partie du mur frontal s'était écroulée, la partie encore debout retenant un cadre en bois sans porte ; il n'y avait pas de toit. C'était ce qu'il nous fallait comme refuge, car personne ne songerait à aller piller les ruines d'une maison. Nous nous sommes précipitées non pas à l'intérieur mais derrière le mur arrière, au cas où ils décideraient quand même de jeter un coup d'œil à l'intérieur de la masure. Nous y avons trouvé un homme qui avait eu la même idée lui aussi, et, tremblant de peur, il a placé son index sur ses lèvres, nous signifiant ainsi de ne pas faire de bruit.

Je pense que les soldats nous avaient vues entrer dans la parcelle, parce qu'à peine étions-nous installées derrière le mur qu'ils y pénétraient. A grand bruit ils ont regardé à l'intérieur de la maison comme nous l'avions pensé et, ne trouvant personne, ils en ont fait le tour.

Nous étions là, trois êtres apeurés. Ils étaient quatre soudards armés. L'homme qui était avec nous s'est immédiatement jeté à genoux, implorant qu'on lui épargne la vie : ils ne l'ont même pas écouté et une balle à la tête l'a fait basculer en arrière. Ils se sont jetés sur nous, nous lançant les propos les plus orduriers. Lorsque le premier a commencé à dégrafer sa braguette, Vutela est devenue folle. Elle s'est mise à hurler : "Tuez-moi, je préfère que vous me tuiez." Deux sont passés sur moi, deux sur Vutela. Puis est arrivé un cinquième militaire traînant une femme qui résistait autant qu'elle pouvait. Je ne sais la fumée de quelle herbe le soldat avait inhalée mais il avait l'air complètement givré. Il a jeté la femme par terre et, la maintenant plaquée au sol malgré ses ruades, il a forcé son sexe dans la bouche de cette dernière. La bouche pleine, la femme s'est mise à grogner. Tout d'un coup le soldat a fait un bond de plusieurs mètres en un hurlement sauvage, le sang giclant de son pénis lacéré de plusieurs coups de dents. Le soldat qui m'avait fait ça le premier et avait passé le relais à son congénère, furieux, s'est précipité sur la pauvre femme, a enfoncé le canon de sa kalachnikov dans sa bouche et a tiré. Et, pour faire bonne mesure, il a encore enfoncé le canon dans le vagin de la femme à la tête déjà écrabouillée et a encore tiré. L'horreur. Nous étions assez près pour être éclaboussées de fragments de chair humaine, de sperme et de sang. Lorsqu'ils nous ont abandonnées, traînant leur compagnon toujours pissant du sang, Vutela s'était évanouie et saignait également du vagin.

Je souffrais beaucoup plus pour elle que pour moi, parce qu'elle était vierge quand ces soldats l'ont assaillie. Aucun homme ne l'avait touchée auparavant. N'est-ce pas terrible que son premier contact sexuel avec un homme ait été cela ?

— Oui, c'est terrible. Pour une femme, c'est l'horreur absolue.

— Pire, elle qui m'avait toujours juré qu'elle ne voulait pas avoir d'enfants s'est retrouvée enceinte quelques semaines plus tard…

— Vous voulez dire que les triplés…

— Oui, ce sont les enfants issus de ce viol-là.

— Et pourtant, comme elle les aimait !

— Oui, elle les aimait. Cela n'a pas été facile, surtout au début. Pendant longtemps elle a navigué entre répulsion et amour à leur égard. Répulsion et peut-être même haine, pas seulement à cause de la souffrance physique qu'elle avait endurée pendant l'accouchement, elle les haïssait surtout parce que ces enfants, *ses* enfants, lui rappelaient les violeurs et leur souffle bestial sur elle et qu'ils étaient le produit de ce que ces types avaient déchargé en elle. Mais, aussitôt ressentie, cette haine était désarmée par l'innocence de ces enfants qui n'avaient pas demandé à naître et qui, à leur façon, étaient aussi victimes. Paradoxalement, la même souffrance physique qui la poussait à les haïr lui rappelait qu'en fait ils étaient sa propre chair, son propre sang. Un sentiment fort d'affection pour eux l'envahissait alors et elle les prenait dans ses bras pour les protéger de la douleur du monde. Est-ce cela qu'on appelle l'amour maternel?

— Je comprends. Il n'est pas facile de se mettre à la place de la mère d'un enfant issu d'un viol. Vous avez eu beaucoup de chance, vous n'êtes pas tombée enceinte.

— Oui, mais j'ai perdu mon mari. Lorsqu'il a appris que j'avais été violée, il m'a chassée sans façon de sa maison en disant que j'étais une femme… souillée! Il n'a jamais compris ma souffrance.

— Vous aviez des enfants?

— Oui, une fille, celle que vous avez rencontrée tout à l'heure.

Il n'y avait plus rien à dire. Vous vous taisez toutes les deux, elle, repassant peut-être les images de l'horreur sur l'écran de sa mémoire, toi, respectant son silence. Enfin, elle sort de ses pensées et demande:

— Qu'est-ce que vous allez faire maintenant?

— Maintenant que nous sommes sûres que Batatou est bien Vutela et qu'aucun parent ne se présentera, nous allons nous occuper de son enterrement. Ne touchons à rien, on verra tout cela plus tard. Partons maintenant, refermons la maison.

Elle referme les deux fenêtres et vous sortez. Pendant qu'elle va derrière la maison pour remettre la clé à sa place après avoir fermé la porte, Armando te demande:

— Alors?

— C'est une triste histoire, je te la raconterai plus tard.

Pour retrouver le taxi, il vous faut refaire le chemin inverse jusqu'à la maison d'Adama. Vous marchez tous les trois en silence. Tu n'arrêtes pas de penser à Batatou car tout ce que tu viens d'apprendre ne cesse de t'intriguer: sa phobie des hommes, et surtout sa peur panique de tomber enceinte dans un pays où ne pas avoir d'enfants est plus encore qu'une honte, un stigmate. Combien d'épouses n'ont-elles pas été répudiées pour cause de stérilité ?

— Qu'allez-vous faire des enfants ?

La voix d'Adama interrompt tes pensées.

— Nous ne savons pas encore, on verra après l'enterrement. Je n'arrive toujours pas à comprendre pourquoi elle avait tant peur d'avoir des enfants.

— Pas peur d'avoir des enfants. Peur d'être enceinte, peur d'accoucher. Elle a vécu angoissée pendant toute la durée de la grossesse.

— Pourquoi n'a-t-elle pas avorté ?

— Vous croyez que c'est facile d'avorter ?

Non, ce n'est pas facile. Tu penses à ton cas personnel, à ce qui t'est arrivé quand tu avais dix-sept ans. Heureusement que tu avais à tes côtés une femme comme tantine Turia pour te guider.

— Vous avez raison, tu acquiesces, ce n'est pas facile, j'en sais quelque chose.

— Elle a mis du temps avant d'avoir assez confiance en moi pour me raconter son histoire, et à mon tour je ne l'ai jamais racontée à personne. Maintenant qu'elle est morte et que vous vous occupez de ses enfants, je peux vous la raconter la conscience tranquille.

D'abord, je dois dire que nous avons eu beaucoup de chance parce que, trois semaines après l'agression par ces bandits, une équipe de Médecins sans frontières est arrivée. Je ne sais pas ce que nous serions devenues sans ces médecins. Mortes peut-être. Ils nous ont donné des antibiotiques et ont réparé le vagin de Vutela qui était dans un état terrible. Ce sont eux qui ont découvert qu'elle

345

était enceinte. Plus son ventre gonflait, plus Vutela était angoissée et faisait des cauchemars. A six mois, son ventre était énorme mais nous ne savions pas que c'était des triplés. Et puis un soir du huitième mois elle fut prise de terribles douleurs abdominales. Je suis restée auprès d'elle toute la nuit, tentant de la soulager autant que je pouvais avec des potions et des massages en attendant de l'emmener à l'hôpital le lendemain. Avec une serviette mouillée, j'essayais de rafraîchir son corps brûlant de fièvre. J'ai pensé : ça y est, elle va mourir, quand elle a commencé à délirer et à crier de façon incohérente : "Je ne veux pas… ne meurs pas… ne m'abandonne pas, maman… tu n'es pas seule… oui je suis là, ma sœur… des mouches…"

Dès l'aube, j'ai couru chercher un taxi. Je ne suis pas allée au marché ce jour-là, j'ai demandé à ma fille d'aller vendre le manioc à ma place. C'était une crise fulgurante de malaria qui aurait pu la tuer. Très dangereux pour une femme enceinte, nous ont dit les infirmiers. On nous a gardées toute la matinée. Ils l'ont mise sous perfusion en s'assurant avant tout que j'avais suffisamment d'argent pour payer. A la fin de la perfusion, ils l'ont laissée se reposer une heure encore et, en milieu d'après-midi, ils nous ont laissées partir en nous remettant des comprimés que Vutela devait prendre pendant toute une semaine.

Je suis revenue la voir le soir en lui apportant une bouillie à base de riz. Après l'avoir aidée à se redresser et après avoir versé la bouillie dans une assiette creuse, je me suis assise à ses côtés et je lui ai demandé si elle se sentait assez forte pour manger seule ou s'il fallait que je l'aide. Elle s'est mise à pleurer. Je ne savais ni que faire, ni que dire ; je suis restée silencieuse et l'ai laissée vider les larmes de son corps. Finalement, tout en reniflant de temps en temps, elle m'a dit :

"Je ne sais comment te remercier, Adama, tu as fait pour moi ce que ma propre famille n'aurait pas fait. – Mais si, Vutela, ai-je protesté, n'importe qui ferait ce que j'ai fait. Dis-moi si tu as un parent dans cette ville, je ferai tout pour le retrouver. Sinon, dis-moi où se trouve ton village, je peux y envoyer un émissaire. – Je ne sais plus rien de ma famille. Mes parents, s'ils vivent encore, doivent penser que je suis morte depuis tout ce temps. – Morte ? – Oui. J'ai fui mon village à l'âge de treize ans. A cause des souffrances de ma grande sœur. Elle avait quatorze ans quand mon père l'a mariée à un vieux de quarante ans. Comme elle pleurait le jour du mariage ! Comme elle était malheureuse ! A quinze ans, elle était enceinte, son ventre était tellement gros qu'on avait l'impression qu'elle était devenue ronde. Et puis est arrivé l'accouchement. C'était horrible, j'espère ne plus jamais revoir dans ma vie un tel spectacle. Maman m'avait toujours dit que le soleil ne doit pas se lever ou se coucher deux fois sur une femme en train d'accoucher. Hélas, cela n'a pas été le cas pour ma sœur qui a souffert l'enfer pendant trois jours. On lui criait de pousser, de pousser et elle essayait de pousser en hurlant. Quand, épuisée, elle ne pouvait plus, on lui disait qu'elle était paresseuse parce qu'elle ne poussait pas assez. En fait, la tête du bébé, trop grosse, était coincée dans l'ouverture. Elle transpirait, hurlait et plusieurs fois elle s'est évanouie. On la ranimait alors avec des serviettes humides sur le front et de petites gifles. Trois jours de souffrance. J'étais trop jeune pour comprendre que la raison de toutes ces souffrances était que le corps de ma sœur n'était pas assez développé pour porter un bébé. Ce n'est qu'au quatrième jour du calvaire qu'une sage-femme est arrivée. On avait envoyé quelqu'un la veille la chercher au dispensaire. Pour y aller, il fallait emprunter d'abord une pirogue et ensuite marcher pendant une heure encore. Le fœtus était déjà mort à l'arrivée de la sage-femme et elle a dû l'extraire avec un forceps. Ma sœur a survécu, mais je t'assure que j'aurais préféré qu'elle meure plutôt que de vivre ce qu'elle a vécu.

Je ne sais pas trop ce qui s'est passé pendant ces trois jours de labeur et de douleurs atroces mais un trou a dû s'ouvrir dans son corps quelque part, là d'où viennent l'urine et le caca puisqu'elle ne pouvait plus se retenir."

— Oh mon Dieu, tu t'exclames, interrompant le récit d'Adama. Une fistule obstétricale.

— C'est comme cela qu'on l'appelle ? elle demande.

— Oui. En fait, c'est un orifice anormal entre la vessie et le vagin ou entre le vagin et le rectum, lorsque la circulation du sang vers les tissus du vagin a été bloquée pendant longtemps.

— En tout cas, reprit Adama, ce qu'elle m'a raconté par la suite était difficile à écouter… S'arrêtant parfois pour renifler avec de petits hoquets sonores, elle a continué son histoire : "Elle puait l'urine et le caca. Plus personne ne supportait d'être à côté d'elle. Son criminel de mari l'a aussitôt répudiée, disant qu'elle n'était plus une femme. Il clamait même que ce qui était arrivé à ma sœur était une punition des dieux ou des ancêtres pour je ne sais quel interdit qu'elle aurait bravé. On ne pouvait l'emmener au dispensaire car personne ne la voulait dans sa pirogue. Pauvre fille ! Elle

passait sa journée dans une cabane en bois à la périphé-
rie du village, seule, abandonnée, suivie par une nuée
de mouches. J'étais la seule qui passait du temps avec
elle, lui apportait de la nourriture et de l'eau. Ce n'était
pas facile. Parfois l'odeur me faisait vomir, mais c'était
ma sœur. Même maman ne restait pas avec elle autant
que moi car elle aussi croyait que sa fille avait certainement transgressé un interdit, sinon ce qui lui était arrivé
ne serait pas arrivé. Trois semaines après, elle était prise
d'une fièvre foudroyante, et quarante-huit heures après
elle était morte, seule dans sa cabane. C'est moi qui ai
découvert son corps le matin. Je l'ai trouvée allongée
par terre, recouverte de centaines de mouches qui bour-
donnaient partout. Horrible, la façon dont elles s'étaient
infiltrées dans ses narines et les avaient bouchées tout
comme la bouche qui était restée ouverte dans la mort.
C'était ma sœur, ma grande sœur avec qui je jouais. Je
me suis sentie si seule !… C'est à ce moment-là que j'ai
développé cette peur panique d'avoir une grossesse et
d'accoucher. Même aujourd'hui, à vingt-six ans, j'ai les
chocottes et mon cœur palpite à cent à l'heure quand un
homme m'approche."

— Maintenant je comprends, tu dis.

Adama secoue la tête et réplique :

— Attendez, ce n'est pas fini. Il y a plus. Laissez-moi
finir ce qu'elle m'a confié ce soir-là et vous comprendrez
drez mieux encore.

— Excusez-moi, allez-y.

— Elle a donc continué : "Trois mois à peine après
la mort de ma sœur, un début d'après-midi, je vois des
gens se réunir chez nous, dont le pêcheur le plus riche du
village. Riche parce que, alors que tout le monde avait

le toit de sa maison en chaume ou en palmes de rônier, il avait un toit en tôles ondulées. Les femmes étaient assises d'un côté et les hommes de l'autre. Ils parlaient avec des proverbes que je ne comprenais pas et de temps en temps ils se partageaient de la kola et du vin de palme. J'avais treize ans et maman m'avait obligée à m'asseoir à côté d'elle sur une natte.

Et voilà que mon père m'appelle et me dit de venir à côté de lui. Je me lève et me tiens debout devant lui. Il me demande de servir du vin de palme au pêcheur qui avait remis ses lunettes noires de soleil, autre signe de richesse. Au moment où je lui tends le verre, mon père dit : Ma fille, voilà ton mari ! De surprise et de peur, j'ai laissé tomber le verre et je me suis enfuie en pleurant. Mon père fâché criait après moi. Un homme m'a poursuivie, et avec ses grandes enjambées il a eu tôt fait de me rattraper. Mon père s'est mis à m'engueuler. Le pêcheur par contre me parlait gentiment, me disait que je n'avais rien à craindre, que je mangerais bien chez lui, qu'il m'achèterait de beaux habits et même une montre et des chaussures comme une femme de la ville et ainsi de suite. Je n'écoutais pas, j'étais assise à côté de maman, tête baissée. Enfin, ils sont partis. J'étais contente, je croyais que c'était fini.

D'habitude, je me lavais seule le soir avant d'aller au lit mais, ce soir-là, maman m'a obligée à me laver plus tôt et, pour être sûre que j'étais bien propre, elle m'a frotté le corps avec une éponge végétale. Elle m'a dit de m'habiller car nous allions sortir et l'apparition de ma tante ne faisait qu'épaissir le mystère. Ce n'est que quand j'ai vu arriver la sœur du pêcheur que j'ai compris.

Toutes ces femmes m'ont traînée vers sa maison malgré mes cris et mes ruades. Je n'ai cessé de protester que quand papa m'a enjoint de me taire avec sa voix autoritaire car on nous avait appris depuis toutes petites qu'il fallait toujours obéir au père, et plus tard au mari. Maman portait mes choses. Elles ont discuté longtemps avec le pêcheur qui leur promettait qu'il me traiterait comme sa propre fille qui avait le même âge que moi et qu'il ne brusquerait pas les choses et me laisserait le temps de m'habituer à sa maison, etc. Puis tout ce beau monde m'a abandonnée, refermant la porte derrière eux. J'étais prise au piège, je ne pouvais pas fuir car il faisait nuit dehors et, à treize ans, on a peur non seulement des animaux nocturnes mais aussi des diables, des sorciers et des fantômes qui, nous dit-on, se promènent la nuit accompagnés de hiboux.

Le pêcheur m'a dit de le suivre dans la chambre. De peur, j'ai obéi. Il m'a montré le lit – un grand lit – et a dit en souriant : «C'est ton lit.» C'est alors que je l'ai vraiment regardé pour la première fois. Un vieil homme de cinquante ans, plus vieux encore que le mari de ma regrettée sœur, une calvitie au sommet du crâne et des cheveux blancs sur le côté. Son sourire horrible découvrait une gencive où il manquait plusieurs dents. N'aie pas peur, je reviens, et il a disparu. Je me suis assise dans un coin du lit, recroquevillée sur moi-même. Je ne savais pas ce qui allait m'arriver.

Et il est revenu. Il ne portait qu'un slip et un tricot à grosses mailles. Il m'a demandé de m'allonger, j'ai refusé et j'ai tourné mon visage vers le mur pour ne plus le regarder. Regarde-moi, a-t-il hurlé. Le temps de me retourner, il n'avait plus ni slip ni maillot de corps mais exhibait un large torse piqueté de poils gris, un ventre bedonnant et, horreur des horreurs, un morceau de chair raide entre ses jambes qui se mouvait de haut en bas en des mouvements saccadés comme une tête de serpent. J'ai aussitôt imaginé la bête qui avait engrossé ma sœur et j'ai hurlé. Cela ne l'a pas arrêté. Comme il était plus fort que moi, il m'a soulevée et jetée sur le lit. Ce qui me manquait en force, je l'avais en souplesse et en agilité et j'ai ainsi rebondi du matelas. Alors qu'il s'approchait pour me saisir, je lui ai décoché un coup de pied au bas-ventre qui a dû lui faire mal puisqu'il s'est plié sur lui-même en hurlant. Je suis sortie de la chambre, j'ai tiré la porte et d'un bond j'étais dehors, dans la nuit. Je n'étais plus moi-même, je n'avais peur ni des bêtes sauvages ni des démons et fantômes qui peuplaient les nuits sans lune. Je ne pouvais pas aller chez mes parents, ils me ramèneraient le lendemain chez ce type, avec des excuses en plus. Je me suis souvenue de la cabane où ma sœur avait été mise en quarantaine ; elle avait une porte solide. C'est là que j'ai passé la nuit. Je n'ai pas fermé l'œil car j'entendais les pas des panthères qui avaient senti mon odeur et rôdaient autour de la cabane, j'écoutais les hiboux, oiseaux des sorciers, froisser leurs ailes avant de prendre leur envol, je sentais le souffle des ancêtres et des fantômes qui abandonnaient leur monde pour hanter la terre la nuit… non, je n'ai pas fermé l'œil.

J'ai quitté mon refuge dès potron-minet, de peur de me faire surprendre par les gens du village. Je voulais fuir loin, très loin. Je savais qu'il y avait un village de pêcheurs à deux heures de marche du nôtre. Personne ne connaissait ma famille là-bas. J'y suis arrivée épuisée mais j'avais peur d'y entrer. Je me suis assise sous un arbre et, mon corps n'en pouvant plus, je me suis assoupie.

Une femme plus âgée que ma mère se tenait au pied de l'arbre quand je me suis réveillée. En fait, c'est elle qui m'avait réveillée en me secouant gentiment. Elle m'a demandé qui j'étais. Je n'ai pas osé lui donner mon nom, et j'ai donné celui de ma sœur, Vutela. Oui, c'est depuis ce jour-là que je m'appelle Vutela ; le nom de ma sœur était devenu le mien, j'étais devenue ma sœur. Je lui ai raconté que je n'avais pas de famille, que mes parents s'étaient noyés sur le chemin du retour après une cérémonie de mariage tenue dans un village loin de chez eux, lorsque leur pirogue, chargée par un hippopotame, s'était retournée. J'avais eu de la chance, ou de la malchance, j'avais survécu au naufrage. Le nom de mon village ? Je ne le connaissais pas car j'étais trop petite quand tout cela était arrivé. Depuis, lui ai-je encore menti, je vis çà et là, là où les gens veulent bien m'accueillir.

Je pense qu'elle était émue par ma petite histoire et m'a crue. Elle m'a donné à manger et m'a dit qu'une jeune fille ne pouvait pas errer comme cela, seule, beaucoup de vilaines choses pouvaient lui arriver. Elle m'a demandé de venir avec elle dans son village, un peu plus loin sur la rivière, car elle n'était ici que pour acheter du poisson.

Je suis restée avec elle pendant près d'un an. Même mes parents ne m'avaient pas témoigné autant d'affection. Elle avait une sœur plus jeune qui m'aimait aussi beaucoup ; cette dernière m'a prise avec elle lorsqu'elle a décidé de quitter le village pour venir tenter sa chance en ville. Elle est morte il y a quatre ans, c'est elle qui m'a laissé cette parcelle et cette maison."

Voilà donc l'histoire de Vutela telle qu'elle me l'avait racontée ce soir-là en mangeant la bouillie que je lui avais apportée. Une semaine plus tard, elle a encore eu des douleurs, mais cette fois-ci c'étaient des douleurs d'accouchement. La crise de malaria avait causé un accouchement prématuré. La chance était avec nous une fois de plus, l'équipe de Médecins sans frontières n'avait pas encore quitté le pays et une de leurs équipes mobiles était revenue dans la zone. Dieu merci. Le vagin de Vutela était tellement abîmé qu'elle ne pouvait pas accoucher normalement, ses triplés ont été délivrés par césarienne.

Adama se tait. Pendant un moment vous aussi vous ne dites rien, encore sous le choc de ces révélations.

— Dites-moi, reprend-elle, quand sera l'enterrement ? Je tiens à être présente. Ainsi elle me verra de là où elle sera et saura que je ne l'ai pas abandonnée. Je garde avec moi votre photo de groupe.

Tu te rends compte que vous êtes arrivés depuis longtemps devant sa parcelle et que vous avez terminé cette conversation debout devant l'entrée. Tu la remercies une fois de plus et tu offres de lui rembourser ses frais de téléphone. Elle refuse fermement. Tu demandes alors si elle a du manioc à vendre, elle en a. Tu en achètes six, deux pour toi, deux pour tantine Turia et deux pour Armando. Cela fait plus que le coût de son appel téléphonique.

VINGT-QUATRE

Cris et lamentations. Hurlements de douleur. Chants et pleurs. Une foule s'est déjà massée devant la grande grille de l'hôpital lorsque tu arrives avec Armando. La nouvelle a vraiment circulé très vite. A peine l'automobile s'est-elle arrêtée que les femmes se précipitent vers vous, avides d'informations fraîches. Atareta que vous aviez laissée pour les accueillir est visiblement débordée par tout ce monde dont beaucoup ne sont pas du chantier. De toute façon, à part leur confirmer la mort de Batatou, elle n'avait rien d'autre à leur dire. A voir ces collègues de chantier pleurer, chanter et gémir, ta gorge se noue, tes yeux s'embuent mais tu ne dois pas pleurer, tu ne dois pas te laisser submerger par l'émotion, elles attendent de toi autre chose, que tu leur parles, que tu les réconfortes, même si cela ne change rien à la réalité de la situation, la mort de Batatou.

Quand tu sors du taxi, la première chose que tu aperçois est la main de Mâ Bileko en train de s'agiter. Tu comprends qu'elle a quelque chose à te dire. Elle approche et te souffle à l'oreille que ce serait mieux de ne pas tenir une réunion ici à l'hôpital. Tu discutes brièvement avec elle, vous tombez d'accord et tu lui demandes d'en informer la foule. Elle lève le bras et agite la main de haut en bas comme une aile qui bat pour demander le silence. Les voix baissent assez pour qu'on l'entende.

— Le parvis de l'hôpital n'est pas un endroit approprié pour discuter de la tragédie qui nous frappe. De toute façon, il nous manque encore beaucoup de détails. Pour cela, nous les femmes du chantier allons nous réunir cet après-midi chez Méréana pour discuter et prendre les décisions qu'il faut ; les décisions concernant les obsèques de Batatou et les suites à donner à nos revendications. Quant aux autres, nous vous remercions pour votre sympathie. Nous passerons un communiqué ce soir à la radio pendant la plage des messages nécrologiques pour vous indiquer quand et où se tiendra la veillée et ce que nous comptons faire. Merci beaucoup.

La foule trouve la proposition judicieuse et se met à se disperser dans un silence étrange, comme si, après les cris et les pleurs publics qui t'avaient accueillie, chacune de ces femmes s'était résignée devant le fait accompli de la réalité de la mort de leur camarade et vivait maintenant sa douleur de façon personnelle, individuelle. Tu aperçois Laurentine et son compagnon qui se dirigent vers la station de bus alors que la plupart des autres femmes vont à pied. Armando, une fois de plus, insiste pour t'emmener dans son taxi mais, comme il y a quatre places, tu demandes à Bileko, à Anne-Marie et à Iyissou qui se trouvent à proximité d'y prendre place avec toi. Tu n'as pas envie d'être seule avec lui, ton corps et ton cerveau sont trop fatigués.

Vous arrivez avant les autres, suivies de près par Laurentine et son homme. Tantine Turia, déjà au courant du décès de Batatou, est surprise de te voir revenir si tôt. Tu lui tends les maniocs que tu as achetés chez Adama et tu laisses à Mâ Bileko le soin de lui expliquer la situation tandis que tu vas voir les enfants. Bilala, Iyissou et Laurentine se mettent aussitôt à déployer les chaises. Peu à peu arrivent celles qui ont fait le chemin à pied. Bileko, en tant que gestionnaire, commande de la boisson, soda et eau en bouteilles. Vous en avez bien besoin car il fait chaud et vous avez toutes soif, surtout celles qui ont marché depuis l'hôpital. Enfin tout le monde s'installe et tu commences la réunion.

Tes camarades sont plus sereines que ce matin à l'hôpital, maintenant que la réalité de la mort de leur collègue a fait son chemin dans leurs esprits et que leur émotion s'est un peu assagie, même si elles couvent toujours une colère rentrée. Tu es la seule à connaître la triste histoire de Batatou et de son vrai-faux nom de Vutela. Son vrai nom, personne ne le connaissait, même pas Adama. Tu décides cependant de ne pas en parler puisque de son vivant elle l'avait caché. De toute façon votre attachement affectif était lié au nom de Batatou et non pas à celui de Vutela.

Après quelques discussions, vous tombez d'accord très vite qu'enterrer Batatou dès le lendemain donnerait l'impression que vous vous débarrassez de votre camarade à la sauvette ; il faut donc retarder l'inhumation d'au moins un jour pour préparer des obsèques décentes. "Des obsèques décentes ?" questionne Bilala, celle qui a été votre voix pour annoncer au monde que l'argent que vous aviez obtenu gracieusement de la part de la femme du président de la République serait totalement réservé à Batatou. Pas seulement décentes, mais dignes ! Pas seulement dignes mais grandioses, ajoute Iyissou, nous avons l'argent. Oui, dit Moukiétou, il faut que ces gens sachent que nous savons enterrer nos morts. Oui, penses-tu sans le dire, ce serait un véritable pied de nez à Tito et à sa bande de corrompus. Elle doit être enterrée au cimetière du centre-ville, là où l'on enterre tous les grands hommes politiques, dit Laurentine Paka, pour une fois assise seule sans son ange gardien. En effet, toutes les personnalités importantes par l'argent ou par la politique sont enterrées dans ce cimetière. C'est cher, continue-t-elle en se retournant vers Bileko, mais nous avons assez d'argent, n'est-ce pas ? Oui, confirme celle-ci, nous n'avons même pas encore dépensé la moitié du million. Toutes applaudissent et la proposition et la bonne gestion de Bileko.

Vous discutez les détails de la mise en œuvre de ces décisions. La répartition des tâches se fait assez rapidement. D'abord entre celles qui doivent s'occuper des chaises, de la sono, du café et du sucre, des ampoules, tout ce qu'il faut pour assurer une veillée qui va durer toute la nuit ; puis entre celles qui doivent s'occuper de toute la paperasse administrative, y compris le certificat de décès et l'acquisition d'une fosse. Au centre de tout se trouve Mâ Bileko assurant l'intendance avec l'argent détourné de madame la femme du président.

*

En général, c'est autour de vingt-deux heures que les veillées mortuaires font le plein car c'est à ces heures-là que se croisent ceux venus tôt parce qu'ils ne comptent pas y passer toute la nuit et ceux qui viennent tard parce qu'ils comptent y rester jusqu'au matin. Mais ce soir, dès vingt heures, la cour est déjà pleine ; il y a tellement de gens qu'ils débordent dans la rue. Passer la nuit à une veillée n'est pas une promenade de santé car les nuits sont fraîches et les moustiques insupportables. Les femmes venant pour la nuit arrivent emmitouflées, une natte et une couverture sous le bras.

Pour votre part, l'organisation est quasiment parfaite. Des guirlandes d'ampoules électriques éclairent la cour – prions pour qu'il n'y ait pas une de ces coupures intempestives de courant auxquelles vous êtes habituées. Des bancs ont été ajoutés aux chaises afin d'accommoder toute cette foule. Un lecteur de CD et de cassettes doté d'un ampli et de baffles puissants est prêt à prendre le relais des pleureuses lorsque celles-ci font une pause après plusieurs chants. Assez de gobelets et de tasses en plastique pour distribuer le café que l'on conserve chaud grâce à des feux de bois qui brûlent sous deux grands chaudrons posés chacun sur trois grosses pierres placées en triangle équilatéral. Prévoyantes, vous avez aussi mis en place une équipe de volontaires prêts à intervenir en cas de grabuge car, dans ces veillées organisées pour honorer la mémoire d'un défunt, il se passe souvent des incidents graves. Ses enfants ou ses neveux, par exemple, tabassent à mort et parfois même brûlent vives des personnes âgées de la famille qui ont le malheur d'avoir des cheveux blancs car c'est là pour eux le signe que ces personnes sont des sorcières, donc responsables du décès. Fini le temps où l'Afrique respectait les vieux et leurs cheveux blancs, considérés alors comme signe de sagesse. Mais ce soir ce n'est pas ce que vous craignez ; c'est plutôt que la musique, les lumières, le café, la foule n'attirent ces jeunes voyous qui en profitent pour en faire un lieu de rendez-vous avec leurs copains et copines. Cela finit trop souvent par des scènes de jalousie et des altercations qui se terminent immanquablement par des rixes sanglantes. Vous ne vouliez rien de tout cela, vous tenez à ce que la veillée mortuaire de Batatou soit calme et digne.

Tu prends donc le micro. Tu remercies tout le monde, en particulier ceux qui ne sont pas directement liés à votre chantier mais sont venus vous soutenir par solidarité. Tu annonces ensuite les décisions que vous avez prises. Une salve d'applaudissements t'interrompt lorsque tu annonces que Batatou sera inhumée au centre-ville. Atareta prend le relais pour donner d'autres détails et répondre aux questions.

Les chansons reprennent dès qu'Atareta a fini de parler ; tous ceux qui savent chanter ou jouer d'un instrument se mettent à chanter, à jouer, ou tout simplement à battre des mains. Ces chansons sont loin d'être toutes tristes, bien au contraire ; certaines ont le rythme plutôt gai. Tu es mauvaise musicienne, mauvaise chanteuse, mais cela ne t'empêche pas de tenter tant bien que mal de garder le rythme avec les deux maracas que t'a tendus Armando.

Les nuits de veillée sont longues, surtout après que les chanteuses et les chanteurs, une fois fatigués, arrêtent de chanter et que l'on se met à passer des chansons sur cassette ou CD que personne n'écoute vraiment. C'est alors que s'en vont ceux qui ont décidé de ne pas rester toute la nuit et que les autres se regroupent par affinités pour causer, se faire des confidences ou se délecter avec des histoires gaillardes. C'est aussi le moment où les jeunes se mettent à flirter et où éclatent les bagarres. Mais tout cela ne dure que quelques heures, puis on commence vraiment à s'installer pour la nuit. La musique se tait ; les femmes qui ont apporté des nattes les étalent pour s'y allonger, bien emmitouflées dans leurs pagnes et couvertures ; les hommes s'emploient à s'installer le plus confortablement possible sur leur siège. Aux environs de deux heures du matin, on n'entend plus que des ronflements interrompus par des claques écrasant des moustiques. Toi, vêtue d'un jeans et de chaussettes épaisses pour te protéger des piqûres, tu te cales contre le dossier de ton fauteuil, prête pour accompagner la nuit dans son lent cheminement vers les premières lueurs de l'aube.

VINGT-CINQ

Méré, sais-tu comment on dit "une fleur" en langue maorie?

He puti puti!

N'est-ce pas joli? :-)

Tam.

*

— Grande sœur, grande sœur.

Une voix, comme en off, interrompt ton rêve. Un rêve charmant qui te replongeait dans un de ces SMS que Tamara t'envoyait souvent sur un coup de tête. Elle était comme cela, Tamara. Elle faisait tout avec passion, tantôt primesautière, tantôt pondérée et réfléchie. Un SMS juste pour t'indiquer comment on appelait une fleur en langue maorie. Maintenant que tu y penses, tu aurais dû lui demander comment on disait "étoile" dans cette langue.

La voix insiste. Ton cerveau assoupi s'ébroue, se réveille et enfin reconnaît la voix.

— Excuse-moi, grande sœur, de t'avoir réveillée.

C'est Zizina, la fille de Mâ Bileko.

— Non, je ne dormais pas vraiment… j'étais loin d'ici.

— Tu avais un beau sourire sur les lèvres, ça devait être un beau rêve.

— Je rêvais de ma petite sœur Tamara. Tu sais, tu lui ressembles beaucoup, Zizina.

— Merci. Dommage, j'aurais vraiment aimé l'avoir connue.

Elle farfouille dans son sac et sort un petit paquet contenant une dizaine de cartes prépayées pour téléphones portables. Elle t'en tend une de cinq mille francs.

— Voici ma contribution aux obsèques de Batatou. Je sais que vous aurez beaucoup de coups de fil à passer aujourd'hui. J'ai demandé à ma mère de te la remettre, mais elle a insisté pour que je te la donne en mains propres.

— Merci, c'est vraiment gentil, nous en ferons bon usage.

— Bon, je m'en vais maintenant. Je rentre me débarbouiller rapidement avant de venir vous rejoindre au cimetière. Et, entre les deux, je vais essayer de vendre un peu quand même.

— Ta mère m'a dit que ton petit commerce ambulant de cartes téléphoniques et de petits accessoires électroniques pour appareils portables marche assez bien.

— Oui, comme je suis la première à faire ce genre de démarchage par motocyclette, je n'ai pas encore beaucoup de concurrence. Mais je suis sûre que beaucoup se mettront bientôt à m'imiter. Mine de rien, c'est quand même un métier à risques ; on peut être renversé par une voiture ou bien être agressé dans les quartiers trop périphériques. C'est pourquoi je me contente de vendre au centre-ville, tout particulièrement aux feux rouges. Le problème du centre-ville est qu'il faut tout le temps jouer à cache-cache avec les policiers, et en plus ils sont pour la plupart véreux.

— Je te raccompagne dehors.

Elle avait rentré sa mobylette dans la parcelle et l'avait cadenassée de peur qu'on ne la vole. Vous sortez de la parcelle.

Il est cinq heures trente du matin. Le ciel commence à peine à blanchir tandis que toutes les étoiles qui vous ont accompagnés pendant la nuit ont déjà disparu. Une fois dans la rue, elle dresse l'engin sur ses pieds métalliques, permettant ainsi à la roue arrière de tourner librement. Elle monte et pédale sur place à toute vitesse en jouant avec la poignée de l'accélérateur. Le moteur s'allume.

— A tout à l'heure…

— A plus… Au fait, comment s'est passé le concours ?

Son regard s'allume et un grand sourire lui fend le visage.

— Maman ne te l'a pas dit ? J'ai été admise, et parmi les cinq premières !

— Bravo ! – Tu l'embrasses chaleureusement. – Je suis vraiment heureuse pour toi.

— Merci, et pour maman aussi. Elle m'a tant donné ! Jamais je ne lui revaudrai ça.

— Ne t'en fais pas, les mamans sont faites pour cela. C'est bien au Liberia qu'on vous envoie, n'est-ce pas ? J'espère que ce ne sera pas trop dangereux.

— Je ne pense pas. Ce n'est pas une unité de combat, mais une unité de police paramilitaire pour patrouiller les rues de Monrovia, la capitale, attraper les bandits et aider à former la police nationale. Dans un pays qui sort de guerre et où il y a une si forte culture du viol, une unité musclée exclusivement féminine peut faire la différence.

— Une unité exclusivement féminine ? C'est extraordinaire ! Je n'en connais pas de précédent.

— Nous sommes la première unité africaine du genre ; la toute première a été constituée par un contingent de femmes indiennes. Elles se trouvent au Liberia en ce moment. Ce sont elles que nous allons remplacer. Tu verras, grande sœur, nous allons faire peur aux hommes, ajoute-t-elle en souriant.

— J'espère que non, tu dis en souriant à ton tour. Il ne faut pas faire peur aux hommes, ils prendraient cela pour une revanche. Une revanche n'est jamais saine à cause des relents de vengeance qu'elle implique. C'est plutôt de respect qu'il s'agit. Il faut apprendre aux hommes à respecter les femmes. Vous partez quand ?

— Dans une semaine, mais pas directement pour le Liberia. Nous allons d'abord passer trois mois de formation à Accra au Ghana.

— C'est un pays anglophone. *How is your English ?*

— *Pretty good, thank you !* Elle éclate de rire. Bon, il faut que je m'en aille. A cet après-midi.

Elle accélère et démarre. Tu la regardes s'éloigner. L'histoire d'une réussite. Qui l'eût cru quand on sait comme toi qu'après la mort de son père elle a touché le fond du désespoir ? Et voilà que cette fille va maintenant être une représentante de l'ONU, ambassadrice de la paix. Qui ne serait fière d'elle ? *He puti puti*, c'est elle.

Tu reviens dans la parcelle. A part deux ou trois femmes retardataires en train d'enrouler leurs nattes et couvertures pour s'en aller, la parcelle est maintenant vide. Les veillées se terminent toujours assez tôt pour permettre aux gens d'arriver à temps sur leurs lieux de travail. La cour est jonchée de sachets en plastique, de gobelets en papier, de mégots de cigarettes. Un coup de balai sera nécessaire avant que les gens ne reviennent ce soir, après l'enterrement, pour la dernière veillée d'adieu à Batatou. A part cela, tout est en ordre. Il est temps pour toi d'aller t'allonger pendant une heure ou deux avant d'entamer cette journée qui s'annonce déjà très mouvementée.

VINGT-SIX

Dieu, de l'endroit où il guette les mortels qui viennent frapper à la porte de son paradis, a dû être impressionné par la manière dont vous avez accompagné Batatou dans sa dernière demeure terrestre. On ne pouvait imaginer enterrement plus digne pour cette femme pauvre et sans famille, que la vie avait tant malmenée et humiliée.

Le cimetière du centre-ville n'étant pas loin de la morgue, vous aviez décidé de faire le trajet à pied. Menée par deux motards en tenue d'apparat, une fanfare ouvrait le cortège dans un halo sonore de trompettes, de trombones, de tambours et de cymbales étincelants sous le soleil. Le corbillard, roulant au pas, suivait, surmonté d'un grand portrait de Batatou. Comme Batatou n'avait pas de parents proches, Mâ Bileko et toi avez pris place juste derrière le corbillard, dans le taxi d'Armando. Derrière le taxi suivait, juste après les femmes du chantier qui se distinguaient du reste par leurs tee-shirts blancs frappés à l'effigie de Batatou, l'immense foule d'hommes et de femmes venue rendre un dernier hommage à votre collègue casseuse de pierres. C'est ainsi que vous êtes arrivées au cimetière, sous les sirènes du corbillard, les airs de la fanfare repris par la foule et les airs lancés par la foule repris à leur tour par la fanfare.

Le cercueil croulant sous les couronnes de fleurs a été sorti du corbillard et porté sur les épaules par les femmes du chantier jusqu'au bord de la tombe. Un pasteur évangélique que tu ne connaissais pas, probablement de l'une de ces Eglises de réveil qui pullulent dans le pays, a prononcé un long sermon enflammé où, à travers sel, soufre, feu et autres cataclysmes cosmiques, il vouait aux gémonies tous les tyrans de ce monde qui font souffrir les pauvres comme Batatou. Il leur a promis l'ire de Jéhovah dès la première seconde de la parousie. Puis, après avoir vanté le bonheur qui attendait Batatou dans l'autre monde, il a lancé plusieurs fois sans répondre à sa propre question : "O Mort, où est ta victoire ? O Mort, où est ton aiguillon ?" Trois femmes du chantier ont pris la parole après que le pasteur a terminé son sermon et refermé sa Bible. La dernière, étouffant de larmes et d'émotion, n'a pas pu terminer son intervention. La parole t'a été enfin donnée.

Dans un état de colère et de douleur mêlées, tu as dit que tu aurais préféré que Batatou ait eu une vie heureuse sur cette terre plutôt que dans l'après-vie ; que les dictateurs corrompus qui maltraitent leur population devraient être jugés ici et maintenant comme de vulgaires criminels par la Cour internationale de justice et non pas attendre le jour du Jugement dernier. Tu as réaffirmé avec force que vous vous battriez jusqu'au bout pour faire aboutir ces revendications qui ont conduit à la mort de votre camarade et enfin tu as juré au nom de toutes de prendre soin des jumeaux. "Mort, où est ta victoire ?" a demandé le pasteur. Sa victoire est qu'elle nous a enlevé une amie très chère, as-tu enfin conclu, avant de lancer la première motte de terre sur le cercueil descendu dans la fosse.

*

Bientôt, la cour sera à nouveau remplie pour la dernière veillée. Tu trouves cela très bien qu'après la tristesse et les pleurs du cimetière, les gens se retrouvent une fois encore pour célébrer la vie d'une disparue avec boissons, chants, danses et rires. En attendant, tu veux consacrer un peu de temps aux enfants que tu n'as pas vus de toute la journée.

A ton retour de l'enterrement, tantine Turia t'a préparé un grand seau d'eau et, avant même que tu aies eu le temps de t'asseoir pour reposer tes jambes après cette longue cérémonie au cimetière, elle t'a proposé de prendre une douche tout de suite. D'habitude, c'est avec l'eau chaude que tu te laves le soir, mais aujourd'hui c'est avec de l'eau froide que tu rafraîchis ton corps échauffé par la touffeur moite de l'air. Tu sors de la douche plus fraîche et dispose. Avec un appétit de loup, tu te jettes sur la nourriture qu'elle a préparée et elle te regarde manger pendant quelques instants. Satisfaite, elle décide de rentrer chez elle pour vérifier si tout y est en ordre, en promettant de revenir un peu plus tard dans la soirée pour assister elle aussi au dernier hommage à Batatou.

Tu es maintenant assise sous la véranda dans le fauteuil désormais célèbre de tantine Turia, la fille de Batatou sur tes genoux. Elle doit commencer à penser que tu es sa mère car elle ébauche quelque chose qui ressemble à un sourire lorsque tu lui tapotes légèrement les joues. Lyra, plus grande sœur que jamais, trottine vers toi avec un biberon dans la main et veut le mettre dans la bouche de la petite comme elle a sans doute vu tantine Turia le faire. Tu lui expliques que Bébé a déjà mangé et n'a pas faim. Elle n'est pas contente et se met à bouder. Les deux garçons aussi sont heureux de revoir leur mère et tentent de raconter leur journée à l'école malgré Lyra qui ne cesse de les interrompre. En cet instant précis, entourée de tous tes enfants, tu as le sentiment de baigner dans la plénitude d'un monde apaisé qui se suffit à lui-même ; l'univers disparaîtrait que tu ne t'en apercevrais pas.

Au bout d'un moment, ils te quittent et se remettent à jouer entre eux. Le bébé de Batatou s'est endormi aussi. Tu te lèves doucement et tu le places avec précaution sur son alèse. Tu regardes ta montre, tu as encore au moins deux heures avant que les premières personnes ne commencent à arriver pour la veillée. Tu prends ta radio et l'allumes après t'être réinstallée dans le fauteuil, le dossier basculé à fond. Les yeux fermés pour te relaxer, tu écoutes la musique.

"Pour répondre à leurs besoins colossaux en bois tropicaux, les Chinois exploitent de plus en plus les forêts d'Afrique centrale sans guère se soucier des réglementations et souvent même avec la complicité des autorités locales. "A l'allure où les Chinois coupent le bois ici, il faut craindre la disparition de certaines espèces rares du massif forestier du Chaillu d'ici quatre ans", avertit un paysan du village Ngoua 2 au Sud-Ouest du Congo-Brazzaville. Plus dramatique, ils rasent aussi les jeunes plants sans reboiser par la suite.

On constate aussi l'arrivée en force des compagnies malaisiennes qui, tout comme les chinoises, invoquent la coopération Sud-Sud ou l'afro-asiatisme pour justifier l'attitude prédatrice de plusieurs d'entre elles. Ces compagnies ont acquis les droits d'exploitation de quatre à cinq millions d'hectares de forêts naturelles dans le bassin du Congo (Cameroun, Gabon, Congo, Guinée-Equatoriale, Centrafrique) en y appliquant les méthodes d'exploitation intensive responsables de véritables désastres écologiques dans l'île de Java, aux îles Salomon et en Papouasie-Nouvelle-Guinée.

Une jeune fille de treize ans, Aisha Ibrahima Duhulow, a été lapidée devant une foule de plusieurs centaines de spectateurs dans un stade de la ville portuaire de Kisimaio en Somalie. Elle avait été violée par trois hommes alors qu'elle était en route pour rendre visite à sa grand-mère. Avec son père, la jeune fille avait tenté de se plaindre auprès de la milice Al-Shabaab, fidèle au leader islamiste Hassan Turki qui contrôle la ville, mais la milice a par contre opté pour l'accusation d'adultère à son égard.

Devant plusieurs centaines de badauds, la jeune fille a été enterrée jusqu'à la nuque ; puis une cinquantaine d'hommes se sont mis à lui jeter des pierres sur la tête. Les pierres utilisées pour la lapidation n'étaient ni assez grosses pour provoquer une mort instantanée, ni assez petites pour être inoffensives. A trois reprises, Aisha Ibrahima Duhulow a été déterrée mais des infirmières, ayant chaque fois constaté qu'elle était encore vivante, elle a été remise en terre pour être achevée.

La jeune fille ne cessait de pleurer et de crier : «Ne me tuez pas, ne me tuez pas."

Les gardes ont ouvert le feu sur ses parents et certains assistants qui essayaient de la sauver, tuant un enfant. Les islamistes ont présenté leurs excuses pour la mort de l'enfant, mais n'ont montré aucun regret pour la lapidation d'Aisha Ibrahim Duhulow.

Rappelons que la lapidation, qui n'est absolument pas mentionnée dans le Coran, est considérée comme anti-islamique par de nombreux chercheurs musulmans respectés…"

Ton sang se glace dans tes veines. Tu n'écoutes plus. Tuer à coups de pierres une fille de treize ans ! Pour adultère ! Deux fois punie, une fois parce que violée et une deuxième fois parce que lapidée. La simple raison ? Elle était née femme ! Au secours, les hommes sont devenus fous. Dieu, ces hommes qui jettent des pierres prétendent le faire en ton nom : si tu ne les arrêtes pas, si tu laisses ce crime ignoble impuni, c'est que toi aussi tu es devenu fou comme eux. Tu es saisie d'une grande lassitude, chargée du poids de tous ces êtres dont on vole la vie tous les jours simplement parce qu'ils ne sont pas nés avec le bon sexe. La pauvre Aisha Ibrahima Duhulow en faisait partie. Tu arrêtes la radio et, comme une femme, tu te laisses aller à pleurer.

Le téléphone.

Tu sursautes. Tu émerges tant bien que mal de tes pensées glauques et sors l'appareil de ta poche. Tu ne reconnais pas le numéro qui s'affiche sur son écran.

— Méréana Rangi ?

Une voix féminine qui semble familière mais que tu n'arrives pas à identifier.

— C'est moi, la ministre qui vous a reçue il y a deux jours.

— Oh, mais bien sûr ! Quelle surprise !

Surprise, tu l'es. D'habitude un ministre n'appelle jamais directement, il passe par une secrétaire. Cette femme ne fait vraiment pas les choses comme les autres.

— J'ai une très bonne nouvelle pour vous et pour vos collègues, madame Rangi. Nous sortons d'une réunion extraordinaire du comité d'organisation de la conférence des premières dames d'Afrique, présidé comme vous le savez par la femme du président de la République elle-même. Mon point de vue a prévalu et il a été décidé que toutes vos revendications seront satisfaites.

— Pa… pardon ?… Vous dites…

— … que tout ce que vous avez demandé vous a été accordé. Vous pourrez désormais vendre vos sacs de pierres à vingt mille francs. Quant aux sacs perdus, ç'aurait été trop compliqué et surtout ça demanderait trop de temps pour vérifier qui avait combien de sacs. J'ai fait une proposition qui a été acceptée, celle de payer à toutes la valeur de cinq sacs à vingt mille francs chacun. Je trouve que c'est un bon compromis.

— C'est vraiment une très bonne nouvelle, madame ; j'ai hâte de l'annoncer à mes camarades. Mais qu'est-ce qui nous garantit que l'on ne reviendra pas sur cette décision ?

— Moi, évidemment ! Je ne suis pas du genre à revenir sur ses décisions. Et la femme du président de la République bien sûr, magnanime et généreuse, malgré le fait que vous ayez refusé la proposition qu'elle vous a faite et que vous ayez pris son désir de vous aider pour une tentative de corruption.

— Et le ministre de l'Intérieur ? Nous n'avons pas confiance en lui ; c'est lui qui a donné l'ordre de nous tirer dessus.

— Ne vous inquiétez pas. Le procès-verbal de la réunion a été signé par la femme du président dans son rôle de présidente de la conférence et contresigné par le ministre de l'Intérieur présent à la réunion et moi-même. C'est irrévocable. J'ai oublié de vous le dire mais il va certainement vous contacter pour confirmer ce que je viens de vous dire. Attendez-vous donc à recevoir un coup de fil de lui ou de ses services. J'ai tenu cependant à être la première à vous l'annoncer parce que vous savez combien je me suis investie dans ce dossier et combien je me suis battue pour le faire aboutir.

Tu es silencieuse pendant quelques instants. Prenant ce silence comme une réticence à la croire, elle continue :

— L'enjeu de cette dixième réunion de la conférence des premières dames d'Afrique est très important pour l'image de notre pays et de son chef. Il ne faudrait absolument pas que quelque chose, surtout pas une manifestation de femmes jetant des pierres, vienne perturber la cérémonie d'ouverture qui aura lieu demain soir avec spectacle et dîner de gala. Alors tout doit aller très vite, vous aurez votre argent dans la matinée bien avant l'ouverture officielle de la conférence.

— Je vous remercie du fond de mon cœur, madame. Vous aviez dit que vous alliez nous aider, vous avez tenu parole.

— Je n'ai fait que mon travail et le travail que m'a confié le président de la République.

— Je vais annoncer la bonne nouvelle aux autres dès qu'elles seront toutes là. Ce sera vraiment la joie. Merci encore.

— J'ai appris que l'enterrement de votre camarade avait été grandiose.

— Nous avons fait ce que nous avons pu. Nous aurions cependant préféré qu'elle fût ici ce soir pour célébrer cette victoire avec nous.

— Je comprends. Vous aurez votre dû demain dans la matinée avant l'ouverture officielle de la conférence.

— Merci, madame.

Elle cesse de parler, mais tu sens que ce n'est qu'une phrase suspendue et qu'elle a autre chose à te dire. Tu te tais aussi de peur de lui faire changer d'opinion.

— Je vais vous dire quelque chose, madame Rangi.

— Oui.

— Vous êtes une femme coriace. Vous avez forcé mon admiration et j'ai de l'estime pour vous.

— Merci, madame, tu dis, à la fois surprise et confuse.

— Grâce à vos revendications, vous avez redonné de l'importance au ministère de la Femme et des Handicapés. J'avoue que vous avez beaucoup de courage.

— Est-ce du courage quand on n'a pas le choix et qu'on est obligé de faire ce que l'on doit faire si l'on veut survivre ?

— Oui, parce que l'on peut aussi se laisser intimider et baisser les bras.

— Merci, tu réponds, car tu ne sais que dire d'autre.

— Je vous en prie.

Tu penses que c'est la fin de la conversation et qu'elle va raccrocher, mais non ; elle continue.

— Vous savez, toutes les conférences auxquelles j'ai participé, toutes les statistiques dont je me prévaux ne m'ont pas fait saisir la réalité des souffrances des femmes autant que les quelques minutes pendant lesquelles j'ai discuté avec vous… Depuis que vous êtes sortie de mon bureau, il y a quelque chose qui ne cesse de me turlupiner. Comment une jeune femme de votre tempérament et qui s'exprime si bien s'est-elle retrouvée casseuse de pierres ?

— Je crois vous l'avoir déjà dit, madame.

— Pas vraiment. Cela ne vous intéresserait pas de venir travailler avec moi au ministère ? Quelqu'un comme vous serait très utile dans mon cabinet.

Qu'a-t-elle dit ? Toi ? Passer de casseuse de cailloux à membre d'un cabinet ministériel ? Une blague ? Une autre forme de corruption déguisée, ou bien c'est la femme de pouvoir qui pense vraiment que tu pourrais lui être utile ? Quand on ne sait pas que répondre à une question et qu'il faut répondre tout de même, il faut botter en touche.

— Je ne sais pas, madame, votre offre est si inattendue. Je vais y réfléchir. Pour le moment je m'occupe de nos revendications.

— Je comprends. Quand tout cela sera terminé, rappelez-moi, j'y tiens vraiment. Si vous ne le faites pas, c'est moi qui vous appellerai. Au revoir et bonne chance.

— Au revoir, madame, et merci.

Elle raccroche enfin. Tu restes un moment silencieuse dans ton fauteuil, encore sous la confusion de tes dernières paroles. Mais tout d'un coup la pleine signification de l'information que la ministre t'a transmise te revient. Transportée de joie, tu bondis de ton fauteuil et esquisses trois pas de danse, puis tu sautes en l'air en poussant un cri comme un hurlement de lion. Surpris, les enfants te regardent, se demandant si leur mère ne s'est pas mise subitement à travailler du chapeau.

VINGT-SEPT

Ce soir, c'est la dernière veillée. Il est vingt et une heures et la cour est déjà pleine. L'atmosphère est gaie. Même les chansons qui semblaient si tristes la nuit dernière se sont libérées de la chape de la mort pour ne devenir que des "ce-n'est-qu'un-au-revoir" accompagnant un ami qui part pour un long voyage. Il faut dire que la boisson aide aussi, en particulier le vin de palme et l'horrible bière locale dont certains ont déjà ingurgité deux ou trois bouteilles. En tout cas, dans la mort, Batatou a reçu l'amour et la considération dont elle avait été privée toute sa vie, même si ceci ne compense pas cela. Mais en tant qu'humains, vous avez fait tout ce qui était possible pour montrer aux yeux du monde qu'une vie ne vaut pas moins qu'une autre.

Bien avant la réunion avec tes camarades du chantier, la nouvelle de votre victoire était déjà connue de toutes. Maintenant que vous êtes réunies au fond de la parcelle, à l'écart de la foule et du bruit de la veillée, tu leur rapportes exactement ce que t'a annoncé la ministre. Une victoire sans condition. En fait, vous avez obtenu plus que ce que vous espériez : vous pensiez vendre vos sacs de pierres à quinze mille francs plutôt qu'à dix mille, vous avez obtenu de les vendre à vingt mille francs, le double ! Aucune d'entre vous n'avait plus de trois sacs confisqués par la police – personnellement tu n'en avais que deux – mais voilà qu'on vous en paie cinq au prix fort. Cela ne te gêne pas du tout car ce n'est que justice, il fallait bien compenser les deux jours de travail que vous aviez perdus.

A la fin de ton compte rendu, toutes applaudissent vigoureusement et chaleureusement. Vous êtes fières de votre victoire, non pas tant d'avoir obtenu ce que vous vouliez, mais surtout de la manière dont vous l'avez obtenu. Bien sûr cela n'a pas été un grand combat contre l'oppression des femmes, une de ces batailles épiques pour changer le monde qu'affectionnait ta sœur Tamara ; non, ce n'était qu'une petite lutte égoïste afin d'obtenir plus d'argent pour vos sacs de pierres. Mais, même si ça n'a pas été la prise de la Bastille, vous avez mis vos vies en jeu : vous avez été battues, emprisonnées, blessées par balles, vous avez perdu une vie. Cela compte.

Tu regardes Iyissou, tu regardes Moyalo et Moukiétou, tu regardes Anne-Marie Ossolo et Laurentine Paka, tu regardes Bilala... toutes ces femmes auront demain un minimum de cent mille francs entre les mains ! Dans ce dur métier de casseuse de pierres qu'elles font, elles n'ont jamais rêvé de voir autant d'argent d'un seul coup. Elles savent désormais que dans ce monde tout n'est pas perdu d'avance et qu'il y a des combats que l'on peut gagner. Leurs vies vont changer, la tienne aussi.

C'est pendant cette scène joyeuse que vous voyez arriver Zizina, le visage rayonnant. Bileko sa mère est assise à côté de toi. Tu te retournes vers elle :

— Tiens, Zizina. Elle doit avoir quelque chose d'urgent à te dire.

— A nous dire, te répond-elle avec un sourire mystérieux dont tu ne saisis pas la signification.

La jeune fille marche vers toi, pose sa main affectueusement sur ton épaule et salue chaleureusement le groupe. Vous répondez aussi chaleureusement.

— Maman m'a donné la nouvelle de votre victoire, je suis vraiment heureuse de ce qui vous arrive.

— Merci beaucoup, Zina, tu dis. Ta mère nous a dit que toi aussi tu avais travaillé au chantier à une époque.

— A peine une semaine. Je n'ai pas pu tenir. Je n'ai pas votre force.

— Tu as bien fait de partir, lance Laurentine Paka, ce n'est pas un boulot pour une jeune fille belle et intelligente comme toi.

Elle rit.

— Je suis venue vous voir parce que moi aussi j'ai une bonne nouvelle à vous annoncer. Vous savez toutes que j'ai réussi au concours de l'ONU pour faire partie d'un corps de police au Liberia. Eh bien, le voyage programmé pour la semaine prochaine a été brusquement avancé. Juste avant d'aller au cimetière, j'ai reçu un courrier urgent m'informant que l'avion affrété par l'ONU arrive demain matin et que je dois embarquer dans l'après-midi pour Accra.

Elle est interrompue par les applaudissements des femmes.

— Je suis donc venue vous dire au revoir, à vous les camarades de ma mère, parce que je vous considère un peu comme mes mères et mes grandes sœurs.

— Tu es notre enfant à toutes, dit Moukiétou. Nous sommes très heureuses, fais un bon voyage et que Dieu te bénisse.

Vous êtes toutes debout l'entourant, chacune lui souhaitant à sa manière bonne chance et bon vent. Après toutes ces effusions, elle se décide enfin à partir. Vous l'escortez jusqu'à la sortie de la parcelle où elle a garé sa mobylette bien cadenassée contre un poteau. Elle déverrouille l'engin, se met en selle, allume le moteur et, après avoir fait de grands moulinets d'adieu avec son bras droit, elle lance sa machine. Vous la suivez du regard jusqu'à ce que le feu arrière rouge du vélomoteur disparaisse dans la nuit.

— Nous devrions lui offrir un cadeau d'adieu. C'est notre fille à toutes.

C'est Bilala qui vient de parler. Tu la regardes. Très émue, elle écrase une larme. Bilala, accusée d'être une sorcière par ses propres enfants qui l'auraient brûlée vive si elle n'avait pas eu la présence d'esprit de sauter par une fenêtre pour échapper à l'autodafé.

Son idée est acceptée par toutes. Vous chargez Anne-Marie de choisir et d'acheter le cadeau, première chose demain matin. Il ne vous reste plus qu'à rejoindre le reste de la veillée. Tu gardes ton téléphone portable à portée de main au cas où les services du ministère de l'Intérieur chercheraient à vous contacter.

VINGT-HUIT

C'est à cause des remous suscités par les personnes situées près de l'entrée de la parcelle que tu t'es rendu compte que quelque chose d'inhabituel se passait. Le temps que tu te lèves pour t'en enquérir, ils étaient déjà entrés : deux individus suivis d'un troisième en armes, probablement un garde du corps. Tu paniques aussitôt quand tu reconnais le premier : Tito Rangi en personne ! Comment ose-t-il venir te défier ici sur ton territoire ? Calme-toi, Méré, reste cool, garde ton sang-froid. Déstabilisée par la soudaine apparition de Tito, tu n'as pas fait attention à la personne qui l'accompagne, ou plutôt qu'il accompagne, le ministre de l'Intérieur en chair et en os. Qui ne reconnaîtrait le ministre de la police, de la loi et de l'ordre, l'homme qui mate les manifestations, emprisonne les étudiants et les opposants politiques, envoie la police vous cueillir à n'importe quelle heure du jour ou de la nuit ? Pourquoi se déplace-t-il en personne ? Pour vous intimider ? Ou alors, après le règlement de votre affaire, vient-il pour vous témoigner sa bonne volonté, envoyant ainsi un signal fort pour indiquer que la dispute est terminée et que la République enfin réconciliée avec ses enfants dépêche un de ses hauts responsables à la veillée d'une citoyenne lambda finalement reconnue dans ses droits ? Toutes ces pensées se bousculent dans ta tête.

Tu avances à leur rencontre. Dois-tu serrer la main à Tito quand il te tendra la sienne ? Oui, pourquoi pas ? Non, pourquoi le ferais-tu ? Et pourquoi pas une bise ? Depuis votre séparation il y a bientôt plus d'un an, vous ne vous étiez jamais retrouvés seul à seul, il a mis un point d'honneur à ne pas te parler directement – et encore cela n'arrive pas souvent – mais à passer par un intermédiaire pour s'enquérir de tout ce qui touche les enfants. Un minable. Minable et vaniteux, brassant l'air comme le philosophe raté qu'il est. Il y a longtemps que tu ne l'as pas observé d'aussi près. Avec son costard de chez Versace, ses chaussures Weston et sa bedaine en pleine croissance, il est la caricature même des parvenus devenus subitement riches grâce à la politique. Vraiment, ma pauvre fille, qu'est-ce que tu as bien pu lui trouver, à ce mec ? Tu avais les yeux pleins de caca ou quoi ? Dire que non seulement tu as vécu avec lui pendant plus de dix ans mais que tu as sacrifié ta carrière pour faire avancer la sienne ! Ignore-le.

— Salut, Méré. Surprise de nous voir ?

Puant de satisfaction, c'est lui qui ouvre sa grande gueule le premier, avec le sourire niais d'un truand qui vient de réussir un coup fourré. T'étonne pas Méré, c'est toujours les sous-fifres qui parlent avant leur maître. Oublie-le. Rabats-lui le caquet.

— Qu'est-ce qui te fait croire ça, Tito ? T'étais pas au courant ? Mais cela fait un moment que nous attendons l'arrivée de M. le ministre.

Sans lui donner le temps de répliquer, tu te tournes vers le ministre :

— Nous vous attendions, monsieur le ministre, tu dis d'un ton assuré, veuillez bien me suivre s'il vous plaît, nous allons nous retirer dans un endroit où nous pourrons parler tranquillement.

— Bien, dit-il, mais j'aimerais parler à tout le collectif.

— Toutes les casseuses de pierres du chantier, ne peut s'empêcher d'ajouter Tito.

— Ah bon, tu fais d'un air d'ingénu, M. le ministre ne sait donc pas que nous sommes toutes casseuses de pierres ?

— Mais si, mais si, je suis au courant de tout, s'empresse de répondre celui-ci tandis que Tito, à voir sa bouille, a l'air prêt à te bouffer toute crue.

— Ce n'est pas un problème, monsieur le ministre, nous sommes toutes là. Veuillez prendre place en attendant que je les rassemble.

Tu conduis les trois bonshommes sous la véranda ; tu les fais asseoir en offrant au ministre, protocole oblige, le beau fauteuil de tantine Turia.

*

En face du ministre et de Tito assis à ses côtés, une mallette Samsonite posée sur les genoux, vous êtes quinze femmes casseuses de pierres qui avez décidé un matin de ne plus vous laisser plumer et de vous lever pour réclamer un juste prix pour votre marchandise. Pour bien montrer que la seizième qui manquait, Batatou, est parmi vous et avec vous, vous avez laissé une chaise ostensiblement vide au milieu de la première rangée, face au siège du ministre. Il ne peut pas ne pas comprendre. Bien calé dans son fauteuil, les jambes croisées, il lève les yeux vers Tito qui, après vous avoir comptées du regard, lui dit :

— Je crois qu'on peut commencer, monsieur le ministre, elles sont toutes là.

— Bien, entame celui-ci. Je sais que vous êtes déjà au courant de la décision que le gouvernement a prise à votre égard. Mais, tant que vous n'avez pas appris cela de façon officielle, ce ne sont que rumeurs. Je suis ici pour vous la confirmer officiellement. Si j'ai tenu à faire le déplacement personnellement plutôt que d'envoyer un de mes agents, c'est pour montrer l'importance que nous attachons à la résolution de ce problème. Personne ne connaît mieux ce dossier que le député Rangi, conseiller à la présidence de la République actuellement détaché aux services de madame la femme du président, même pas la ministre de la Femme et des Handicapés que vous êtes allées voir ; non seulement il a participé à toutes les réunions mais c'est lui qui en a rédigé les procès-verbaux, y compris celui de la dernière réunion qui nous intéresse ici. Il va vous faire part des décisions arrêtées. Je répondrai ensuite aux questions si vous en avez. Tito ?

— Merci, monsieur le ministre. Comme l'a dit M. le ministre, dans sa magnanimité, le président de la République par l'intermédiaire de madame, présidente de la dixième rencontre des premières dames d'Afrique, a accepté de répondre favorablement à vos requêtes. Vous êtes autorisées désormais à vendre au prix minimum de vingt mille francs vos sacs de pierres. Vous serez indemnisées pour vos sacs perdus sur la base de cinq sacs pour chacune d'entre vous au prix de vingt mille francs. Cela fait cent mille francs pour chacune d'entre vous, ce qui est un joli pactole. Je sais que très peu d'entre vous ont jamais eu autant de sous à leur disposition. L'argent est prêt et les chèques ont été établis conformément à la liste nominative que votre porte-parole a déposée au ministère de la Femme et des Handicapés.

Il ouvre la mallette qu'il avait sur les genoux, sort un paquet de chèques. Il lit chaque nom à haute voix. Attentive, tu constates qu'il y en a bien un au nom de Batatou. A la fin, il te les tend. Tu les recomptes, et les tends à Mâ Bileko qui les range précieusement.

— Un guichet spécial sera ouvert au Trésor public. Nous demandons que chacune d'entre vous touche son chèque dans la matinée afin que toute cette affaire soit définitivement close avant le début de la cérémonie d'ouverture de la rencontre dans l'après-midi. C'est très important. Voilà, je vous ai tout dit et, comme l'a demandé M. le ministre, vous pouvez lui poser des questions si vous en avez.

— J'aurais préféré que vous nous payiez en liquide. Je n'ai jamais mis les pieds dans une banque et je n'ai pas de carte d'identité, dit Iyissou.

Le ministre répond très gentiment, avec un sourire rassurant :

— Ne vous inquiétez pas, je vais arranger cela. Présentez-vous demain au guichet avec quelqu'un qui a une carte. Avec une de vos camarades par exemple. On pourrait aussi donner une procuration à votre porte-parole pour qu'elle touche l'argent en votre nom.

Il n'y a plus de questions. Tout est bien, trop bien même. Il ne reste plus qu'à attendre le départ du ministre pour célébrer et rêver des projets d'avenir. Mais voilà, il ne se lève pas. Il décroise les jambes et, ses avant-bras posés sur les accotoirs, il se penche en avant et se met à parler. Ton septième sens se met en alerte.

— Maintenant que le gouvernement a satisfait toutes vos revendications, j'ai une petite chose à vous demander en retour. Ce n'est pas moi qui le demande mais l'épouse du chef de l'Etat, qui, comme vous le savez, préside le dixième anniversaire de la réunion des femmes de chef d'Etat de tout le continent africain et des invitées venues de tous les coins de la planète. C'est une rencontre très importante pour le rayonnement de notre pays.

Il marque une pause pendant que ton cerveau tourne en vain à cent à l'heure pour prendre de l'avance et deviner où le ministre veut en venir.

— Comme l'a si bien dit ici le conseiller à la présidence, le député Rangi, c'est grâce à la grandeur d'esprit de cette femme que vous avez obtenu ce que vous avez obtenu. Elle n'a pas voulu s'arrêter là, elle veut que vous soyez honorées devant la presse internationale. Elle vous demande donc de participer à la cérémonie d'ouverture de la réunion demain après-midi. Un bus sera mis à votre disposition pour vous transporter. Comme tous les invités d'honneur, une place spéciale vous sera réservée au premier rang avec un grand panneau "Femmes du chantier du fleuve" ou toute autre identification que choisira votre collectif. Quand madame la première dame de notre pays entrera avec ses invitées de marque, vous vous lèverez avec toute la salle et vous applaudirez spontanément, chaleureusement. La télé nationale a déjà reçu l'ordre de faire plusieurs gros plans de vous. Vous serez des vedettes. Le monde entier verra ainsi que dans notre pays les problèmes des femmes sont pris en considération et traités sérieusement. L'épouse du chef de l'Etat sera contente et fière de vous, le président de la République sera content et fier de vous, le pays tout entier sera content et fier de vous. Voyez, ce n'est pas grand-chose qu'on vous demande. Tout simplement vous lever et applaudir la femme du président.

Il a fini. Il se recale dans son fauteuil et attend vos réactions, non, plutôt ta réaction car, te prenant pour la chef du groupe alors que tu n'en es que la porte-parole, c'est toi qu'il a regardée en prononçant la dernière phrase. Ses paroles sont tellement gluantes d'hypocrisie que vous avez saisi le piège tout de suite. A force de donner des ordres et d'être obéi par tous dans ce pays, il a fini par croire que le monde entier n'était peuplé que de demeurés. Vous êtes toutes silencieuses car comment dire les choses sans offenser le ministre de la loi et de l'ordre ? Bileko te regarde comme pour te dire : "Laisse-moi lui répondre." Tu lui fais signe d'y aller.

— Nous sommes très reconnaissantes de ce que l'épouse du chef a fait pour nous. D'abord elle nous a donné une enveloppe d'un million de francs avec lesquels nous avons enterré notre camarade tuée par la police à défaut de la soigner, et puis, comme vous dites, c'est grâce à elle que nous avons obtenu ce que nous avons obtenu. Dites-lui de notre part que ce qu'elle a fait jusqu'ici nous suffit largement et, encore une fois, nous en sommes plus que reconnaissantes. Qu'elle ne se préoccupe plus de nous, nous n'avons pas besoin d'autres honneurs.

Se tournant vers les autres femmes, elle apostrophe :

— N'est-ce pas, les amies, que nous n'avons pas besoin d'autres honneurs ?

— Non, nous n'en avons pas besoin d'autres, répondent-elles en chœur, toi avec.

— Et puis demain nous n'avons pas le temps, dit Bilala. Nous devons nous rendre toutes à l'aéroport pour remettre son cadeau à notre fille qui s'en va à l'étranger.

Vous acquiescez toutes. Tu trouves géniale la raison avancée par Bilala, cette idée soudaine d'aller toutes à l'aéroport offrir son cadeau à Zizina.

— Vous vous foutez du monde ? La femme du président vous invite et vous refusez ?

Tito. Il ne rate jamais une occasion de se taire.

— Notre fille est plus importante que votre madame la présidente, lance Moukiétou.

— Ne soyez pas ingrates après ce qu'elle a fait pour vous, insiste Tito. Puis, sous prétexte de lire l'heure sur sa montre-bracelet, il dégage de façon théâtrale son poignet en tirant sur la manche de son veston, vous montrant ainsi que la montre est une Rolex.

Tu regardes le personnage de près. Il n'a même pas la délicatesse de s'habiller comme il se doit pour une veillée mortuaire ; bien au contraire, son accoutrement reflète la palette des coloris que les rois de la sape qualifient de "couleurs d'été", même si cette saison est inconnue sous vos latitudes. Mais, malgré sa veste cintrée orange avec deux poches passepoilées à rabat et des boutons en bas des manches, la cravate rayée mauve avec points orangés en microfibre, descendant à mi-ceinture et flottant sur une chemise blanche, le pantalon cintré bleu pâle qu'il porte sans ceinture, les chaussures en croco, malgré ou à cause de tout cela, le pauvre dégage toujours cette impression de parvenu. En plus il n'est même pas beau. Dire que dans une autre vie, quand tu croyais aimer ce garçon, il se disait philosophe et t'avait appris le mot "scepticisme"! C'est maintenant un perroquet qui ne se rend même pas compte de ce qui sort de sa bouche. Vraiment, il pisse pas loin, ce mec. Tu ne peux plus te taire.

— Elle ne nous a pas fait de cadeau, votre madame la présidente. Vous croyez que nous ne comprenons pas votre jeu? Vous voulez acheter notre allégeance parce que vous avez été soi-disant magnanimes? Elle a d'abord voulu nous acheter avec un million, comme ça n'a pas marché, elle veut nous avoir autrement. Non, nous ne sommes pas à vendre, monsieur le ministre. Ce que nous avons obtenu, vous ne pouvez pas le reprendre parce que vous ne nous l'avez pas donné.

Contrairement à ton attitude au ministère et au palais présidentiel, tu as parlé sans peur, peut-être parce que tu te sens en sécurité ici, sur ton territoire, portée par la force solidaire de toutes ces femmes autour de toi.

— Vous oubliez que l'une d'entre nous est morte pour ces sacs de gravier, dit Moyalo. Nous n'irons pas à votre fête demain. Nous serons toutes à l'aéroport.

— Même s'il n'y avait pas l'aéroport, nous n'irions pas à la cérémonie, renchérit Moukiétou dont tu sens monter l'adrénaline. Nous ne sommes pas des prostituées.

— Vous viendrez à la cérémonie demain, nom de Dieu! Je bloquerai l'accès à l'aéroport et s'il le faut j'empêcherai cet avion d'atterrir ou de décoller, fulmine l'homme en colère. Je suis le ministre de l'Intérieur!

Il ne s'attendait certainement pas à cette rebuffade, surtout de la part de femmes qu'il croyait faibles, sans défense.

— Vous allez sans raison empêcher un avion affrété par l'ONU d'atterrir ou de décoller ?

Il est surpris par cette nouvelle car, s'il était certainement au courant qu'un avion de l'ONU atterrirait demain dans ce pays qui est son fief, il ne savait pas que l'un des passagers de cet avion serait la fille de l'une des femmes du chantier. Ne sachant que répondre, il se lève de son fauteuil en lançant un menaçant "ça ne se passera pas comme ça, vous allez voir", tourne le dos et s'en va. Tito trottine derrière lui avec sa mallette, caniche obéissant. Il trouve cependant le temps de s'arrêter un instant pour éructer, avec un regard qui t'aurait tuée si les regards tuaient : "Plus conne que toi, il faut aller chercher sur la lune ! – Et plus lamentable que toi, il faut chercher plus loin encore, sur Saturne !" tu lui renvoies.

VINGT-NEUF

La délégation partie, vous restez encore longtemps à discuter de la façon dont s'est passée la rencontre avec le
ministre. Vous trouvez géniale l'idée qu'a lancée Bilala,
celle d'aller toutes à l'aéroport, en délégation, dire au
revoir à Zizina. Vous vous entendez aussi pour être au
Trésor public dès l'ouverture des guichets afin de retirer votre argent avant midi au plus tard. Cela donnera le
temps à chacune d'entre vous de rentrer chez elle mettre
ses sous à l'abri, manger, se changer, et se retrouver à
l'aéroport à temps pour passer au moins une heure avec
Zizina avant son embarquement. Ceci réglé, chacune
s'en va regagner sa place à la veillée.

Tantine Turia, revenue comme elle l'avait promis,
a suivi de loin votre rencontre avec le ministre et Tito.
Tu vas t'asseoir près d'elle et elle te demande de lui
raconter ce qui s'est passé. Tu fais ton compte rendu en
ne ratant pas de relever l'attitude bouffonne de ton ex.
Elle fait comme si tu n'avais aucunement mentionné ce
dernier, ce qui t'agace un peu, car tu voudrais qu'elle
te soutienne sans équivoque dans tes ressentiments.
Contrairement à toi, elle l'a tout simplement rayé de son

univers. "Parler même en mal d'un homme qui a abandonné ses enfants, c'est lui faire trop d'honneur, t'a-t-elle dit un jour que tu t'étais lancée une fois de plus dans tes diatribes contre Tito. Ignore-le et continue ta vie." Oui, mais lui ne t'ignore pas !

— Déplacer un ministre ! Vous êtes vraiment fortes, conclut-elle après t'avoir écoutée.

Tu la trouves fatiguée. Après tout, elle a passé toute sa journée ici, s'occupant de la maison et des enfants. Ce n'est pas la peine qu'elle passe encore une nuit blanche sur une natte inconfortable avec des moustiques, après celle d'hier. Elle a déjà plus que rendu son hommage à Batatou. Tu insistes longtemps avant qu'elle n'accepte de rentrer dormir chez elle. Tu l'aides à prendre sa couverture et vous sortez de la parcelle. Tu décides de faire un bout de chemin avec elle, cela t'éloignera un peu de l'atmosphère de veillée dans laquelle tu baignes depuis ton retour du cimetière. Armando, debout devant la parcelle et en conversation avec quelqu'un, vous voit arriver. Il abandonne son interlocuteur et se précipite vers vous.

— Tantine Turia, tu rentres déjà ?

Il l'appelle tantine aussi, pour faire comme toi, tu notes.

— Oui, Armando, Méré ne veut pas que je reste, elle trouve que je suis trop vieille pour passer deux nuits de suite à une veillée, dit-elle en souriant, pour te charrier.

— Je suis totalement d'accord avec Méré. Non pas parce que tu es vieille, mais parce qu'elle aura encore besoin de toi demain. Alors, il faut que tu te reposes bien.

— Je vois que vous complotez tous contre moi.

Cette remarque plaît à Armando. Il rit.

— Mieux, tantine, on ne va pas te laisser marcher, je te ramène dans mon taxi.

— Non, c'est pas la peine, tu sais que je ne vis pas très loin.

— C'est un ordre, y a pas à discuter, fait-il avec un grand sourire. Suivez-moi.

Amusée, tu regardes les deux comme deux gamins qui jouent. Avec des pas déterminés, Armando a déjà pris une avance de quatre ou cinq mètres sur vous. Il n'y a rien d'autre à faire que le suivre.

Tantine est assise derrière et toi devant avec Armando. Vous roulez doucement, les phares trouant la nuit noire.

— Ça tombe très bien, tantine. J'ai un CD de vieilles chansons avec moi. Je vais t'en faire écouter une et je suis sûr que ça te rappellera des souvenirs. Tu as peut-être dansé sur cet air quand tu étais jeune fille.

— C'est quelle chanson ?

— Je ne te le dis pas. Je te laisse trouver le titre.

— On dirait que tu n'aimes que les vieilles chansons, toi, tu lui fais remarquer.

— Non, j'ai aussi les nouveaux morceaux à la mode. Mais j'écoute ces vieilleries parce qu'elles sont les classiques de notre musique populaire. Elles ont un charme désuet qui ne me déplaît pas.

Dès les premières notes de guitare, tantine Turia dit : "C'est *Marie Louise* de Wendo Sor Kolosoy, le père fondateur de la rumba congolaise." Elle se met à chanter les paroles lingala, accompagnant ainsi Wendo :

Marie Louise
Kombo na yo mama !

Marie Louise, quel nom !
Comment ne pas épouser une femme qui porte un tel
nom ?
Pourquoi les beaux-parents refusent que nous nous
mariions
Alors que nous nous aimons ?
Ils m'insultent en cachette
Ils disent du mal de moi en cachette
A cause de toi Marie Louise.
Qu'ils sachent que je suis leur beau-fils
Et que moi, Wendo, j'aime Marie Louise.

Lorsque la chanson se termine, elle dit à Armando :
— Tu vois, tu te trompes. Je n'ai pas dansé sur cet air-là car ce n'est pas une chanson de mon époque mais de la génération de mes parents. C'est la chanson fondatrice de la rumba congolaise. Tu as choisi la bonne version, l'originale de 1948. On disait à l'époque qu'il ne fallait pas chanter *Marie Louise* autour de minuit car les diables en l'écoutant ne pouvaient résister et se présentaient sur les pistes de danse déguisés en belles femmes et en beaux hommes. Malheur à ceux qui tombaient sous leurs charmes ! Wendo en a refait une version dix ans plus tard, en 1958, transformant la belle rumba en cha-cha-cha. Il aurait pas dû car elle est nulle. Je ne l'aime pas.

Tu es bluffée. Il a fallu Armando pour que tu découvres que cette femme, tout comme toi, a eu une jeunesse. Qu'elle a dansé, qu'on lui a fait la cour, qu'elle a eu des petits amis qui avaient essayé de l'embrasser un soir dans un coin de rue… Sacrée tantine ! Tu chéris cet instant de souvenirs déclenchés par un air suranné qu'a fait revivre une personne de la génération précédente. Une onde d'affection sourd de toi, s'épanche pour remplir toute la voiture, transformant celle-ci en un cocon de tendresse.

Arrivée devant sa parcelle, elle descend et remercie Armando. Tu descends aussi pour l'accompagner à l'intérieur. Tu attends qu'elle ouvre sa porte et allume la lumière avant de l'embrasser pour lui dire au revoir, à demain. Elle te serre dans ses bras et dit :

— Il est vraiment bien, Armando, tu ne trouves pas ?

— Euh… oui… il est… il est gentil, tu réponds en bafouillant.

— Tâche de dormir un peu quand même. A demain.

Tu ressors et retrouves Armando qui attend dans son taxi.

Il réussit à faire demi-tour dans la rue étroite. Tu es assise à côté de lui, silencieuse. Il ne parle pas non plus. Cette atmosphère indéfinissable de bonheur déclenchée par tantine Turia semble encore flotter dans la voiture qui, à cause de la nuit noire qui vous entoure, te donne l'impression d'être un abri sûr créé spécialement pour ses deux passagers, Armando et toi. Tu fermes les yeux.

— Méré, je vois un café devant nous. Arrêtons-nous un moment pour boire quelque chose. J'ai soif.

— Il y a de la boisson à la veillée.

— Ce n'est pas pareil. Et puis la nuit va être longue, ce n'est pas la peine de se presser.

Tu hésites, puis tu te dis : Pourquoi pas ? Tu as aussi envie de boire quelque chose. Et puis refuser après tout ce qu'il a fait pour vous cette journée serait trop méchant. Vous vous installez au fond de la salle. Dans ces cafés et bars de nuit, la musique est souvent trop forte ; ce n'est pas le cas ici, elle est plutôt douce, en bruit de fond, ce qui est déjà bien. Tu demandes un jus de fruits. Il prend un café. Tu ne fais même pas semblant de proposer de payer ta consommation quand il sort son portefeuille car tu sais qu'il refusera.

— Tantine Turia est vraiment une femme extraordinaire, dit-il.

— C'est pourquoi elle est ma tante, qu'est-ce que tu crois !

— Tu sais que tu as quelque chose d'elle ?

— Ça doit être la famille.

— Dis-moi, ta sœur Tamara, elle était comme toi ? Je regrette de ne pas l'avoir connue.

— Elle était plus belle et plus intelligente que moi. Tu ne peux savoir comme elle me manque.

— Tu es aussi très belle, Méré.

— Ouais, vas-y, dis-le, que je suis la plus belle femme du monde, etc. Tu peux déjà arrêter ton char, Armando, ça ne marche pas avec moi.

— Ecoute, je ne connais pas toutes les femmes du monde, donc je ne peux pas dire que tu es la plus belle de toutes. Ce serait mentir. Mais une chose est sûre, de toutes celles que je connais, tu es la plus belle.

Touchée. Si tu étais plus claire de peau, il se serait aperçu que tu rougissais. Pour camoufler ta gêne, tu changes de sujet.

— Demain va être un grand jour pour nous, nous allons enfin toucher les fruits de notre lutte.

— Tu es un mystère pour moi, Méré. Tu n'es pas comme ma sœur Anne-Marie. Intelligente, instruite comme tu l'es, comment t'es-tu retrouvée dans ce chantier à casser la pierre ?

— C'est une trop longue histoire, je ne vais pas t'embêter avec ça. Peut-être une autre fois.

— Non, Méré, j'y tiens. Qui te dit que nous aurons encore une occasion comme celle-ci ? Je te le demande, c'est important pour moi.

Sa voix a une sincérité qui te touche.

— Tu insistes vraiment ! Il n'y a pas de mystère... Bon, écoute, si tu veux savoir... je n'ai pas passé mon bac quand j'étais en terminale. Non pas parce que je n'en étais pas capable, bien au contraire, mais à cause d'une grossesse inattendue et d'un mariage précoce. Ça te surprend, n'est-ce pas ? Ça tu ne le savais pas, je parie ! Je ne suis pas la femme idéale que tu crois. J'ai dû quitter le lycée avant la fin de l'année scolaire. J'ai épousé en catastrophe un philosophe avec lequel j'ai vécu douze ans.

— Un philosophe ? fait-il, surpris. Tu veux dire Tito ? Tito est philosophe ?

— Oui, un philosophe qui par ailleurs m'a appris beaucoup de choses.

— Par exemple ?

— Le scepticisme.

— C'est quoi ça ? Tu sais, moi je n'ai pas fait de longues études et encore moins de la philosophie.

— Ça veut dire douter de tout.

— Douter de tout ! Qu'est-ce que cela veut dire ? Et ça t'a servi à quoi ?

— A rien, tu dis avec un sourire, sinon à douter de lui une nuit où il était rentré tard en puant la bière. Je te passe les détails. Après le mariage et la naissance de notre premier enfant, nous avons décidé que lui, comme il se doit, devait à tout prix continuer ses études, du moins réussir le bac qu'il avait raté l'année d'avant, et que je prendrais le relais ensuite. Toujours la priorité à l'homme, n'est-ce pas ? Pendant qu'il allait à l'école, il fallait bien vivre. Heureusement que j'avais tantine Turia qui nous gardait le petit garçon. J'ai d'abord trouvé un emploi comme caissière, puis comme caissière principale dans une boîte qui vendait des ordinateurs et de l'électronique. J'ai été le principal soutien de la famille pendant près de cinq ans, lui ne faisant que des petits boulots à temps partiel. Entre-temps, un deuxième enfant-surprise nous était né, mettant fin à mes velléités de reprendre des études. Finalement, je ne l'ai jamais fait.

Tous ces efforts et ces sacrifices ont fini par payer quand même. Tito a terminé son master en technologies de l'information et de la communication pour l'éducation et a trouvé aussitôt un bon boulot auprès du ministère de l'Education nationale comme directeur de l'institut chargé d'introduire ces nouvelles technologies dans l'enseignement. Le titre de la fonction était plus gros que le salaire mais ce n'était pas mal pour quelqu'un qui débutait comme lui. Enfin on pouvait vivre assez confortablement.

J'ai décidé alors de souffler un peu. J'ai ainsi pris un mois de congé pour voyager. Je suis allée en Afrique de l'Ouest, c'est de là que m'est venue l'idée de faire commerce de crevettes et de poissons fumés plutôt que de pagnes. J'ai visité Ouagadougou, cette ville qui m'avait toujours fascinée par son nom étrange et mystérieux, depuis que je l'avais découverte à la lisière du Sahel sur une carte d'un livre de géographie au lycée. Je suis allée aussi en Afrique du Sud, au pays de Mandela.

Et puis ma sœur est tombée malade. Il fallait que je m'occupe d'elle. A cause de mes absences répétées, la boîte pour laquelle je travaillais a fini par me virer, au moment même où la situation de mon mariage commençait à se dégrader. Ici encore, je te passe les détails. Un malheur n'arrivant jamais seul, nous nous sommes séparés peu après le décès de ma sœur. Quelques mois plus tard, je me suis retrouvée complètement sans ressources, avec trois enfants sur les bras dont celui de ma sœur, alors que mon ex-mari, entré en politique et conforté par plusieurs jugements successifs des tribunaux en sa faveur, refusait obstinément de payer une pension alimentaire pour les enfants.

— Ah, je comprends. C'est ainsi que tu es allée casser la pierre.

— Non, pas tout de suite. Il vous faut souvent un grand choc dans la vie pour vous réveiller. J'ai galéré de petit boulot en petit boulot avec juste assez d'argent pour vivre au jour le jour. Tu sais, on s'installe très vite dans la routine des petits boulots.

— Je sais de quoi tu parles. J'ai vécu cela quand je n'avais pas encore ma propre voiture.

— Un soir, je me reposais sur la véranda. J'étais particulièrement exténuée car je m'étais levée très tôt, à quatre heures et demie du matin, pour aller à la gare routière attendre les camions des marchands de primeurs qui rapportent des légumes et des fruits frais des villages de l'intérieur du pays. Il faut être parmi les premières pour espérer acheter ce qu'on veut tant les femmes s'y bousculent. Mais cela en vaut la peine car un cageot de légumes peut rapporter le double de son prix d'achat et un régime de bananes rapporte facilement le triple en vendant au détail, par tas de trois doigts. Ce qui est plus intéressant encore, c'est qu'on liquide presque toujours toute la marchandise dans la journée.

Mais voilà, ce jour-là il avait plu toute la nuit, une de ces tornades si fréquentes à la saison des pluies. Seul un véhicule était arrivé. Ici un pont avait été emporté par la violence des eaux, là les remblais des bords de la route, gorgés d'eau, avaient déferlé sur la voie, obstruant le passage, là encore la route s'était effondrée sous l'érosion, et là-bas enfin la route était devenue un tel bourbier que même les véhicules à crabot s'enlisaient. Contre tout espoir nous avons attendu jusqu'au milieu de l'après-midi, puis nous avons fini par nous rendre à l'évidence qu'aucun camion ne viendrait plus ce jour-là. J'ai alors dû puiser dans l'argent réservé à l'achat des fruits et légumes pour acheter ce que nous allions manger le soir. Mon budget était tendu. Une fois rentrée, j'ai fait le compte, il me restait tout juste l'argent pour acheter deux clayettes de légumes et un régime de bananes le lendemain ; ce qui voulait dire que je n'avais même pas assez pour payer un trajet d'autobus et que, pour me rendre à la gare routière, je devrais marcher ; ce qui voulait aussi dire que, le lendemain, je devrais me lever plus tôt encore, à quatre heures du matin.

Mais voilà que j'ai remarqué qu'une femme, accompagnée d'un enfant, s'arrêtait devant ma parcelle. Intriguée, je lui ai demandé d'entrer. Elle s'est approchée, tenant son enfant par la main, un tantinet timide.

"Ton fils a crevé le ballon de mon enfant, m'a-t-elle lâché sans préliminaires, tu dois me le rembourser."

Je ne savais pas de quoi elle parlait et j'ai appelé mon fils cadet. Oui, c'était vrai. Un de ces ballons d'enfant en caoutchouc léger qu'on remplit d'air et qu'on laisse flotter au bout d'une longue ficelle. Il m'a dit qu'il avait éclaté pendant qu'il le gonflait. Pas grand-chose en vérité. Franchement, on ne sait pas ce qui se passe dans la tête des gens, faire tout un esclandre pour si peu ? Ne pouvait-elle pas attendre le lendemain ?

"Et ça coûte combien, ce ballon ? – Cent francs. – Cent francs ? Tu viens me déranger la nuit pour cent francs ?"

Je n'étais pas contente du tout. Cent francs ! Une somme ridicule, une petite pièce de monnaie. J'étais décidée à l'humilier pour cette minable pièce de cent francs pour laquelle elle venait m'enquiquiner : au lieu de la lui donner, je la lui lancerais pour qu'elle se baisse pour la ramasser par terre, dans la boue, si elle ne réussissait pas à l'attraper en l'air, et je ferais en sorte qu'elle ne la rattrape pas.

Mais, juste au moment de me lever, je me suis rappelé que je n'avais pas cent francs à donner. Une petite pièce de cent francs ! La honte ! Que faire ? Je suis restée figée dans mon fauteuil, cherchant comment m'en sortir, ce qui l'a poussé à répéter :

"Je ne demande que les cent francs pour racheter un ballon à mon fils. Je ne suis pas venue chercher querelle."

Mais encore, que faire ? Mes cellules grises tournaient à cent à l'heure pour trouver une solution. Quoi qu'il arrive, je ne pouvais plus lui avouer que je n'avais pas les cent francs, après le ton méprisant et l'attitude hautaine avec lesquels je l'avais accueillie. Et voilà, j'ai finalement trouvé une astuce. Je me suis tournée vers mon fils : "Quelle était la couleur du ballon ? – Verte, répond-il.

– Eh bien, je ne vous donne pas les cent francs. Qui me dit que vous allez bien acheter un ballon avec et ne pas vous offrir une bouteille de bière ? Je vous rembourse en nature, demain je vais rapporter un ballon vert pour votre fils. – Ne me traitez pas comme si je venais mendier de l'argent. Vous ne m'avez jamais vue chez vous. Donnez-moi mes cent francs et je m'en vais, j'ai autre chose à faire et je dois me lever tôt demain matin."

A la fin, elle a compris que je ne changerai pas de position et elle est repartie avec son enfant.

Ses derniers mots, "je dois me lever tôt demain matin" ont continué cependant à résonner à mes oreilles et ont aussitôt fait tomber ma colère. Je n'avais pas à me fâcher contre elle, nous étions deux compagnes de misère trimant pour faire vivre nos enfants et pour survivre. Savais-je combien cela lui avait coûté de retirer ces cent francs de son budget, pour faire plaisir à son fils ? Savais-je pourquoi elle se levait tôt le lendemain ? Pour aller faire le ménage en ville ? Ou peut-être pour faire le même trajet que moi, à pied, parce que tout comme moi il lui manquait ces cent francs pour prendre un bus ? J'ai eu honte d'avoir humilié cette femme, une mère qui essayait tout simplement à sa façon de montrer à son enfant qu'elle l'aimait et qu'elle faisait son possible pour le protéger de l'adversité du monde. Je t'avoue que des larmes se sont mises à couler de mes yeux.

Scotchée dans mon fauteuil, incapable de bouger, je continuais à penser et à repenser à cette pièce de cent francs. Je n'avais pas cent francs, tu te rends compte ? Non, Méréana, me suis-je dit, tu ne peux pas continuer comme cela. De petit boulot en petit boulot, tu crèveras

– et si un matin tu te réveillais malade ? Tu t'es laissée trop aller, réveille-toi, secoue-toi, fais quelque chose, bouge ! Tu as un cerveau, utilise-le comme un maçon ou un menuisier utilise ses mains ! Mes pensées tournaient en roue libre.

Du temps où je travaillais dans cette boîte qui vendait des ordinateurs, j'avais constaté qu'il y avait une demande énorme sur le marché pour des techniciens en informatique. Si je pouvais maîtriser les logiciels importants de traitement de textes, d'images et de gestion, je serais assurée d'un emploi. Je peux le faire, j'étais une élève brillante au lycée et je me préparais pour un bac de la série mathématiques. Il y avait justement une école privée qui débutait une session taillée sur mesure, exactement ce que je cherchais. Une scolarité de trois mois avec stages en entreprise pour une somme de… deux cent mille francs. Mais où diable trouver cet argent quand je n'avais même pas cent francs ?

— Le chantier de pierres…, avance Armando.

— Pas encore. Je voulais emprunter de l'argent. Tantine Turia mettait quatre-vingt mille francs à ma disposition. Pour le reste, amies et amis, banques, tontines où je serais la première sur la liste à toucher l'argent, aucune de mes démarches n'a abouti. Je ne savais pas que c'était si difficile d'avoir cent vingt mille francs dans un pays qui regorge de pétrole et dont le président peut se permettre de se payer à l'étranger du champagne à deux cent mille francs la bouteille. Le temps m'était compté, il me fallait cet argent dans les deux mois, avant la clôture des inscriptions.

C'est alors que j'ai entendu parler de ce chantier de pierres au bord du fleuve. J'ai aussitôt fait le calcul et, à dix mille francs le sac de gravier, il me suffisait d'en produire douze pour avoir la somme désirée et cela pouvait se faire en six semaines. C'est finalement ce que j'ai fini par faire et voilà pourquoi je me retrouve aujourd'hui assise dans ce café avec toi.

— Mon Dieu, quelle histoire ! Je t'admire encore plus qu'avant. C'est quand, la clôture des inscriptions ?

— Dans deux semaines exactement. C'est pourquoi il faut que nos revendications aboutissent.

— Combien de sacs te reste-t-il à vendre ou à remplir pour compléter la somme ?

— J'ai déjà vendu huit sacs, il m'en reste quatre. En fait il ne m'en reste que deux à remplir, à peine une semaine de travail, puisque j'en ai deux de pleins parmi ceux que la police a volés. Mais maintenant, avec vingt mille francs le sac, j'ai déjà la somme requise. Je n'ai même plus besoin de retourner au chantier mais j'irai quand même terminer ces deux sacs, sinon il me restera le sentiment d'un travail inachevé.

Tu te tais, avec le sentiment d'avoir trop parlé peutêtre, et tu écoutes la musique diffusée en fond sonore. Il te regarde pendant une longue minute puis allonge son bras à travers la table et pose sa main sur la tienne. Tu frémis imperceptiblement. Comme cette paume recouvrant ta main est chaude, amicale, réconfortante ! Tu aimerais qu'il la laisse là, longtemps… Tu retires brusquement ta main.

— Je crois qu'il est temps de rejoindre la veillée, tu dis. Les autres vont se demander ce que nous sommes devenus.

Tu te lèves. Il se lève et te suit vers la voiture.

Sans un mot, il fait avaler un CD par le lecteur de bord et la voix de Rochereau jaillit, avec les paroles d'une de ses plus belles chansons, dédiée à une femme :

> *Kitoko e tondi yo na nzoto, Maze*
> *Na mona moto nini na ko mekana na yo te*
>
> *Maze*
> *Ton corps est d'une beauté parfaite*
> *Je ne vois personne avec qui te comparer*
> *Comment un seul visage peut-il rassembler*
> *Tant de beauté et d'élégance ?*
> *Quand tu passes tout le monde se retourne*
> *C'est à rendre fou n'importe quel homme…*

Tu écoutes. Le choix de ce tube à la mode est-il innocent de sa part ? Certainement pas. Croit-il vraiment que tu es aussi belle que la Maze de la chanson ? Mais pourquoi te poser des questions inutiles ? Laisse-toi bercer par la voix enchanteresse de Rochereau. Toujours ce sentiment d'être à l'intérieur d'une bulle de tendresse.

De loin, vous apercevez les lumières de la veillée et, par moments, les bruits des voix et des chants que vous font parvenir les sautes de vent. Vous ne pouvez garer la voiture devant la parcelle, tant les veilleurs et veilleuses sont nombreux et débordent dans la rue. Vous trouvez une place beaucoup plus loin. Il arrête la voiture et, au moment où tu ouvres la portière pour sortir, il dit :

— Méré, as-tu jamais remboursé les cent francs de cette femme pour le ballon de son fils ?

La question te surprend autant qu'elle te fait mal. D'une voix attristée mais sincère, tu réponds :

— Hélas jamais, Armando. Le lendemain, la pièce à la main, j'ai parcouru tout le quartier à sa recherche, à la recherche d'une femme dont je ne connaissais même pas le nom. Je ne l'ai jamais retrouvée. De retour à la maison, j'ai déposé la pièce dans mon coffret à bijoux. Elle y est encore et je la vois chaque fois que j'ouvre ce coffret. Et, chaque fois que je la regarde, elle me rappelle que j'aurai toujours une dette envers quelqu'un, quelque part.

— Tu es si compatissante, Méré, et si généreuse !

Tu es touchée par sa remarque et spontanément tu te penches vers lui pour lui faire une légère bise sur la joue. Manque de pot, au même moment il se retourne pour te regarder et le hasard fait atterrir le baiser sur ses lèvres. Tu n'as pas le temps de te ressaisir que les tiennes s'entrouvrent malgré elles sous la pression ferme de sa langue. Et pourtant ceci ne devait pas arriver, Méré. Tant pis pour toi !

TRENTE

Malgré la nuit de veillée, tu te réveilles légère de corps et d'esprit. Aucun des soucis qui d'habitude t'assaillent au réveil ne te plombe ce matin. Même la radio que tu as aussitôt mise en marche ne donne que de bonnes nouvelles : élection du premier président noir des Etats-Unis d'Amérique, résultats très probants d'un vaccin contre le paludisme, ouverture à La Haye du procès d'un chef de guerre de l'Est du Congo dont les troupes ont violé et violenté des milliers de femmes et d'enfants, une magistrate française déclare recevable la plainte déposée par un certain nombre d'ONG visant le patrimoine immobilier et les biens mal acquis en France des présidents du Congo, du Gabon et de la Guinée-Equatoriale... Il ne manque que la nouvelle de votre victoire. Tu te sens vraiment en état de lévitation comme la planète Terre sur ce poster que t'avait offert Tamara, une moitié de globe bleue mouchetée de nuages blancs, flottant allègrement au-delà de l'horizon lunaire.

Tu croyais être la première devant les portes du Trésor public mais Moukiétou, Iyissou et Laurentine Paka sont déjà là lorsque tu te pointes. Laurentine Paka est seule, sans son jules qui d'habitude ne la quitte jamais. Peu après tu vois arriver Armando qui vient déposer sa sœur. En apercevant Anne-Marie, Laurentine se précipite vers la voiture. Ces deux femmes se sont liées d'une affection particulière, peut-être parce qu'elles sont belles et élégantes chacune à sa manière, et aiment parler souvent de froufrous et de produits de beauté. Tu vas les rejoindre.

Armando est content de te voir et de ton côté tu n'es pas mécontente de le revoir.

— Bonjour Méré, la veillée ne t'a pas trop fatiguée ?

— Et même, une journée comme celle-ci vaut toutes les fatigues, tu lui réponds.

— Armando se propose de venir nous chercher toutes les trois dès que nous aurons touché nos sous, dit Laurentine enchantée.

Tu feins de faire la fine bouche.

— C'est pas la peine, je peux marcher ou prendre l'autobus.

— Ne soyez pas ridicules. Des femmes bourrées de pognon dans un bus bondé, les pickpockets vont être à la fête, réplique Armando.

— Je me ferai accompagner par Moukiétou, tu dis. Qui oserait s'approcher de nous en voyant les muscles de ses bras ?

Cela déclenche vos rires.

— N'écoute pas Méré, interrompt Laurentine. Je t'appelle dès que nous en aurons terminé.

— OK, mesdames. A tout'.

Il entre dans son taxi, donne trois brefs coups de klaxon et s'en va.

Il est huit heures pile lorsque les portes de la grande banque s'ouvrent. Un établissement public qui ouvre à l'heure, du jamais vu dans ce pays. C'est dire que la présidence de la République et les ministres concernés ont certainement donné des conseils fermes à ces fonctionnaires. Avec vous, la foule se bouscule déjà à l'intérieur lorsque vous entendez une annonce : "Les femmes du chantier du bord du fleuve… présentez-vous ici… les femmes du bord du fleuve…" Vous suivez l'appel et vous êtes toutes là : Ossolo, Bilala, Iyissou, Bileko, Moyalo, Moukiétou, Asselam, Itela… Un agent vous conduit dans une salle d'attente plus luxueuse que celle du ministère de la Femme et des Handicapés et vous demande d'attendre quelques instants.

Son absence ne dure pas car il revient presque aussitôt avec un homme en veste-cravate, portant lunettes, les cheveux coupés si ras qu'il paraît chauve et dont le surpoids évident lui donne une allure compassée ; comme si ce handicap ne suffisait pas, une suffisance frôlant le mépris émane de sa voix lorsqu'il vous adresse la parole.

— Bonjour mesdames. Je suis le directeur de cet établissement. D'habitude je ne reçois pas les clients moi-même, mais j'ai tenu à le faire de façon exceptionnelle pour vous malgré mon emploi du temps très chargé. J'espère que vous apprécierez. Pour vous faciliter les choses, je vous demande d'endosser vos chèques, de les remettre ensuite à l'agent ci-présent. Ensuite, carte d'identité à la main, vous irez vous présenter devant un guichet spécial que j'ai ouvert pour vous. Voilà. Bonne journée.

Il tourne le dos pour s'en aller. Qu'il se casse, ce gros lard, ce qui nous intéresse c'est toucher notre dû, tu penses *in petto*. Apparemment ce n'est pas l'avis de

Mâ Bileko qui l'interpelle au moment où il s'apprête à quitter la salle.

— Monsieur le directeur, s'il vous plaît. Nous n'avons pas l'intention d'aller nous aligner devant un quelconque guichet. Nous voulons être payées ici.

L'homme se retourne ; il n'en croit pas ses oreilles.

— Mais pour qui vous prenez-vous ? Je suis le directeur ici et j'organise mes services comme je l'entends. Vous irez au guichet spécial qui vous est ouvert si vous voulez être payées. J'ai des clients qui viennent toucher plus d'un million ici et qui font la queue. Et ne m'embêtez plus, je n'ai pas de temps à perdre. C'est moi qui donne les ordres ici et…

— Méré, l'interrompt Mâ Bileko, se tournant vers toi, le ministre de l'Intérieur t'a donné son numéro direct lorsqu'il est venu partager notre deuil hier soir ; c'est toi qui l'as noté. Peux-tu l'appeler ?

— Mais bien sûr, tu dis sans hésiter, comme une actrice préparée pour une réplique alors que rien ne t'avait permis d'anticiper ce qu'elle venait de dire, je l'ai entré dans mon portable.

Tu tends la main, saisis ton sac, tu l'ouvres et tu y plonges la main. L'homme n'attend même pas que tu aies sorti l'appareil qu'il se met à parler, après avoir dégluti deux ou trois fois, comme s'il s'était rendu compte tout d'un coup qu'il avait noué sa cravate un peu trop étroitement.

— Vous ne m'avez pas laissé finir… je disais que c'était moi qui donnais les ordres ici et… et que… que ce n'est pas un problème si vous voulez vous faire payer ici. Je vais régler tout cela. Je vais donner des consignes pour qu'on vous paie ici même.

Un sourire jaune et le voilà parti, moins enflé d'au moins un mètre cube que quand il était entré. Vous regardez toutes Mâ Bileko. "Qu'importe l'endroit où on nous paie tant qu'on nous paie?" semblent dire vos regards.

— Question de dignité, mes amies, répond-elle à votre interrogation muette. Nous ne nous battons pas seulement pour un meilleur prix pour nos sacs, mais aussi pour qu'on nous respecte.

Elle a retrouvé ses réflexes de commerçante prospère qui a discuté avec les plus grands hommes et femmes d'affaires de ce monde avant d'échouer, comme vous, sur ce chantier de pierres au bord du fleuve.

*

Vous êtes contentes lorsque vous sortez de la banque. Chacune mesure sa victoire par ces dix billets flambant neufs de dix mille francs. Tant de billets neufs t'épatent : ces gens les fabriquent-ils tous les matins ? Tu regardes Bilala, votre "villageoise", qui sort une fois encore ses billets, les recompte, incrédule, avant de les remettre dans leur enveloppe. Que se passe-t-il dans la tête d'une personne qui voit son rêve en grande partie réalisé ?

Après une brève concertation, vous arrêtez l'heure à laquelle vous devez toutes vous retrouver à l'aéroport pour dire au revoir à Zizina, puis chacune s'en va de son côté.

TRENTE ET UN

Laurentine appelle Armando comme promis, mais celui-ci se trouve de l'autre côté de la ville avec un client à bord et ne peut vous rejoindre avant au moins une demi-heure. Pour ne pas faire le pied de grue devant la banque, vous décidez d'aller l'attendre dans un café. Il se trouve que le café des Anges n'est pas loin et c'est là que vous allez.

La jeune serveuse qui t'avait servie lors de ton dernier passage est encore de service. Elle te reconnaît et te gratifie d'un grand sourire. Elle n'a probablement pas oublié le pourboire généreux que tu lui as laissé la dernière fois. Elle vous installe dans le meilleur endroit de la salle et prend vos commandes.

— Du champagne, plaisante Anne-Marie Ossolo, nous venons de dévaliser le Trésor public.

— Nous ne servons pas de champagne, répond la serveuse qui n'a pas saisi la plaisanterie. Comment le pourrait-elle ?

— Non, c'est une blague, la rassures-tu.

Tu prends encore un Orangina, Laurentine et Anne-Marie prennent chacune une canette de bière importée. Vous vous mettez à boire et à bavarder en attendant le coup de fil d'Armando. Laurentine, volubile et excitée, se met à parler de ses projets. Elle veut ouvrir un salon de beauté où une femme trouvera tout ce qu'il lui faut pour se faire belle, des produits de défrisage et de maquillage, des laits de beauté éclaircissants, des mèches, des perruques et encore et encore, jusqu'à des tisanes amincissantes.

— Je ne vendrai que des produits authentiques, contrôlés, que j'importerai de Chicago et de New York, de Paris et Londres et peut-être d'Afrique du Sud, et non pas ces produits frelatés venus du Nigeria ou de l'ex-Zaïre, véritables poisons pour la peau. Je ne vendrai même pas de produits chinois !

Tu écoutes amusée. Pendant qu'elle sort un miroir de sa poche pour se regarder, tu te tournes vers Anne-Marie :

— Et toi ?

— Maintenant que j'ai l'argent, je vais pouvoir me venger !

Tu ne comprends pas.

— Te venger ?

— Avec les sacs que j'ai encore à remplir vendus à vingt mille francs, j'aurai plus de deux cent mille francs. Dès ce soir je paie mes arriérés de loyer, je liquide la moitié de ce que je dois à cet Ouest-Africain, j'irai ensuite m'acheter le dernier superwax à la mode et j'irai narguer, provoquer, piéger cette connasse. Elle va voir. C'est à cause d'elle que je suis dans cette merde. Elle a détruit ma beauté et vous croyez que je vais la laisser comme ça ? Ah, si tu savais comme j'attendais cet argent !

Surprise par la violence de ces propos, tu es complètement larguée car tu ne sais pas de quoi elle parle. Apparemment, Laurentine est au courant puisqu'elle dit :

— Ça c'est sûr, elle mérite une leçon après ce qu'elle t'a fait. Raconte à Méré. Tu peux lui faire confiance, elle n'est pas le genre à trahir.

414

— Trahir ? tu demandes.

— Vas-y, raconte, Laurentine. J'enrage tellement quand je pense à cette histoire ! Mon sang bout littéralement.

— Anne-Marie est, ou plutôt était, le "deuxième bureau" de Bokola.

— Bokola ? Tu veux dire Gustave Bokola, le richissime homme d'affaires ? tu demandes, étonnée. Celui qui possède trois boulangeries, deux stations-services et je ne sais quoi encore ? Il y en a même qui disent qu'il trafique dans le diamant.

— C'est aussi un homme politique, un sénateur, ajoute Anne-Marie.

— Un dimanche soir…, reprend Laurentine.

— Non, c'était un samedi soir, corrige Anne-Marie.

— Peu importe, continue Laurentine. Un samedi soir, donc, elle n'avait rien à faire…

— C'est pas que je n'avais rien à faire, j'avais des soucis…

— C'est pareil. Elle avait des soucis parce que son copain, celui d'avant Bokola, venait de l'abandonner…

— Non, c'est moi qui n'ai plus voulu de lui.

— Ecoute, Anne-Marie, raconte toi-même, puisque tu m'interromps tout le temps.

— C'est parce que je veux que Méré comprenne bien la situation.

— Pourquoi tu ne voulais plus de lui ? Parce qu'il n'était pas beau ? tu demandes en la taquinant.

— Oh non, il n'était pas mal du tout, charmant, le genre d'homme pour lequel les femmes peuvent craquer au premier coup d'œil, mais il était pingre. Plus radin que lui tu meurs ! C'était toujours une bagarre pour lui arracher l'argent du loyer. Il ne me donnait même pas de quoi m'acheter une savonnette. Ça sert à quoi d'avoir un petit ami s'il ne vous habille pas, ne vous nourrit pas, ne vous paie pas le loyer, bref, s'il ne vous prend pas en charge ? Le choc c'est bien, dit-elle en souriant, mais ça ne suffit pas. Il faut aussi le chèque.

— Le choc ?

— Ben oui, le choc des deux corps au lit, tu sais bien, quoi.

— Oh, je vois, tu dis en souriant.

— Un bon copain doit offrir trois choses : le choc, le chic et le chèque, t'informe Laurentine qui a l'air de s'y connaître.

— Je l'ai donc viré, continue Anne-Marie. Hâbleur comme il est, je suis sûr qu'il s'est déjà trouvé une autre idiote pour le supporter. Après la rupture, non seulement je me sentais seule, mais j'avais aussi bien des soucis. J'étais fauchée, la fin du mois approchait, il me fallait payer seule le loyer, je ne pouvais compter sur personne et je ne voulais surtout pas demander de l'aide à Armando. A force de retourner tout cela dans ma tête, seule dans ma chambre, un samedi soir en plus, j'étais sur le point de craquer. Au bout d'un moment, je me suis brusquement levée, je me suis regardée dans la glace et je me suis dit : "Anne-Marie, tu es jeune, tu es belle, il faut profiter de la vie. Ce n'est pas en restant enfermée que tu résoudras tes problèmes." Prendre l'air, sortir, danser, voilà ce qu'il fallait pour me sortir de ma déprime.

Bien sapée avec un petit chemisier et une jupe courte, maquillée comme il faut, je suis allée chez Jenny, un bardancing dont je connaissais le gérant qui me laissait souvent entrer à l'œil. J'avais tout juste assez d'argent pour une bière locale mais ce n'était pas un problème car je sais faire durer une consommation quand c'est nécessaire.

A peine m'étais-je installée avec mon verre qu'un type s'est amené et a commencé à me baratiner. Née et grandie dans cette grande métropole, je connais tous les trucs des mecs et je peux au premier coup d'œil différencier un baratineur qui ne cherche qu'à vous sauter avant de disparaître – ceux que nous appelons les "embrouilleurs" – d'une personne sérieuse avec qui on peut discuter. Ce type appartenait à la première catégorie. Ils sont quand même incroyables, les hommes. Pour eux, parce qu'une femme est seule dans un bar, sirotant tranquillement sa boisson dans son coin, c'est qu'elle cherche un mec. Je l'ai vertement rabroué et chassé sans ménagement. Après lui, deux autres loustics sont venus tenter leur chance et je les ai éconduits de la même manière. J'en avais assez, j'étais venue juste pour me changer les idées parce que je m'ennuyais chez moi et non pas pour me faire draguer par n'importe quel malotru. J'étais tout d'un coup mal à l'aise, je n'avais plus qu'une envie, terminer au plus vite mon verre et m'en aller dormir.

C'est à cet instant que j'ai vu un serveur avancer vers moi, avec une bouteille de bière et un verre sur son plateau, une bière danoise je crois, la plus chère de la maison. "De la part d'un admirateur", m'a-t-il dit en se retournant pour me montrer une table située un peu en diagonale de la mienne. Un homme était assis, seul. Avec un grand sourire, il a agité une main comme pour confirmer que c'était bien lui. Le serveur m'a dit : "Vous pouvez changer si vous préférez boire autre chose. – Une Margarita", j'ai répondu aussitôt car j'avais besoin de quelque chose d'un peu plus fort que la bière que j'étais en train de boire. Lorsque le garçon est revenu avec la boisson, il m'a dit que le monsieur qui m'avait gracieusement offert la boisson serait ravi si j'acceptais de partager sa table mais qu'en aucun cas je ne devais me sentir obligée. J'ai hésité puis je me suis dit : Pourquoi pas, il n'y avait rien de mal à accepter une invitation, surtout de la part d'un homme aussi prévenant. La suite de la soirée a été très bien, il s'est montré tout à fait correct, contrairement à ces dragueurs dont l'intention est téléphonée avant même qu'ils ne t'abordent.

— C'était donc Gustave Bokola, tu dis.

— Lui-même ! A la fin de la soirée, il a proposé de me déposer chez moi car il était trop tard pour trouver un taxi. J'habitais seule, donc il n'y avait aucun problème. Il m'a prise dans sa grosse voiture climatisée avec gros pneus et vitres fumées. J'avoue que j'étais impressionnée ; c'était la première fois que j'entrais dans un de ces véhicules que j'admirais de loin lorsque j'en croisais en ville, parfois avec des femmes moins belles que moi dedans. Devant la maison, il m'a demandé s'il pouvait me revoir. Vous savez toutes qu'une femme ne doit jamais dire oui tout de suite, elle doit se faire désirer. Je lui ai donc dit que je ne savais pas si j'avais envie de le revoir. "Oh, ça me ferait vraiment plaisir, Anne-Marie. Ecoute, voici mon numéro personnel, c'est mon portable, tu n'as rien à craindre, appelle-moi dès que tu en auras envie." Le portable était bien pratique, ai-je pensé aussitôt, en me disant qu'il devait être marié.

— Et il est marié ? tu demandes.

— Marié, père de cinq ou six enfants je crois, mais ce n'est pas mon problème ; ce n'est pas moi qui lui ai demandé de m'aborder et de me faire la cour. "Je n'ai pas de portable pour t'appeler", lui ai-je répondu pour le décourager. Ma réponse a eu un effet inverse. "Tu n'as pas de portable, c'est pas un problème. Raison de plus pour m'appeler. Dès demain, je t'en offre un."

J'avais toujours eu envie d'un portable, toutes mes amies en avaient. Pourquoi refuser une offre, d'autant plus que je n'avais rien demandé ? Et, même s'il proposait de me payer le loyer, pourquoi aurais-je refusé ? Ce n'est pas parce que l'on se fait dépanner une fois par un homme pendant qu'on traverse une mauvaise passe qu'on est une prostituée. Pute je ne l'ai jamais été, je ne le suis pas et je ne le serai jamais. Je l'ai appelé le lendemain d'une cabine téléphonique, il m'a donné rendez-vous dans un grand hôtel de la place. Il avait tenu parole, il avait un portable pour moi. Voilà comment j'ai rencontré Gustave. Nous avons vécu deux ans sans problème, il faisait partie de ma vie, et en fin de compte je me suis attachée à lui.

— Son deuxième bureau, n'est-ce pas ? conclus-tu.

— Ouais, si tu veux, mais – elle sourit – qui sait si à ses yeux je n'étais pas devenue le premier, vu le temps qu'il passait chez moi ?

— Le choc, le chic et le chèque, dit Laurentine.

— Côté choc, c'était pas terrible. Mais côté chic et chèque, j'étais comblée. J'avais déménagé pour un assez bel appartement et il s'occupait de tout. Besoin du dernier pagne à la mode ? Tiens, le voici. Des bijoux ? Voilà. Tout ce que je voulais, je l'avais immédiatement. Il ne me manquait qu'une voiture, mais ça n'aurait pas tardé si sa bobonne ne s'était pas mise à tout gâcher. Armando voyait d'un mauvais œil tout cela et m'engueulait souvent mais les grands frères, vous savez, ils ne comprennent souvent rien. Après tout c'était ma vie et elle me plaisait bien.

— Tu l'as vue, la femme ? te lance Laurentine. Maigre comme un clou, non, pire, maigre comme une aiguille ! Pas même des fesses pour rebondir sur un matelas. Tu imagines au pieu ? Le pauvre mari doit croire qu'il est en train de caresser un squelette. Je comprends pourquoi le mec adorait Anne-Marie. Tu aurais dû faire la charité à cette femme, Anne-Marie, et lui envoyer des vitamines ou des hormones pour l'engraisser un peu.

— Je ne sais pas si cette salope ruminait cela depuis longtemps mais tout a crashé un après-midi. Ça t'intéresse toujours, Méré ?

— Mais bien sûr.

— Je laisse Laurentine raconter la suite.

— C'est la partie de l'histoire d'Anne-Marie que j'aime le plus, dit celle-ci. J'aurais aimé avoir été là ! Elle avait été invitée cet après-midi-là à une fête de retrait de deuil.

— J'ai demandé à Gustave de venir avec moi, il a refusé en me donnant des raisons qui ne tenaient pas la route. Ce n'est qu'après que j'ai compris pourquoi.

— Tu sais, Méré, que c'est pendant cette fête où, comme son nom l'indique, on abandonne ses habits de deuil que les femmes rivalisent de beauté ? reprend Laurentine.

— En tout cas j'étais belle cet après-midi-là et, quand on est belle, on le sait, on le sent dans tout son être, dit Anne-Marie avec un sourire.

— Royale dans son superwax, continue Laurentine, son maquillage rehaussant l'éclat de sa peau veloutée et

420

accentuant la beauté parfaite de son visage, Anne-Marie n'a pas raté pas son entrée. Dès qu'elle a aperçu la femme de Gustave…

— Non, c'est elle qui m'a aperçue la première, ce qui lui a donné un avantage stratégique. Je ne soupçonnais pas du tout qu'elle serait là.

— Ecoute, dit Laurentine, tu me dis de raconter et tu n'arrêtes pas de m'interrompre, vas-y, raconte toi-même.

— Non mais c'est vrai, je n'avais aucune idée qu'elle serait là. Ce n'est que quand je suis entrée dans la salle que je l'ai aperçue. Je pense que c'était la première fois qu'elle me voyait même si elle soupçonnait certainement mon existence. Moi, je la connaissais, bien sûr. Une maîtresse connaît toujours la femme de son amant alors que l'inverse est rarement le cas. De toute façon, les femmes autour d'elles se seraient fait un malin plaisir de lui révéler qui j'étais. J'ai du coup compris pourquoi Gustave avait eu tant de mal à trouver une raison crédible pour ne pas venir avec moi à la fête : il savait que sa femme serait là. Peut-être même qu'on les avait invités tous les deux ensemble et qu'il lui avait donné des raisons tout aussi alambiquées pour ne pas venir avec elle. Entre sa copine et sa femme, il n'avait pas les couilles pour choisir – oh, excuse mon langage, Méré, mais j'ai du mal à me retenir quand je pense à tout cela. Nos regards se sont croisés, le sien brûlant de haine, le mien feignant l'indifférence, lorsque je suis passée à côté de sa table pour aller rejoindre mes copines, toutes célibataires, qui m'attendaient à la leur. J'ai légèrement retroussé mes lèvres en un signe de mépris, je lui ai lancé un regard en biais chargé de dédain et j'ai changé ma démarche en petits pas lents qui me faisaient rebondir comme si les semelles de mes escarpins Dior reposaient sur un coussin d'air. Cela tombait bien car le hasard avait fait que je portais ce pagne superwax surnommé "Mon mari est capable", façon de dire pour la circonstance que ce mari capable, son bonhomme, était le mien aussi. Elle était en rage. Mes amies se sont mises à m'acclamer bruyamment lorsque, enfin, j'ai rejoint leur table et me suis assise. Quelques minutes après, je l'ai vue se lever et sortir. Comme mes amies, j'ai pensé que, ne pouvant plus supporter ma présence, elle avait déclaré forfait et quitté la fête. Je me trompais.

Un quart d'heure plus tard, la voilà qui revient. J'ai tout de suite vu qu'elle était allée se changer. Comme pour répondre à mon pagne, elle s'était maintenant habillée d'un "trois-pièces" en superwax surnommé "Kanga lopango", ce qui voulait dire littéralement "verrouiller sa parcelle", en d'autres termes que personne n'était capable d'entrer dans sa maison lui voler son mari car elle l'avait bien barricadée. Il ne pouvait y avoir de réponse plus claire à mon endroit. Les boucles d'oreilles et la chaînette qu'elle portait n'étaient pas de la pacotille, mais de véritables bijoux venus d'Anvers, très chers… les mêmes que Gustave m'avait offerts. Corps chétif dans des habits trop amples, elle s'est dirigée vers le disc-jockey d'un pas saccadé rendu encore plus mécanique par des fesses plates – nos grands-mères au moins, plus intelligentes, portaient de gros colliers de perles autour des hanches sous leurs pagnes, les fameux *djiguida*, pour pallier les formes qu'elles n'avaient pas, ce qui du coup leur donnait de l'allure. A peine s'était-elle éloignée de la cabine du disc-jockey que les haut-parleurs se sont mis à vibrer avec la chanson de Rochereau, *Beauté d'une femme*, chantée par Mbilia Bel :

J'ai souvent entendu parler de ma rivale / Mais je ne l'avais jamais vue/Enfin aujourd'hui je la vois... et la chanson continuait en disant qu'elle croyait que cette rivale avait une beauté angélique, mais non, elle était affreusement quelconque. Tenant son sac Chanel ostensiblement à la main, elle s'était mise à danser avec son groupe de femmes en répétant à tue-tête les refrains de la chanson, *Finga, finga, tonga, tonga*, etc., c'est-à-dire insulte-moi, médis de moi, raconte tout ce que tu veux ma pauvre – c'est-à-dire moi, Anne-Marie Ossolo –, quoi que tu fasses, cet homme est à moi, je le tiens, il ne bougera pas. Le message était on ne peut plus explicite, non ?

C'était à mon tour d'enrager.

J'ai aussitôt sorti un billet de mille francs. J'ai appelé une des serveuses et je lui ai demandé de le remettre au disc-jockey pour qu'il passe *Nalembi* de Lutumba Simarro, ce qu'il se dépêcha de faire. Dès que le morceau a commencé, toutes celles qui étaient à ma table se sont levées et se sont précipitées sur la piste. Je me suis levée à mon tour. Parée moi aussi d'un ensemble assorti de bijoux – de près de deux cent mille francs –, balançant dans ma main mon sac, pas un Chanel, un Gucci, encore plus chic, je me suis mise à danser, répétant avec mes amies les paroles-clés de la chanson qui s'adressaient à la femme plus âgée, la "mama kulutu", et qui disaient que, si elle voulait que nous les jeunes nous la respections, elle devrait commencer par nous respecter et non pas agir de façon ridicule comme elle le faisait.

A la fin de la chanson, roulant des fesses et poussant des cris de joie, nous avons regagné notre table de célibataires, nous congratulant bruyamment.

— Tu as fait une faute stratégique, l'interrompt Laurentine, tu n'aurais pas dû contre-attaquer par cette chanson-là, tu aurais dû la faire paraître ringarde en lui proposant une chanson antédiluvienne chantée par un orchestre passé de mode.

— Je n'en connais pas.

— Les Bantous de la Capitale par exemple, cet orchestre de pépés que plus personne n'écoute sauf les vieux.

— Mais attends, Laurentine. Dès que nous nous sommes assises, qu'est-ce que j'entends ? La chanson *Mwana Bitendi* de Youlou Mabiala.

— Et qu'est-ce qu'elle dit, la chanson ? tu demandes, toi qui fais de plus en plus figure de demeurée parmi ces deux jeunes femmes très au courant.

— *Ma rivale ? Une poupée de chiffon sans aucune valeur / La pauvre se cache et dort dehors / Tandis que moi je suis dans la maison de l'homme et je partage son lit.* Moi, une poupée de chiffon ? Moi, me cacher ? Eh bien, elle va me trouver, elle va me voir baignée en pleine lumière ! Et je lui bombarde immédiatement *Bomba bomba mabe* de Franco, cette chanson où la rivale défie la femme de la maison en clamant haut et fort que *Finies les cachotteries / Je proclame au grand jour que je suis la maîtresse de ton mari / Toute la ville est au courant sauf toi l'idiote.*

Et voilà qu'ensuite elle me lance comme missile *Ndaya* de Mpongo Love, aussitôt ma chanson terminée. A travers les paroles, elle me signifiait qu'elle et son mari étaient comme pantalon et ceinture. Aucune rivale ne pouvait ébranler leur mariage. Elle pouvait lui faire couler les bains les plus parfumés, le manucurer et le pédicurer, le choyer autant que femme peut, il reviendrait toujours la retrouver, elle, sa "première dame"!

— Ta riposte?

— J'avoue que là, un moment, j'étais paniquée car rien ne me venait à l'esprit comme contre-attaque. Heureusement que notre lutte était devenue un combat de groupe, chaque table soutenant sa cheftaine. Ma table m'a ainsi suggéré de répliquer par *Niekesse* de la même Mpongo Love : *Dieu a vraiment bien pris soin de moi quand il m'a créée / Il m'a créée belle femme / Tellement belle que tous les hommes rampent devant moi et travaillent pour moi*, sous-entendu : son mari compris.

Nous avons continué ainsi à nous insulter, à nous affronter, à nous crêper le chignon à coups de chansons. Au bout d'un moment, elle a fait repasser le premier morceau avec lequel elle avait lancé la bagarre, *Beauté d'une femme*. Cela montrait qu'elle était à bout de ressources, qu'elle n'avait plus de chansons à lancer dans le combat. La défaite, quoi!

La salle, jusque-là totalement captivée pendant que nous nous étripions sans merci, a hué lorsqu'elle a répété son disque. Tout le monde avait alors compris qu'elle ne pouvait lutter valablement avec moi. J'ai délivré l'estocade finale avec *Bilei Ya Mobali* – les plats préférés du mari – du jeune et beau Karmapa, un morceau que j'avais dansé avec Gustave il n'y avait pas si longtemps. A travers ces paroles, je faisais comprendre à la pauvre femme que son mari était son mari tant qu'il se trouvait dans sa maison mais que, dès qu'il mettait les pieds dehors, il était le mari de tout le monde. D'ailleurs, s'il se trouvait mieux chez moi, c'est que je lui cuisinais ses plats préférés alors qu'elle ne lui offrait que du réchauffé, de la routine à mourir d'ennui.

A court de chansons, donc vaincue et humiliée, elle s'est levée et de colère a crié à mon endroit : "Sale pute, ne crois pas que tu vas t'en sortir comme ça !" et avait foncé dehors accompagnée de ses amies de table. Nous avons toutes éclaté de rire et une de mes copines a offert une tournée pour célébrer notre victoire.

— C'est maintenant que ça devient horrible, annonce Laurentine. Vas-y, Anne-Marie, courage, raconte !

— Le soir même, vers sept heures, Gustave se présente chez moi, drôlement en colère. "J'ai des choses à te dire, me hurle-t-il, à peine entré au salon. D'abord, où étais-tu hier soir ? Je suis passé deux fois et je ne t'ai pas trouvée. – J'étais sortie avec mon frère faire des courses. – Pourquoi tu ne m'as pas averti ? Je vais vérifier auprès de ton frère si tu étais bien avec lui." J'étais un peu surprise ; alors que jusque-là une sorte de confiance régnait entre nous, pourquoi piquait-il tout d'un coup cette crise de jalousie ? Il y avait certainement autre chose. "Ne sois pas jaloux, je lui dis. – Ce n'est pas de la jalousie. Je te paie le loyer, je te nourris, je t'habille, ce n'est quand même pas trop demander que de te dire d'être à la maison quand j'ai envie de te voir ? Mais ce n'est pas pour cela que je suis venu. Je suis là pour plus grave encore. Pourquoi as-tu provoqué ma femme cet après-midi au retrait de deuil ? C'est l'enfer à la maison ! Tu ne pouvais pas être plus discrète ? Tu veux quoi au juste, que je te quitte ? – C'est elle qui m'a provoquée, je lui réponds. – C'est normal qu'elle t'attaque, c'est elle la titulaire, tu le sais bien. – C'est ça, lui dis-je, je suis la roue de secours, n'est-ce pas ? Ce n'est pas parce que tu me paies le loyer que tu dois me traiter comme un objet. – Je ne te traite pas comme un objet, objecte-t-il. Je te demande seulement d'être discrète, de respecter ma vie par ailleurs et d'être reconnaissante pour ce que je fais pour toi. – Parce que tu te crois généreux en plus ? lui crachai-je. Ne me prends pas pour une idiote. Tu viens chercher auprès de moi ce que ta bonne femme ne peut te donner. – N'insulte pas ma femme ! – Alors va la rejoindre et fous-moi la paix. Allez sors, sors de chez moi !" lui hurlai-je. C'était pathétique de le voir, véritable caricature de ces hommes machos dehors, mais qui à la maison filent doux dès que leur bourgeoise hausse le ton. Il avait senti que j'étais vraiment en colère puisque son ton changea tout d'un coup. "Mais non, ne te fâche pas, je t'expliquais seulement que… – Non, va-t'en", ai-je crié en lançant un coussin que je tenais à la main, et je suis rentrée dans ma chambre. J'en suis aussitôt ressortie, en soutien-gorge et en jupon, à cause de la chaleur. "T'es encore là, lui ai-je crié, va rejoindre ton espèce d'échalas !" J'ai enlevé mon sou-tien-gorge, toujours à cause de la chaleur, et je me suis retrouvée les seins totalement nus. Ecartant légèrement mes jambes, je me suis baissée pour prendre une ser-viette pour m'essuyer. Du coin de l'œil j'apercevais ses yeux qui accrochaient ma poitrine, puis glissaient plus bas. Le pauvre type n'en pouvait plus. Il s'est approché de moi et a voulu me toucher, je l'ai repoussé brutale-ment. "C'est fini, ma chérie. Ecoute, Anne… – Sors, lui ai-je dit, sors !" Et je suis rentrée dans ma chambre en claquant la porte.

Il est resté longtemps au salon, croyant que j'allais ressortir, puis j'ai entendu la porte se refermer bruyamment, il était parti.

Il est revenu deux jours plus tard, n'ayant pas pu tenir plus longtemps. Sa mégère apparemment n'avait pas pu le garder dans sa parcelle soi-disant bien verrouillée. Il s'est amené avec une paire de chaussures de soixante mille francs pour se faire pardonner. Comme je sais quand il ne faut pas aller trop loin, après l'avoir laissé me supplier et me cajoler juste ce qu'il fallait, je suis redevenue gentille. Nous nous sommes entendus pour conclure la réconciliation dans un bon restaurant avant... le choc, le soir.

— Eh ben, fais-tu, tu sais ce que tu veux, n'est-ce pas, et tu sais comment l'obtenir.

— Comment survivre dans la jungle qu'est cette ville, Méré, si on ne sait pas se défendre ?

— On ne la fait pas à Anne-Marie, renchérit Laurentine.

— Ainsi donc, vous êtes allés au restaurant et une fois à la maison...

— Non, hélas, tout s'est arrêté au restaurant, dit Laurentine. Excuse-moi, Anne-Marie, je ne voulais pas t'interrompre. C'est la partie la plus tragique de l'histoire.

— Ça tu peux le dire, oui. Excellent repas dans ce grand restaurant où je n'étais jamais allée. Après tout, c'était Gustave Bokola, homme d'affaires et sénateur. Je crois que, si on y ajoute la bouteille de champagne que nous avons fait sauter pour l'occasion, la facture n'était pas loin de cent mille francs. Nous étions repus, gais et, lorsque nous sommes sortis du restaurant, je me demandais si, après cette bombance, il arriverait à battre son record de trois minutes au lit.

Nous nous dirigions vers la voiture en nous tenant par la main, deux amoureux réconciliés, lorsque nous avons entendu le mot "salope" comme hurlé par un animal enragé! Nous avons sursauté. Une forme a jailli de l'ombre et Gustave a reconnu sa femme. Il a lâché ma main… et a détalé vers sa voiture. Je n'ai pas eu le temps de réagir que j'ai senti une brûlure au visage. J'ai hurlé de douleur et porté la main à ma joue. Du sang partout. "Voilà pour toi, sale pute!" sont les derniers mots que j'ai entendus avant que la femme ne disparaisse de nouveau dans l'ombre, leste comme une bête de proie. Un moment j'ai cru que j'étais devenue aveugle. J'ai hurlé : "Gustave, Gustave", mais il n'y avait plus trace de lui. Le lâche n'avait tenté ni de me défendre, ni de me porter secours ; il avait décampé la queue basse dès qu'il avait aperçu sa légitime. Titubant dans l'obscurité, pleurant de douleur, j'ai réussi à retrouver la porte d'entrée du restaurant. Les clients ont poussé un cri d'horreur en m'apercevant. Une horrible estafilade rayait mon visage du haut de l'arcade sourcilière au bas de la joue, presque au menton. La plaie était profonde. Elle n'avait sûrement pas été provoquée par une fine lame Gillette, mais probablement par ce genre de rasoir à main qu'utilisent barbiers et coiffeurs. Ils ont essayé tant bien que mal d'arrêter l'hémorragie avec des serviettes et de la glace en attendant l'arrivée d'Armando que je leur ai demandé d'appeler avec mon portable. Voilà d'où vient l'horrible cicatrice qui me défigure.

— As-tu porté plainte ? Question idiote de ta part car tu connais déjà la réponse.

— Plainte contre qui ? réplique Anne-Marie. Tu sais bien que "la femme de la maison" a toujours raison. Et puis les moqueries ! Je ne suis pas le premier "deuxième bureau" à être agressé à coups de rasoir. D'ailleurs la plupart des femmes pensent que ce n'est que justice, tout comme on trouve normal de faire subir à un voleur le supplice du collier. Non, je me suis tue, mais je prépare ma vengeance.

— Il n'y a pas plus dure contre une femme qu'une autre femme, déclare Laurentine, sentencieuse. La solidarité entre femmes s'arrête là où commence la jalousie.

— Tu ne penses pas si bien dire ! J'ai entendu l'autre jour à la radio qu'une astronaute américaine avait conduit pendant plus de douze heures et parcouru quelque mille cinq cents kilomètres rien que pour asperger d'aérosol au gaz poivre sa rivale dont elle était jalouse. Et Gustave dans tout cela ?

— Oh, l'honorable sénateur ? Tu ne me croiras pas, mais il n'est jamais revenu me voir, il a totalement disparu de la circulation. Et ça, ça m'a fait mal aussi, presque autant que la blessure au visage, car il avait fini par compter pour moi. Je me suis retrouvée seule, sans ressources en plus. Evidemment, je ne pouvais plus payer le loyer, même après avoir déménagé pour un mini-studio, ni les pagnes que j'avais pris à crédit. J'ai commencé par vendre une partie de mes bijoux et un moment j'étais tellement dans la dèche que j'ai vendu le portable auquel je tenais tant. C'est après tout cela que je me suis retrouvée dans ce chantier de pierres avec vous.

— Tu connais ce pagne qu'on appelle "Boma libala", casse-mariage ? Eh bien, il y a une toute nouvelle version qui vient de sortir. On l'achètera et nous irons frimer devant cette femme.

— Moi je veux plus que frimer, je veux lui rendre la monnaie de sa pièce.

— A mon avis, ce n'est pas tant de cette femme qu'il faut te venger, tu dis. De son point de vue, elle défendait elle aussi sa source de revenus. Tu m'as dit toi-même qu'elle avait cinq ou six enfants. Peut-être aussi qu'elle aimait ce bonhomme après tout et qu'elle ne voulait pas le perdre, d'autant plus que le type est riche. Le plus salaud dans tout cela, c'est Gustave. On devrait prendre Moukiétou avec nous pour lui casser la gueule.

— Tu penses donc qu'elle a eu raison de me défigurer?

— Non, pas du tout, t'empresses-tu de dire, il n'y a aucune excuse pour ce genre d'agression. C'est grave, faire couler du sang.

— J'assimile cela à une tentative d'assassinat, dit Laurentine indignée.

Passant du coq à l'âne, Anne-Marie demande :

— C'est cher, la chirurgie esthétique? Vous croyez qu'une chirurgie esthétique peut faire disparaître cette énorme balafre? Je voudrais retrouver mon visage d'antan.

— La chirurgie esthétique peut tout faire, mais c'est très cher.

— Combien? Deux cent mille?

— Il faudrait plutôt commencer par le million, tu dis.

Laurentine, qui tient toujours son petit miroir à la main, se mire :

— Heureusement, la mienne commence à disparaître.

— Avec l'argent que tu vas gagner quand tout ceci sera terminé, tu n'as pas d'autres projets que la vengeance? tu demandes.

— Je n'y ai pas encore pensé, me venger est la priorité.

— Je peux te donner mon avis, Anne-Marie ?

— Bien sûr, Méré.

— La vraie vengeance, une vengeance réussie, est celle qui ne te rabaisse pas au niveau de qui t'a infligé l'affront. Si tu te venges tout de suite en dilapidant les deux cent ou trois cent mille que tu auras gagnés lorsque tous tes sacs seront vendus, tu te retrouveras une fois de plus toute seule et démunie, et tu auras encore besoin de béquilles comme les Gustave Bokola pour t'aider à vivre. Tu es encore jeune, Anne-Marie, plus jeune que Laurentine et moi. Investis ces sous, fais-les fructifier, tu seras alors une femme indépendante et libre. Personne ne pourra se vanter de te payer le loyer et exiger que tu sois à la maison pour l'attendre comme une esclave. Tu t'achèteras tout ce que tu voudras sans mendier. Tu pourras même te faire une chirurgie esthétique ; j'ai tout à l'heure dit que c'était cher, mais ce n'est pas si cher que ça après tout. Tu seras plus belle encore. Tu seras la fille d'Ipanema, tous les hommes se retourneront à ton passage en expirant un "ah !" d'admiration.

Elle a écouté intensément ce que tu lui disais et n'a pas parlé tout de suite lorsque tu t'es arrêtée, comme si elle voulait attendre que tes paroles aient le temps de bien imprégner son cerveau. Puis elle dit :

— Personne ne m'a jamais parlé comme cela, Méré. Mon frère passe son temps à me dire qu'il désapprouve ma conduite, mais il ne m'a jamais dit ce que je devais faire. Je veux toujours me venger, mais je ne veux pas retomber dans la misère et la dépendance.

— J'ai une idée, dit Laurentine. Associons-nous, ouvrons ensemble ce salon de beauté.

— Voilà une très bonne proposition, Anne-Marie, tu dis.

— Oui, c'est pas mal, je vais y penser. Au fait, je suis une très bonne tresseuse de cheveux. Je pourrais ouvrir un salon de coiffure juste à côté du tien. Je sais faire des tresses arabes, des tresses arabes écailles, et des séné- galaises ; je sais aussi tresser les cordelettes, les tiges, les fils, sans oublier les nattes libres, les torsadées, les tortillons, les tresses gros bébé. Je suis sûre que j'en ai oublié. Je sais aussi défriser.

— Mais voilà ! Si vous mettez votre argent ensemble, vous pourrez démarrer avec au moins cinq cent mille, tu applaudis.

— Je préfère que tu dises un demi-million, Méré, cor- rige Laurentine.

Cette dernière remarque vous fait rire toutes les trois pendant que le téléphone sonne. Armando sera là dans deux ou trois minutes. Tu laisses de nouveau un gros pourboire à la jeune serveuse qui te remercie avec gra- titude. Armando vous attend déjà lorsque vous sortez. Laurentine et Anne-Marie se dirigent vers les sièges arrière. Tu les arrêtes en disant que tu préférerais que l'une d'elles s'asseye devant car tu veux rester derrière. "Oh non, disent-elles toutes les deux avec un sourire entendu, va t'asseoir à côté d'Armando." Tu souris à ton tour ; elles se trompent. D'accord, tu t'es laissé embras- ser hier, mais cela ne veut rien dire. Armando n'est pas si important que ça pour toi.

TRENTE-DEUX

Vous vous rassemblez dehors avant d'entrer en délégation dans la salle d'attente où, après avoir terminé l'enregistrement, Zizina vous attend avec sa mère. Vous êtes toutes sur votre trente et un comme si c'était un jour de fête. Mais c'est un jour de fête après tout : une de vos filles, une fille de casseuse de cailloux, s'en est sortie et s'apprête à prendre l'avion pour rejoindre les hommes et les femmes qui essaient de défendre l'ordre et la paix sur cette planète. Ce n'est pas rien.

En vous voyant ainsi bien sapées et en délégation, l'un des responsables du service du protocole de l'accueil des premières dames invitées pense tout naturellement que vous êtes l'une des associations de femmes dépêchées pour l'occasion et vous intime l'ordre de vous diriger vers le salon d'honneur de l'aéroport. "Nous sommes venues pour plus important que ça", réplique Moyalo avec sa gouaille habituelle.

Vous êtes donc entrées en groupe. Bileko a tenu parole, elle n'a pas informé sa fille que vous viendriez à l'aéroport saluer son départ. Celle-ci pousse un cri de surprise en vous apercevant, se lève et se précipite vers vous. Vous vous mettez à l'applaudir. Anne-Marie lui tend le cadeau que vous avez acheté pour elle, une montre qui indique et l'heure locale et l'heure universelle. L'heure de votre pays étant TU + 1, quel que soit l'endroit où elle se trouvera dans le monde, elle saura toujours quelle heure il est au pays rien qu'en jetant un coup d'œil au cadran de la montre. Elle se sentira ainsi plus près de vous. Elle défait l'emballage, sort la montre et attache le bracelet métallique autour de son poignet. Le bracelet est en lui-même un bijou, et cela ne t'étonne pas car Anne-Marie qui l'a choisi est une femme de goût. Les yeux de Zizina, embués, luisent d'émotion. Elle se met à vous serrer dans ses bras, l'une après l'autre, pendant que vous vous êtes remises à applaudir. Tu regardes Mâ Bileko. Elle a un grand sourire aux lèvres, non pas parce que Zizina est sa fille, mais parce qu'elle a fait don d'elle à toutes ses compagnes de chantier.

L'instant d'émotion passé, Zizina vous demande de lui parler de vos projets d'avenir, maintenant que vous avez obtenu ce que vous vouliez. Laurentine la première prend la parole. Elle fait part de sa volonté d'ouvrir, avec Anne-Marie, un salon de beauté doublé d'un salon de coiffure. Pendant qu'elle parle, Anne-Marie approuve avec de grands mouvements de tête. Mâ Bileko, qui prend la parole à son tour, annonce qu'elle envisage de prendre un de ces prêts à faible taux d'intérêt proposés par une ONG de la place pour relancer son commerce d'antan. Iyissou, Bilala, Moukiétou, Asselam n'ont pas de projets précis à présenter comme si, à force de vivre au jour le jour, l'afflux soudain et inattendu d'une somme dépassant de loin leurs besoins mensuels avait bloqué leur imagination. En général ce sont les projets qui sont en quête d'argent, dans leur cas c'est l'argent qui est en quête de projets. Bileko, qui a tout de suite compris, suggère aux quatre d'ouvrir ensemble une tontine avec l'argent qu'elles ont touché aujourd'hui ; au bout de quatre mois chacune d'elles aura engrangé quatre cent mille francs, huit cent mille si elles ont la patience de la faire pendant dix mois. Le seul ennui est qu'en mettant cet argent de côté, elles continueront encore à casser la pierre durant toute la période de la tontine pour vivre. L'idée plaît aux quatre femmes qui répondent qu'habituées à casser la pierre depuis trois ou quatre ans, dix mois de plus ne seront pas un obstacle insurmontable. Moyalo, écoutant cela, décide de se joindre à elles. C'est encore mieux, reprend Bileko ; à cinq, chacune aura touché cinq cent mille francs au bout de cinq mois et, au bout de dix, vous serez… millionnaires !

Les haut-parleurs annonçant l'embarquement immédiat des passagers vous interrompent. Dernières embrassades et Zizina, sa nouvelle montre au poignet, son petit sac de voyage à la main, se dirige vers le portail indiqué. Avant d'y entrer, elle se retourne, soudain inspirée :

— Je vous demande une faveur, j'aimerais avoir une photo de vous toutes ensemble au chantier. Une photo de groupe. Je la garderai avec moi dans ma chambre.

— Pas de problème, Zina, tu peux compter sur nous, je m'en chargerai, la rassures-tu.

Agitant sa main libre dans un dernier salut, elle se retourne de nouveau et disparaît, happée par le portail.

Lorsque vous avez vu l'avion aux couleurs de l'ONU décoller et disparaître à l'horizon dans un grand ciel bleu, vous avez toutes eu l'impression que c'était une partie de vous qui s'en allait et, comme cet appareil qui s'était arraché à la gravité terrestre pour planer libre dans les airs, vous sentiez que vous aussi, grâce à votre dur labeur et à votre lutte tenace pour exiger un juste prix pour ce labeur, vous aviez émergé de la gangue de la pauvreté et du désespoir qui jusque-là avait plombé vos vies.

En sortant de l'aéroport, vous croisez des groupes de femmes portant des pagnes ou des uniformes à l'effigie du président de la République et de sa femme, certaines dans des bus loués pour l'occasion, d'autres à pied. Elles ont été réquisitionnées pour venir accueillir les invitées de madame la femme du président. Bientôt elle sera là elle-même, entourée d'un service d'ordre à peine moins important que celui de son mari. Et, quand elle sortira du salon d'honneur accompagnée de ses hôtes, ces femmes se mettront à chanter, à danser, à se trémousser et à transpirer dans la poussière et la chaleur. C'est ce qu'ils appellent "l'accueil à l'africaine" ! Faire danser des hommes, des femmes et des enfants au son du tam-tam, sous un soleil de plomb ! Tu penses au maître d'œuvre de tout ceci, le ministre de l'Intérieur ; apparemment il n'a pas mis sa menace à exécution, celle de vous empêcher de venir à l'aéroport. Mais le pouvait-il vraiment ? Même en autocratie, on n'arrête pas comme ça une quinzaine de femmes qui n'hésitent pas à résister et à faire scandale en rejetant les ordres de la femme du président. Il est cependant temps de quitter les lieux, de préférence en solo plutôt qu'en groupe, pour ne pas trop se faire remarquer.

Avant de vous séparer, vous vous donnez rendez-vous au chantier pour le lendemain. Qui sait si ce n'est pas le dernier ?

Alors que votre groupe se disperse, Anne-Marie s'approche de toi, te serre dans ses bras et dit :

— Merci beaucoup, Méré, tu m'as ouvert l'avenir.

Tu la regardes. Son visage dégage quelque chose de difficile à définir, quelque chose de nouveau ; disparu, ce petit air espiègle qui pouvait donner l'impression que sa seule aspiration dans l'existence était de plaire ; il exprime plutôt une liberté qui n'avait jamais été là et la résolution d'un être prêt à prendre en charge sa propre vie. Tu n'aurais jamais soupçonné que ton petit prêche de ce matin aurait un tel impact sur elle. Tu es heureuse de cela. Tu lui souris et fais glisser un doigt le long de sa cicatrice. Tu ne peux manquer d'admirer une fois de plus cet étrange air oriental qui se dégage de ses pommettes saillantes et de ses yeux en amande. Du temps de la construction du chemin de fer Congo-Océan au début du siècle dernier, des centaines de coolies avaient été importés de ce qu'on appelait alors la Cochinchine : l'un d'eux avait-il été son arrière-grand-père ?

— Tu es jeune et décidée, Anne-Marie, tu lui dis. Tu réussiras. Et si d'aventure le salon de coiffure ne marche pas, viens me voir, je demanderai à tantine Turia de te prendre dans son atelier de couture et de broderie. Comme tu le sais, elle est renommée comme couturière.

— Merci beaucoup, Méré, je n'hésiterai pas.

Elle fait quelques pas pour s'en aller mais revient précipitamment :

— Oh là là, c'est grave, j'allais oublier ! Armando m'a demandé de te dire de l'appeler pour qu'il vienne te chercher à l'aéroport.

— Et pourquoi donc ? tu demandes.

— Je crois qu'il est amoureux de toi.

Tu t'attendais à tout sauf à cela. Pendant que, confuse, tu tardes à réagir, elle s'éloigne rapidement dans cette foule de plus en plus nombreuse. Tu hausses les épaules et tu te mets à marcher à ton tour.

Demain tu feras le point. Pour le moment, tu savoures le bonheur du devoir accompli. Tu penses d'abord aux autres. Même si la tontine d'Iyissou, Bilala, Moukiétou, Asselam et Moyalo ne marche pas comme prévu et qu'elles abandonnent la partie avant d'atteindre le million, au moins leur horizon se sera élargi : elles savent maintenant que la vie offre d'autres alternatives pour manger, s'habiller et se soigner que de casser la pierre. Quant à toi, tu as plus que la somme nécessaire pour commencer tes projets. Dès demain, tu iras prendre ton inscription pour ces trois mois de training en logiciels avec stages en entreprise, qui, tu espères, sera le premier pas vers l'ouverture de cette petite école de formation dont tu as tant rêvé.

Tout d'un coup te remonte à la mémoire la proposition que la ministre de la Femme et des Handicapés t'a faite, celle d'être sa conseillère. Comment as-tu fait pour complètement zapper cela de ton esprit ? Elle a promis de te rappeler si toi tu ne l'appelais pas et son coup de fil peut tomber à tout moment. Que feras-tu alors ? Ne serait-ce pas drôle de passer du jour au lendemain du statut de casseuse de pierres à celui de membre d'un cabinet ministériel?

Hier soir, tu avais confié à Armando que, si tu ne remplissais pas les deux sacs qui restaient sur les douze que tu t'étais fixés, tu vivrais toujours avec un malaise, non seulement celui d'avoir laissé un travail inachevé, mais aussi celui d'avoir lâché tes camarades de chantier. Tu traînes déjà sur ta conscience cette pièce de cent francs que tu n'as jamais remise à la femme inconnue qui était venue te la réclamer tard un soir au nom de son fils. Tu ne veux pas porter le poids d'un remords supplémentaire. Il te faut donc aller au chantier demain. Et puis tu as aussi une promesse à tenir auprès de Zizina : une photo de groupe au bord du fleuve.

Juillet 2005-décembre 2009.

BABEL

Extrait du catalogue

1102. RUSSELL BANKS
Le Livre de la Jamaïque

1103. WAJDI MOUAWAD
Forêts

1104. JEANNE BENAMEUR
Ça t'apprendra à vivre

1105. JOSEPH E. STIGLITZ
Le Rapport Stiglitz

1106. COLINE SERREAU
Solutions locales pour un désordre global

1107. MAJID RAHNEMA
La Puissance des pauvres

1108. ALAIN GRESH
De quoi la Palestine est-elle le nom ?

1109. JANE GOODALL
Nous sommes ce que nous mangeons

1110. *
Histoire des quarante jeunes filles

1111. MATHIAS ÉNARD
L'Alcool et la Nostalgie

1112. NANCY HUSTON
Infrarouge

1113. JÉRÔME FERRARI
Un dieu un animal

1114. PAUL AUSTER
Invisible

1115. W. G. SEBALD
Les Anneaux de Saturne

1116. ALAIN CLAUDE SULZER
Un garçon parfait

1117. FLEMMING JENSEN
Ímaqa

1118. ALAIN LE NINÈZE
Sator

1119. AMARA LAKHOUS
Choc des civilisations pour un ascenseur Piazza Vittorio

1120. EVA GABRIELSSON
Millénium, Stieg et moi

1121. INGVAR AMBJØRNSEN
Elling

1122. WAJDI MOUAWAD
Ciels

1123. AKI SHIMAZAKI
Mitsuba

1124. LAURENT GAUDÉ
Ouragan

1125. CÉLINE CURIOL
Exil intermédiaire

1126. ALICE FERNEY
Passé sous silence

1127. LYONEL TROUILLOT
Thérèse en mille morceaux

1128. FRÉDÉRIQUE DEGHELT
La Grand-Mère de Jade

1129. AHMED KALOUAZ
Avec tes mains

1130. FABIENNE JUHEL
À l'angle du renard

1131. W. G. SEBALD
Vertiges

1132. ANNE ENRIGHT
Retrouvailles

1133. HODA BARAKAT
Mon maître, mon amour

1134. MOUSTAFA KHALIFÉ
La Coquille

1135. JEREMY RIFKIN
Une nouvelle conscience pour un monde en crise

1136. PRALINE GAY-PARA
Récits de mon île
(à paraître)

1137. KATARINA MAZETTI
Le Caveau de famille

1138. JÉRÔME FERRARI
Balco Atlantico

Ouvrage réalisé
par l'Atelier graphique Actes Sud.
Achevé d'imprimer
en février 2020
par Normandie Roto Impression s.a.s.
61250 Lonrai
sur papier fabriqué à partir de bois provenant
de forêts gérées durablement (www.fsc.org)
pour le compte
des éditions Actes Sud
Le Méjan
Place Nina-Berberova
13200 Arles.

Dépôt légal
1re édition : octobre 2012
N° d'impression : 2000695
(Imprimé en France)